증편 한국구비문학대계

4-8

충청남도 서천군

이 저서는 2014년 대한민국 교육부와 한국학중앙연구원(한국학진흥사업단)의 구
술자료 아카이브 구축사업의 지원을 받아 수행된 연구임(AKS-2014-OHA-1240001)

증편 한국구비문학대계

4-8
충청남도 서천군

황인덕 · 김기옥 · 서은경 · 육은섭

한국학중앙연구원

역락

발간사

민간의 이야기와 백성들의 노래는 민족의 문화적 자산이다. 삶의 현장에서 이러한 이야기와 노래를 창작하고 음미해 온 것은, 어떠한 권력이나 제도도, 넉넉한 금전적 자원도, 확실한 유통 체계도 가지지 못한 평범한 사람들이었다. 이야기와 노래들은 각각의 삶의 현장에서 공동체의 경험에 부합하였으며, 사람들의 정신과 기억 속에 각인되었다. 문자라는 기록 매체를 사용하지 못하였지만, 그 이야기와 노래가 이처럼 면면히 전승될 수 있었던 것은 그것이 바로 우리 민족의 유전형질의 일부분이 되었기 때문이며, 결국 이러한 이야기와 노래가 우리 민족을 하나의 공동체로 묶어 주고 있는 것이다.

사회와 매체 환경의 급격한 변화 가운데서 이러한 민족 공동체의 DNA는 날로 희석되어 가고 있다. 사랑방의 이야기들은 대중매체의 내러티브로 대체되어 버렸고, 생활의 현장에서 구가되던 민요들은 기계화에 밀려 버리고 말았다. 기억에만 의존하여 구전되던 이야기와 노래는 점차 잊히고 있다. 한국학중앙연구원이 1970년대 말에 개원함과 동시에, 시급하고도 중요한 연구사업으로 한국구비문학대계의 편찬 사업을 채택한 것은 바로 이러한 시대적 상황에 대한 우려와 잊혀 가는 민족적 자산에 대한 안타까움 때문이었다.

당시 전국의 거의 모든 구비문학 연구자들이 참여하였는데, 어려운 조사 환경에서도 80여 권의 자료집과 3권의 분류집을 출판한 것은 그들의 헌신적 활동에 기인한다. 당초 10년을 계획하고 추진하였으나 여러 사정으로 5년간만 추진되었으며, 결과적으로 한반도 남쪽의 삼분의 일에 해당

하는 부분만 조사하게 되었다. 그럼에도 불구하고 한국구비문학대계는 주관기관인 한국학중앙연구원의 대표 사업으로 각광 받았을 뿐 아니라, 해방 이후 한국의 국가적 문화 사업의 하나로 꼽히게 되었다.

21세기에 들어서면서 한국학중앙연구원에서는 미완성인 채로 남아 있는 구비문학대계의 마무리를 더 이상 미룰 수 없다는 생각으로 이를 증보하고 개정할 계획을 세웠다. 20년 전의 첫 조사 때보다 환경이 더 나빠졌고, 이야기와 노래를 기억하고 있는 제보자들이 점점 줄어들고 있었던 것이다. 때마침 한국학 진흥에 대한 한국 정부의 의지와 맞물려 구비문학대계의 개정·증보사업이 출범하게 되었다.

이번 조사사업에서도 전국의 구비문학 연구자들이 거의 다 참여하여 충분하지 않은 재정적 여건에서도 충실히 조사연구에 임해 주었다. 전국 각지의 제보자들은 우리의 취지에 동의하여 최선으로 조사에 응해 주었다. 그 결과로 조사사업의 결과물은 '구비누리'라는 이름의 데이터베이스에 탑재가 되었고, 또 조사자료의 텍스트와 음성 및 동영상까지 탑재 즉시 온라인으로 접근할 수 있는 시스템을 갖추었다. 특히 조사 단계부터 모든 과정을 디지털화함으로써 외국의 관련 학자와 기관의 선망의 대상이 되고 있다.

이제 조사사업의 결과물을 이처럼 책으로도 출판하게 된다. 당연히 1980년대의 일차 조사사업을 이어받음으로써 한편으로는 선배 연구자들의 업적을 계승하고, 한편으로는 민족문화사적으로 지고 있던 빚을 갚게 된 것이다. 이 사업의 연구책임자로서 현장조사단의 수고와 제보자의 고귀한 뜻에 감사를 표하지 않을 수 없다. 아울러 출판 기획과 편집을 담당한 한국학중앙연구원의 디지털편찬팀과 출판을 기꺼이 맡아준 역락출판사에 감사를 드린다.

2013년 10월 4일
한국구비문학대계 개정·증보사업 연구책임자 김병선

책머리에

구비문학조사는 늦었다고 생각하는 지금이 가장 빠른 때이다. 왜냐하면 자료의 전승 환경이 나날이 달라지고 있기 때문이다. 전승 환경이 훨씬 좋은 시기에 구비문학 자료를 진작 조사하지 못한 것이 안타깝게 여겨질 수록, 지금 바로 현지조사에 착수하는 것이 최상의 대안이자 최선의 실천이다. 실제로 30여 년 전 제1차 한국구비문학대계 사업을 하면서 더 이른 시기에 조사를 했더라면 하는 아쉬움이 컸는데, 이번에 개정·증보를 위한 2차 현장조사를 다시 시작하면서 아직도 늦지 않았다는 사실을 실감했다.

구비문학 자료는 구비문학 연구와 함께 간다. 자료의 양과 질이 연구의 수준을 결정하고 연구수준에 따라 자료조사의 과학성이 결정되기 때문이다. 실제로 1차 조사사업 결과로 구비문학 연구가 눈에 띄게 성장했고, 그에 따라 조사방법도 크게 발전되었다. 그러나 연구의 수명과 유용성은 서로 반비례 관계를 이룬다. 구비문학 연구의 수명은 짧고 갈수록 빛이 바래지만, 자료의 수명은 매우 길 뿐 아니라 갈수록 그 가치는 더 빛난다. 그러므로 연구활동 못지않게 자료를 수집하고 보고하는 일이 긴요하다.

교육부에서 구비문학조사 2차 사업을 새로 시작한 것은 구비문학이 문학작품이자 전승지식으로서 귀중한 문화유산일 뿐 아니라, 미래의 문화산업 자원이라는 사실을 실감한 까닭이다. 따라서 학계뿐만 아니라 문화계의 폭넓은 구비문학 자료 활용을 위하여 조사와 보고 방법도 인터넷 체제와 디지털 방식에 맞게 전환하였다. 조사환경은 많이 나빠졌지만 조사보고는 더 바람직하게 체계화함으로써 누구든지 쉽게 접속하여 이용할 수 있는 데이터베이스를 구축했다. 그러느라 조사결과를 보고서로 간행하는 일은 상대적으로 늦어지게 되었다.

2차 조사는 1차 사업에서 조사되지 않은 시군지역과 교포들이 거주하는 외국지역까지 포함하는 중장기 계획(2008~2018년)으로 진행되고 있다. 한국학중앙연구원 어문생활연구소와 안동대학교 민속학연구소가 공동으로 조사사업을 추진하되, 현장조사 및 보고 작업은 민속학연구소에서 담당하고 데이터베이스 구축 작업은 한국학중앙연구원에서 담당한다. 가장 중요한 일은 현장에서 발품 팔며 땀내 나는 조사활동을 벌인 조사자들의 몫이다. 마을에서 주민들과 날밤을 새우면서 자료를 조사하고 채록하여 보고서를 작성한 조사위원들과 조사원 여러분들의 수고를 기리지 않을 수 없다. 조사의 중요성을 알아차리고 적극 협력해 준 이야기꾼과 소리꾼 여러분께도 고마운 말씀을 올린다.

구비문학 조사를 전국적으로 실시하여 체계적으로 갈무리하고 방대한 분량으로 보고서를 간행한 업적은 아시아에서 유일하며 세계적으로도 그 보기를 찾기 힘든 일이다. 특히 2차 사업결과는 '구비누리'로 채록한 자료와 함께 원음도 청취할 수 있는 데이터베이스를 구축해서 세계에서 처음으로 인터넷과 스마트폰으로 이용할 수 있는 디지털 체계를 마련했다. '구슬이 서 말이라도 꿰어야 보배'인 것처럼, 아무리 귀한 자료를 모아두어도 이용하지 않으면 소용이 없다. 그러므로 이 보고서가 새로운 상상력과 문화적 창조력을 발휘하는 문화자산으로 널리 활용되기를 바란다. 한류의 신바람을 부추기는 노래방이자, 문화창조의 발상을 제공하는 이야기 주머니가 바로 한국구비문학대계이다.

2013년 10월 4일

한국구비문학대계 개정·증보사업 현장조사단장 임재해

한국구비문학대계 개정·증보사업 참여자(참여자 명단은 가나다 순)

연구책임자

    김병선

공동연구원

강등학	강진옥	김익두	김헌선	나경수	박경수	박경신	송진한	신동흔
이건식	이경엽	이인경	이창식	임재해	임철호	임치균	조현설	천혜숙
허남춘	황인덕	황루시						

전임연구원

    이균옥   최원오

박사급연구원

강정식	권은영	김구한	김기옥	김월덕	김형근	노영근	서해숙	유명희
이영식	이윤선	장노현	정규식	조정현	최명환	최자운	한미옥	

연구보조원

강소전	구미진	김보라	김성식	김영선	김옥숙	김유경	김은희	김자현
김혜정	마소연	박동철	박양리	박은영	박지희	박현숙	박혜영	백계현
백은철	변남섭	서은경	서정매	송기태	송정희	시지은	신정아	오세란
오소현	오정아	유태웅	육은섭	이선호	이옥희	이원영	이홍우	이화영
임세경	임 주	장호순	정다혜	정유원	정혜란	진 주	최수정	편성철
편해문	한유진	허정주	황영태	황진현				

주관 연구기관 : 한국학중앙연구원 어문생활사연구소
공동 연구기관 : 안동대학교 민속학연구소

일러두기

■ 『증편 한국구비문학대계』는 한국학중앙연구원과 안동대학교에서 3단계 10개년 계획으로 진행하는 "한국구비문학대계 개정·증보사업"의 조사 보고서이다.

■ 『증편 한국구비문학대계』는 시군별 조사자료를 각각 별권으로 간행하는 것을 원칙으로 한다. 서울 및 경기는 1-, 강원은 2-, 충북은 3-, 충남은 4-, 전북은 5-, 전남은 6-, 경북은 7-, 경남은 8-, 제주는 9-으로 고유번호를 정하고, -선 다음에는 1980년대 출판된 『한국구비문학대계』의 지역 번호를 이어서 일련번호를 붙인다. 이에 따라 『증편 한국구비문학대계』는 서울 및 경기는 1-10, 강원은 2-10, 충북은 3-5, 충남은 4-6, 전북은 5-8, 전남은 6-13, 경북은 7-19, 경남은 8-15, 제주는 9-4권부터 시작한다.

■ 각 권 서두에는 시군 개관을 수록해서, 해당 시·군의 역사적 유래, 사회·문화적 상황, 민속 및 구비 문학상의 특징 등을 제시한다.

■ 조사마을에 대한 설명은 읍면동 별로 모아서 가나다 순으로 수록한다. 행정상의 위치, 조사일시, 조사자 등을 밝힌 후, 마을의 역사적 유래, 사회·문화적 상황, 민속 및 구비문학상의 특징 등을 중심으로 설명하고, 마을 전경 사진을 첨부한다.

■ 제보자에 관한 설명은 읍면동 단위로 모아서 가나다 순으로 수록한다. 각 제보자의 성별, 태어난 해, 주소지, 제보일시, 조사자 등을 밝힌 후, 생애와 직업, 성격, 태도 등을 중심으로 서술하고, 제공 자료 목록과 사진을 함께 제시한다.

- 조사자료는 읍면동 단위로 모은 후 설화(FOT), 현대 구전설화(MPN), 민요(FOS), 근현대 구전민요(MFS), 무가(SRS), 기타(ETC) 순으로 수록한다. 각 조사자료는 제목, 자료코드, 조사장소, 조사일시, 조사자, 제보자, 구연상황, 줄거리(설화일 경우) 등을 먼저 밝히고, 본문을 제시한다. 자료코드는 대지역 번호, 소지역 번호, 자료 종류, 조사 연월일, 조사자 영문 이니셜, 제보자 영문 이니셜, 일련번호 등을 '_'로 구분하여 순서대로 나열한다.
- 자료 본문은 방언을 그대로 표기하되, 어려운 어휘나 구절은 ( ) 안에 풀이말을 넣고 복잡한 설명이 필요할 경우는 각주로 처리한다. 한자 병기나 조사자와 청중의 말 등도 ( ) 안에 기록한다.
- 구연이 시작된 다음에 일어난 상황 변화, 제보자의 동작과 태도, 억양 변화, 웃음 등은 [ ] 안에 기록한다.
- 잘 알아들을 수 없는 내용이 있을 경우, 청취 불능 음절수만큼 '○○○'와 같이 표시한다. 제보자의 이름 일부를 밝힐 수 없는 경우도 '홍길○'과 같이 표시한다.
- 『증편 한국구비문학대계』에 수록된 모든 자료는 웹(gubi.aks.ac.kr/web)과 모바일(mgubi.aks.ac.kr)에서 텍스트와 동기화된 실제 구연 음성파일을 들을 수 있다.

차례

서천군 개관 • 21

1. 서천읍

2. 한산면

● 설화

● 현대 구전설화

3. 화양면

▌조사마을

▌제보자

● 설화

● 현대 구전설화

● 민요

서천군 개관

　서천군의 자연지리적 특징은 대체로 산과 들이 반반인 가운데 크게 서북부와 동남부로 나눌 수 있고, 서북부는 산지가 많고 동남부는 평지가 많다. 이 동남부는 위로는 부여 쪽으로 연결되고 남부는 장항으로 이어지면서 전체적으로 완만한 평야지대를 이루고 있다. 그런데 이처럼 동남부는 넓은 들을 이루고 있으면서도 인근 다른 지역과는 다른 특이점이 있다. 다름 아닌 이곳이 한국 모시의 주산지라는 점이다.

　흔히 이 지역 일대가 한산 모시로 널리 알려진 것은 한산이 모시 시장의 중심을 이루고 있기 때문이며, 모시 길쌈은 한산면을 포함하여 화양면이 중심을 이루고 있다. 한산 모시의 역사는 백제 시대와 닿아 있다고 하며 고려 때는 중국 쪽에 대한 공물로 이용되었고, 조선조에는 지역 특산물로서 오랫동안 그 명성을 이어왔다. 1989년도부터는 연례 한산모시문화제를 열어왔고 한산모시의 역사와 문화를 잘 알리기 위하여 모시타운을 조성하기도 했다. 최근에는 모시 직조의 기계화를 위하여 모시공장을 세우는 등 모시산업의 현대화와 세계화를 위하여 지속적인 노력을 기울이고 있다. 근래 저가품 중국 모시의 수입으로 국내산 모시의 유통과 소비가 많은 영향을 받고 있는 가운데 한산모시는 새로운 활로 모색을 위하여 다각도의 노력을 벌여 나가고 있다. 새로운 직조법을 개발하여 대량생

산 체제를 도모하는 일면 전통적 직조방식을 유지하면서 품질의 우수성을 계승하고 문화적 전통성을 이어나가려는 노력도 계속해 나가고 있다.

때문에 지금도 이 지역 일대에는 마을마다 길쌈을 하는 부녀자들을 쉽게 볼 수 있다. 모시 고장인 이곳 일대는 딸을 낳아 8살 정도의 소녀가 되면 벌써 모시일을 배우기 시작한다고 한다. 이 지역 일대에서는 며느리를 얻을 때에 모시일을 잘 하는 것도 장점의 하나로 고려될 정도였으며, 세모시를 잘 짜는 마을로 알려진 화양면 월산리의 처녀를 며느리 감으로 선호할 정도였다고 한다. 대개 모시 짜기에 아주 능숙한 사람은 이틀 반만에 모시 한 필을 짜며 한 해 겨울에 잘하면 5~6필을 짠다고 한다. 모시 한 필에 대략 쌀 한 가마 값이 되고, 모시 대여섯 필이면 대략 논 한 마지기 값이 된다고 한다. 부지런히 일하면 한 해 겨울에 논 한 마지기를 살만한 돈을 버는 셈이다. 모시는 현금 전환이 빨라 여자들이 가용돈을 마련하는 데에 아주 긴요한 노동이라고 한다. 그리고 가난한 농촌에서 자녀들의 학자금을 마련하는 데에도 적절한 도움을 주기도 한다. 모시일로 논 4마지기를 마련한 부녀자의 일화가 미담으로 전해지기도 한다.

서천군 구비문학 조사는 이 지역이 지니는 이러한 모시문화의 전통에 유의하여 접근하고자 했고, 이 가운데에서도 한산면과 화양면이 모시의 주산지임을 고려하여 이들 지역을 집중적으로 조사했다. 현지조사는 2010년 1월 19일부터 2010년 2월 11일까지 이루어졌으며 황인덕, 김기옥, 서은경, 육은섭 넷이서 총 8차례 현지를 방문하였다. 방문한 마을을 개략적으로 소개하기로 한다.

2010년 1월 19일(화)에 한산면 종지리 지역을 조사하였다. 이곳은 이상재(1850~1927) 선생의 생가가 있는 마을이자 한산에 교회가 처음 세워진 마을로 106년 역사를 가진 곳이기도 하다. 때문에 종지리 주민은 거의 대부분이 교회 신자이다. 논농사가 주업이지만 이 마을에는 왜정 때부터는 모시 베틀의 바디를 만드는 기술을 도입하여 전승해 나간 마을로서도 알려져 있다. 지금은 단 한 사람만이 그 기능을 이어가고 있다고 한다. 종지리는 한때 백여 호를 넘는 대촌이었으나 지금은 집 수가 전에 비하여 거의 반 정도로 줄어들었다. 종지리 마을회관을 방문했을 때 할머니 방에는 15분 정도의 많은 어른들이 모여 소일하고 있었으나 두드러진 구비문학 자료 제공자는 보이지 않았을 뿐만 아니라 거의 전무한 상태였다. 오순(93) 노인을 방문해 보라며 그분에게 모든 것을 미루고자 했는데, 이분을 따로 방문했지만 한두 편의 자료를 듣는 데 그쳐야 했다. 이 마을에서 이야기다운 자료는 큰 마을 서쪽에 있는 천왕절 마을 김용삼(남, 66) 씨로부터 주로 들을 수 있었다. 이분은 직업이 목수라고 하며, 특이한 직업적 이력으로 하여 남보다 많은 자료를 기억하고 있어 주목되었다. 이분 자택에서 40여 편 정도의 설화를 들었다. 결국 종지리의 구비문학은 많이 쇠약해진 모습을 보여주며 이러한 현상은 이 마을 교회의 역사와 무관하지 않다고 할 수 있고, 때문에 자료 조사를 특이한 제보자에게 거의 전적으로 의존할 수밖에 없는 특수성을 보여주었다.

2010년 1월 21일(목)에는 한산면 나교리 나다리 지역을 방문하였다. 종지리에 비하여 나교리는 전형적인 농촌이고 다양한 성씨가 거주하는 민촌이다. 전에 이 마을에는 모시장사로 큰 부를 이룬 집(모시 도매상)이 두어 집 있었다고 한다. 왜정 때 이후 마을 앞 넓은 들이 수리 안전답으로 바뀌면서 이 마을은 빈촌에서 부촌으로 바뀌게 되었다. 이곳은 전성기 때 가구 수가 60여 호에 달했고 지금도 50여 호를 유지하고 있어 다른 마을에 비하여 농촌 근대화에 따른 인구 감소가 상대적으로 적은 편이다. 이곳을 방문했을 때는 마침 한산장날이어서 처음에 두 명밖에 없던 청중이 점점 늘어나 나중에는 제법 이야기판이 어울려져 여자방/남자방에서 각각 20여 편의 설화를 들었다. 이는 이 마을이 교회의 영향을 강하게 받은 곳이기는 해도 민촌으로서의 특징을 강하게 유지하고 있음을 말해주는 결과라 할만 했다.

오후에는 한산면 원산리 원뫼 경로당을 방문하였다. 이곳 경로당은 방이 두 칸임에도 모두 남자들이 독점적으로 쓰고 있고 여자 방은 허술한 별채에 따로 마련되어 있었다. 경로당이 남자 중심으로 운영되고 있음을 잘 보여주었다. 이것이 이 마을 경로당의 한 특징이라 할 수 있는데, 이러한 특징은 곧 이 마을의 위치가 군계와 면계의 경계 지점에 자리잡고 있는 특징과 그대로 이어지는 것이었다. 군과 면계를 이루고 있어 각 지역의 주변에 속한 마을 주민들이 공통적으로 거리가 가까운 이곳으로 모이는 것이다. 때문에 이곳은 모이는 마을꾼은 매일 20여 명 정도에 이를 정도로 늘 성황을 이루며, 그에 짝하여 분위기가 개방적이고 좌중의 연령대도 폭이 넓은 편이다. 이에 따라 이곳에서는 많은 수는 아니라 해도 개성이 강한 화자들이 자료 구연에 참여하는 특징을 보여주었다. 그러나 노인들의 수가 많고 화투판의 응집력이 매우 강해서 기본적으로 화투판을 이야기판으로 전환하는 데에는 한계가 있었다.

  2010년 1월 26일(화)에는 원산리 원뫼 이봉주 씨 댁을 방문하여 이분을 모시고 경로당으로 가서 이야기 10여 마디를 집중적으로 들었다. 이분 외에 새로운 화자는 나타나지 않았다. 청중들은 화자에게 경문을 외어볼 것을 거듭 청했음에도 그는 끝내 사양하였다. 원산리에서 소개해준 여사리 황영하 씨를 방문하여 마을의 특이한 역사 이야기를 들었는데, 그는 여사리의 역사가 매우 오래라는 점과 함께 이곳이 새마을사업 이전부터 이미 자활사업을 벌여온 마을임을 자랑하고자 했다.

  이어 한산면 동지2리 동지뫼 경로당을 방문했으나 남자 주민들 중에 시사 비판에 관심을 두는 사람이 많아 의도한 이야기판이 거의 이루어지지 못했다. 그러나 이어 바로 등 너머 동지1리 경로당 여자방에 가보니 10명의 청중들이 모여 윷을 놀고 있었는데 조사자들의 방문취지를 잘 이해하고 우호적으로 자료 구연에 응해주었다. 같은 동지리지만 이곳 1리는 한산이씨 집성촌이라고 한다. 자신들의 주장을 일방적으로 드러내면서 비판의식을 강하게 토로하고자 한 지 2리에 비하여 1리 주민들이 상대적으로 온건한 태도를 보여주고 있음은 곧 이러한 민촌과 반촌의 차이를 반영하는 것으로 이해된다.

2010년 1월 28일(목)에는 한산면 마양리 하상만 경로당을 방문하여 10여 명의 청중을 상대로 자료 조사를 시도했으나 두드러진 제보자가 없어 별다른 성과를 거두지 못했다. 이곳은 한산이씨 집성촌으로 한때는 100여호 대촌이었으나 지금은 70여 호 남짓밖에 안 된다고 한다. 또한 노인이 30여 명이나 되어 인근에서도 노인이 많기로 알려진 마을이라고 한다. 그러나 노인 수에 비하면 조사된 구비문학 자료 결과는 가장 빈약하였다. 이 마을에도 역시 교회의 역사가 오래인데, 구비문학 자료의 약화 현상이 일정 부분 그 점과 관련이 있어 보였다.

오후에는 동산리 동자북의 모시방을 방문하여 다섯 분 안노인들이 모인 자리에서 10여 마디의 이야기를 들었다. 이 모시방은 개인집 사랑방을 작년에 모시방으로 지정한 것인데 다른 시설을 더 갖춘 것은 아니며 모시 길쌈 일을 격려하고 장려하고자 이미 있는 모둠 모시길쌈 방 입구에 관청에서 '모시방'이라고 팻말만 세워준 것뿐이다. 이곳에 매일 안노인들이 모시 일감을 가지고 와 함께 길쌈을 하며, 다른 마을에서 오는 분도 있다고 한다.

오후에는 지난번에 갔던 한산면 여사리 경로당 안노인방을 방문하여 20여 마디의 이야기를 들었다. 분위기가 비교적 자유로운 가운데 자료 구연 욕구도 다들 적극적이어서 특별한 제보자가 없었음에도 적지 않은 이야기를 들을 수 있었다. 이곳의 이러한 개방적이고 활발한 분위기는 곧 이 마을의 역사와 전통을 반영하는 결과라 할 수 있다.

2010년 2월 2일(화)에는 오전에 한산면 연봉리 마을회관의 남자방을 방문하였다. 마을회관을 오래 전에 벽돌 이층 건물로 지은 것에서 이 마을의 세력과 규모를 짐작할 만했다. 이 마을은 이 일대의 대표적인 한산이씨 집성촌으로 한때 150여 호의 대촌으로서 인재도 많이 배출하고 일찍 개화한 마을이었지만 지금은 35호 정도에 불과할 정도로 거주 주민이 매우 큰 폭으로 줄었다고 한다. 이태구(남, 78) 어른이 구연을 주도하는 가운데 25편가량의 이야기를 들었다.

화양면 와초리 지새울 마을 경로당을 방문하였는데 주민들은 마을에 대한 자부심이 높은 듯 역사 이야기를 들려주는 데 깊은 관심을 보였다. 이 마을은 모시길쌈을 중요시해온 마을의 하나이면서 특히 금강과 가까워 수운을 이용하여 소규모이긴 하나 육지쪽 특산물과 바다쪽 해산물 및 남쪽 지방의 특산물을 상호 교역하는 포구로 이용했다고 한다. 이에 따라 소형 장삿배와 전라도 쪽의 보따리상이 자주 이곳에 왔으며, 전라도에서 태모시를 이곳으로 가져와 화양과 한산에 팔기도 했다고 한다. 이곳에서 10여 마디의 이야기를 들었다.

이어 화양면 화촌리 마을회관을 방문했는데 이곳 역시 대표적인 모시 길쌈 마을의 하나임에 주민들 스스로 긍지를 느끼고 있었다. 이곳에서 10여 마디의 설화를 들었다.

2010년 2월 4일(목)에는 화양면 기복리 한새울 마을을 방문하였다. 현재 가구수가 35호 정도 되는 마을로 주민의 대부분이 교회 신자라고 한다. 이 마을은 황새가 알을 품고 있는데 구렁이가 쳐다보아 부화를 못 하는 형국이라고 한다. 전에는 산에 소나무를 심어 뱀을 가려주었던 것인데 근래 나무를 베어내고서 마을이 안 좋다고 하며, 숭겸산이 곧 뱀머리가 된다고 한다. 7명가량의 청중이 모인 자리에서 30여 편의 설화를 들었다.

이어 화양면 옥포1리 도루뫼 마을 경로당을 방문했다. 이 마을은 전에는 주로 갈대밭이었으나 습지를 농토로 개량하여 유망한 농촌으로 변모되었다. 전에 70여 호가 살았으나 현재는 58호로 줄었고, 대부분이 농업을 하는 가운데 일부는 상업을 하며, 어업 종사자는 4집으로 주로 민물과

짠물 사이에 사는 숭어를 잡아 횟감으로 넘기고 있다고 한다. 이 마을에는 전에 산제를 지내왔으나 몇 년 전 주민 김을태(여, 86)의 꿈에 산신이 다른 데로 가겠다고 현몽한 뒤부터 제사를 중단했다고 한다. 현재 중앙교회와 화양교회가 있고, 화양교회는 60년 이상의 역사를 지니고 있다. 이 마을 남녀혼성의 방에서 20여 마디의 이야기를 들었다.

이어 화양면 보현리 문촌의 여자 경로당을 방문하였는데 예닐곱 분의 청중들이 조사팀의 방문 취지를 잘 이해하여 화투판을 거두고 자료조사에 적극 응해주었다. 청중들이 모두 지식과 교양 수준이 비교적 높아 보였다. 이곳에서 10여 마디의 이야기를 들은 외에 드물게 노래도 들을 수 있었다. 같은 마을 신광호(남, 78) 씨를 댁으로 뵙고 약간의 이야기를 들었다.

2010년 2월 9일(화)에는 화양면 고마리로 가 인근에서 점잖고 유식한 어른으로 알려진 나주운(남, 73) 씨를 댁으로 뵙고 마을 유래와 함께 이야기 10여 마디를 들었다. 오후에는 서천 일대에 풍수가로 잘 알려진 이돈직 씨를 서천 주차장 다방으로 모시고 약 세 시간 동안 풍수 이야기를 집중적으로 들어 50마디 이상을 녹음하였다. 이분은 풍수에 조예가 깊을 뿐 아니라 이번 조사 기간 동안 특정 분야의 설화를 가장 많이 구연해준 분이기도 하다.

2010년 2월 11일(목)에는 화양면에서 가장 큰 마을로 알려진 금당리 하리 여자 경로당을 방문하였다. 마을의 큰 규모에 비하여 경로당은 의외로 허술하였다. 10여 분의 다양한 청중이 있는 자리에서 20편 가량의 이야기를 들었다.

이어 오후에 한산면 송산리 솔뫼 마을회관을 방문하였다. 이곳은 고령 박씨 촌으로 한때는 70여 호에 달했으나 지금은 45호 정도로 줄었다고 한다. 안노인 방에서 청중들의 적극적인 호응 속에 40여 편의 이야기를 녹음하였다. 이어 늦은 오후에 박현규(남, 75) 어른을 댁으로 뵙고 이분의

13대조가 임란 때 '利在松松'이란 비결을 믿고 이곳 송산리를 찾아와 정착했다는 이야기와 미륵바위 전설을 들었다.

이상에서 조사한 구비문학 조사 결과는 대상 지역의 지리, 문화, 역사적 특징을 어느 정도 반영하고 있음을 보여준다. 우선 이 지역은 들 중심의 자연기반 위에서 논농사 중심의 생업을 주로 영위하여 온 곳이다. 그 때문에 범과 같은 산 중심의 동물이 등장하는 이야기가 적었으며 산을 배경으로 생업에 종사하거나 산을 중요한 체험 배경으로 하여 우러난 설화도 적은 조건이었다. 두 번째로는 지역의 특징적 생업 방식과 관련하여 어느 마을에서나 모시길쌈과 관련한 이야기를 즐겨 구연제재로 삼고 있는 점을 들 수 있다. 이곳의 모시 산업이 특별한 민속이나 신앙을 동반하고 있는 것은 아니라 해도, 어느 마을이나 안노인들은 평생 동안 모시길쌈을 하며 살아왔기 때문에 누구든 모시길쌈과 관련한 체험을 지니고 있고 그것이 자연스럽게 일화로 드러나는 예를 어느 이야기판에서나 쉽게 접할 수 있다. 모시길쌈이 시집살이와 접속됨으로써 모시일화는 쓰라린 시집살이담의 일부가 되기도 하고, 그것이 가난 극복 노력과 맞물림으로써 남들에게 모범이 되는 장한 이야기가 되기도 한다. 드물게는 새벽에 미륵바위 앞에 인사를 드리고 모시전에 가면 모시값을 더 받는다는 특이한 신앙민속을 보여주기도 한다. 세 번째는 역사적 측면에서 이 지역의 역사인물로서 이곡(李穀)과 이색(李穡) 부자(父子)를 중심으로 한 인물담이 풍부하고 활발하게 전승되고 있음을 들 수 있다. 이곳 한산 일대는 고려 말의 위 두 인물과 구한국 시대 이상재(李商在) 선생 사이의 오랜 간극 사이에 전설로써 다리가 되어줄 만큼 뚜렷하게 부각된 인물이 없다. 때문에 역사 인물담은 거의가 '가정', '목은' 두 분이 독점적인 지위를 누린다고 할 정도로 유력한 전승력을 유지하고 있다. 다른 지역에서는 독자적 전승력이 매우 뚜렷한 이무학(李無學) 같은 인물도 이 지역에서는 위 두 인물담의 일부로서 수용되고 전승된다고 할 정도이다. 네 번째는 지역의 우연한 특징을 반영하는 전설로 한산 일대의 '안땍꼬' 전설을 들 수 있다. 현대기 유령담 혹은 귀신담의 성격을 띠는 위 이야기는 제재와 전파 면에서 좁은 범위의 지역성을 뚜렷이 지니고 있는 점에서 주목할 만한 의의가 있다고 할 수 있다.

그러나 이러한 지역성보다도 더 크고 일반적인 성격으로는 많은 화자들이 오래된 동화보다는 덜 오래된 설화나 신이 요소가 부분적으로 개재된 근래의 전문담이나 경험담류를 많이 기억하고 있다는 사실이다. 이는 크게 보면 오늘날 우리나라 구비문학의 일반적인 특징이라 할 수 있는 것이면서, 지역과 연관지어 볼 때 이 지역 일대에 길게는 백여 년에서 짧게는 수십 년의 역사를 지니고 마을 곳곳에 널리 파급되어 있는 교회의 영향이 크다고 할 수 있다. 이점은 앞으로도 더 깊이 주목할 필요가 있다고 여겨진다.

1. 서천읍

증편 한국구비문학대계 ● 충청남도 서천군

▌조사마을

충청남도 서천군 서천읍 군사리

조사일시 : 2010.2.9

조 사 자 : 황인덕, 김기옥, 서은경, 육은섭

충청남도 서천군 서천읍 전경

서천읍 군사리 주차장다방에서 화자 이돈직(남, 74) 어른을 단독으로 면담하여 이야기를 들었다. 주위에서 이돈직 어른이 서천 일대에서 풍수로 잘 알려진 분이라 하기에, 그 방면에서 많은 이야기를 들을 수 있을 것으로 기대하고 따로 면담을 요청하자 다방에서 만나기를 원했기 때문이다. 이분은 고향은 가까운 기산면 월기리이며, 어려서 부친이 지사를 초빙하여 답산할 때에 함께 따라가 보는 등 일찍부터 산소자리 보는 데에 관심을 가지고 거의 자습으로 공부를 하면서 40대부터 풍수 일을 하기 시작했다고 한다. 그러나 농업이 기본 직업인 처지에 농사일과 지관일을 병행하려다 보니 지리공부에 전념하기가 어려워 중도에서 그 일을 그만두려는 생각도 여러 번 했는데, 그러다가 만년에 이르면서 자연스럽게 점점 더 이 방면에 심취하게 되었다고 한다. 그러는 가운데 이제 지역사회에 얼마간 이름도 알려져 2년 전부터 동호인들이 구성되어 그들에게 기초 이론을 가르쳐 주기도 하고, 서천문화원과 서천도서관에서 지리에 대한 교양강좌를 개설하여 강사로 초빙받아 풍수지리학 강의를 하기도 한다고 한다.

이돈직 어른은 매우 차분한 성품을 지닌 분으로 기본적으로 이야기를 입담 좋게 구연하기보다 신중한 태도로, 되도록 과장하지 않는 듯한 말투로 구연했다. 자신의 주견이나 주장과 이야기, 본 일과 들은 이야기를 두루 섭렵하면서, 서두르지 않고 열기를 내지 않는 가운데, 그러면서도 주저함이 없고 막힘이 없이 한 자리에 앉아 꼬박 두어 시간 동안 계속 이야기했다. 그럼에도 피로해 하는 기색이 별로 없었다. 거의 50여 마디가량의 이야기를 듣고서 해가 저물어 부득이 다방에서의 이야기판을 마쳐야만 했다.

▌제보자

이돈직, 남, 1937년생

주 소 지 : 충청북도 서천군 서천읍 군사리
제보일시 : 2010.2.9
조 사 자 : 황인덕, 김기옥, 서은경, 육은섭

고향은 충남 서천군 기산면 월기리이다. 10대부터 풍수에 관심이 있어서 아버지를 따라 다니면서 공부를 하였다. 40대부터 지관으로서 남의 묏자리 일을 보아 주러 다녔다. 이 방면으로 공부를 한 것을 후회한 적도 있다고 한다. 그래서 나침판을 2번 깨트린 일도 있으나, 친한 사람이 상을 당하고 난 이후 나침판을 다시 사준다고 하면서 권유를 해서 어쩔 수 없이 다시 일을 시작하게 되었다.

문화원이나 도서관 등에서 강의를 하기도 하였다. 한 3개월 동안 배우고 난 뒤 수료증을 받자마자 풍수사 노릇을 하는 것을 보면 안타깝다고 하였다. 자신이 공부한 것에 대한 자부심도 있으며, 해당 분야에 대해 열린 사고를 가지고 있다. 자신의 안목이 절대적인 것이 아닐 수도 있다고 하였다. 다시 한 번 그곳에 가 보면 판단이 달라질 때도 있어 조심스럽다고 하였다.

자신의 직업과 관련한 이야기가 거의 대부분을 차지한다. 인물에 대한 이야기라도 풍수와 연결이 되어 있다. 특정직업과 관련한 이야기군의 형성이 가능함을 보여주는 대표적인 사례에 해당한다.

제공 자료 목록

무학대사와 욕심 많은 목은

자료코드 : 08_08_FOT_20100209_HID_LDJ_0001
조사장소 : 충청남도 서천군 서천읍 군사리 서천터미널다방
조사일시 : 2010.2.9
조 사 자 : 황인덕, 김기옥, 서은경, 육은섭
제 보 자 : 이돈직, 남, 78세
구연상황 : 이돈직 어른과 통화를 하고 서천터미널 안에 있는 다방에서 만나기로 약속을
　　　　　하였다. 2시경 다방에서 만나 이야기판을 벌였다. 다른 좌석에 앉아있던 사람
　　　　　들의 오가는 소리도 들리는 가운데 이야기가 시작되었다. 무슨 이야기부터 해
　　　　　야 하는지를 물어왔다.
줄 거 리 : 목은 선생이 좋은 자리에 선조의 묘를 잡기 위해서 무학대사와 함께 한산으
　　　　　로 온 적이 있다. 목은이 몇 군데의 명당을 잡아 놓고 보령으로 또 가보자고
　　　　　하니, 무학대사가 그를 보고 욕심이 많다고 하였다.

　저 그 옛날 그 역사상에 이름난 분은 다 아시지만, 목은 선생, 예. 그
분. 그 분이 고려 말년에 저 고향이 한산이씨고, 그런데 인저 그 인제 고
려 때 개경 거기서 다 벼슬자리 허시고 인제 그랬고. 게 고려가 인저 그
참 기울고 인저 조선조가 창업할 때 그때 무너지신 게요, 인저 무학대사
님허구 친교가 있다구 그래요, 있다구 그래요 그런데 인저 그 목은 목은
선생이 제 선조예요.

　(조사자 : 아, 예.)

　인제 고향에 와서 인제 좋은 자리를 잡을려고 그때 그러니까 인저 목
은이 선, 목은 선조의 아버지 되는 가정, 그 가정 산소를 드릴려고 했던지
어쩠던지 하여튼 저 그랬는데, 그 인제 목은, 목은 선생이 그 무학대사님
을 데리고 이 한산 지역에 왔다는 거예요.

에, 와서 인저 이 그 한산 주로 한산 지역, 한산 지역을 인저 답사를 하시는데, 그 지금은 지금 장이 지금 안 스는 장인데 새장이라구 하는 장이 있었어요. 지금 한자로는 신장이지, 새 신자 새장이라고, 신장이라고 허는데. 지금 그 장이 폐장이 됐는데, 오히려 이 지금 한산에 있는 한산면에 있는 '안장'이라고 하는 데, 한산장보다도 오히려 그 모시장이 거가 더 성해서 섰었더래요. 섰어요.

그러니까 인저 그 지금 신장, 거기 마산면 신장린데 거기를 이렇게 지나가다가서 대화 중에, 목은 선생께서,

"아, 그 '조회모산지지다' 조회모산지지. 근데 아침에 모였다 저무를 때는 흩어지는 그런 땅이다."

목은 선생이 이런 말씀을 허셨다는 거에요. 그런게 무학대사가,

"아, 그럼 선생님 이렇게 잘 아시는디 뭣허러 나까지 이렇게 데려왔나?"

이런 말씀허셨다고 그래유. 그래 조회모산이라는 것은 시장 서는 거예요. 아침에 많이 모였다 저물으면 흩어지는 거 아녀요? 그래. 조회모산지지라.

인제 그러면서 에 인저 그 이름난 명당이 멧 되요. 우리 선조 명당이.

그래서 인저 고 마산에 산소가 계신데, 마산면에 계신데 목은 선조의 할머님이 와가 계시구요. 할머님이 목은의 할머님이 거가 계세요. 거기 잡았겠죠? 또. 거기 잡구서 아마 오시는 길에 그런 얘기를 했을 거에요

그리고서 그 저 목은 선생의 아버님 가정. 가정 산소가 지산면 광암리에 계셔요. 광암리 빗고개라고 그런 디에요. 거기를 잡고.

인저 그렇게 인저 몇 간디를 인저 점지를 허구서 인저 목은이 이런 얘기를 했다고 그래요, 인제 무학대사 보고서.

"아. 저기 저 보령 보령을 한 번 가자."

이런 말씀을 허셨다는 거에요.

그러면 거기에는 또 그 명당이 있다는 디여요. 현재 그 토정 선생 산소가 그 근방에 계셔요. 예. 그러니까 아 거기도 그렇고. 게 인저 거기를 가자고 했든지 또 덕림이라는 저 부여군 홍산면. 거기에 그 풍양조씨 선조 산소가 있어요. 거기를 가보자고 했다는 거 같아요. 거기 덕림을, 덕림을 가보자고 그러닌가 무학대사가,

"대감님, 참 도둑놈이네요."

놈이라고 했것어요? 도둑이네요. 그런 얘기가 있어요. 왜 그러냐면 한산 지역의 명당을 몇 개 잡아놓고 또 거기를 가자고 허니 인제 그래서 그런 얘기가 있어요.

살인자가 들어가서 발복하지 않은 명당

자료코드 : 08_08_FOT_20100209_HID_LDJ_0002
조사장소 : 충청남도 서천군 서천읍 군사리 서천터미널다방
조사일시 : 2010.2.9
조 사 자 : 황인덕, 김기옥, 서은경, 육은섭
제 보 자 : 이돈직, 남, 78세
구연상황 : 앞의 이야기와 같은 상황에서 이어서 구연하였다.
줄 거 리 : 한 지관이 다른 사람의 도움을 받고는 은혜를 갚으려고 명당을 잡아 주었다. 10년 후 다시 와 보니, 자신의 기대와는 달리 엉망이 되어 있었다. 알고 보니, 그 묏자리에 들어간 사람이 살인자이어서 발복을 못한 것이다. 악인은 명당에 들어갈 수가 없다.

그리고 인제 이 얘기 따라서, 고 어떤 풍수가 그래 지나다가서 큰 은혜를 입었거든요? 죽을 뻔하다가 살았어.

그러니까 그 은혜를 갚아야겠거든요? 그래서 가만히 보니까 형편이 어려워. 그래서 명당자리를 발복도 쉽게 허구 좋은 자리를 잡아줬어요.

그러고서 십년 후에 와 보마. 이러고 떠났어요.

떠나서 인저 십 년 지나서 인제 기대를 허구 자기가 잡아줬는데, 제대로 인저 잘 살겠지 허구서 가서 봤어.

가서 봉깨 집터를 가 보니까 인저 집터를 잡아줬지. 집터도. 쑥대밭이여. 암것도 없어. 묘에 가보니까 묘에 가보니까,

벌써 관리를 안 한 지가 벌써 십년 다 돼버렸어.

그래 인저 그 남사고는 아녀. 딴, 딴 분 얘기여.

"하하, 내가 이게 여태까지 잘 아는 걸로 알고서 공부를 해서 참 자위를 하고 있었는데, 이게 아니구나. 내가 공연히 적악을 했구나."

그러고서 인저 나침반, 가지고 다니던 나침반을 깨버리고 인제 이 행세를 안 할라구 놓구서 돌로 칠려고 허는 거예요.

그러니까 인저 소리가 들리는 거지.

"아무개야, 그건 네 탓이 아니다. 거기 들어간 사람이 그게 살인자다. 살인자. 에, 그래서 그러느니라."

그래서 보니 인저 그래서 보니 아까 말한 비룡상천으로 알고 인저 써줬는데 그게 사사괘지라.

그 잘못 본 거여. 에. 그러닌가 저 그 신명이 시기는 거다. 악인이 명당 들어갈 수가 없고. 응.

그래서 보니까는 가서 보아도 비룡상천인 줄 알고 봤는데,

그 얘기를 듣고 딱 보닌가는 이건 사사괘지다.

(조사자 : 그 지사 탓이 아니네요.)

예. 아니쥬. 그래서 참 적선인 줄 알아도 적악이 될 수 있고,

그래서 이 어디까지나 사람의 마음은 이 신명과 이슬질 수는 없다는 거, 어디까지나 사람은 사람이지. 고런 개념이.

조씨 집안 옥녀직금형 명당

자료코드 : 08_08_FOT_20100209_HID_LDJ_0003
조사장소 : 충청남도 서천군 서천읍 군사리 서천터미널다방
조사일시 : 2010.2.9
조 사 자 : 황인덕, 김기옥, 서은경, 육은섭
제 보 자 : 이돈직, 남, 78세
구연상황 : 직업과 관련하여 알고 있는 전설에 대해 묻자, 아래의 이야기를 구연하였다.
줄 거 리 : 조씨 집안의 한 산소는 옥녀직금형 명당이다. 옥녀직금형은, 여자가 베를 짜
는 형국이므로 근처에 물이 있어야 하는데, 나중에 그 물이 바로 백마강임을
알게 되었다.

그래 인저 풍수 자리를 보면 그 물형 '어느 형국'이다 이런 얘기가 있
거든요?

그래 인저 물형론이 맞는 건 백 프로 맞는 건 아니지마는, 그 인저 어
떤 산을 볼 때에 이 어떤 유형으로 이게 분류를 해야 하잖아요? 예.

고럴 때에 인저 그 한 가지 방법인데.

지금 말한 그 조씨네 산소는 옥녀직금형이라구 그래요. 옥녀가 옥녀라
고 하면 인저 그대로 옥년데, 보통 처녀. 이렇게 여자, 여자 젊은 여자가,
이 직금. 벼를 짜는 벼를 짜는 형이다. 옥녀직금형이다.

근디 거기 가보면은 높아가주고 물이 없어요. 물이 안 보여요. 예. 한참
멀리. 그런, 그러면 그 인저 베 짜는 거 보셨어요?

예. 그러면 거기에 지금 저 한산에서 모시. 모시를 짤려면 그 꾸리를
꾸리라고 감은 거 있잖아요? 타래 감은 것을 물에 담그야 돼요. 물에다
담그야 허고.

그러고 베를 짤려면 그 앞에 짜나 가는 데서 거기 인저 수분이 있이야
지. 수분이 없으면 끊어지거든요?

그래서 이게 가끔 물을 축여줘요. 그러면 물이 절대적으로 필요해요.
예. 옥녀직금에서.

예. 옥녀직금형은 그런데 옥녀직금인데 물이 있이야 할 텐데 물이 없다 안 보인다. 안 보여요. 거기 한 사 키로 정도까정은 안 보여요.

그러니까, 그 고민을 허는 거죠. 아 옥녀직금 물이 있이야 하는데 아주 참 그게 중요한 건데 물이 없어.

그러닌가 거기에서 누가 그 지나가다 환청을 들었다든가? 인저

이런 저 얘기를 허는 것이, 저 백마강 물이 보이지 않느냐? 그러면 부여 백마강 물이 보여요.

거기에 저 한 거기서 아마 한 삼십 리, 한 십 키로 밖에. 예. 아 그렇다. 그 얘기다. 고런 얘기가 있어요.

근디 인저 지금 그렇게 설화가 참 이렇게 돼 있구. 얘기가 있는데 지금에 와서 그 자리가 아니라 하면

그것은, 그것도 우리 생각이지. 그건 몰라요. 알고 또 긴 것을 아니라 할지도 모르거든요? 우리가 인제 고런, 그런, 그래요.

덕이 있어야 차지하는 명당

자료코드 : 08_08_FOT_20100209_HID_LDJ_0004
조사장소 : 충청남도 서천군 서천읍 군사리 서천터미널다방
조사일시 : 2010.2.9
조 사 자 : 황인덕, 김기옥, 서은경, 육은섭
제 보 자 : 이돈직, 남, 78세
구연상황 : 앞의 이야기와 같은 상황에서 이어서 구연하였다.
줄 거 리 : 한 사람이 죽었다. 스님은 그가 덕이 있는 사람이라고 여겨서 동자에게 좋은 자리를 일러 주면서 그대로 모시라고 하였다. 그러나 동자는 상황이 여의치 않자, 대충 일을 치르고 돌아왔다. 이 일을 안 스님은, 그 사람의 덕이 그만큼 부족한 탓에 일이 그렇게 된 것이라고 하였다.

그러고 인자 이런 얘기를 들었어요. 그 인저 그 옛날 이야기는 스님허

구 동자허구 얘기가 많이 나오잖아요?

그래 인저 스님이 볼 때에 아주 덕인이여. 그런게 자기들에게 인제 덕을 베풀었든 어떻든 간에 명당 쓸 분이어서.

인제 그 동자를 시켜서 인제 어느 분이 작고했는데,

"이 시신을 갖다 어느 동굴 어디 어떻게 올려놔라."

이렇게 일러줬어요. 동자가 일러준 대로 가보닌가 이게 부처님 세 분이 관히 섰어. 거기다 올려노야 혀.

그런데 가온디 부처가 높아. 높으니 이거 올려놔지겠어요? 그렇잖아요?

반듯허면 다 올려지고 아래 가운데 치가 야착구 하면 걸쳐놓을 텐데, 이게 안 되거든?

암만 해도 안 댜. 그러니까 인제 승질이 날 꺼 아녀?

에이, 그 가운데 부처를 자빠트려 버렸어요. 자빠트리고 그냥 올려놨어 올려놓고 왔어.

벌써 스님은 알지.

"너 어떻게 잘 했니?"

"예."

"아닌디. 그려 거짓말 말라고."

허니까 솔직히 허는 거여. 허다허다 헐 수 없이 이걸 자빠트렸다고 허니까,

"맞다. 응. 니가 정성을 잘 들여가주고 거다 올려놨으면 훨씬 좋을 텐데, 그 분이 덕이 그만 못 해서 이렇게 헌 것이다."

이렇게 말씀했다는 그런 얘기도 있어요.

토정과 부내복종

자료코드 : 08_08_FOT_20100209_HID_LDJ_0005
조사장소 : 충청남도 서천군 서천읍 군사리 서천터미널다방
조사일시 : 2010.2.9
조 사 자 : 황인덕, 김기옥, 서은경, 육은섭
제 보 자 : 이돈직, 남, 78세
구연상황 : 앞의 이야기와 같은 상황에서 이어서 구연하였다.
줄 거 리 : 부내복종이라는 명당이 있다. 내포 4대 명당 중의 하나이다. 토정이 부내복종
을 찾으려고 100일 기도를 드렸다. 그런데 그곳은 토정이 차지할 자리가 아
니라는 계시가 있었다. 그래서 토정의 산소는 보령 쪽에 있다. 부내복종과 관
련한 설화가 많이 남아 있다.

비인 쪽에 가면은 그 부내복종. 부내는 지명이고요 지명이고 복종. 복
종은 종을 달어놓게 아니라 엎어 놓은 거예요.

어느 지역에 엎어 놓은 그런 명당이 있다고 그래요. 내포, 내포사대명
당에 들어간다는 복종이에요. 복종에 그 서천군 그 종천면에 있다는 거
예요.

그 저 종천 쇠북 종 자 그래 종천이에요. 인저 거기가 그렇게 좋다는
얘기 듣고 그 토정도 본 고향은 이 한산이에요. 한산이씨 한산이씨니까.

게 인저 복종을 잡을려고, 그것도 어디까지나 설환데 복종을 잡을려
고 뭐 백일산제를 지냈다고도 허구, 인제 이런 얘기가 있어요. 고심을
헌 거죠.

그러닌가 인저 마지막에 산신이 계시를 했다나? 어쨌다나?

"여기는 네 땅이 아니니, 응? 네 땅이 아니니 저 보령 오서산으로 가
라."

이랬다는 얘기가 있어요. 오서산.

지금 오서산 그저 대, 대천 쪽에 오서산아녀요? 그러면 인제 지금 토정
산소가 계신 디가 그 오서산에서 저 서쪽으로 보령, 그 화력발전소 있는

고쪽이거든요. 고정리라구.

저 그리 가서 그 잡았다는 거에요. 그런데 인제 지금 여기 그 이 지금 말한 복종, 거기는 거기에 대한 그 설화가 많애요.

거 뭐 옛날에 명사가 어떤 표를 했다, 이런 얘기도 있고. 고 자리를 은으면은 오금 스 되, 그 함경도 오금이라고 해요.

오금, 검은 게 오금이여. 검을 오 자, 까마귀 오 자, 오금 저는 그렇게 알아요. 오금 오금 스 되가 나온다.

그럼 벌써 묘 쓰기 전에 벌써 부자발복헌단 얘기에요. 땅을 파고 금이 나왔으니 황금도 아니고 이게 금 오금이 뭣인가?

저는 오금으로 알고 있어요. 아 오금이면 검은 금인가? 요렇게 생각허구 있어요. 저는 지가 그렇게 알고 있어요.

확실히 그런가는 모르겄어요 그러면 묘를 쓸라고 땅을 파면은 벌써 금이 나오니 부자가 보장된 거 아녀요?

그렇게 속발한다는 얘기에요. 에 그러, 그러고 또 인저 그 옛날 그 명사가 치표를 해놨다. 표를.

그 표시를 인저 땅을 파고서 묻어 났다. 고걸 찾을려고. 고걸 찾을려고 땅을 파야 찾잖아요?

그러닌가 그 그전에 그 민대감이라고 허는 분이 있다고 그래요. 민씨 대감.

아주 쟁기를 가주고 그 들판을 거가 아주 평지여요, 거기를 소로 갈았다는 거여요. 그 나오라고 나왔다는 팠다는 얘기가 되는 거죠.

개간했다는 건 팠다는 거지요.

그래서 거기에 민경들이라는 들이 있어요. 민씨 대감이 거기를 막 팠다.

(조사자 : 갈았다.)

에. 갈아엎었다 고런 고런 자리에요. 그러니까, 저 그 또 토정이 토정께서 백일산제를 드리고서. 산신이 정성이 갸륵허니까 보여주기라도 할까 헐꺼든요? 보여주기라도.

그러게 인저 보여주는 것이 꿈이 뵈줬는지 어쩐지 모르겠는데, 자기가 분명히 봤거든요?

봤는데 그 표를 해야 할 꺼 아녀요? 응 밝은 날에 가서 보야할 테니까. 그러닌가 거기다가서 그 풀을 이렇게 매놨다는 얘기가 있어요.

풀을 매 놨다. 그러니까 그 다음 날 가서 보니까 웬 산이, 산이 풀이 맺어져 있는 거에요.

사실 이건 저 과장된 이야기죠. 그 누가 매놨겠어요?

그러니까 어떤 표를 했는데 가서 보닌가 찾았던, 또 그런 형세가 또 있던, 요렇게 돼 있겠죠.

그러면서 허탈을 허닌가,

"여기는 네 땅은 아니니 오서산으로 가라."

그래서 오서산에 가서 그 썼다는 그런 얘기가 있어요.

토정의 지혜로 쌓은 석축

자료코드 : 08_08_FOT_20100209_HID_LDJ_0006
조사장소 : 충청남도 서천군 서천읍 군사리 서천터미널다방
조사일시 : 2010.2.9
조 사 자 : 황인덕, 김기옥, 서은경, 육은섭
제 보 자 : 이돈직, 남, 78세
구연상황 : 토정 선생에 대한 전설을 이야기하기에, 조사자가 또 다른 전설이 있느냐고 묻자, 아래 전설을 구연하였다.
줄 거 리 : 토정이 선산을 잡을 때, 그 앞으로 바닷물이 들고나는 것으로 보고 그것을 해결하려고 하였다. 예쁜 여자 허수아비를 세워 놓고, 지나가는 사람들이 그곳에 돌을 던지게 해서 그곳을 메웠다. 토정이 그곳에 석축을 한 흔적이 지금도 남아있다.

(조사자 : 그리고 이어서 그분이 그 선산 잡을...)

거기 가서 보면은 지금 현재 보면은, 고게 인저 그 앞에 산이 둘러 쌓여 있고서 바로 바닷가에요. 바닷가인데.

에 그 바닷물이 들락날락 해요. 이렇게 외가주고서 조렇게 원산도로 나갔는데 고것이 흠이에요.

아까 말씀한 것처럼 이렇게 보이는 거요. 앞이로 게 인제 그것이 흠이기 때문에, 저것을 메꾸야 하는데 메꾸야 하는데,

그 인저 어디까지 설화 같어. 그 인저 그 토정 선생은 인저 도력을 부리는 분들을 이렇게 알고 있잖아유?

거기다가서 인저 흙으로 다 메꾸야 할 텐데 방도를 헌 것이, 그 인저 바닷가구 허니까 지나가는 사람들 많이 있을 거 아녀요?

거기다 허수아비. 허수아비를, 예쁜 여자 허수아비를 세워 놓은 거예요.

거 사람이 지나갈라 허면 이렇게 방긋방긋 웃고 있어요. 그러니까 이상하거든?

그러니까 이게 표시를 해봐요. 그러면 저 뭐라고 인저 신호를 보낸 거지. 보내는 건데 손짓허면 딱 들어가. 싹 그렇게

에, 그러고 가면 나오고. 그러니까 그 독이나 흙을 던져요. 그러면 쏙 들어가. 그러면 또 쏙 나와 그래서 자꾸 던질 거 아녀요?

가까이 가던 못 허구. 게 바다 쪼금 바다 안에 있으니까 그러게 실체를 몰를 거 아녀요?

그러닌까 자꾸 던지는 거여.

그러면 인저 여러 사람들이 많이 던지면은 거가 인저 흙이 쌓일 꺼 아녀요?

그러면 저 거기 거 땅허구 연결되지. 저만치 또 윙겨(옮겨) 놔.[일동 웃음]

자꾸 그래서 거기를 쌓았다는 거에요. 그런 설화가 있어요. 그런데 저

이건 인제 설화일 뿐이구. 아니 설화고.

지금 현장에 가보면, 그, 그 바다 바다가 이렇게 연해지냈는데 그 썰물이면 물이 들락날락 해요. 그게 아주 귀찮거든?

그러닌까 거기를 토정께서 석축헌 흔적이 있어요. 그래서 그 돌로 이 근래에 인저 그 간사지 막을 때,

그놈 갖다 쓰고, 거기서 헐어진 둑을 쓰고 그랬다는 얘기가 있어요. 그건 사실이에요. 그런게 토정께서 거기를 쌓는지, 그 무슨 저 그 공공기관에서 쌓는지 그건 모르지만은,

확실히 그 쌓은 흔적이 있었대유. 예.

거 그때 그런게 인저 간척지 막을 때 일했던 분들이 거기서 그 독을 갖다 썼다구 그런 건 전헌대유.

확실히 그 석축한 건 사실이에유. 그래 고런 설화가 있어요.

무학대사와 왕십리

자료코드 : 08_08_FOT_20100209_HID_LDJ_0007
조사장소 : 충청남도 서천군 서천읍 군사리 서천터미널다방
조사일시 : 2010.2.9
조 사 자 : 황인덕, 김기옥, 서은경, 육은섭
제 보 자 : 이돈직, 남, 78세
구연상황 : 앞의 이야기와 같은 상황에서 이어서 구연하였다.
줄 거 리 : 태조 이성계가 개국을 하고 도읍지를 정하려고 무학대사와 서울에 왔다. 답사를 하고 다니면서도 무학대사는 확신이 서지 않아 고민을 하고 있었다. 이때 한 농부가 소를 꾸짖는 소리를 듣고 십 리를 더 가게 되었다. 그래서 그 지명이 왕십리가 되었다.

조선 조 태조. 그 태조가 도읍을 정헐려고 그래 인저 개국을 허구서는 5년 간 개성에 이, 몇 년간 개성에 있었지 않았어요?

개성에서 거기서 이 한양에 도읍을 헐려고, 처음에는 계룡산 다 잡았다가서 한 일 년 간 일을 허구서는,

인저 거기가 마땅치 않다고 해서 한양다 잡는데, 인제 무학대사하구 같이 인저, 그러니까 지금 현 서울 그 근방. 왔는데,

그때도 인저 지금 그 서울 원 성곽이 있잖유? 원 성곽이 있구 거기다 인저 정했는데, 또 한 어떤 분들은,

지금 저 연세대핵교 있는 디 거기 거기라구도 했구,

그리고 또 인저 무학대사는 지금 왕십리 쪽 거기다가서 거기서 인저, 그러니 인저 서울 한번 가 보면은, 저도 엊그제 가봤는데 참 대단하거든? 산세가.

그러면 그 도봉산서 인저 그 삼각산으로 그런 산 있구, 저 의정부 저 안쪽에서부터 인제 수락산 불암산 이렇게 돼 있잖애유? 예.

그러면은 그 무학대사가 본디는 이쩍, 그런게 인저 그 현 서울서 동대문 거기에서 한 십리 쪽 동쪽, 고 금방을 생각허구서,

거기서 인저 이렇게 답사를 허는데, 이 확신이 안 섰을 테죠. 확신이 안 서.

그래서 거기서 인저 많이 머물렀겠쥬. 그게. 그런데 어떤 인저 보는데 그 어떤 농부가 인저 그 밭을 갈으면서 밭을 갈으면서,

"예이, 이 놈 무학이 같은 멍청한눔의 소야, 냇가 하나를 못 건너가느냐? 이 무학이 같은 미련한눔의 소야!"

이 애길 허거든요? 자기보고 허는 얘기거든? 그러니까 냇가를 못 건너가느냐 그러면 그게 중량천인가 될 꺼에요.

중량천 지나면 ○○ 아녀요? 게 그 내여. 그런게 그 내를 건너가서 이쪽으로 혀라. 그래 보닌까 저쪽 보닌까는 그쪽으로 갔거든?

그래서 왕십리 십 리를 더 가라 그래서 왕십리라는 그런 설화가 있지유.

그건 아주 뭐 다 누구나 다 아는 설화 아녀? 왕십리 예서 십리 오면은 동대문 나서고, 하닝깨 요기 거라 했다는 그런.

무학대사와 정도전이 발견한 부처 바위

자료코드 : 08_08_FOT_20100209_HID_LDJ_0008
조사장소 : 충청남도 서천군 서천읍 군사리 서천터미널다방
조사일시 : 2010.2.9
조 사 자 : 황인덕, 김기옥, 서은경, 육은섭
제 보 자 : 이돈직, 남, 78세
구연상황 : 앞의 이야기와 같은 상황에서 이어서 구연하였다.
줄 거 리 : 도성을 쌓을 때, 부처처럼 생긴 돌이 하나 있었다. 정도전은 그 돌을 성 밖으로 내어놓자고 하였고, 무학대사는 성 안으로 들여놓자고 하였다. 결국 그 돌은 정도전의 말대로 성 밖에 두게 되었다.

거기두, 그러면 인자 도성을 쌓을려면, 성. 성을 쌓아야 하잖아요?

그러면 그 성터 정하는 것도 다 이게 인저 그 다 해야 할 거 아녀요? 그래.

거기에서, 에, 그 개국공신 중에 삼봉 정도전, 그분이 거의 다 그 주관헌 걸로 되있잖유?

주로. 그러니까 그게 지금 그 바위를 지금 모르겠는데, 이짝 인왕산 자락 뒤에 바위가 있다고 허더만?

그러니까 부처만한 생긴 바위가 있대요. 사람만한 바위가.

그러니까 무학대사는 그 바위를 도성 안이루 늫자는 둥, 이 저 삼봉 정도전 씨는 밖으로 내자는 둥,

게 인저 옥신각신 헌 거여. 게 결국에는 그 바위가 도성 밖으로 나갔대요. 성밖으로 그래서 무학대사가,

"하이고, 인제 불교는 틀렸구나."

이랬다는 애기로 허더라구요. 그러니까 물론 그 산 능선으로 이게 성을 쌓다보면 그러더면 땅기느냐 아니냐 이런 것이 있겠쥬?

있을 법한 애기쥬. 그렇지만 인저 어디까지나 고려는 불교국가고 이 조선조는 유교국가니까 고런 설화가 나올 법도 허지유.

무학대사는 불교 쪽이고 그 삼봉 정도전씨는 유학 쪽이고 허니까, 그런, 그런, 그럴 법도 허지요.

하관하기 전에 발복하는 묏자리

자료코드 : 08_08_FOT_20100209_HID_LDJ_0009
조사장소 : 충청남도 서천군 서천읍 군사리 서천터미널다방
조사일시 : 2010.2.9
조 사 자 : 황인덕, 김기옥, 서은경, 육은섭
제 보 자 : 이돈직, 남, 78세
구연상황 : 앞의 이야기와 같은 상황에서 이어서 구연하였다.
줄 거 리 : 한 총각이 머슴살이를 하고 있었다. 아버지가 돌아가시자, 한 지사가 총각을 도와주기 위해 묏자리를 일러 주었다. 그런데 총각은 급하게 오는 바람에 땅을 팔 연장을 가지고 오지 않았다. 연장을 빌리러 간 총각은 그곳에서 혼자 사는 과부를 만나 이후 잘 살게 되었다. 묏자리를 쓰기도 전에 발복하는 자리가 있다.

그러면 5시 경에 썼는데, 에 여, 8시 경에 발복난다. 에 꺼꿀로 묘장인 발이라.

(조사자 : 묘장인발이라.)

그러면 9시 쯤에 아니 8시 쯤에 쓸텐데, 벌써 5시 쯤에 발복난다. 미리. 에, 그래 인저 그런 설화가 있어요. 거기에 대해서. 그래 인저, 지금, 옛날에는 그 머슴이라는 개념이 있잖아요? 고용살이 머슴.

그래 인저 어떤 그 총각이, 총각이 촌노 슬하에 살다가서 어디 가서 어

느 인제 부잣집에 대갓집에 가서 머슴을 살거든?

근디 인저 아버지 묘를 쓰야잖아요? 아버지 묘를 쓰야 하는데, 그 머이와 비슷헌 얘기가 여러 개 있어가주고 지금 헷갈릴 거 같은데.

그쪽에 대해서는 그렇지요. 그러고, 지금 제가 얘기허는 건 다 이게 머전국적인 다 같은 얘기에요. 그렇게 돼요.

게 인저 지금 저 발복이 빨리 된다는 얘기.[이야기의 흐름을 놓친 듯해서 조사자가 조금 전의 내용을 떠올려서 말하자 다시 이어졌다.]

그래 인제 착하거든, 그러니까 인저 그 지사 한 분이 얘를 도와줘야겠어. 근디 이 총각은 가장 급헌 게 돈도 있이야 허구, 인저 저 결혼도 해야하거든? 그게 아주 급선무여요.

그래 인저 저 고런 자리를 잡아줘야 헐 꺼 아녀요? 그런데 거 인저 우선 땅을 파야 허잖아요? 땅을 파는데 연장이 있이야 할 꺼 아녀? 파는 연장이. 연장이.

아 인저 무지막지 인저 급헌 마음으로 다가가서 시신을 모시고 갔는데, 아버지 시신을 모시고 갔는데. 가고 보니까 빈손이네?

팔 게 없어 연장이 없어. 그 어떻게 할 거예요? 그러니까 인저 내려놓고 그 인제 지사랑 같이 갔을 테지. 같이도 허구 인저 혼자 가기도 했을 테지요.

그 인저 우선 연장을 빌려오야지요. 넘의 집에 가서. 그래 가 보니까는, 저 마을에 내려가 보닌가 맨 첫집에 들어갔는데, 거가서 인저 그 연장을 구허는 거여.

근디 마침 그 집에 혼자 사는 과수댁이여. 젊은. 과수댁이여. 예. 참 얘기가 점 이상허네.[조사자들 중에 여자가 있어서 얘기하기가 조금 곤란하다는 의미이다.]

그런데 인저, 그 이건 뭐 젊은 남녀 간에는 짝 그, 그 있을 거 아녀요?

그래 인저 부인 혼자 사는데, 아 총각이 헐레벌떡 들어오는 이렇게 ○

○○○ 허면서 연장을 빌리자고 허는데,

그게 그 복을 받을려면은 벌써 기상부터 틀리지 않을 거예요? 이게 인
저 참 뭐야 콩깍지가 끼었든 어쨌든 이게 막 대단하게 보이는 거지. 그래
반해버린 거여.

에, 에 그러니까 저 거기에서 총각도 연장 그 빌리는 것은 그 잊어버린
거여.

순간적으로 그러니까 그건 젖혀놓고, 에 그 본론이 들어가버린 거여.
거기에서.

그러닌가 그런데 총각이야 어떻게 그렇겠어요? 그런데 이 여자 쪽에서
응? 꼬시는 거여. 꼬시는데,

하여튼 나하구 살면은, 내가 가진 재산 다 주고 에? 뭐든거 다해주겠다
이거여.

발복 벌써 나는 거여. 묘 쓰기 전에.

(조사자 : 그럼요. 그거 진짜 발복이네요.)

그 뭐 총각이랬어야 그거 뭐야 얼매나 좋아요? 다 들어준 거여. 그러닌
가. 그러면 거기에 인저 그 집에 하인이 있을 거 아녀요?

하인이라는 표현이 참 이상허구만.

그런게 그 사람네 같이 데리고 가서, 묘지 에? 장만해가주고서 장사 지
낸 거에요.

그래 벌써 묘 쓰기 전 너덧 시간 전에 발복이 나는 거예요. 예. 예. 그
래 고런 설화가 있어요. 고런 설화는 많애요.

옥호도지 명당 차지하려고 다투는 망자들

자료코드 : 08_08_FOT_20100209_HID_LDJ_0010

조사장소 : 충청남도 서천군 서천읍 군사리 서천터미널다방
조사일시 : 2010.2.9
조 사 자 : 황인덕, 김기옥, 서은경, 육은섭
제 보 자 : 이돈직, 남, 78세
구연상황 : 앞의 이야기와 같은 상황에서 이어서 구연하였다.
줄 거 리 : 부잣집에서 상을 당하자, 한 지사가 옥호도지형의 명당에 묏자리를 잡아 주었
다. 다시 보니, 처음보다 더 좋은 곳이 보였다. 그래서 자리를 바꾸어 장례를
치렀다. 나중에 보니, 그 자리를 놓고 죽은 두 사람이 서로 말다툼을 하는 것
이었다.

그 좋은 자리는, 이게 풍수 그 본론 쪽에 인제 비유해서 말씀드릴려고
허는 거에요. 이 보통 봐서 호화롭게 잘 된 디는 그게 드물어요. 자리가.

그리고서 아주 쫌 그 보잘것 없고 은미허게, 사람 눈으로 봐서 하찮게
보이는 고 자리가 그게 다 좋은 자리가 많아요.

그런 그러면 인저 옛날에 그 옥호도지라는 명당이 있어요. 옥호는 옥
병, 옥병인데 땅에 자빠진 거예요. 응.

병이 오지병이 땅에 자빠진 거, 고런 형체가 있어요. 그런 동네에 인제
잘살고 부잣집이 상이 났어요.

났는데, 그러면 뒷산이 뚱그런헐 꺼 아녀요? 그렇지요? 에, 좋게 보이
지. 그러면 자빠진 병쪽에는 어떻게 되겠어요?

쫌 아래 인저 야친 데서 하찮잖애요? 그렇잖애요? 땅이 자빠졌으니까.
그러니까 인저 보통으로 볼 때는 둥그런 거기를 좋아할 꺼 아니에요?

그래 인저 그 부잣집에서 인제 거기를 묘를 쓰는 거여. 쓸려고 허는 거
여. 근디 인저 그 지사가 보닌가 아니여. 응.

저 아래가 기여. 저 아래가. 그래... 반대로 됐나 모르겠네. 얘기가. [이
야기의 앞뒤가 바뀐 것 같아 잠시 망설이다가]

하여튼 그러고서 있는데, 인제 마침, 그 가난헌, 가난헌 인저 그 사람
이, 인저 부모가 작고했는데 오디 쓸 디 있간디요?

저 아래 그 습지 같은 디 거기다 쓸라고 파고 있거든? 그 지사가 보닌가, 그래 지사도 저 그 백 프로 다 모를 수 있잖애요?

그러니까 인저 어떤 초점을 맞춰서 그 초점 맞춘디 거기를 주관해서 보면은 보이는데, 인제 그렇거든요?

그 지관도 그 뒤 둥그런헌디 거기를 찾지 못해서 그냥 쓰는 거여. 쓸려고 일을 허는 거여. 근디 저 아래가서 누가 인저 사람 하나가 거기를 파고 있거든?

그가 기네. 보니까.

그러니까 이 지사가 그냥 그 내비러둬야 허는데 이게 설화가 이뤄질러니까 그렇지요.[일동 웃음]

이 지사가 저기를 욕심내. 이게 이왕이면 이분을 이 부잣집을 거기다 써주야겄어, 써줘야겄어. 그래 가서 거 이 저가 보고서,

"너 여기 왜 파고 있니?"

"아이구, 우리 어머님 돌아가셨는디 쓸라고 그런다고."

"야, 너 이런 디다 묘 써서 되겄냐? 안 되겄지. 저기 저 좋은 디 허는데 있잖니? 거기다 갖다 써라."

헌게 본인은 좋거든? 아 여기는 물 날 디고. 판판한 디고. 좋다고. 인제 했어. 받았어. 그래서 인제 여가 설득을 해야할 꺼 아녀요? 여기 와서.

에, 여기는 이게 좋지 않고 내가 좋은 디 잡아줄 텐게, 그러자고 하니까, 인제 지사를 믿는 거여. 믿는 거여. 그래 바꿔 쓴 거여.

그래도 상주가 생각할 때 인저 묘를 쓰고 저녁에 생각할 때 상주가 생각할 때 짠 혀. 응.

지사의 그 말을 믿어서 했지만 암만해도 불안혀. 그러니까 인저 쓰고 나서 불평을 허는 거여. 안되겄거든? 가서 보니까.

저기 그 좋은 디다 가서 그 떠난 사람 챙겨가주고서 그걸 보닌가는 안 되겄어. 불평을 허는 거여.

"불평을, 불평허지 마라. 그러면 오늘 저녁이 집에서 자지 말고 여기 인저 그 저 습지다 쓴 거 가서 가만히 묘역 여기서 하룻저녁 자봐라. 뭐가 있을 거다."

또 인저 워트게 해여? 그래야겠다고 허는데 인제 잠결에. 그래 인저 잠결이겠지요? 시끄러워. 그 자기 아버지 그 묘 그 근방에서

시끄러, 가만히 들어보닌가 자기 아버지허구 아버지 영혼허구, 그 노파 노파허구 쌈을 허는거여. 쌈을. 응.

"당신 말여 부자라구 잘 산다구 잉? 내, 내 땅 뺏어 썼냐?"

막 항의를 허는 거여.

"그렇지만 내가 했냐? 지사가 잡아서 쓴 것이지. 말으라고."

이렇게 막 옥신각신허는 거여요. 그 소리를 들은 거여 아들이.

"하하, 그렇구나."

그렇다는 얘기가 있어요.

명당을 빼앗은 부자

자료코드 : 08_08_FOT_20100209_HID_LDJ_0011
조사장소 : 충청남도 서천군 서천읍 군사리 서천터미널다방
조사일시 : 2010.2.9
조 사 자 : 황인덕, 김기옥, 서은경, 육은섭
제 보 자 : 이돈직, 남, 78세
구연상황 : 앞의 이야기와 같은 상황에서 이어서 구연하였다.
줄 거 리 : 어떤 부자가, 다른 사람의 묏자리를 파고 자신의 선조를 그 자리에 모셨다. 이를 본 주자가 말하기를, 이 묏자리에서 발복을 하지 않으면 지리가 없는 것이고, 발복을 하면 천리가 없는 것이라고 하였다.

인제 덧붙여서 제가 한 말씀 드리야겠네, 이게 중요한 얘기에요. 그 성리학 정주학 그러잖아요?

정자 주자, 주자. 주자님. 게 송나라 때 주자님이 그 성리학은 아니고, 성리학은 천리니까 그러면 천리를 아는 분이 지리를 모를 리가 없잖아요?

그래 인제 그 분이 그 중국서 나온 고전에 그 주자님 말씀이 실려 있어요. 뭔 얘기냐면은,

그 어느 지역을 가보니까 묘를 써 있는데, 이 묘가 원래는 딴 사람이 써 있는데,

그러면 그러닌가 세력도 없고 그런 분이 써 있어요.

그런데 그 세력이 있구 부자된 분이 억지로 뺏어서 썼어요. 썼어. 그러닌가 주자님이 그 묘를 봤어. 게 주자님 허는 말씀이,

이 묘가 발복이 안 되면 지리가 없는 것이고, 틀림없는 명당이라는 얘기죠. 그렇죠?

이 명당이 발복이 안 되르면 남 지리가 없는 거죠? 그리고 만약에 이 명당이 발복이 되면 천리가 없는 거다.

이왕에 쓴 묘를 파괴 시키고 그걸 또 썼다 하면 이건 아니다, 덕이 부족허기 때문에.

이 얘기에요 그러면 천리가 우선이죠? 그럼 천리 대변은 뭐요? 맘이요. 맘, 사람 맘이 맘 덕, 그렇게, 그렇게 써있구.

이인손의 묏자리와 비기

자료코드 : 08_08_FOT_20100209_HID_LDJ_0012
조사장소 : 충청남도 서천군 서천읍 군사리 서천터미널다방
조사일시 : 2010.2.9
조 사 자 : 황인덕, 김기옥, 서은경, 육은섭
제 보 자 : 이돈직, 남, 78세
구연상황 : 앞의 이야기와 같은 상황에서 이어서 구연하였다.
줄 거 리 : 이인손이라는 사람의 묘를 쓸 때, 한 지관이 몇 가지 금기 사항을 일러주면서

지키라고 하였다. 그런데 세월이 흘러 자손들이 이를 어기게 되었다. 왕의 묘를 이장하기 위해 지관이 전국을 돌아다니다가 이 묏자리를 찾아내게 되었다. 이장하기 위해 그 묘를 파 보니, 비기가 나왔다.

그 이인손 이인손일 꺼예요 아마. 그 아들 네 분이 그 다, [휴대폰 벨이 울려 청취 불능]

그 지사가 거기를 잡아주면서 무슨 일이 있더래도, 그러면 인자 좋은 일이 있드래도, 있드래도,

"여기에 재실을 짓지 말고 집 한 칸도 짓지 말고, 개울에 돌다리도 놓지 말아라. 다리도 놓지 말아라."

이랬다는 거에요. 예.

그런데 그 그렇게 그 집안이 아주 참 융성한 집이거든요?

그런데 자손들이 가서 비라도 피할 만한 그 집 한 채는 지야겠지. 그래서 재실을 진 거고 거 건너댕길라면 다리가 있이야 할 꺼 아녀?

암만해도 그래 다리를 놓은 거에요. 놨어. 게 인저 그 인저 세종대왕 원래 모신 자리가 좋지 않다 이런 뭐시 있어가지고,

인저 이장을 길지를 잡아서 이장을 헐려고 국지사를 보냈겠죠?

그러니까 인제 경기도 일대 돌아다니다 보는데, 그 인저 앞에 북등산이란 산이 큰 산이 있어요. 물론 거기 올라갔든지 어떤지 했는데 거기서 보닌가 그 좋은 자리가 보여. 예.

그래서 인저 거기를 가서 보닌가 게 참 그 써 있거든요?

그러니까 마침 고때 인자 해질 무렵인데 쏘나기가 오는 거여. 쏘나기가 오고 개울물이 막 흘르고 막 그러는 거여.

근디 오도가도 못 허는 거죠. 높은 산이서 봐가주고 거기를 그 지점이를 갔는데, 비가 오니 그러고 비가 온게 물은 흘를 꺼 아녀요?

개울을 건너가야지? 그런데 개울을 건너가는데 고 안이 보니까 집 한 채가 있어. 비를 피해야겠지요?

에, 그런게 개울 건너서 거 가서 비를 피했어. 피해서 날이 개서 보닌까 거기에 그냥 좋은 자리가 있어요.

그러닌가 개울 안 넘고 집을 안 지었으면 국지사가 갈 리가 없어. 인저 그래서 인저 그랬다는데.

또 인저 구 해설하는 사람이 그러더라구요. 인저 그 자리를 파보닌가 파보닌가, 그

"여기에서 연을 널려서 널려서 연이 떨어지는 곳에 그리 이장을 하면 된다."

요런 비기가 있었다고 그런 얘기도 허더라구요.

딸이 빼앗은 명당

자료코드 : 08_08_FOT_20100209_HID_LDJ_0013
조사장소 : 충청남도 서천군 서천읍 군사리 서천터미널다방
조사일시 : 2010.2.9
조 사 자 : 황인덕, 김기옥, 서은경, 육은섭
제 보 자 : 이돈직, 남, 78세
구연상황 : 앞의 이야기와 같은 상황에서 이어서 구연하였다. 장소가 다방이라 여러 잔의 차를 주문하면서 이야기를 이어나갔다.
줄 거 리 : 전주 이씨 집안의 딸이 체씨 집안으로 시집을 갔다. 친정아버지가 돌아가시자, 딸은 장례를 치르기 위해 친정으로 왔다. 묏자리를 두고 한 스님과 동자가 주고받는 말을 듣고는, 그 자리를 차지하기로 마음 먹었다. 딸이 물 한 바가지를 묏자리에 부어 놓는 바람에, 결국 체씨 집안이 그 묘를 차지하게 되었다.

실제 지금 저 역사상에 이름난 분 그 번암 체재공 있잖아유? 정조 때 그 명상. 그 이산이라는 그 연속극에 그 많이 나오, 체재공 많이 나오쥬?

그분의 인제 선조폰데. 그 인저 그 선대에 보령 쪽에 인저 그 있는 얘긴데. 원래에 그 전주 이씨가 묘를 쓸려고 허는데.

그 전주 이씨가 그 그쪽에서 인저 참 잘 사는데. 근데 인저 그 시집을 좀 가난한 데로 갔든가벼 어떻게? 응.

근데 딸이 인저 그 친정아버지가 돌아가셨는데, 가서 인저 상을 치루는데, 그게 시간이 많이 걸릴 거 아녀요?

아침부터 일을 해가주고서 인저 거기 산역을 허구 광중을 파고 인저 그러는데.

이 여자가 여인이 그 우물가에서 인저 거기서 뭘 씻고 있어.

씻고 있는데, 거 어떤 그 스님 한 분허구 동자 한 분허구 이렇게 지나가면서. 그래 동자가,

"선생님, 저기는 자기 옳은 디가 아니잖어유?"

이렇게 얘기허는 거여. 뭔지 저 방정맞게 말한다고 이렇게 인저 머리를 탁 치면서,

"왜 그러시유?"

"너 이놈 방정맞으닝개 말 했은게 그렇다고."

"제가 뭘 잘못했간디요?" 그런게,

"임마 알지도 못 허구서 그런다고. 애 임마 이건 여기 채씨땅이라고."

이러거든? 문득 얘기헌 거에요. 그 얘길 들은 거에요. 그 이 욕심이 나는 거에요. 자기 시집이 채씨니까. 벌써 게 계시가 되는겨?

아녀 방도가 있이야지? 방도가 어떻게 내냐구요?

그러니까 거기 인저 우물에서 물을 떠가주고 물을 한 그릇 떠가주고 와서 그 광중 파놓은 디다 부어버렸어요.

그러닌가 그 저 오후에 와서 묘를 쓸려고 보니까 물이 꽤있네?

낙망이죠. 광중 팠는데 물이 괴여 있으니까 쓰것어요? 인제 거다 못 쓰는 거지요. 그래 못 쓰고 딴 디다 딴 디다 썼지요.

그러니까 인저 그 여인이 인자 꿍심이 있으닌가, 그 인저 아버지, 저 오라버댁 그 저 오라버지 보구서,

"그 버리는 땅 땅은 버리는 땅이니까, 지금 우리 친 저 시집 시아버지 묘를 못 썼으니 저 좀 빌려주세요."

뭐 대수롭게 그럼 그래라. 그러고 썼다는 거예요. 그런데 인저 그 어려서 인제 들을 적에는 방도가 없잖아요?

급헌 김에 갓 거기다가서 인제 이렇게 쉬야를 했다고 이런 이렇게까장도 얘기허는데, 그렇게 해 했겠어요?

물 갖다 부었지. 저 어렸을 때는 그랬어요. 급헌 김에 막 거다,

(조사자 : 거서 그냥 쉬했다고요?)

에. (조사자 : 그것도 그럴 듯해요?)

그럴 듯허지요. 어떻게 방법이 없으니까. 그렇지만은 이제 사례를 볼 때, 물 떠가주고 가서 이렇게 부어났다.

이렇게, 그래서 에 그 인저 그 이씨에서는 만약 딸 나면 딸 나면 엎어났다. 이 딸이라는 건 이게 요물이다. 고랬다는 고런 전설도 있어요.

(조사자 : 한번 크게 당해서요, 그냥.)

에, 그런디. 고런 설화는 많애요. 각 지역에 있어요. 그러면은 왜 그러냐면은 확실히 그게 꼭 그럴 만 아니더래도, 딸쪽헌테 뺏기는 경우가 많이 있어요.

그렇게 그러면 왜 그러냐면은요?

인제 그게 사돈간이니까 땅을 빌려줄 수가 있어. 그렇잖아요?

빌려줬는데 빌려준 땅이 명당이거든. 인저 고렇게 해서 모르면 거기 인저 그 설화가 그케 맞춰된 것일 거에요. 그런게 많이 있어요.

남쪽에서 온 소금장수가 차지할 부내복종

자료코드 : 08_08_FOT_20100209_HID_LDJ_0014

조사장소 : 충청남도 서천군 서천읍 군사리 서천터미널다방
조사일시 : 2010.2.9
조 사 자 : 황인덕, 김기욱, 서은경, 육은섭
제 보 자 : 이돈직, 남, 78세
구연상황 : 부내복종에 대해 조사자가 묻자, 아래의 내용을 구연하였다.
줄 거 리 : 부내복종이라는 명당은, 남쪽에서 온 소금장수가 쓸 자리라는 설이 전해지고
        있다. 또한 삼성칠현이 날 자리라는 설도 있고, 삼제갈칠한신이 날 자리라는
        설도 있다.

남래염상지지라. 남쪽에서 온, 남래. 염상지지 소금 염 자, 장사 상 자, 염상 소금 장사 땅이라. 그렇게.

(조사자 : 남쪽에서 온 소금장수 자리다.)

(조사자 : 비결서에 그렇게 되어 있어요?)

구전으로 들었어요. 어렸을 때부터.

(조사자 : 구전으로요?)

에, 그러니까 별로 사회에서 보잘것없는 사람, 두각을 나타내지 않은 사람, 평민이 쓸 자리다.

그러면 인저 저게 인저 남래염상이라고 해서, 지금 인저 남쪽에서 온 소금장산디,

고걸 딴 글자로 이게 붙여보면 또 딴 의미가 또 나오지유.

(조사자 : 아! 그렇겠네요.)

그럴 수도 있어요. 꼭 한자로 붙이면 또 말을 맨들 수 있어요. 그래 인저 거기 쓰면은 뭐 삼성칠현이 날 자리라. 삼성, 성현이 일곱 세분, 현인이 일곱 분, 날 자리다.

(조사자 : 어마어마하네요?)

그렇죠. 그러고 또 이렇게도 나와요. 삼제갈팔한신, 제갈 같은, 제갈량 같은 셋, 한신이 같은 삼제갈팔한신.

그런게 뭐냐하면 그 나라를 세울 수 있는 공신들. 자그만치 제갈량. 사

실은 인제 중국에서 제갈량 같은 그런 그렇잖아유? 개국공신으로서.

그렇게 그렇게도 얘기해요. 한신이 누구든 한나라 세운 그렇구. 거 인제 하나도 아니고 셋이. 그렇게.

지네즙과 생밤을 먹은 토정

자료코드 : 08_08_FOT_20100209_HID_LDJ_0015
조사장소 : 충청남도 서천군 서천읍 군사리 서천터미널다방
조사일시 : 2010.2.9
조 사 자 : 황인덕, 김기옥, 서은경, 육은섭
제 보 자 : 이돈직, 남, 78세
구연상황 : 앞의 이야기와 같은 상황에서 이어서 구연하였다.
줄 거 리 : 토정이 오래 살고 싶은 욕심에 지네즙을 복용하면서, 독한 지네즙을 해독하기
        위해 생밤을 같이 먹었다. 아산 현감으로 있을 때, 앙심을 품은 한 아전이 생
        밤 대신 버드나무를 깎아 내었다. 이에 토정은 역천이 어려운 것을 알고 순순
        히 죽었다.

그 마 육십도 못 살고 돌아가셨거든요? 그러면서 그 임진왜란이 날 것을 미리 알고 자기가 보고 싶은 욕심이 있어서, 오래살고 그 욕심이 있어서,

그 지네집(즙), 지네. 지네즙을 복용을 했다는 거에요. 수명연장을 헐려고.

그러면 지네집이 독허니까 그걸 해독을 해야 되요. 그것이 생밤이래야 돼요. 예. 지네집을 먹은 뒤에는 생밤을 먹으야만 그 지네 독이 인저 완화가 되야.

그것을 해서 그렇게 돼있는디, 고때가 어느 때냐면 아산, 지금 인저 온양 있는, 아산현감으로 있을 때여요. 아산 현감으로 있을 땐데.

그 아전 하나가, 그렇게 아전이 지가 잘못헌 것인디 나무랬어. 현감

께서.

그런데 고걸 양심을 먹었어요, 이 아전이. 그런게 인저 그러니께 그 아전이 지네집도 대령을 허구 인제 생밤도 대령을 헐 텐 데.

한번은 인저 양심 품어가주고 버드나무를 깎어서 밤마냥 드렸다는 거에요. 그러니까 버드나무 뽀안허잖아요?

밤 깎은 거 같잖아요? 거 깨물어 보니께 버드나무거든? 못 먹잖아요?

그러면 금방 그 ○잖아요? 그러니까 토정께서,

"역천은 못 하는 것이구나. 명이 수명이 그런데 내가 더 살려 허는 것이 이게 역천이다."

그러고서 거기서 순순히 돌아가셨다는 그런 얘기도 있어요.

안광이 강렬한 송구봉

자료코드 : 08_08_FOT_20100209_HID_LDJ_0016
조사장소 : 충청남도 서천군 서천읍 군사리 서천터미널다방
조사일시 : 2010.2.9
조 사 자 : 황인덕, 김기옥, 서은경, 육은섭
제 보 자 : 이돈직, 남, 78세
구연상황 : 앞의 이야기와 같은 상황에서 이어서 구연하였다.
줄 거 리 : 송구봉이 율곡과 친분이 있었다. 한번은 임금 앞에 갔는데, 고개를 들지 않는
것이었다. 알고 보니, 그의 안광이 너무 세어서 상대가 놀랄까봐 고개를 숙이
고 있었던 것이다.

인저 역사상에 나타난 분은 인저 송구봉. 송구봉 그 호가 구봉이고.

게 인저 쪼끔 그 천출이기 때문에, 그분은 등용이 안 된 분이고 그 율곡 선생이나 뭐 다 인저 교류를 허고 그랬다는 거에요.

그렁게 인제 그분이 그 다 인저 나라에서 알 거 아녀요? 그러니게 인저 왕이 불러서 알현을 인제 허는데 그냥 고개만 숙이고 있는 거예요. 근데,

"고개를 들어봐라."

그러닌가,

"에, 제가 그 고개를 들고 눈을 뜨면은 상감님께서 놀래십니다."

왜 그러냐면 그 안광이 막 이 쏴서. 인제 그렇다는 설화가 있어요.

게 그분이 나라를 맡았으면은 그, 그 오래 안 가고 그 뭐, 삼 년이라나 일 년이라나 그렇게 뭐 평정할 수 있었다는 그런 설화가 있구.

또 지금 말씀허시는 그 어떤 그 분들은 뭐 슥 달이면 막고, 그런 설화도 들어본 것 같아요.

그 송구봉도 거기에 들어가요.

응답없는 무등산을 폄하한 이성계

자료코드 : 08_08_FOT_20100209_HID_LDJ_0017
조사장소 : 충청남도 서천군 서천읍 군사리 서천터미널다방
조사일시 : 2010.2.9
조 사 자 : 황인덕, 김기옥, 서은경, 육은섭
제 보 자 : 이돈직, 남, 78세
구연상황 : 앞의 이야기와 같은 상황에서 이어서 구연하였다.
줄 거 리 : 이성계가 팔도의 산신들에게 허락을 받으려고 치성을 드리는데, 무등산만이 응답이 없었다. 그래서 이성계는 무등산을 폄하하고, 전라도의 대표적인 산을 지리산으로 삼았다.

그러니 인저 그 이태조가, 그 저 말씀대로 팔도에 팔도에 산신 산신의 허락을 얻을려고 다 댕이면서 그 치성을 드리는데,

그 무등산이 전라도 쪽에서 가장 솟았거든요? 특별허게.

거 가서 인제 지내닌까 예서는 응답을 않는 거여. 않는 거여.

그래서 그 인저 그래 인저 무등이라는 게 없을 무 자허고 무리 등자거든요. 지금 쓰기는.

에 그런데 등신이다 여기는 산신이 없다. 이렇게 치부를 해버렸다는 거여. 단 등신이다.

왜 이 앙껏도 모르고 왜 저 쪼금 모지란 사람보고. 등신이라고 허잖아유? 에, 등신이여. 그러닌가 그런 얘기도 되고.

지금 무등이라 된게 좋게 해석허면, 그 이 등이라는 건 또래여. 또래. 또래 이 또래에서 그 등급이 없어. 무리, 그러닌가 뛰어났다 그렇잖아요?

또래가 없으니까 뛰어났다. 인저 고런 뜻으로 무등산을 허더라구요.

그 과연 참 그 올라가보니까 산 좋더라구요. 그래서 그 흔히들 그 인저 우리나라 팔대 명산을 칠라면 다 있잖애요?

게서 전라도 무슨 산이죠?

(조사자 : 예, 무등산?)

아니여 전라도?

(조사자 : 지리산?)

지리산. 근디 사실은 전라도 경상도 쪽이 많아유, 포함된 게.

(조사가 : 그렇죠)

에, 그래서 전라도 쪽에서 저 지리산을 빌려와서 그때 인제 이성계가 그렇게 했다는 거에요. 그, 그려 전라도 지리산이라 그래.

지금 근데 지금 보면 보면 전라도 쪼금 면해 있지, 다 그렇게 돼있어요. 참 저 전라도는 거의가 다 경상도 쪽이요.

왜 해필이면 도 경계에 있는 산을 갖다 끄집어 댔겠어요? 예. 이왕이면 뚝 떨어져 있는 산을 대지. 그러니까,

그 전라남북도에서 무등산만한 산이 없거든? 응. 그러면 무등산을 이렇게 폄하를 해버렸으니, 훨씬 더 월등한 산을 이렇게 비교를 해야 헐 거 아냐?

게 무등, 지리산을 비유헌 거 같더라구요.

게 전라도 쪽에서는 무등산이 이렇게 똑 떨어져 있어가주고, 참 그 대

단허지유.

그러니까 거기에 비등을 하려면 이왕에 빌려올 테면 무등산보다 훨씬 나은 산을 빌려오야지. 저 지리산을.

빌려온 그렇게, 참 표현이 빌려왔다는 표현이 이상하지만, 저도 그런 그렇게 들은 얘기가 있어요.

그렇게 있어요. 그래서, 지금 고, 무등산에 대한 고 지금 설화가 이게 중요헌 거예요.

확장 공사하면 안되는 벌집 명당

자료코드 : 08_08_FOT_20100209_HID_LDJ_0018
조사장소 : 충청남도 서천군 서천읍 군사리 서천터미널다방
조사일시 : 2010.2.9
조 사 자 : 황인덕, 김기옥, 서은경, 육은섭
제 보 자 : 이돈직, 남, 78세
구연상황 : 앞의 이야기와 같은 상황에서 이어서 구연하였다.
줄 거 리 : 처음에 어떤 집을 지을 때, 한 지사가 앞으로 집을 고치지 말 것을 당부하였다. 그런데 한참 후 주인이 부자가 되자, 집의 여기저기를 고쳐서 크게 만들었다. 벌집 명당은 너무 크게 만들어 놓으면 좋지 않다.

게 인저 집을 처음에 짓는데 집을 크게 안 짓구서 아담하게 인제 집을 지었어요.

짓구서 지, 지사가 허는 이야기가, 아무리 부자가 되고 귀하게 되더라도 집도 고치지 말고 싸리문도 고치지 말아라 그랬어요.

그런데 인저 이게 그렇잖아요? 부자가 되다 보면은 거기 일하는 사람도 있이야지. 그 사람들 숙소도 맨들어줘야지. 그렇잖아유?

그러면 이게 부가 허면은 귀가 따르는 거에요. 오는 사람이 많여. 그 어떻게 하겠어요?

그러면 또 이게 확장을 해야지. 그러면 어떻게 하겠어요? 우선 제일 먼저 손대는 데가 문, 문간이요.

그러면 옛날에는 사립문이라고 그러잖아요? 쪼꼬만하게 사람이 다닌게 고렇게 하라는 거여. 우선 문간부터 고쳐 문부터 확장해야 돼요. 우선 그렇지 않아요?

그 화장실부터 확장해야 해요. 그럼 어떻게 하겠슈?

화장실 가면 첨에는 가깝게 있었는데, 그 외간남자하고 다할라면 화장실 같이 들 거 아녀?

문 고치고 화장실 고치는 거여. 화장실 고치면 어떻게 해? 담 뜯어야지. 길 내야지.

그러면 다 고치야지. 손님 접대 헐라면 또 부속 건물 지야지. [화자의 휴대폰이 울리자 이야기가 잠시 중단되었다.]

말씀드린 중에서 그게 인저 이 풍수에서 물형론에 물형론에 따질 때, 고때 처음에 집질 적에는,

고게 인저 그 아까 말씀드린 벌집. 벌집을 생각허구서 자리를 잡아준 거예요. 그러면 제일 먼저 벌집이라는 게 인저 그렇잖아유?

그 벌 즈그들 즈들 드나들 만하게 문을 내잖아요? 그렇쥬? 왕탱이 큰 건 못 들어오게 집 지여요. 영락없이.

꿀벌들도 보면 그렇잖아유? 그런데 문을 크게 내버린 거에요. 그러면 왜적이 침입하잖아요? 왕텅이가 침입하고.

그런 그래서 그래서 망한다고 요렇게 설화가 있어요. 물형론에 비유를 해서.

(조사자 : 그래서 그 부자가 고치지 말라고 했는데 그렇게 고쳐서 안 좋게 된 거에요?)

그렇죠.

(조사자 : 망했어요?)

망하는 거죠. 아니, 지금 내가 본 건 아니지마는 그런 설화가 있어요.
고렇게.

욕심 없는 토정

자료코드 : 08_08_FOT_20100209_HID_LDJ_0019
조사장소 : 충청남도 서천군 서천읍 군사리 서천터미널다방
조사일시 : 2010.2.9
조 사 자 : 황인덕, 김기옥, 서은경, 육은섭
제 보 자 : 이돈직, 남, 78세
구연상황 : 앞의 이야기와 같은 상황에서 이어서 구연하였다.
줄 거 리 : 토정 산소에 가면 그 근처에 집안의 다른 사람들의 산소들도 모여 있다. 명당
의 혈이라는 것은 그렇게 여러 군데로 퍼져 있는 것이 아니다. 그런데도 산소
들이 그렇게 모여 있는 것은, 토정이 이를 알면서도 욕심이 없는 사람이어서
그렇게 한 것이다.

가봤는데 게 인저 자손 집이두. 가서,

"그 옛날에 그 뭐 근 500년 전에는 아 땅도 넓고 토정 같은 분으로서
는, 뭐 얼마든지 어디 가서 잡았, 좋은 디 잡아 쓸 수도 있는데 왜 이렇게
썼대유?"

내 물어봤어요. 근디 거기 보면은 그 토정 산소가 토정 삼형제분이 다
거가 있어. 그리고 어머니 아버지 묘가 거가 있고,

토정의 아들 토정의 조카분들 고렇게 있어요.

그 왜 이렇게 했겠냐고 허니까, 그분 얘기가, 거 인저 옛날이 가난했던
그런 개념이에요. 그 뭐 이부자리도 넉넉치 않고 허는 그런 개념이유. 인
저 시골서.

이불은 하나 있는데, 방이 하나 있는데 아이들은 많은데, 그 이불속이
다 다리라도 느면은 발이라도 따숩지 않느냐?

요런 얘기를 허더라구요.

그러닌게 그 아버지 묘 쓴 디가 명당인데, 그 주변이다 쓰면은 게서 그 덕을 볼 수 있다는 이런 개념으로 이렇게 얘기를 허더라구요.

게 인저 지금 인저 우리가 볼 때 그런 개념 안 맞는 얘기에요. 그 혈이라는 건 딱 떨어지는 건데,

주변에는 오히려 그 명당이 되어 있으면 주변에는 벌써 그 오히려 해를 보는 데유.

그렇게 돼요. 그래서 그래서 그 묘는 집단 묘를 안 쓰는 게 원칙이에요. 내 운이 쌍분도 않고 합분도 않는 것이 원칙이유. 하지 말아야 돼요.

그러면 지금 지금 시대 이론으론 절대 안 맞는 얘기쥬. 그렇지 않아요? 땅은 좁은디 어떻게 되겠어요? 예.

게 인저 거기를 가끔 가보면 눈으로써 그렇게 알고 허는 분이면서, 또 영향 다 있고 아 뭐 조카가 영의정허구,

다 그랬으니까 그리고 대대로 명문가고 뭐, 그래 하게 됐을까, 게 어떤 한 분이 참 이 저 그 덕담으로 얘기 허는 거여.

토정이 그런게 토정이라는 거여. 왜? 욕심이 없는 분이기 때문에.

어머니 아버지 명당 썼으면 됐지. 뭐 또 명당 찾을라구 그랬겠느냐구. 요렇게 답을 내리더라구요?

그, 그럴 것 같기도 같다 그렇게. 그러면 그 토정의 그 아주 순수하면서 욕심없는 그 덕을 찬양해주는 거지. 예.

아, 그렇게, 그렇게, 결론 짓자구. 그렇기도 했어요.

구천십장 남사고

자료코드 : 08_08_FOT_20100209_HID_LDJ_0020

조사장소 : 충청남도 서천군 서천읍 군사리 서천터미널다방
조사일시 : 2010.2.9
조 사 자 : 황인덕, 김기옥, 서은경, 육은섭
제 보 자 : 이돈직, 남, 78세
구연상황 : 남사고에 대한 전설은 없느냐고 조사자가 물으니, 아래의 내용을 구연하였다.
줄 거 리 : 남사고와 관련하여 '구천십장'이라는 말이 있다. 묏자리를 9번 옮기고 10번째
　　　　　썼다는 말이다. 남사고 같은 인물이 욕심을 내어 실제로 그렇게 한 것은 아니
　　　　　라고 본다.

그렇게 잘 아는 분도 그랬느냐? 그렁개 지금 계속 이야기한 그거 맥락
이 저런 거유. 안다고 명당 못 쓰는 거.

그런데 그분이 인자 명당을, 그게 이건 사실이 아닐 꺼다. 이런 생각허
는데,

인제 설화를 그 저 얘기 좋게 맨들은 설화 같아유.

자기 인저 친산을 들이는데, 구천십장. 아홉 번 윙겨서 열 번 썼다는
이런 얘기가 있거든?

자꾸 윙긴 거여. 자꾸. 그럼. 왜 그러냐면은, 좋은 딘 줄 알고 잡아 써
보니까, 아니여. 쓰고 보니까. 그 딴디가 또 좋은 명당 있어.

(조사자 : 또 옮기고?)

에, 그러게 이장한 거여. 또 보니까 또 그게 아니여. 그래서 아홉 번을
이장했다는 거여. 아홉 번을.

그래 인저 맨 나중에 인저 뭐 중간일지는 몰라도,

그게 인자 에, 그 인제 비룡상천이라는, 뭣이거던. 그런 용이 날라서 하
늘로 올라간다는 그런 형이 있거든요. 그런 형이 있는디,

비룡산천으로 알고 쓴 거에요. 좋죠. 참 그렇지 않아요? 용이라고 하면
가장 그 영물이라구 그러잖아요?

용은 그 임금이나 이렇게 비유허는 겐디. 비룡이 상천하면 길허지 않어
요?

용이 하늘로 올라가야 하니까, 인제 그런 걸로 알고 썼어.

그러니 아니여. 나중에 알구 보니까 사사괘지여. 죽은 뱀을 나뭇가지다 걸려놓은. 사사괘지.

요런 이런 사사괘지 죽은 뱀을 나뭇가지다 걸어놓은, 고런 설도 있고.

그래 인제 그분들 묘가 저 강원도 쪽에 있다고 허는데, 거 거기는 아직 못 가봤어요.

그런데 남사고 같은 분이 그렇게 욕심내가주고 그렇게 헐 리는 없다고 생각해요. 지금 저 풍수가들도 이건 설화지,

그러지 않을 꺼다. 이런 얘기를 혀요.

인촌가의 민씨 할머니 명당

자료코드 : 08_08_FOT_20100209_HID_LDJ_0021
조사장소 : 충청남도 서천군 서천읍 군사리 서천터미널다방
조사일시 : 2010.2.9
조 사 자 : 황인덕, 김기옥, 서은경, 육은섭
제 보 자 : 이돈직, 남, 78세
구연상황 : 앞의 이야기와 같은 상황에서 이어서 구연하였다.
줄 거 리 : 인촌가의 민씨 할머니는 우리나라 3대 여류 풍수 중의 한 사람이다. 민씨 할머니는 장성에 가서, 자신의 신후지지를 잡았다. 그곳은 복부대혈로서 명당이다.

거 인촌가가 있잖아유? 인촌, 인촌 그, 그 집 인저 그집이 옛날부터 근대까지 명당 쓴 집으로 인제 꼬, 꼽아놨어요. 꼽아놨어요.

게 인저 그 내력은 그 인촌의 16대 할머니. 16대 할머니가 여흥민씬데.

거 인저 얘기는 우리나라 여류 풍수, 삼대 여류 풍수라고 그렇게 난 분이여

그분이 그 인저 그때 태종, 태종이 처남들을 이렇게 내쳤지요? 민무구,

민무질.

에, 그때 고때 민무질 민무구 그 분허고 사촌간이여. 이 민씨 할머니가.

그러닌까 남편도 거기에 연류되어 가주고 해를 당했어. 남편도 그러니까 아들 삼형제를 데리고 낙향을 한 거에요. 피난을 한 거에요.

그래서 그 장성 가서 자리를 잡고 집터를 잡고 그러면서 자기 신후지지를 잡은 거여요.

거기 게 거기 가보면 참, 아마 풍수를 전혀 배반하는 사람이라도, 아주 없다고 하는 사람이 가도,

거기 가보면 암말 못하게 되어 있어요. 참 멋져요.

그 이 저 형이 복분데, 솥을 가마솥을 엎어놓은 형체. 에, 그 지금으로 생각허면 별 거 아니거든요.

옛날에는 가마솥이래야만 이게 생명줄이 달린 거라. 밥해 먹어야 하니까, 게 가장 중요한 거예요.

근데 그 동네도 이름이 명정이여. 울 명자 솥 정자, 솥은 울어야지요? 솥이 안 울이면 어떻게 되요?

밥을 안 해 먹는 거여. 자손이 없는 거여. 그렇게 지명도 그렇게 돼있어요.

근디 인저 저 그 동네 입구 보면은 아주 복부대혈이다. 아주 이렇게 팻말도 붙이고 복부. 솥을 엎어놓은 큰 혈이다. 요롷게 그래요.

그래서 인저 그집의 그, 그 민씨 할머니 대대로 지금 현재까지 거의가 다 지금 저 그 있는 명자리 다 찾아봤거든요.

근디 과연 그래요. 아주 전통이 있어요.

그러고 인촌의 인저 할머니 할아버지부터 그 윗대부터 칠팔 대까지 그러고서 인저 그 민씨 할머니,

고 칠팔 대 거의 다 거의 인저 거의는 아녀도 많이 찾아봤는데, 아주 전통이 그래요.

어쩔 수 없이. 그렇게 중요한 거에요. 실상 실상을 볼려면 그 저 삼성 가 허구 인촌가 가서 보면 아니라고 못 해요.

반흉반길한 토정 선조의 묏자리

자료코드 : 08_08_FOT_20100209_HID_LDJ_0022
조사장소 : 충청남도 서천군 서천읍 군사리 서천터미널다방
조사일시 : 2010.2.9
조 사 자 : 황인덕, 김기옥, 서은경, 육은섭
제 보 자 : 이돈직, 남, 78세
구연상황 : 다방에서 이야기를 듣다 보니, 오가는 사람들에 의해 주변이 잠시 시끄러워 졌다.
줄 거 리 : 토정의 선조 묏자리는 반흉반길의 자리이다. 좌청룡 우백호가 서로 감싸는 형 국이어야 하는데, 서로 상충하는 형국을 띠고 있다.

(조사자 : 그 토정 선생님이...)

인저 그 토정 선생이 삼형제 분인데 거 아계, 아계는 인저 큰형님 손이 고 명곡은 둘째 손이고 그러고서 토정의 자손은 그 현달한 분이 없어요.

그리고 오히려 토정도 아들이 먼저 세상 뜨고 그래, 그랬어요. 그건 사 실인 거 같아요

(조사자 : 그래 형국론으로 보면 그게 맞는 거에요? 그렇게 되어 있어 요? 과연?)

글쎄 고것은 까지는 모르겄지마는 그런 점들이 있어유. 게 인저 거기는 가보면은 게 인저 다들 명당이라고 허는데,

거기는 반흉반길, 길헌 명이 있고 흉한 명이 있구 그래요.

(조사자 : 아, 그래요?)

바닷가에서 물이 이렇게 싹 빠져나갔다 그게 들어왔다 그러거든요? 물 이 밀려들어올 적에는 그게 길헌 것인데, 물이 빠져나갈 적에는 흉한 것

이거든요.

그래서 그 인저 그, 고 명당에 풀이가 있어요. 풀이가 있는데 거기두 그 흠이 지적이 되어 있어요.

왜 그러냐면은 그 용호가 상박이다. 청룡백호가 하냥 이 싸워.

그건 이쪽 청룡 쪽 허구 백호 쪽 허구, 백호 쪽에 버쩍 들고 백호 쪽이 이렇게 오히려 승해야 허는데.

백호 쪽은 이렇게 들고 청룡 쪽은 흉하구서 끝이 딱 만났어. 그러면은 하여튼 모든 사물이 이렇게 만나면 충되는 거 아녀?

싸우는 거여. 그러면 이게 청룡이 먼저 들어오고 백호가 이게 바깥이서 싸고 이렇게 허는 건데. 요렇게 되어 있어. 분명히 그렇게 되어 있어요.

에, 그래서 용호상박이다 이렇게 돼있구.

그리고 외양이 반대한다. 저 바다, 바닷물이 반대로 나간다 요렇게 돼 있어요. 분명히 있어요. 그런데 그게 사실이에유.

왜 그러냐면, 그 인저 토정의 그 선, 친산이 있쥬? 그러면 이 아래 인저 삼형제분이 있지. 그러면 그 뭐 같은 당내 아녀요?

그런데 제사를 지내는디두 각자 지내고, 그 예법도 다르고 진설법도 다르다고 그래요.

거기 그 삼형제를 제사 지내는대두 그렇다고 그러더라구.

그건 실제루 그 저 자손 말이 그러더라구, 그러니 형제불복허는 거유.

요렇게 되어가주고 분명히 그래요.

(조사자 : 아, 좌청룡 우백호가 이렇게 감싸야 되는데 서로 마주하고 있다.)

그렇죠. 예. 이렇게 이렇게 해야 하는데.

판교면 공사 후 생긴 변고

자료코드 : 08_08_MPN_20100209_HID_LDJ_0001
조사장소 : 충청남도 서천군 서천읍 군사리 서천터미널다방
조사일시 : 2010.2.9
조 사 자 : 황인덕, 김기옥, 서은경, 육은섭
제 보 자 : 이돈직, 남, 78세
구연상황 : 앞의 이야기와 같은 상황에서 이어서 구연하였다.
줄 거 리 : 판교면에 있는 산을 헐어 직선화하는 공사를 하고 난 후, 한 8명의 사람들이
　　　　 죽은 일이 있었다.

　　근데 요즘에 그런 얘기가 있어요. 여기 이제 이 장항선 장항선을 이게
인제 직선화를 많이 했거든요?
　　했는데 여기 서천면 판교 쪽에, 거기에 그 저수지에 다리도 놓고, 굴을
많이 뚫고 끊기도 많이 혔어요.
　　그게 인제 판교면이 전부 산인데 판교면을 관통해버렸어요. 이렇게. 그
전에는 꼬불꼬불 해가지고 이 산을 피해서 갔는데,
　　굴 하나 있었는데 신동굴이라고 하나 있었는데, 지금은 인제 직선화 하
다 보니까 굴도 훨씬 길어지고 더 넓게 해지고 짤르고 뭐 많애요.
　　그래서 그런데, 작년도에 그 판교면 쪽에서 그 변사, 안 죽을 사람들이
죽는 거지.
　　그 우연하게 그냥 그래서 한 여덟 명이 죽었다고. 게 어떤 사람이 나보
고 물어보는 사람도 있더라구요.
　　그게 우연인지 어쩐지 모르겠지만 고런, 그런 경험이 있었어요.

2. 한산면

▌조사마을

충청남도 서천군 한산면 나교리

조사일시 : 2010.1.21
조 사 자 : 황인덕, 김기옥, 서은경, 육은섭

나교리는 인접한 두 자연 마을로 이루어진 논농사 중심의 농촌이다. 남동쪽으로 넓은 들이 펼쳐져 있어 언덕에서 들을 내려다보는 위치에 작은 두 개 마을이 거의 한 마을처럼 연이어 있다. 전에는 60여 호가 넘었지만 현재는 50여 호로 줄었다고 한다.

2010년 1월 21일에 마을 마을회관을 방문하니 할머니 방에는 송정수(여, 82), 송정녀(여, 71) 두 분 노인만이 앉아 소일하고 있었다. 이날이 마침 한산장날이라 노인들이 장에들 가서 마을이 한산하다고 했다. 다른 마을처럼 겨울에는 노인들이 모두 마을회관에 모여 공동으로 점심을 해먹으며 논다고 한다. 이들 두 분으로부터 이야기를 청해 들었는데, 기억하고 있는 것들을 적극적으로 들려주고자 노력하셨다. 그러나 일상주변의 기이 체험담이 중심이었다. 모두 10여 마디를 들었는데, 땅고개의 유명한 전설 안댁과(?) 이야기가 여기에서도 예외 없이 나왔다. 할머니 방을 방문한 데 이어 할아버지 방을 방문하여 박기하(남, 75), 박노완(남, 85) 두 분으로부터 예닐곱 마디의 설화를 들었다. 명당담, 효자담이 중심을 이루는 가운데, 이 지역의 일대의 유력한 인물전설인 목은 선생 명당담도 들려주었다.

충청남도 서천군 한산면 동산리

조사일시 : 2010.1.28
조 사 자 : 황인덕, 김기옥, 서은경, 육은섭

    동산리는 한산읍내에 가깝고 교통이 좋은 농촌이다. 2010년 1월 28일에 동자북 마을에 마을회관이 잘 지어져 있어 우선 그곳을 방문했다. 2009년에 지어진 최신 건물에 남녀 방이 따로 있고, 여자 방에 안노인 4분이 모여 있었는데, 방문취지를 설명드려 보았으나 화투판에 몰입하느라 관심이 적었다. 자신들 가운데에는 별달리 이야기를 할 만한 사람이 없고, 서봉희 어른 댁에 모시일을 하는 어른들이 모여 있을 터이니 그리 가보라고 조언해 주었다. 서봉희(여, 80) 어른은 옆 마을에 혼자 살고 있는 분으로, 농사를 기본으로 하면서도 장기간 모시 삼는 일에 종사하여, 지금까지 모시 일을 업으로 삼아온 대표적인 사례가 되는 분이라고 한다. 그리고 이러한 전통성을 인정하고 모시삼기를 권장하는 뜻에서 이분이 오랫동안 모시일을 해온 방을 2009년에 군에서 '모시방'으로 공식 지정하고 대문께에 그 팻말을 세워주었다. 아닌 게 아니라 댁을 방문하니 이분을 중심으로 마을 주민 몇 분이 한자리에 모여 모시 일에 열중하고 있었다.
    이분들을 제보자로 삼아 주로 모시를 주제로 한 이야기를 질문 드려, 대략 일화성의 경험담을 두루 들었다. 두드러진 제보자는 보이지 않았다. 모시 주산지인 이 지역 일대는 모시솜씨가 좋은 것이 여성이 지닌 미덕의 하나로 여겨질 정도였다고 한다. 이곳에서는 여성이면 누구나 어려서부터 모시 일을 익히게 되며 7, 8살부터 그것을 손에 익히기도 하는데, 모시를 잘 짜면 가사에 큰 도움이 된다고 한다. 모시 짜기에 능숙한 사람은 한 해에 5~6필을 짜기도 하며, 모시 한 필은 대략 쌀 한 가마 값이 된다고 한다. 모시를 잘 짜 논 4마지기를 산 사람도 있다고 한다.

충청남도 서천군 한산면 동지리

조사일시 : 2010.1.26
조 사 자 : 황인덕, 김기옥, 서은경, 육은섭

동지2리 동지미는 동지리의 중심을 이루는 마을이다. 서쪽으로 작은 산을 뒷산으로 두르고 앞에는 넓은 들이 펼쳐져 있는 전형적인 논농사 중심의 농촌이다. 이 마을의 마을회관은 앞뜸에 있고, 뒤뜸에는 여성 마을방이 따로 있다. 이 마을에도 교회가 있는데 동지리의 큰 마을인 동지미로부터 일키로 쯤 떨어진 큰 길 가에 있다.

2010년 1월 26일 오후에 처음으로 마을을 찾아가 마을회관 남성방부터 들렀는데, 6분의 주민이 화투판을 벌이고 있었다. 방문취지를 간단히 설명드리자 조사자 일행을 일단 맞아들이기는 하면서도 조사 취지를 진지하게 받아들이는 분위기가 미약한 편이었고, 조사자들이 원하는 분야에 대하여 흥미를 느끼는 분도 거의 보이지 않았다. 그러면서 한 분이 먼저 자신의 의견을 강하게 표명하고 나왔다. 정부에 대한 민원 하소성의 의견을 말하는 것인데, 갈수록 농민들이 살기가 어려우니 정부에서 농민들이 잘 살도록 배려하고 실효성 있는 정책을 펴달라는 취지였다. 옆에 있던 어른 한 분이 방문자들의 관심사와는 전혀 다른 방향으로 이야기가 번지는 것을 민망하게 여겨, 그런 이야기 그만하고 마을 전설이나 들려주라며 만류했음에도, 그는 막무가내로 이런 이야기는 대학에서 온 사람들도 꼭 들을 필요가 있다며 더욱 의욕적으로 정부를 비판하며 자기 의견을 일방적으로 길게 개진하였다. 조사자들이 인내심을 가지고 그분의 말이 끝나기를 기다리기로 했는데, 그러나 말을 마친 그는 자기주장을 하다가 힘이 다 빠졌는지, 또는 한 가지에 집중하다가 갑자기 주제를 바꾸어 이야기하기가 계면쩍었는지 다른 구전 이야기에는 거의 관심을 보이지 않았다. 이에 조사자들이 다른 좌중에게 이야기를 청했으나 그들 역시 앞 이야기가 미친 영향이 너무 컸던지 쉽게 구전 이야기에 적극성을 보이는 사람이 없었다. 한 사람이 너무 강렬한 의욕으로 자기 식대로 판 분위기를 고정시켜 놓은 데에다, 좌중에 달리 역량 있는 구연자도 나타나지 않아 좀처럼 구연판으로 전환되지를 못하였다. 이에 조사자들은 속으로 이곳에서의 자료조사를 그만 정리하는 것이 좋겠다고 가늠하면서, 이 상태로 조사를 마치고 마을을 뜨면 주민들의 마음이 미안할 듯하여 거의 의례적인 수준에서 몇 가지 일반적인 이야기를 질문하는 것으로 조사를 마치고 마을회관을 나왔다. 도깨비, 혼불, 벼락 사고, 지킴이 이야기 등 예닐곱 마디의 이야기를 들었고, 제보자는 서순익(여, 80), 노옥래(여, 73) 두 분이었다.

이어서 같은 동지미 마을이면서 잔등 너머에 별도로 있는 동지 1리 여성 방으로 갔다. 이곳도 한산이씨가 중심을 이루고 있는 마을인데 큰 방에 8명의 좌중이 윷판에 몰두해 있는 중이었다. 좌중은 방문자들을 맞아 자진하여 기꺼이 윷판을 거두고서 조사의 취지를 경청하더니 호의적으로 구연에 응해주었다. 김옥출(여, 78) 어른이 적극성을 보이며 첫 구연자로 나서서 분위기를 이룬 뒤 대여섯 분이 구연에 동참하였다. 그러나 시작할 때의 의욕에 비하여 유능한 화자가 보이지 않아 이야기를 거의 한두 편씩 구연하는 데 그치고 말았다. 화자는 많았지만 들은 이야기는 모두 16편 정도에 그쳤다. 사실담이 많았고, 일상속의 신이체험담 위주여서 유효 자료가 적은 편이었다.

충청남도 서천군 한산면 마양리

조사일시 : 2010.1.28
조 사 자 : 황인덕, 김기옥, 서은경, 육은섭

마양리는 동지리와도 멀지 않으면서 금강 하류의 갈대밭으로 외부에 알려진 신성리와도 가깝게 면한 마을이다. 중간에 논으로 된 작은 들을 두고서 몇 개 마을이 가까운 거리에서 둥글게 감싸고 있는 형국이다. 마을의 전성기 때는 전체 호수가 100호를 넘는 대촌이었으나, 지금은 70여 호 미만으로 줄었다고 한다. 한산이씨가 많은 편이고 전에는 다른 마을처럼 모시길쌈을 많이 했지만 지금은 거의 하지 않는다고 한다. 이 마을은 요즈음 들어 인근에서 가장 늙은 마을로 알려져 있다. 노인이 많기 때문인데, 80세 전후 노인 수가 30여 명이나 된다고 한다. 그 때문인 듯 마을 회관 할머니 방에는 노인 마을꾼이 다른 인근 마을보다 많은 편이었다. 그러나 노인이 많다고 해도 조사자들을 대하는 주민들의 태도나 좌중의 분위기를 볼 때 지역적 전통성을 중시하거나 옛것을 강조하려는 태도가 강한 것 같지는 않았다. 오히려 고령 어른들이라 해도 전반적으로 상식이 높은 편이고 현대적 물정과 감각에 많이 익숙해 있다는 느낌을 주었다. 그것은 이 마을에 오래 전에 설립된 교회의 영향을 많이 받았기 때문인 듯하다. 지금도 주민 대부분이 교회신자들이라고 한다.

2010년 1월 28일 오전, 마을을 처음 방문했을 때 신복수(여, 90) 어른이 보여준 태도는 이 마을의 이러한 분위기를 잘 말해주는 듯했다. 이분은 마을의 최고령 어른이라고 하며, 고령임에도 가장 먼저 회관에 나와 있었다. 이분은 어려서 야학으로 한글을 깨쳤으며, 일찍부터 교회에 나간다고 했다. 조사자들이 방문취지를 설명드리자 구비문학 자료보다는 시속 이야기와 자신의 주장이 담긴 말을 더 하고 싶어 했다. 이야기를 들으면서 조사자들이 간간이 화제를 바꾸려고 해보아도 잘 유도되지가 않았다. 이분과 30여 분 동안 이야기를 하는 사이에 다른 주민들이 계속 동참하여 좌중이 10여 명으로 늘어났는데, 그럼에도 좌중의 분위기는 구비문학 구연판으로 좀처럼 전환되지 못했다. 조사자들이 범, 도깨비, 업 이야기 등을 질문하면서 판흥을 돋워 보고자 했으나 별다른 변화를 보이지 않았다. 좌중은 조사자들의 질문에 단조로운 설명적 답변으로만 응대할 뿐 구비문학 자료를 구연으로 전환하는 적극성과 활기를 끝내 보여주지 못했다. 이로 인하여 결국 별 성과 없이 마을에 대한 자료조사를 끝내야만 했다.

충청남도 서천군 한산면 송산리

조사일시 : 2010.2.11
조 사 자 : 황인덕, 김기옥, 서은경, 육은섭

송산리는 얼둥산(월성산) 서남쪽에 위치한 곳으로 여러 뜸으로 구성된 가운데 솔뫼가 가장 크고 중심이 되는 마을이다. 논과 밭이 적당한 분포를 이루고 있어 농사짓기 좋은 마을로 알려져 있다. 고령박씨가 주된 성씨이며, 전에는 솔뫼 마을 가구 수가 70여 호에 달했으나 지금은 45호 정도로 줄었다고 한다. 교회가 설립된 지 50여 년이 넘으며 대부분의 주민이 교회에 다닌다고 한다.

2010년 2월 11일 오전에 마을회관을 찾아 할머니 방을 방문하니 대여섯 분의 좌중이 방문자들을 환대하며 조사 취지를 잘 이해하고 적극적으로 구연해 응해주었다. 이정예(여, 74), 박선신(여, 79) 두 분이 특히 많은 이야기를 들려주었다. 모시일과 관련된 일화를 기본으로 하여, 얼마간의 민담도 들을 수 있었다. 그러나 어디까지나 오래되지 않은 생활주변의 기이담 또는 특이체험담이 주된 갈래를 이루고 있다. 오전 내내 이야기판을 벌여 40마디가량을 들었다. 여러 제보자를 상대로 한 자리에서 단시간 내에 들은 자료의 수량 면에서 이번 서천 지역에서 가장 다수를 보이고 있다. 그러나 능숙한 구연력을 지닌 제보자가 없어 녹음한 자료들을 볼 때 전반적으로 서사적 완결성이 낮은 편이다. 이 마을 정금용(남, 93) 어른이 총기도 좋고 묵은 노래도 할 줄 아는데 마침 출타중이라 구연판에 동참시키지 못해 아쉽다고들 했다.

오후에는 외딴 마을에 사는 박현구(남, 75) 어른을 댁으로 따로 방문하여 이야기를 들었다. 이분은 이 지역에서 유식하고 점잖은 분으로 알려져 있고 충효교실 강사로 일하고 있다고 한다. 자신의 집터가 명당임에 대하여 큰 자긍심을 나타내 보이면서, 조상 내력담과 함께 몇 가지 인물전설을 들려주었다.

2010년 3월 26일에는 지난번에 출타중이라 뵙지 못한 정금용 어른을 기대하며 송산리 솔뫼 마을회관을 다시 방문하여 그분을 뵙고 묵은 노래와 이야기 몇 마디를 들었다. 그러나 노래에 대한 기억력은 기대만 못한 편이었다.

충청남도 서천군 한산면 여사리

조사일시 : 2010.1.26, 2010.1.28
조 사 자 : 황인덕, 김기옥, 서은경, 육은섭

여사리는 나교리와 원산리 중간에 위치한 농촌마을이다. 월성산 동쪽에 면한 세 개의 자연마을이 서로 가깝게 연하여 비교적 규모가 작은 한 개 마을을 이루고 있다. 마을의 가구 수가 전에는 80호까지 되었지만 지금은 거의 반으로 줄어 40호 미만이라고 한다. 인접한 다른 마을들처럼 이곳에도 교회가 있고, 주민 다수가 신자라고 한다. 교회 역사도 상당히 오래이고 이웃마을에서도 예배를 보러 올 정도로 성황을 이루고 있다고 한다. 그리고 이 마을에는 주민들의 자립 협동 정신이 남달리 강해 1970년대 새마을사업이 시작되기 전부터 마을 자발적으로 그와 비슷한 마을 사업을 벌여나갔다고 한다.

2010년 1월 26일에는 원산리 조사에 이어 이 마을 황영하(남, 79) 어른이 제보자로 적합할 듯하다는 주위의 조언을 참고하여 댁을 방문하였는데, 이분은 이야기를 많이 기억하거나 구연을 즐기는 분이라기보다 마을의 유지로서 마을의 내력을 잘 전해주는 역할에 어울리는 분이었다. 마을 유래, 인근 인물의 내력, 황씨의 입향 내력 등의 사실을 자세히 들려주고자 했다. 이 마을에 대한 집단조사가 미진하여 2010년 1월 28일 오후에는 다시 마을회관을 방문하였다. 마을회관은 최근에 새로 지은 건물로 보

건진료소를 겸하고 있었고, 회관은 다시 남성과 여성방으로 나뉘어져 있었다. 예닐곱 분의 좌중이 한담을 나누며 쉬고 있는 할머니 방에 들어가 방문 목적을 설명드렸는데, 방문 취지는 쉽게 이해하면서도 적극적인 호응자나 의욕적인 구연자가 드러나지 않아, 판 분위기를 살리려는 조사자들의 노력에도 구연판이 좀처럼 활기를 띠지 못하였다. 그 때문에 이야기가 지역의 전설이나 일상속의 기이 체험담 영역에서만 맴돌 뿐, 흥미 있는 동화로 비약하려는 구연동력이 끝내 유발되지 못하고 말았다. 차한수(여, 75) 어른이 주로 구연에 응했으며, 가까운 땅고개에 전해지는 이 지역의 유명한 현대전설 안땡꼬(?) 이야기가 거듭 화제에 오르고 있는 것이 인상적이었다.

충청남도 서천군 한산면 원산리

조사일시 : 2010.1.21, 2010.1.26
조 사 자 : 황인덕, 김기옥, 서은경, 육은섭

원산리는 한산면의 가장 동쪽에 위치해 있으면서 양화면과 경계를 이루고 있다. 원미와 야인 두 마을로 구성되어 있고 가구 수는 백여 호가 채 못 된다. 원산은 낮은 산이 반달처럼 동쪽을 감싸고 있는 지형상의 특징으로 나온 말이라고 하며, 이 산 서쪽으로 민가가 밀집되어 집촌형태를 띠고 있다. 산 뒤쪽에는 충화면에서부터 발원된 제법 큰 원산천이 흐르며 마을 앞쪽에는 작은 여사천이 흐르고 있어 전체적으로 들이 넓은 농촌이다. 마을 입구에 교회가 자리잡고 있고 마을의 부녀자들을 중심으로 한 다수가 교회에 나간다고 한다. 마을 가운데에 마을회관이 위치해 있고 여성 방은 별채에 따로 있다. 겨울 한철 이 여성 방은 마을 노년 여성들의 쉼터가 되지만, 동시에 몇몇 여성들에게는 모시를 삼는 모시방으로 이용되기도 한다. 조사자들이 이 마을을 방문했을 때에도 상노년층 여성들은 방에 누워 쉬고 있었지만 반 이상의 마을꾼들은 모시를 삼고 있었다.

2010년 1월 21일 오후에 원산리 원미 마을 마을회관 남자 방을 조사자들이 방문하니 작은 방에 열댓 분의 좌중이 밀집해 앉아 화투에 열중하고 있었다. 마을이 커 마을꾼의 수가 인근 마을에 비하여 많은 편이라고 했다. 방문 취지를 설명 듣고서 일부 좌중이 조사자들에게 소주를 권하는 등의 호의를 보이면서 구비문학 구연판을 열고 진전시키는 데에 호응해 주었다. 별달리 두드러진 화자가 보이지 않는 가운데 정의선(남, 80), 차문수(남, 69), 한길수(남, 67), 이준환(남, 73), 문재천(남, 84) 어른들이 구연에 동참해 주었다. 구연판에 대한 호응도가 높은 편이기는 했으나 화투판의 열기를 능가하지는 못하여 시종 화투판과 구연판이 나란히 진행되었다. 전체적으로 화투판이 우세한 가운데 그 일부 좌중이 산발적으로 구연판에 동참하는 방식이었지만, 구연판을 외면하거나 싫어하는 수준은 아니었다.

한 시간가량 판을 지속하여 15마디가량의 설화를 듣고 녹음하였다. 두드러지거나 주도적인 화자가 부각되지 않아 전체 구연 참여자에 비하여 채록된 자료 수는 적은 편이었다. 이런 가운데에 정의선 어른은 구연력의 능숙함이나 적극성에서 남보다 돋보였다. '강원도에서 고생한 체장수 이야기'에서 특히 그러한 구연 솜씨가 잘 나타나고 있다. 이날 들은 이야기는 인물담이 주류를 이루는 가운데 이 지역의 유력 역사 인물인 목은 이색 전설과 토정 이지함 전설이 중심을 이루었다. 그러나 이날 자리에 동석한 이봉주(남, 82) 어른은 옛 법사 시절 경을 읽던 시범을 한 번 보여달라는 좌중의 권유를 여러 번 받았음에도 시종 소극적인 태도를 보이며 응하지 않았다.

2010년 1월 26일 오전, 지난번에 구연에 소극적인 태도를 보여준 이봉주 어른을 주된 목표제보자로 하여 원산리를 다시 방문하여 우선 이분 댁부터 찾았다. 이분이 법사(法師)로 직업을 삼아온 분이라는 말을 유념하여 무언가 남다른 구비문학 자료를 보유하고 있겠다는 기대감에서였다. 그런데 이분은 여전히 소극적인 태도를 보이면서 자택에서 혼자 자료 구연을 하는 것이 어울리지 않는다고 여겨서인지 방문자들을 마을회관으로 안내했다. 그곳에는 지난번과 비슷한 정도의 좌중이 별 다름 없이 오늘도 화투판을 벌이고 있었는데, 두드러진 역량을 지닌 제보자가 없기 때문인 듯 지난번에 비하여 자로 구연에 대한 호응도가 낮았고, 오늘은 거의 이봉주 어른에게만 일임하고 대부분의 좌중은 화투판에 몰입하는 분위기였다. 이봉주 어른은 생각보다 소극적이고 매우 신중한 분이었고 구비문학자료를 널리 보유한 분도 아니었다. 조사자들의 질문에 겨우 대답하는 정도였다. 이분한테서 이야기 10여 마디를 들었는데 주로 일상 주변이 신이경험담이었다.

충청남도 서천군 한산면 전경

▌제보자

김양순, 여, 1929년생

주 소 지 : 충청남도 서천군 한산면 마양리 마을회관
제보일시 : 2010.1.28
조 사 자 : 황인덕, 김기옥, 서은경, 육은섭

제보자 김양순은 늦게 이야기판에 합류하
였다. 마을에서 있었던 일에 대한 이야기를
들려주었다. 다른 사람의 이야기를 잘 들어
주며, 중간에 추임새를 잘 넣어주었다.

제공 자료 목록
08_08_MPN_20100128_HID_KYS_0001 모를 심는 도깨비불
08_08_MPN_20100128_HID_KYS_0002 구렁이 나타나고 망한 집안

김옥출, 여, 1933년생

주 소 지 : 충청남도 서천군 한산면 동지리 260-3번지 마을회관
제보일시 : 2010.1.26
조 사 자 : 황인덕, 김기옥, 서은경, 육은섭

나이에 비해 발음이 정확하여 내용 전달
이 용이한 편이었다. 자신이 알고 있는 이야
기가 조사자들이 원하는 것인지 확인을 하
고 이야기를 시작하려는 경향이 있다. 이야
기를 하다가 이런 것도 이야깃거리가 되는
지에 대한 언급이 몇 번 나온다.

마을에서 일어난 일이나 사람에 대한 많

은 일화를 알고 있다. 살아오면서 자신이 겪었던 일이나 타인의 경험에 대한 기억이 비교적 선명한 편이다. 따라서 이야기 내용에 있어서 사실적인 면이 강하다.

제공 자료 목록

08_08_MPN_20100126_HID_KOC_0001 도깨비불을 만난 남편
08_08_MPN_20100126_HID_KOC_0002 재수없는 땅고개 귀신
08_08_MPN_20100126_HID_KOC_0003 늑대에게 물려 죽은 사람
08_08_MPN_20100126_HID_KOC_0004 약초 혼자 캐다 죽은 욕심 많은 사람
08_08_MPN_20100126_HID_KOC_0005 사돈집 광에 갇힌 친정아버지
08_08_MPN_20100126_HID_KOC_0006 월성산 쌀가마니
08_08_MPN_20100126_HID_KOC_0007 노무현이 대통령 되던 날 뜬 무지개
08_08_MPN_20100126_HID_KOC_0008 여사리 점쟁이의 신통

문봉자, 여, 1932년생

주 소 지 : 충청남도 서천군 한산면 송산리 마을회관
제보일시 : 2010.2.11
조 사 자 : 황인덕, 김기옥, 서은경, 육은섭

한번 이야기를 시작하자, 연이어 구연하였다. 유사한 내용이라도 상대적으로 재미있게 표현하는 능력이 있다. 이야기 전개에 속도감이 있어, 청중을 끌어들이는 힘이 있다. 한 편의 이야기가 지니는 완결성에 있어서도 무리가 없다. 시작과 마무리가 선명한 편이다. 이야기 목록 수에 비해, 이야기를 재미있게 잘 하는 화자에 해당한다.

제공 자료 목록

08_08_MPN_20100211_HID_MBJ_0001 모시 광주리를 던져버린 시어머니

08_08_MPN_20100211_HID_MBJ_0002 염한 뒤 다시 살아난 노인
08_08_MPN_20100211_HID_MBJ_0003 눈앞을 가리는 차일귀신

문재철, 남, 1927년생

주 소 지 : 충청남도 서천군 한산면 원산리
제보일시 : 2010.1.21
조 사 자 : 황인덕, 김기옥, 서은경, 육은섭

발음이 정확하며 이야기를 속도감 있게
전개하는 편이다. 다양한 이야기 목록을 보
유하고 있는 듯하였으나, 청중들이 많아서
인지 더 이상 이야기를 들을 수가 없었다.

제공 자료 목록
08_08_MPN_20100121_HID_MJC_0001 담력내기
하다가 죽은 사람

박병욱, 남, 1937년생

주 소 지 : 충청남도 서천군 한산면 나교리 157-1 나교리 마을회관
제보일시 : 2010.1.21
조 사 자 : 황인덕, 김기옥, 서은경, 육은섭

교훈적인 내용의 이야기를 들려주려는 경
향이 있다. 다른 사람들이 이야기 할 수 있는
분위기를 만들려는 노력이 돋보인다. 나이에
비해 젊어 보이고 깔끔한 인상을 풍긴다.

제공 자료 목록
08_08_FOT_20100121_HID_PBU_0001 무학대사와 욕심 많은 목은

박병철, 남, 1930년생

주 소 지 : 충청남도 서천군 한산면 나교리 마을회관
제보일시 : 2010.1.21
조 사 자 : 황인덕, 김기옥, 서은경, 육은섭

청원군 강회면에서 이곳으로 이사를 왔
다. 마을과 관련한 정보를 주려고 노력하였
다. 지명이나 연도가 떠오르지 않으면 끝까
지 기억하려고 애를 썼다. 한 편의 자료를
서사적으로 전개하는 데에는 무리가 있다.

제공 자료 목록
08_08_FOT_20100121_HID_PBC_0001 보령시 웅천읍 효자비
08_08_FOT_20100121_HID_PBC_0002 타성은 떠나는 나교리 박씨 마을

박선신, 여, 1937년생

주 소 지 : 충청남도 서천군 한산면 송산리 마을회관
제보일시 : 2010.2.11
조 사 자 : 황인덕, 김기옥, 서은경, 육은섭

조용한 성격의 소유자이다. 웃는 눈매가
선해 보인다. 한동안 다른 사람의 이야기를
듣는 역할만 하다가, 한참 시간이 흐른 후
이야기를 꺼내어 놓기 시작하였다. 처음보
다 후반으로 갈수록 목소리에 힘이 실리는
경향이 있다. 시간이 흐를수록 소재 면에서

도 자유로워졌다. 일제 강점기 때 모집에 의해 부산 공장에 가서 일을 한 경험도 조심스럽게 꺼내어 놓았다. 죽은 사람을 교회에서 다시 만난 적이 있다는 이야기도 이야기판이 마무리될 즈음 내놓았다. 다양한 이야깃거리를 가지고 있는 화자로, 많은 자료를 얻을 가능성이 있다.

제공 자료 목록
08_08_FOT_20100211_HID_PSS_0001 부정한 제삿밥으로 혼난 자손
08_08_FOT_20100211_HID_PSS_0002 주인이 버리고 가서 화난 소
08_08_MPN_20100211_HID_PSS_0001 일제 강점기 힘든 공장 살이
08_08_MPN_20100211_HID_PSS_0002 계곡의 물을 마시고 혼난 여자
08_08_MPN_20100211_HID_PSS_0003 뱀 죽이고 자식을 잃은 남자
08_08_MPN_20100211_HID_PSS_0004 새벽기도 때 만난 죽은 집사

박순녀, 여, 1938년생

주 소 지 : 충청남도 서천군 한산면 동지리 260-3번지 마을회관
제보일시 : 2010.1.26
조 사 자 : 황인덕, 김기옥, 서은경, 육은섭

밝은 성격의 소유자이다. 이야기를 하려는 의욕은 있으나, 한 편의 이야기가 지니는 완결성 면에서 아쉬움이 있다. 그러다 보니 이야기를 하는 도중에 내용을 알고 있는 다른 청자에게 이야기를 빼앗기기도 하였다.

제공 자료 목록
08_08_FOT_20100126_HID_PSN_0001 단상리 땅고개 귀신
08_08_FOT_20100126_HID_PSN_0002 며느리 방귀 별
08_08_MPN_20100126_HID_PSN_0001 땅고개에서 귀신에게 홀린 작은아버지
08_08_MPN_20100126_HID_PSN_0002 염한 후 다시 살아난 처녀

박용배, 여, 1944년생

주 소 지 : 충청남도 서천군 한산면 여사리 마을회관
제보일시 : 2010.1.28
조 사 자 : 황인덕, 김기옥, 서은경, 육은섭

　다른 사람이 이야기하는 것을 조용히 듣
고 있다가 조심스럽게 이야기를 꺼내었다.
선뜻 나서서 이야기를 많이 해본 화자는 아
닌 듯하다. 섬세한 표현보다는 기억나는 줄
거리 위주의 내용 전달로 서둘러 마무리하
였다.

제공 자료 목록
08_08_FOT_20100128_HID_PYB_0001 제삿날 불 질러 놓고 온 귀신

박윤화, 남, 1939년생

주 소 지 : 충청남도 서천군 한산면 나교리 157-1 나교리 마을회관
제보일시 : 2010.1.21
조 사 자 : 황인덕, 김기옥, 서은경, 육은섭

　구연한 자료의 목록 수는 적으나, 각편의
완성도는 뒤지지 않는다. 청자들의 반응을
읽으면서 이야기를 이끌어가는 능력이 있다.
다른 사람의 이야기를 듣고, 자신이 알고 있
는 유사한 내용의 구연 목록을 떠올리기도
하였다. 구연할 기회가 주어진다면, 더 많은
자료의 채록이 가능한 화자이다.

제공 자료 목록

08_08_FOT_20100121_HID_PYH_0001 목은 집안의 빗고개 명당과 지관
08_08_FOT_20100121_HID_PYH_0002 오시에 하관하고 미시에 발복하는 명당
08_08_FOT_20100121_HID_PYH_0003 효자와 인삼으로 변한 손자

박현구, 남, 1936년생

주 소 지 : 충청남도 서천군 한산면 송산리
제보일시 : 2010.2.11
조 사 자 : 황인덕, 김기옥, 서은경, 육은섭

13대 할아버지 대에 송산으로 이사왔다.
'이재송송'이라는 비결에 따라 임진왜란 직
전에 이사를 온 것으로, 덕분에 왜란을 무사
히 넘겼다고 한다. 일제강점기에도 선조들
이 강당을 지어 후학을 가르쳤으므로 이 근
처에는 무학자가 없었다고 한다. '지게 지고
일하러 나간 일꾼들이 무식하게 생겼으나,
숫자 따지는 것을 당하지를 못 하였다'고
한다. 선조들이 지역을 위해 문풍을 진작시킨 일에 대한 자긍심이 강하다.
본인 또한 마을지를 편찬해 내고 싶은 의욕을 지니고 있다. 관련 자료를
많이 보유하고 있다고 한다.

천천히 정확하게 발음을 하는 편이다. 역사적 사실과 인물에 대한 관심
이 높으나, 조사자가 전설에 대해 물어도 성실하게 구연하였다. 풍수에도
관심이 있어 소문이 난 여러 명당을 직접 확인하기도 하였다. 선조와 관
련한 일화를 지니고 있는 미륵바위를 현재 자신의 집 뒤 야산에 모시고
있다. 조사자들이 화자의 집을 나서자, 미륵바위로 안내하는 열의를 보여
주었다.

자신의 집터에 대한 자부심도 있다. 터를 정하는 것도 중요하지만, 좌향 또한 이에 못지않게 중요하다고 강조하였다. 자신이 집의 좌향을 조금 바꾸어 재건축한 일에 대해 의미를 부여하였다. 현재 선조의 문집·시집 등을 많이 보관하고 있으며, 이에 대한 연구의 필요성을 강조하기도 하였다.

제공 자료 목록

08_08_FOT_20100211_HID_PHK_0001 임진왜란 전의 이재송송(利在松松) 비결
08_08_FOT_20100211_HID_PHK_0002 영험한 미륵 바위
08_08_FOT_20100211_HID_PHK_0003 무학대사가 잡아준 목은 집안의 명당
08_08_FOT_20100211_HID_PHK_0004 시신이 세 번이나 튀어나온 호장공 묏자리
08_08_FOT_20100211_HID_PHK_0005 허수아비를 세워 놓아 터를 메운 토정
08_08_FOT_20100211_HID_PHK_0006 토정이 송씨 집안에 준 동지리 묏자리
08_08_FOT_20100211_HID_PHK_0007 토정이 잡아준 명당과 쇠송아지 예언

서봉희, 여, 1930년생

주 소 지 : 충청남도 서천군 한산면 동산리 모시방
제보일시 : 2010.1.28
조 사 자 : 황인덕, 김기옥, 서은경, 육은섭

모시방에 들어서자, 모시를 삼고 있었다. 마을회관에 가서 화투놀이 하는 것보다 모시방에 오는 것이 마음이 편하다고 하였다. 결혼하기 전에도 모시를 짰다고 한다. 모시관에서 행사를 주관할 때에는, 모시 짜는 모습을 보여주기 위해 시연을 한 적도 있다고 한다. 구연 시 표현이 뛰어난 편은 아니었지만, 조사자들을 위해 한 편의 이야기라
도 더 들려주려는 노력이 역력하였다. 한 5년 동안 교회를 다니다가 지금

은 다니지 않는다.

제공 자료 목록

08_08_FOT_20100128_HID_SBH_0001 게가 솔방울로 변한 도깨비 조화
08_08_FOT_20100128_HID_SBH_0002 눈앞을 가리는 차일귀신
08_08_FOT_20100128_HID_SBH_0003 방귀 뀌는 며느리
08_08_FOT_20100128_HID_SBH_0004 땅고개 처녀 귀신 이야기
08_08_MPN_20100128_HID_SBH_0001 모시방에서 가스에 취한 일
08_08_MPN_20100128_HID_SBH_0002 방귀 소리에 무안한 색시

서순익, 남, 1931년생

주 소 지 : 충청남도 서천군 한산면 동지리 260-3번지 마을회관
제보일시 : 2010.1.26
조 사 자 : 황인덕, 김기옥, 서은경, 육은섭

처음부터 이야기판에 적극적으로 동참하
는 자세를 보이지는 않았다. 다른 이야기가
나오지 않자, 오래 전 마을에서 있었던 일에
대한 2편의 이야기를 들려주었다. 말하는
속도가 느린 편이며, 단어를 구사하는 데 있
어서 자주 혼란을 겪는 듯하다.

제공 자료 목록

08_08_MPN_20100126_HID_SSI_0001 산후 약 먹고 죽은 여자의 혼불
08_08_MPN_20100126_HID_SSI_0002 변고 전 나타난 불길한 까마귀떼

송경순, 여, 1929년생

주 소 지 : 충청남도 서천군 한산면 나교리 157-1 나교리 마을회관
제보일시 : 2010.1.21
조 사 자 : 황인덕, 김기옥, 서은경, 육은섭

연세에 비해 목소리에 기운이 있고, 기억
력 또한 좋은 편이다. 고생을 해보지 않은
남편에 대한 이야기 그리고 그러한 남편의
여자들에 대한 이야기가 많은 부분을 차지
한다. 이들이 일생 중에서 중요한 부분을 차
지하고 있다는 의미이다. 남편과 남편의 여
자들에 대한 경험담에서 여자로서의 고단한
삶을 엿볼 수 있다. 그러한 과정을 지금까지
잘 견디어온 자신에 대한 나름대로의 자긍심도 있다. 집안의 형편이 나빠
지자, 다른 여자들은 다 도망가 버렸으나 자신은 끝까지 살았다는 대목이
그러하다. 특히 세 명의 여자가 한집에서 몇 년을 같이 살았다는 이야기
와, 남편이 여자들을 데리고 집으로 오면 두 사람을 위해 밥상을 차려 주
었다는 대목에서도 그러하다.

경험담을 통해 고단한 한 여성의 삶의 단면을 보여주고 있다는 점에서
주목할 만하다.

제공 자료 목록
08_08_MPN_20100121_HID_SKS_0001 한집에서 세 여자가 살았던 시집살이
08_08_MPN_20100121_HID_SKS_0002 남편의 바람기
08_08_MPN_20100121_HID_SKS_0003 도깨비 조화
08_08_MPN_20100121_HID_SKS_0004 월성산에서 도깨비에 홀린 사람
08_08_MPN_20100121_HID_SKS_0005 죽은 처녀를 묻은 안땡코

송정녀, 여, 1940년생

주 소 지 : 충청남도 서천군 한산면 나교리 157-1 나교리 마을회관
제보일시 : 2010.1.21
조 사 자 : 황인덕, 김기옥, 서은경, 육은섭

말의 속도가 빠르다. 주로 귀신과 도깨비
에 대한 이야기를 하였다. '택시기사와 처녀
귀신'에서는, 귀신을 차에 태웠다는 사람의
진정성을 그대로 전달하려는 열의를 보였다.
서사적 흐름에 몰입해서 이야기를 전개하는
경향이 있다.

제공 자료 목록
08_08_FOT_20100121_HID_SJN_0001   도깨비를
이겨 부자 된 사람
08_08_FOT_20100121_HID_SJN_0002 도깨비에 끌려 다닌 여자
08_08_MPN_20100121_HID_SJN_0001 택시기사와 처녀 귀신

이봉주, 남, 1929년생

주 소 지 : 충청남도 서천군 한산면 원산리 33번지 원산 마을회관
제보일시 : 2010.1.26
조 사 자 : 황인덕, 김기옥, 서은경, 육은섭

원산리 마을회관은 2번 방문하였다. 20
여 명의 남자들이 모여 화투판을 벌이고 있
거나 무리 지어 이야기를 나누고 있었다.
이야기를 잘 하는 사람으로는, 한결같이 이
봉주 화자를 거론하였다. 그러나 첫 방문에
서 이봉주 화자는 끝까지 이야기판에 끼어
들지를 않았다. 다른 사람이 이야기 하는
것을 한편에 앉아 조용히 듣고만 있었다.

다른 사람들의 권유가 여러 번 있었으나, 쉽게 이야기판에 합류하지 않
는 성격이었다.

평소에 경로당에서 이야기를 많이 해 온 듯하나, 초면인 외지 사람들에 대해 여러 가지로 조심스러운 태도를 보였다. 한번 더 찾아와 이야기를 듣겠다는 약속을 건네고 일차 방문을 마무리 지었다.

2010년 1월 26일에 이봉주 화자의 집을 방문하였다. 이야기를 듣기 위해 조사자들과 함께 마을회관으로 이동하여 이야기판을 벌였다. 마을회관에는 이미 여러 명의 사람들이 모여 있었다. 첫 번째 날과는 달리 조금씩 이야기 보따리를 풀어 놓기 시작하였다. 평소에도 많은 이야깃거리를 공유하고 있던 청자들의 추임새도, 이야기 전개상 중요한 역할을 하였다.

작은 체구의 이봉주 화자는, 7~8년 전까지 법사일을 하였다. 16세부터 이 방면으로 공부를 하였다. "문화재감이여" "형님처럼 하는 사람이 없어."라고 말하는 청중들에 의하면, 매년 정월부터 몇 달간은 얼굴 보기가 어려울 정도로 바쁘게 생활했다고 한다. 여기저기에서 서로 데려가려고 줄을 서기도 하였다고 한다.

직업상 다양한 이야기 목록을 소유하고 있는 화자이다. 자신의 직업에 대한 자긍심이 있는 반면, 이와 관련한 이야기를 들려주는 데에는 상당히 조심하는 태도를 보였다. 조사자들에 대한 성향이 파악되지 않은 상태라 그만큼 조심스럽게 접근하는 기색이 역력하였다. 후반부로 갈수록 이야기꾼 특유의 재치와 유머가 흐르는 화소들이 등장하였다.

현재에도 궁합이나 사주 등을 보아 주면서 마을의 대소사에 여전히 관여하고 있다. 처음부터 '넋 건지는 소리'를 해 보라는 다른 사람들의 권유가 있었으나, 끝까지 못 들은 척 미루다가 마지막에 가서 넋 건지는 과정에 대한 이야기를 들려주었다. 평소에도 술을 즐기는 편이다. 이야기판이 벌어지고 이봉주 화자가 이야기를 시작하자, 청자들 중 1명이 몇 번이나 이봉주 화자에게 술을 권하였다. 시간이 흐를수록 소재도 다양해지면서 이야기에 대한 몰입도가 높아지는 경향을 보였다.

제공 자료 목록

08_08_FOT_20100126_HID_LBJ_0001 소금장수와 부정한 제삿밥
08_08_FOT_20100126_HID_LBJ_0002 시계 불알 때문에 망신당한 할아버지
08_08_MPN_20100126_HID_LBJ_0001 한밤중에 본 도깨비불
08_08_MPN_20100126_HID_LBJ_0002 눈앞을 가리는 차일귀신
08_08_MPN_20100126_HID_LBJ_0003 솥뚜껑이 빠지지 않는 조화
08_08_MPN_20100126_HID_LBJ_0004 길을 잃어 혼난 일
08_08_MPN_20100126_HID_LBJ_0005 독경 예약하고 돈 떼먹은 사람
08_08_MPN_20100126_HID_LBJ_0006 초면에 반말한 사람 골탕 먹이기
08_08_MPN_20100126_HID_LBJ_0007 빛을 내는 무너진 사당의 주춧돌
08_08_MPN_20100126_HID_LBJ_0008 전구에 대고 담뱃불을 붙이려고 한 할아버지
08_08_MPN_20100126_HID_LBJ_0009 넋 건지는 이야기
08_08_MPN_20100126_HID_LBJ_0010 호랑이에게 물려 고생한 사람

이순옥, 여, 1934년생

주 소 지 : 충청남도 서천군 한산면 동산리 모시방
제보일시 : 2010.1.28
조 사 자 : 황인덕, 김기옥, 서은경, 육은섭

동자북 마을회관에 들렀다가, 모시방에
사람이 모인다는 소리를 듣고 모시방으로
이동하였다. 당시 서봉희 어르신 혼자 모시
를 삼고 있었는데, 한두 사람 모이기 시작하
였다. 4~5명 정도의 일정 인원이 모이는
공간이다.

이순옥 어르신 또한, 마을회관에 나와서
화투를 한다든지 다른 놀이를 즐기기보다는
모시 삼는 일을 하면서 시간을 보낸다고 하였다. 모시방에 모인 화자 청
자 모두가 한결같이 차분하고 선한 인상을 풍긴다.

이순옥 화자의 알뜰함과 성실함은 이미 정평이 나 있는 사실로, 고단했던 시집살이에 대한 내력도 마을에서는 이미 다 알고 있는 듯하다. "똥밖에 버릴 것이 없는 사람이다."라는 청자의 평이 그의 생활 태도를 말해 준다.

느리고 긴 어조로 차분하게 이야기를 이어나갔다. 시집 식구와 남편에 의한 고단한 시집살이의 전형을 보여주고 있다. 친정이 시집보다 상대적으로 잘 살았다는 사실에서 출발하다 보니, 그 고단함이 더 극적으로 드러난다.

제공 자료 목록
08_08_MPN_20100128_HID_LSO_0001 고달픈 시집살이

이정예, 여, 1937년생

주 소 지 : 충청남도 서천군 한산면 송산리 마을회관
제보일시 : 2010.2.11
조 사 자 : 황인덕, 김기옥, 서은경, 육은섭

동지리에서 태어났다. 구연한 이야기 목록을 보면 그 성격이 다양한 편이다. 집안 선대에 있었던 일, 꿈, 지명과 관련한 일명 땅고개 이야기, 업, 민담 등 목록이 다양하다. 처음부터 끝까지 이야기판을 지키며, 지속적으로 이야기를 들려준 화자이다. 다른 화자가 이야기를 마치면 그와 관련한 유사한 내용의 이야기를 떠올려 들려주곤 하였
다. 이야기판에서 청자로서의 역할도 잘하는 편이었다.

수사적인 면에서는 다소 아쉬운 면이 있으나, 이야기 각편이 지니는 완

결성 면에서는 우수한 편이다. 전반적으로 말의 속도가 빠르며, 자신의 경험을 이야기할 때에는 기억이 되살아나는 듯 더욱 활기를 띠었다. 구연 중 감정의 몰입도가 높은 편이다.

제공 자료 목록

08_08_FOT_20100211_HID_LJY_0001 영험한 월성산 미륵바위
08_08_FOT_20100211_HID_LJY_0002 원수의 자식으로 환생한 구렁이
08_08_FOT_20100211_HID_LJY_0003 지렁이로 시어머니 봉양한 며느리
08_08_FOT_20100211_HID_LJY_0004 산삼으로 남편을 구원한 열녀
08_08_MPN_20100211_HID_LJY_0001 시어머니 제일에 생긴 조화
08_08_MPN_20100211_HID_LJY_0002 시어머니와 한방에서 잔 시집살이
08_08_MPN_20100211_HID_LJY_0003 모시 판 돈으로 노름한 서모
08_08_MPN_20100211_HID_LJY_0004 꿈에 나타난 친정어머니
08_08_MPN_20100211_HID_LJY_0005 뱀을 쫓아내자 연이어 죽은 쌍둥이
08_08_MPN_20100211_HID_LJY_0006 무서운 땅고개 귀신 (1)
08_08_MPN_20100211_HID_LJY_0007 무서운 땅고개 귀신 (2)
08_08_MPN_20100211_HID_LJY_0008 무서운 땅고개 귀신 (3)
08_08_MPN_20100211_HID_LJY_0009 무서운 땅고개 귀신 (4)
08_08_MPN_20100211_HID_LJY_0010 구렁이 죽이고 병사한 외삼촌

이준환, 남, 1938년생

주 소 지 : 충청남도 서천군 한산면 원산리
제보일시 : 2010.1.21
조 사 자 : 황인덕, 김기옥, 서은경, 육은섭

체격이 좋은 편이다. 젊을 때 나무하러 갔다가 고생한 이야기를 생생하게 구연하였다. 또한 자신의 경험과 유사한 다른 사람의 경험담을 통해, 사람이 마음이 약해지면 작은 것에도 놀라게 된다는 사실을 강조하였다.

정의선, 남, 1931년생

주 소 지 : 충청남도 서천군 한산면 원산리
제보일시 : 2010.1.21
조 사 자 : 황인덕, 김기옥, 서은경, 육은섭

체구가 작으면서도 단단하다는 인상을 준
다. 말의 속도가 빠른 편이다. 조용히 앉아
있던 정의선 화자가 이야기를 시작하자, 옆의
한 청자가 "이제 애기 나왔어."라고 하였다.
평소에도 경로당에서 이야기를 잘 하였다는
것을 알 수 있다. 이야기들이 주로 장편에 해
당한다. 역사적인 요소들이 가미된 야담적 성
격이 강한 이야기들이 주를 이룬다.

말을 빨리 하다 보니, 발음이 정확하게 전달되지 않는 면이 있다. 이야
기에 대한 몰입도가 높은 편이다. 많은 이야기 목록이 잠재되어 있는 화
자라고 여겨진다.

차문수, 남, 1942년생

주 소 지 : 충청남도 서천군 한산면 원산리
제보일시 : 2010.1.21
조 사 자 : 황인덕, 김기옥, 서은경, 육은섭

이야기판의 분위기를 활성화하는 데 일익
을 담당하였다. 다른 화자들이 구연을 할 때
에는 추임새를 잘 넣어 주었다. 술을 좋아하
는 화자를 위해서는 술을 가져와서 따라주
기도 하였다. 많은 이야기를 하지는 않았으
나, 이야기판 형성을 위해서는 중요한 사람
이다.

제공 자료 목록
08_08_MPN_20100121_HID_CMS_0001 땅고개 귀신을 만난 친구

차한수, 여, 1936년생

주 소 지 : 충청남도 서천군 한산면 여사리 마을회관
제보일시 : 2010.1.28
조 사 자 : 황인덕, 김기옥, 서은경, 육은섭

큰 수술을 2번이나 해서 허리에 복대를
두르고 있는 상태이다. 걷는 것도 다소 불편
한 정도이다. 비스듬하게 앉아서 이야기를
이어나갔다. 전설보다는 자신이 직접 겪은
것에 대한 이야기가 주를 이룬다. 젊은 시절
에는 화장품 판매를 한다고 여러 곳을 다녔
다고 한다. 그때 보고 들은 이야기가 많은

듯하다.

황영하, 남, 1931년생

주 소 지 : 충청남도 서천군 한산면 여사리 114번지

제보일시 : 2010.1.26

조 사 자 : 황인덕, 김기옥, 서은경, 육은섭

10대조부터 대대로 이곳에서 살아왔다. 마을에 대하여 설명을 잘 할 것이라는 마을 회관에서의 소개로 집을 방문하였다. 마을에 있는 공덕비를 세우는 데 초안을 잡기도 하였다고 한다. 자신은 아는 것이 별로 없다는 말을 간간이 하면서 천천히 이야기를 이어나갔다. 느리고 차분한 어조로 구연하였다. 마을에 관한 이야기나 인물에 대한 이야기라도 교훈적인 것을 들려주려는 경향이 있다. 한 편의 이야기를 재미있게 엮어가는 이야기꾼의 면모보다는 차분하게 사실적인 이야기를 들려주려고 하였다.

제공 자료 목록
08_08_FOT_20100126_HID_HYH_0001 손부락이 아니라 선부락
08_08_FOT_20100126_HID_HYH_0002 여사리의 유래
08_08_MPN_20100126_HID_HYH_0001 구렁이가 가져다 준 불행

무학대사와 욕심 많은 목은

자료코드 : 08_08_FOT_20100121_HID_PBU_0001
조사장소 : 충청남도 서천군 한산면 나교리 157-1 나교리 마을회관
조사일시 : 2010.1.21
조 사 자 : 황인덕, 김기옥, 서은경, 육은섭
제 보 자 : 박병욱, 남, 78세
구연상황 : 회관에 사람들이 한두 사람씩 모이기 시작했다. 방 출입문 쪽의 몇 사람이 모여 이야기판이 만들어졌다.
줄 거 리 : 목은이 관직에 있을 때, 무학대사를 데리고 묏자리를 찾으러 다녔다. 무학대사가 일러주는 곳은 마음에 들지 않는다고 하면서도, 표시를 해 두었다. 그래서 목은이 세 군데의 좋은 묏자리를 다 차지하였다.

무학이 데려다서 묘자리 잡은 얘기. 나 들은 대로 말씀 드릴게.

이 영모리 가면은, 누구 그 누구지? 영모리에 계신 양반이 누구여? 목은 선생이.

목은 선생이, 그 관직에 계실 때, 무학이를 데려다이 자기 선영들 묘를 쓰는데, 그 무학이가, 그

"기산 아무 데 가면 있슈. 거기 묏자리를 여기 좋습니다."

이렇게 하니께, 무덕 눈이 나도 이런 자리 같다구 말이유. 그러고서 자기 속셈으로 시표만 해놨다는 얘기, 치표, 치표.

그러고서 돼지골 너머라는 디 가면은 또 무학이를 데리고 인제 거길 가서 그 곰방을 더듬어 본께, 무학이가,

"여기 좋습니다."

하니까 역시 똑같은 이야기를 했다구 그래유? 이런 무덕눈이라도 나 이런 데 나두 또 잡는다고 나 싫다고 이런 덴 묘 안 쓴다고 말이여.

그 마음속으로 또 거기다 심중만 둬놨어요. 표식만 해 놓은 거여, 마음속으로. 게 그 자리는 자기 으르신네가 들어갔시유, 지금.

그 거기는 그 밑에 먼저 봤던 데는 모르걱고. 젤 끄트머리 가서 영모리리는데 가서 자기 지금 현재 지금 못자리가 있는데,

"여가 참 좋습니다."

하니께 역시 똑같은 이야기를 했다는 거여.

이런 디가 무슨 놈의 못자리냐구 말이여. 그래 놓고 자기가 작고혀서 거기다 묻어 달라고 그랬다는 그런 전설이 있더만.

효자와 동지섣달 잉어

자료코드 : 08_08_FOT_20100121_HID_PBU_0002
조사장소 : 충청남도 서천군 한산면 나교리 157-1 나교리 마을회관
조사일시 : 2010.1.21
조 사 자 : 황인덕, 김기옥, 서은경, 육은섭
제 보 자 : 박병욱, 남, 78세
구연상황 : 앞의 이야기와 같은 상황에서 이어서 구연하였다.
줄 거 리 : 한 효자가 있었다. 부모가 몸이 좋지 않았는데, 잉어를 먹으면 나을 수 있다는 소리를 들었다. 그래서 그는 한 겨울인데도 얼음을 깨트려 보았다. 마침 잉어가 튀어나와 부모의 병이 나을 수 있었다.

효자가 있었는데. 자기 부모님이 이 건강이 아주 안 좋으셨어. 학생들한테 이거 참고로 들을 법한 이야기여.

그 효자가 있었는데 아주 불편하시거든, 고칠래야 고칠 병이 아니여. 그런디 단 잉어 먹으야 낫는다는 거여, 잉어.

동지섣달인디. 지금 세상은 잉어가 봄, 겨울, 가을 상관없이 다 있는 있지만. 옛날엔 잉어꾀기가 참 귀경 못 했슈, 옛날엔.

그 효자 저 잉어를 먹어야 낳는다구 하닝깨, 이 병은 그러니 동지섣달

에 어떻게 어딨어?

얼음은 꽁꽁 얼었지. 어디 가서 잉어를 구하겠어? 결국 효자가유,

(청중 : 그게 효자여!)

얼음을 막 그냥 무조건 깬 거여, 무조건, 혹시나 하고.

(조사자 : 혹시나 하고?)

응! 얼음을 두둘겨 깨니께 그 물속에서 잉어가 막 툭! 튀어 와서 나와서, 그 잉어를 잡수고 나수셨다는 이런 속설이 있어요.

(청중 : 그런게 하늘서 준 거여 그게.)

그렇지~. 효자 원판 그 효가 지극헝게, 그 물속에서 갑자기 잉어가 튀어나와 가주고 깬 얼음 구녕으로 나와 가주고,

그 잉어를 잡수고서 이 나, 나스셨다는 그런 속설이 있어, 학생들은 들을 만해요, 그런 이야기. (청중 : 그럼!)

보령시 웅천읍 효자비

자료코드 : 08_08_FOT_20100121_HID_PBC_0001
조사장소 : 충청남도 서천군 한산면 나교리 157-1 나교리 마을회관
조사일시 : 2010.1.21
조 사 자 : 황인덕, 김기옥, 서은경, 육은섭
제 보 자 : 박병철, 남, 85세
구연상황 : 마을에 대한 전설이 있느냐고 조사자가 물으니, 아래의 내용을 구연하였다.
줄 거 리 : 아들이 4~5년 간 아버지의 병간호를 정성스럽게 하였으나, 아버지가 돌아가시고 말았다. 아버지가 돌아가신 후 아들은 상식을 올리다가 피를 토하고 쓰러져 그 자리에서 죽었다. 그래서 마을에서 효자비를 세웠다.

인자 웅천 보면은 바로 도로 옆에 효자비가 있어요.

(청중 : 효자비 있어.)

효자비 하나. 효자비

(조사자 : 효자비 이야기해 주세요. 효자비는 또 뭐에요?)

효자비.

(조사자 : 누구였지요?)

(조사자 : 예, 준자, 호자?)

응! 효자빈디 그으른이 준자, 호잔게 준자가 항렬이여. 그래서 그게 효자비를 왜 했냐면은, 향교 유, 유림에서 세, 세웠시유.

개인이 신 게 아니라, 그럼 거기에 보면은 그 비문 보면은 거기 보면은 내용이 다 나와요. 그리고 비 신 사람들 이름, 향교 유림, 유림 이름들이 전부 나와 있구 그려, 그렁개.

(조사자 : 거기에 무슨 얘기가 얽혀 있어요? 효자에 대한 얼마나.)

그 내용이. 내용이 뭐냐면 준자 호자 그 으른이 인자 딴디 다 모르고서, 인자 옛날에는 훈장이라고 인자 선상이라고 가르쳤지. 애들 가르치고서 저기 인자 좀 학식이 인자, 도가 높고 헌게 저기 화양서 뭔 부락에서 인자 훈장으로 모셔 갔어요.

모셔갔다 가서 자 한 삼년 있다 가서 아버지가 급히 아프다고 인자 연락이 왔거든?

그러니깐 집으로 와서 지극히 인자 한 사오 년을 병간호를 했어요.

그래도 인자 안 낫구서 그냥 돌아가셨거든?

예를 들으면, 낼이 아버지 지샛날이면은 오늘 저녁, 저녁에 목욕재개 허구서 상식허다서, 상식은 인자,

인자 지금은 않지만 옛날에는 삼년 동안 아침 저녁 상식허거든? 그저 지척이다서.

그라구서는 졸도혀서 쓰러져가주고 피를 토하고서 거기서 쓰러져서 직사(즉사)를 했어요. 직사를 헌게 한간데서는 인자 그, 그때 저 초상이 아니구, 인자 담, 담 담, 저,

(조사자 : 제산데?)

초재지? 초재. 제삿날인게 사람들이 뭉게되고 한간데서는 또 죽고, 초상나서.

그래서 저 그냥 헌게 인제 그러구서 삼년 동안을 자기 아버지의 묘를 인자 가서 인저 성 관할하고 비오고 눈 온다고 허면은,

뒤에 산 높은 디 올라가서 망배, 말하자면 인자 멀리 바라보고 인자 아버지게다 절 허는 거지?

그래서 인제 그것이 유림에서 알아가주고서 효자비를 세웠어요. 거기 내용이 다 있어요, 거기.

타성은 떠나는 나교리 박씨 마을

자료코드 : 08_08_FOT_20100121_HID_PBC_0002
조사장소 : 충청남도 서천군 한산면 나교리 157-1 나교리 마을회관
조사일시 : 2010.1.21
조 사 자 : 황인덕, 김기옥, 서은경, 육은섭
제 보 자 : 박병철, 남, 85세
구연상황 : 앞의 이야기와 같은 상황에서 이어서 구연하였다.
줄 거 리 : 현재 나교리에는 박씨들만 살고 있다. 다른 성을 가진 이들이 들어오면, 잘 대해주는데도 가버린다고 한다. 나교리에 사는 박씨들은 밀양이 본인데도, 외부 사람들은 '나교리 박가'라고 부른다.

청원군 강외면 호계리라고 하는 디가 있어요.

(조사자 : 예, 호계리. 청원군 호계리.)

(조사자 : 예, 거기서 오셨어요?)

예, 청원군, 거기서 내게로 말하면은, 세자, 진자니까 구대 조 한, 이백 한, 일대에 삼십 년 잡으면, 삼구 한 이백칠십 년 되겠네.

그 어른이 학식과 덕망이 굉장히 지역에서 알아주기 때미러, 정부에서 벼실허라고 해도 않구서,

후진양성을 위혀서 부여군 풍산면, 음. 게, 게 그게 뭐, 뭐냐 거가 저, 뭔 면, 뭔이지? 그 아.아우 부여군 풍산면이 아니구,[기억이 잘 나지 않아 한참 망설이다가]

(청중 : 구룡리. 구룡리.)

구, 구룡리가 아녀. 거가.

(청중 : 아이, 구룡면.)

구룡면 부여군 구룡면 태양리.

(청중 : 응, 태양리여, 태양리.)

태양리로 말허자면 벼실같은 것도 마다허구서,

(조사자 : 그쪽으로 오신 거예요?)

그로 청주루 해서 낙향을 하셨어유. 애들 후진양성을 위해서. 그러다서 인저 거기 기시다서, 그분 아덜, 아덜이 내기루 인자 팔대존디 수자, 영자 그 으른이 이루 왔어요.

여기서 또 후생들을 가르쳤지. 여기서 그러다서 그때가 여가, 여가 황 씨들이 많었다덩가? 누가 많었다는디.

전부 떠나고서 그분 손자가 육 형제 두고서 그 분[2~3어절은 알아들을 수가 없다] 잠적을 했어요.

그래서 그래서 이 동네는 타성이라는 게 하나도 없어요.

(조사자 : 그것도 쉽지 않네요. 그죠?)

지금은 인자 폐촌되고 시대가 발달해서 이게 옰지마는 이게 한참 번성할 때는 한 백호가 넘었어요. 거의 이 동네가. 우리 박가만.

근디 인자 타성들을 무슨 뭐 박해하거나 뭐 반대혀서 뭐 아지하는 게 아니라, 처가나 혹 인자 연결돼서 일루 오더래두,

쪼매 살다가서 잘 대우를 해줘도,

(조사자 : 잘해줘도 가요?)

저들이 스스로 가버려어. 그래서 이 동네는 전부 박가만 있어요. 지금

현재도.

그래서 인자 보통 이게, 이 동네 이름이 이 나교린디, 나대리라고 허는디 나더리라고 허는데.

그 밀양, 우리가 인자 밀양이거든? 본이. 그게 나더리 박가라고 혀. 대게. 밀양 박가라고 허는 게 아니라.

나교에서 인자 집성촌으로 한 십칠,팔 댄가 냥 박가만 살은게, 나더리 박가라고 이렇게,

(조사자 : 나교리 박가라고.)

이, 나더리, 나더리 박가라고

(조사자 : 아, 거 참 희한하네요.)

(청중 : 나가면 다 나더리 박가라고 그려.)

나가면 나더리 박가라고 하지. 나교 박, 나교리, 밀양 박가라고는 안 해여.

전부 인자 내게로 인자 칠대 조 할아버지가 육 형제를 둬서 촌수도 많이 넘어서야 한 십이 촌, 십사 촌밖에 안돼유. 인자 촌수가.

(조사자 : 전부 일가시네요?)

(청중 : 전부 가찹지.)

뭐 말하자면 한, 한 식구, 한 가족 일가닌게.

부정한 제삿밥으로 혼난 자손

자료코드 : 08_08_FOT_20100211_HID_PSS_0001
조사장소 : 충청남도 서천군 한산면 송산리 마을회관
조사일시 : 2010.2.11
조 사 자 : 황인덕, 김기옥, 서은경, 육은섭
제 보 자 : 박선신, 여, 78세

구연상황 : 앞의 이야기와 같은 상황에서 이어서 구연하였다.
줄 거 리 : 제삿밥을 얻어 먹기 위해 큰아들 집에 갔다. 차려놓은 것이 마음에 안 들어
        손자를 화롯불에 밀어 넣고 나왔다. 작은아들 집에 가니, 깨끗하게 잘 차려놓
        아서 그곳에서 먹고 나왔다. 오는 길에 친구를 만나 사정을 말하고는, 보물이
        있는 곳을 작은아들에게 일러주라고 하였다. 손자는 곧 나왔다.

아들 형제간이 사는디, 큰 아들네미서 잘 채려났드래 지삿날 저녁에.
지사를.

그랬는디 인저, 참 아버지가 인제 아들네 집이서 저녁이 지사 때 저녁
에를 와 본게,

차려놓기는 잘 차려났는디 자기 맘에 안 들어가지구, 손자를

손자를 저기 화롯불이다 밀어부치고 갔대, 이 노인네가.

그라구서 작은 아들네 집이를 가본게 작은 아들네 집이는 차린 건 없
어도 깨끗하게 잘 차려났더랴.

게서 인제 그렇게 먹고 인저, 이렇게 인자 혼이 가다가, 오다가다 친구
를 만났대요. 그 혼이 가다가.

친구를 만났는디,

"자네 어짠 일인가?"

그런게,

"오늘 저녁에 내가 지산디 큰 아들네 집이를 가봤더니 차려 놓기는 잘
차려났던데 내가 맘이 안 들어서, 손자 화롯불이다 밀어놓고 왔는디, 밀
어놓고 작은 아들네는 간게 깨끗허게 잘 차려서 그냥 거기서 먹고 온다."

그라면서, 어디어디 가다가 둔 보물이 있은, 있은게, 이 아들이 둔 그
보물을 찾을 거라구. 거기 참,

그 아들이 몰른게 이 보물을 아들을 가서 알쳐주라구, 그냥 말루 하믄
안돼서,

그 보물을 내가 어따어따 이 보물을 뒀은게 그걸 가서 찾으라구. 인제

그렇게 알쳐 주더랴. 근디 인저 손자는 내가 화로불이다 밀어놓구 왔는디 바로 낫을 거여.

그래, 그래서나 인저, 그 사람이 인저 그 손은 가구 인제 그 사람이 그 저기 아들 큰아들이 와서,

그런 얘길 다 한게 참 그 보물 찾은게 있더랴. 거가 찾은게 있더랴. 그 손자는 낫구 그랬대.

주인이 버리고 가서 화난 소

자료코드 : 08_08_FOT_20100211_HID_PSS_0002
조사장소 : 충청남도 서천군 한산면 송산리 마을회관
조사일시 : 2010.2.11
조 사 자 : 황인덕, 김기옥, 서은경, 육은섭
제 보 자 : 박선신, 여, 78세
구연상황 : 앞의 이야기와 같은 상황에서 이어서 구연하였다.
줄 거 리 : 어떤 남자가 소를 데리고 일을 하러 갔다. 늦은 밤 돌아오는 길에 짐승 하나
를 만났는데, 하도 무서워서 소를 버려두고 혼자 집으로 돌아왔다. 다음 날
소가 돌아와서는 주인을 잡아먹으려고 덤벼들었다.

어떤 남자 남자가 소를 쟁기질을 하는디. 한 십리 바깥이루 인제 큰 집 이루 인저 논을 갈아주러 갔었대유.

논을 죙일 갈구서 밤이, 밤이 오다가 밤에 소 몰고서 오다가, 깊은 산 골로 이렇게 오는디. 오다가 뭘 만났대. 짐성을.

이 짐성을 만나서는 무서워갖구 어떻게 할 수가 없어서 그냥, 소를 그 냥 놔두구서 자기 혼자만 담박에 집이를 왔대.

소를 그냥 놔두구유. 근디 소가 그 짐승하고 얼마나 싸웠나, 이기구서 왔드래 소가.

날 샌게 들어오드래요 소가. 자기 주인을 잡아먹을라고 하드랴.[웃음]

소가 무섬탐을 많이 한다구 하대유. 그런 일두 있었어.[웃음]

소가 죽일라구 하더랴. 막.

(청중 : 응. 두구 왔다구.)

잉, 저 혼자 떠놓고 왔다고. 소가 무서움 타서.

(청중 : 사람허구 한 가지구만.)[웃음]

단상리 땅고개 귀신

자료코드 : 08_08_FOT_20100126_HID_PSN_0001
조사장소 : 충청남도 서천군 한산면 동지리 260-3번지 마을회관
조사일시 : 2010.1.26
조 사 자 : 황인덕, 김기옥, 서은경, 육은섭
제 보 자 : 박순녀, 여, 76세
구연상황 : 마을에서 생긴 일에 대한 이야기가 오갔다.
줄 거 리 : 어떤 사람이 차를 몰고 가는데, 한 아가씨가 태워달라고 해서 뒷자리에 태워
주었다. 그런데 한참을 가다가 보니 사라져 버렸다. 단상리 고개 넘어가는 데
는 무서운 곳이다.

지나가는 사람이요, 이거 여기, 우리 동네 사람 아녀.

지나가는 사람이 하두 밤에 가는데, 나 좀 태워다 달라고 하도 해서,
아가씨가.

(조사자 : 아가씨가?)

응, 아가씨가. 그러길래 뒤다 태워줬는데, 이만치 오다 보닝께 아가씨가
없드래요.

(청중 : 근게 헛것이여. 근게 헛것을 싣고 간 거여.)

(조사자 : 어구야. 무지하게 있어요 그때는, 여기 여기 여기.)

여기 여기 여기 여기 단상리, 여기 고개 넘어가면. 참, 무서운 디여.

맨 그런게, 우리 시아버지 장에 댕기실라믄 호주머니에다 돌팍 넣구,

아주 뎀비면 그놈 때려 죽인다구 그냥 넣구 댕기시구 그랬다데, 참 헛 것 많애요.

그전이 그러더니 지금은 그 도깨비들 다 없어졌나. [웃음]

며느리 방귀 별

자료코드 : 08_08_FOT_20100126_HID_PSN_0002
조사장소 : 충청남도 서천군 한산면 동지리 260-3번지 마을회관
조사일시 : 2010.1.26
조 사 자 : 황인덕, 김기옥, 서은경, 육은섭
제 보 자 : 박순녀, 여, 76세
구연상황 : 앞의 이야기와 같은 상황에서 이어서 구연하였다.
줄 거 리 : 시아버지 앞에서 방귀를 뀐 며느리가 부끄러워서 얼굴이 빨개졌다. 그 며느리
　　　　　가 죽어서 별이 되었다. 새벽에 동쪽에 뜨는 붉은 색깔의 별이 그 별이다.

시아버지 앞에서 방구 "뽕!" 나오면 어뜩혀?

미안허니께시로 얼굴이 빨간혀서 여기 별이, 빨간 별이 그거라고 허잖 아? [웃음]

껬은께 미안허닝께 빨간허게.

(청중 : 그 별이 새벽 3시나 되믄 뜨거든유, 그 별이 하늘서 저 동쪽이 서 떠올라. 그르믄 그게 시아버니 앞에 방구 뀌갖구 미안헌게 빨간해서 며느리가 죽어서 그 별 됐다구, 이런 소리는 할머니들 헌 소리였어. 똥그 라니 혼자 올라와. 새벽에. 서너 시 경에 나가보면 저- 동쪽에서 떠올라.)

제삿날 불 질러 놓고 온 귀신

자료코드 : 08_08_FOT_20100128_HID_PYB_0001
조사장소 : 충청남도 서천군 한산면 여사리 마을회관

조사일시 : 2010.1.28
조 사 자 : 황인덕, 김기옥, 서은경, 육은섭
제 보 자 : 박용배, 여, 71세
구연상황 : 앞의 이야기와 같은 상황에서 이어서 구연하였다.
줄 거 리 : 제삿밥을 먹으러 아들네로 갔다. 제사상 준비는 하지 않고 아들 며느리가 싸
우기만 하는 모습을 보고는, 집에 불을 지르고 돌아왔다. 제삿날에는 싸움도
하지 말고 정성스럽게 상을 차려야 한다.

지사, 지사를 지삿밥을 은어먹으러 갔는디. 아, 저기 아들네 집이루. 갔
는디 막 내우간에 싸움이 났드랴.

그래 지사 그 저 밥일랑 않구서는 막 쌈이 나가주고 그냥 속상해서, 이
게 이 불 때다가 쌈이 났더라나? 불 때, 저녁이.

그래가주고 속상해서나 그 저기 지삿밥을 못 은어먹고 올 바에는 그냥
불이나 질르고 온다고, 그냥 불 놓고 왔댜.

(청자 : 구신이?) 예.

(청자 : 구신도 불 놓나 보지?)

그러고서는 가서 집에 가서 인자 가면서 인자 친구들이,

"어제 잘 은어먹고 왔냐구?"

그런게,

"잘 얻어먹길랑 그만두고 지, 지랄덜 허구 쌈 나가주구 불 쳐질르구 왔
다고."

그래 그래가주고 그 동네, 인저 그 저기헌 사람이 듣고서나 거기 진짜
로 불났다고 그러드라고. 옛날 얘기가.

(청자 : 그런게 어매아부지가 집이다 불 놓고 갔구만.)

자 막 쌈 해쌌구 인자 지사는 지낼 생각 않구. 쌈 해싼게 그런게 그게
인자 지삿날 저녁에는 쌈도 허지 말구 정성껏 혀서,

(청자 : 군소리도 안 낸다. 군소리도 않구.)

지사를 지내야 헌다 이런 뜻이랴.

목은 집안의 빗고개 명당과 지관

자료코드 : 08_08_FOT_20100121_HID_PYH_0001
조사장소 : 충청남도 서천군 한산면 나교리 157-1 나교리 마을회관
조사일시 : 2010.1.21
조 사 자 : 황인덕, 김기옥, 서은경, 육은섭
제 보 자 : 박윤화, 남, 76세
구연상황 : 앞의 이야기와 같은 상황에서 이어서 구연하였다.
줄 거 리 : 목은의 아버지 산소가 빗고개에 있다. 처음에 이 자리를 잡을 때, 지관이 쇠
갓을 쓴 사람이 지나가면 하관을 하라고 하였다. 마침 웬 여자가 솥뚜껑을 이
고 지나가는 것으로 보고, 하관을 하였다. 그때 벌이 나타나 지관을 공격하려
하였으나, 지관이 항아리 속에 숨어 있어서 피할 수가 있었다.

에, 그 시방, 에, 목은의 아버지가 들어갔다는 빗고개 얘기여, 그, 그거
보구, 시방 빗고개라고, 빗고개.

(조사자 : 빗고개라고 그래요?)

에, 빗고개, 근디, 에, 그때 당시에 모이, 모이를 쓸 적에 자기 아버지를
갖다가서 대니까 지관이,

"이것은 당신네 자리가 아니여. 임자가 따로 있는 자리여."

그러고서 이야기하니까 인제 그 사람한테 권력이 좀 몰렸던 모냥이여.
워치게 지사가. 게 아니라고 자기들 자리가 아니니 못 해준다고 하니까,

어 참 권력이 몰려가주고서 그 자리를 쓰게 되는데.

하관, 하관 시엘랑 여기다 서 큰 항아리를 하나 갖다 놓고, 큰 항아리
를 하나 갖다놓고,

하관 시에는 어느 때가 되든지 기달리고 있다가서 쇠갓을 쓰구 지나가
는 사람이 있으면 하관을 혀라! 쇠갓을.

그러구서 얘기하구서 자기는 어디가 있느냐면은 항아리 속에 들어가서
윗뚜껑 덮어놓고서 거기서 하관 시를 기다리고 있는 거여.

그래 참 아닌 게 아니라 쇠, 철갓이 어디가 있어요? 쇠갓이. 쇠갓이 어

디가 있어요? 없지!

그래 인제 한참을 기다리고 있는디, 옛날에는 그 뭐냐 큰 일 치루고 어쩌고 할 적이 부꾸미질 하고,

어쩌고 할라믄 솥 밑구녕 빠진 거 있잖애유?

(청중 : 그거가 솥뚜껑이지, 솥뚜껑.)

불 때서 인제 저 부꾸미도 부치고, 이렇게 생긴 것을 이고서 부인네가 이고서 지나가더래요.

그래 인제, 그래 인제

"아~ 요게 철갓이다! 이게 쇠갓이구나."

하고서 인제 참 묘를 쓰는데, 아이 난디 없는 왕텡이가 달라들어서, 막 그 항아리 그 왕텡이가 말이여 붙땡겨서 그냥 막 쏘아 죽일려고, 지관을.

쏴서 죽일려고 하니까 항아리 속에 있으니 침이 들어가간디? 항아리 안에 앉았으니까.

게 못 쏴서 죽이고 혀서, 그 참 그 모이를 썼다고 하는 이런 이야기 소리를 들었어요.[웃음]

오시에 하관하고 미시에 발복하는 명당

자료코드 : 08_08_FOT_20100121_HID_PYH_0002
조사장소 : 충청남도 서천군 한산면 나교리 157-1 나교리 마을회관
조사일시 : 2010.1.21
조 사 자 : 황인덕, 김기옥, 서은경, 육은섭
제 보 자 : 박윤화, 남, 76세
구연상황 : 다른 화자가 명당에 관한 이야기를 하자, 자신이 알고 있는 내용이 떠오른 듯 아래의 내용을 구연하였다.
줄 거 리 : 가난한 총각이 머슴살이를 하고 있었다. 같이 살던 어머니가 돌아가시자, 가시밭이 있는 곳에 대충 묻으려고 하였다. 지나가던 지관이 보더니, 제대로 된

명당이라고 하였다. 이후 총각은 아내도 얻고 땅도 사면서 잘 살았다. 지관의 말대로 오시 하관에 미시 발복하는 땅이었다.

이 양반이 그 이야기를 항게 또 한마디 해야.

(청중 : 웃음.)

옛날에 참 하도 못 사는 총각이, 남의 머슴, 머슴살이를 하는데, 머슴살이를 하다 보면 해장에 일어나서 똥장군도 지고, 전부 다~ 부지런해야 남의 집 살아요.

게 인제 해장에 똥장군을 지고서 밭이를 갔는디,

아. 그것이 그 시작이 그게 아니구나. 하도 못사는 총각이 두, 어머니하고 둘이 살다가 암 죽었는디.

(조사자 : 죽었어요?)

어! 읐이 살으니까 뭐 이웃집 술 한 잔 대접할 수도 없고, 허니까 뭐 뭉어서 게, 인제

그러니까 살아 생전에 아들께다 경장히 몹시 혔는가봐유, 어머니가. 아들헌티.

그러니까 돌아가시니까,

"아이구! 우리 어머니 생전에 그렇게 내게다 응 몹, 몹시혔으니까, 어머니도 좀 가시밭가에서 좀 죽었으, 돌아가셨덜랑 가시밭가에서 좀 살아보시라구."

그래 이 참 짊어지고 지게, 지게, 지게 생여, 생여도 못 하고, 그전엔 지게송장도 했거든? 전에는 지게다 짊어지고 가서 가시밭탕에 가서,

우라질, 냅대 부리면서 하여간 응 어머니 둥굴어다 다가 스는 자리가 어머니 자리라고 말이여, 그게 어머니 자리라고. 그래

즈눔이 혼자 팔라니깐 가시밭탕 츠, 그치, 츠 뭐냐, 그 가시 막 제거허고 칠라니까 어렵지이.

개인적으로 모잇자리 판 것도 제대로 못 파고 어떻게 오정조정하게 조꼬매 팠던 모냥이여, 게 인제 송장을 넣을려니까 좁아서, 좁아서 못 들어가, 안 들어가.

그래 어떤 참 지관이 지나가다 보니까 어떤 더벅머리 총각 놈이 묘 쓸려고 애를 쓰는디 보니까 그 명당자리여~.

명장자리인디두 아 이놈이 그렇게 애를 타고 뭣이 혀, 그렇게 좌, 판 것이 좌도 안 맞어, 좌도 안 맞어.

그렇게, 아이 인제 송장이 말여 막 안 들어강게 옆으루 이렇게 막 틀더라너먼!

그렇게 튼게 그 좌가 맞드랴. 따악~.

(청중 : 틀어서 암케나 쓴 넘이?)

트러서, 응. 그래 쓰구서 희한하게 참 좌두 잡고 혀서.

인제 그것이 더벅머리 총각은 그것인지, 저것인지도 몰르고 묘이를 쓰고서 인제 있는디.

그 참 옆에서 보던 지관이 말이여 하이 기가 막혀. 그래 게 뭐라고 하냐면,

"이게 바로 에~ 오시 하관에 뭐, 미시에, 뭐, 발복한다고 하는 이, 이런, 이런 것과 같이 너 당장에 발복을 할 수라고. 당장에, 금방 발복할 수라고."

그러더랴. 그저 얼마 안 가서. 그래 참 미친 놈 미친 소리 한다고 말이여. 인제 남의 집 사는 사람잉께. 미친 놈 미친 소리 한다고.

참, 남의 집서 하루 저녁 자고 그 이튿날 해장에 똥장군을 지고 밭이를 나갔는디.

참, 어떤 한 얻어먹는 걸인이 벌벌벌벌 떨고 섰어. 서리 뽀얀 서리밭이서. 참 봉게 안씨러어.

그래서 데리고 왔어. 자기네 저 자기 머슴 사는 집으로. 자기 머슴 사

는 집으로 데리고 왔더니,

참 주인네도 후, 후혔던가 어쨌던가 같이 받아들여 가지고서 지금(제금)해서 살다가서,

이늠을 짝을 맺어주더랴, 그 여자하고 같이 이렇게 짝을. 응.

그래 거서 [몇 어절은 못 알아들음] 한당게 참 부부간이 됐어, 부부간이 됐은게, 부부간이 됐은게,

이제 오두막집이라도 하나 이제 만들어서 살아야할 꺼 아녀? 그래 오두막집에서 사는데,

없이 살응게, 읎이 살응게 뭐 밥도 항시 귀엽고. 그런디 하루 아침에는 그러드래유.

"이 금방 어디, 어디 하~ 응? 논 쪼그만한 거 하나 나는 거 있겄낭. 한번 이야기해 보라구." 그래

그전엔 노름들 혀서 그 뭐셔 논 파는 사람들이 수두룩했는데, 아이 이런 사람 논 팔려고 노른자위 내놨다고.

그렇게,

"그럼 가서 계약을 하라." 구 그러더랴.

"그 돈이 어디가 있어서 계약을 허려고 허냐?"

"걱정 말고 계약을 허라. 걱정 말고 계약을 허시우."

이거여, 참! 별일이지? 별일이여! 걱정 말고 돈을 계약을 허라고 그런게. 그래 계약을 하고 나서, 계약을 하고 왔는디.

돈도 안 건네고서 계약을 혔다고,

"걱정 말라고. 돈 며칫 날까지 돈 치르기로 혔느냐고?"

"아무 날까지 돈 치르기로 혔다고."

그러니까 영감 몰르게 그 자기가 옷, 이, 입고 왔던 그 옷 한쪽이 천을 뜯고서 낸 것이,

그게 다 옷, 옷, 이 옷이 허술하게 입은 옷이 그게 다 돈으로써 누비한

옷이, 옷이었더랴, 그게~.

(청중 : 돈 넣고?)

응, 응, 응! 돈 넣고 꾸미고, 돈 넣고. 우리 저 중국 궤 속이다가서 이렇게 돈 넣고, 돈으로 딱붙이고 궤 속에다 돈 넣고 참 딱 붙이고 하는 식으로, 옷 속에다 그렇게 혔어.

(청중 : 엊그제 그 사람이 죽었는데, 노영이집이로 부고왔다구 하던데 못 받어봤남?)

내가 집이서 없었어.[청자들 웃고]

그렇게 혀서 옛날에 저 뭐냐, 오시에 하관하고 뭐 미시에 발복한다고 허는 이런 이야기는 들어봤습니다.

(조사자 : 그래서 그 옷에 있는 돈을 꺼내가지고 땅을 산 거예요?)

그래서 돈도 옷, 옷 속에 있는 돈 다 꺼내니까 논도 뭐 수십 섬지기 사고. 이렇게서 행복하게 잘 지냈답니다.[웃음]

(조사자 : 묘를 잘 써서...)

그렁께 그게 이 양반이 묘 얘기 나왔건데.[웃음]

효자와 인삼으로 변한 손자

자료코드 : 08_08_FOT_20100121_HID_PYH_0003
조사장소 : 충청남도 서천군 한산면 나교리 157-1 나교리 마을회관
조사일시 : 2010.1.21
조 사 자 : 황인덕, 김기옥, 서은경, 육은섭
제 보 자 : 박윤화, 남, 76세
구연상황 : 앞의 이야기와 같은 상황에서 이어서 구연하였다.
줄 거 리 : 효자의 어머니가 병이 들었다. 사람 고기를 먹으면 낫는다는 소리를 듣고는, 효자는 자신의 아들을 솥에 넣어 삶아 약으로 드렸다. 하루는 아들이 공부하던 서당으로 가보니, 아들이 그곳에서 공부를 하고 있었다. 인삼이 효자를 구

한 것이다.

옛날에 어떤 학생 하나가 한문 서당이를 다니는데, 옛날에 한문, 시방은 한문 서당 없지만 옛날엔 한문 서당이를 다니는데.

가난하게 살아요. 근데 애가 어떻게 어르게 착한가 선생이, 선생네 집이서, 서당 선생네 집이서 밥도 더러 멕이고, 재우기도 더러 허고,

그러면서 공부도 하고 집이도 왔다갔다 허고 그런단 말여.

그런디 아이, 이 저 학생네 아버지가, 할머니가, 그렁게 정말 할머니지. 할머니가 참 낫지 못헐 병에 걸렸어.

낫지 못헐 병에 걸렸는디, 어디 가서 점을 허니까, 인삼을, 인삼을 귀해다가, 저, 저, 저. 사람을 잡아서 먹으야,

죽여서 삶아 멕이야 낫는다고 이러고 얘기를 허드래요.

(청중 : 그런 설이 있어.)

그러니 사람을 어디 가서 사람을 잡아다 삶아 멕여? 멕이는 수가 있어? 어디?

(청중 : 아이 그럼!)

그래 곰곰이 아무리 생각해도 잡을라면, 자기 아들밲이 없어, 서당에 댕기는.

아무리 생각해도 자, 그, 죽일 놈은 그 놈밖이 없어, 즈 어머니를 살릴라믄. [청중들의 오가는 소리로 잠시 시끄러워짐]

그래 곰곰이 생각하다가서 결정을 내렸어. 내가 잡을 놈이라곤 이 놈밲이 없어.

그래 결정을 내려 가주고서 하루 저녁, 하루 저녁에는 개 오는 골목을 나가서 지키고 있으니까.

참 아닌 게 아니라, 채, 책 여기다 옆구리에다 찌구서 오드래요, 건들건들,

(조사자 : 손자가?)

그건 손자가 아니라 아들이지, 그것은.

(조사자 : 예. 그 사람의 아들.)

그래, 뭐 인제 오냐고 예, 인제 옵니다. 그래 참 집이까지 같이 데려오나서 미리 준비해놨던 솥이다 물 팔팔 끓는 솥이다가서,

아들을 두 발을 잡구 그 눔을 갖다 처박었어, 삶아서 멕일려고.

근디 그게 뭐냐면 산신이 씌어져 가주고 인삼을 갖다 사람으로 변조시켜가지고서 그렇게 보이게끔 만들었더라구 그게.

그래 이제 삶아서 참 아닌 게 아니라 멕였는디. 아 저희 어머니 병이 차츰차츰 개벼지고 허니까 자기 아들 생각이 나.

아들 내가 이렇게 해서 참 솥이다 넣으서 삶아서 우리 어머니 병환이 차츰차츰 좋아지는디.

아들 보고 싶은 생각이 나니까, 서당이를 참 발로, 누구보고 얘기, 말도 못 하는거여.

혼자 속으론 참 벙어리 냉가슴 앓듯 앓으면서 서당방이를 가는 거여,

가는디 참 생각지 않게 뜻허지 않게 문 열고 들어가보니깐 아들이 책을 놓고선 공부를 허고, 책을 읽고 앉았더랴? 그래,

"너 어떻게 해서 시방 여기를, 이렇게 공부를 하고 있니?"

허니까, 집이도 안 오고.

"아 요새 감기가 걸려가주고서 집이를 못 가고, 선생님이 여기서 먹고 자고 허면서 공부허라고 혀서 자기가 여기서 시방 있다구, 먹고 자고 있다고.

게 효자는 그렇게 쓰여져서 부모병도 낫치고 허드런, 이런 전설도 있습니다.

임진왜란 전의 이재송송(利在松松) 비결

자료코드 : 08_08_FOT_20100211_HID_PHK_0001
조사장소 : 충청남도 서천군 한산면 송산리
조사일시 : 2010.2.11
조 사 자 : 황인덕, 김기옥, 서은경, 육은섭
제 보 자 : 박현구, 남, 78세
구연상황 : 마을 사람의 소개로 박현구 화자의 집으로 찾아갔다. 온 취지를 이야기하자,
곧이어 이야기가 이어졌다.
줄 거 리 : 임진왜란이 일어나기 직전, 13대 할아버지 때 이곳 송산으로 이사를 왔다. 솔
송자가 들어가는 곳이 이롭다라는 비결에 의해 피난을 온 것이다. 임진왜란
때, 일본 사람들도 이 비결을 알고 있어서, 송 자 들어가는 곳은 침입을 하지
않았다. 그래서 이여송이 등장하자 일본은 겁을 먹었다.

솔뫼여. 우리 부르는 말로. 솔뫼. 솔뫼거든. 솔뫼가 맞지요?

그렇지. 그런데, 우리가 여기 오기는 저의 13대조 할아버지가 이로 피
난을 오셨어요. 피난을 오실 때에는 그때가 임진왜란 직전이거든요.

임진왜란 직전에 이루 오셨는데 왜 송산으로 오셨느냐 하믄, 임진왜란
때 그 비결이라는 거 있잖아요? 비결.

임진왜란 때 비결이 뭐인고 허니, 이재, 이재송송(利在松松)이여. 임진
왜란 때 비결은 이재송송. 이로움은 소나무 소나무에 있다.

그래서 송산으루 가믄 피난을 헐 수가 있다. 그런 그 비결이 있었기 때
문에 이 송산으루 피난을 오셨든 거예유.

그래 낙향을 그때 허셨어요. 이 송산으루. 그래서 임진왜란을 무사히
넘기셨지유. 근데 사실상 그때 비결은 맞는 것 겉어유.

그 중국, 아, 일본 사람들이 또 그걸 알고 있었어. 비결을. 알고 있었기
때문에 솔 송자 들어가는 동네는 침입을 안 했대요.

그때 마침 또 이여송이라구 허는 중국 장군이 오니께, 이여송이 송송,
송 송자, 솔나무 송 자 들어가잖아요?

그러니까 그 일본 사람들이 아주 그 겁을 질렸다는 거예요. 그때. 예.
그런 일화도 있고. 그래서 우리가 이루 피난을 와서 살았어요. 그러구
그 이전은 몰르지요. 그 이전은 모르구.

나두 인제 그 어른들헌테 들은 얘기지.

영험한 미륵 바위

자료코드 : 08_08_FOT_20100211_HID_PHK_0002
조사장소 : 충청남도 서천군 한산면 송산리
조사일시 : 2010.2.11
조 사 자 : 황인덕, 김기옥, 서은경, 육은섭
제 보 자 : 박현구, 남, 78세
구연상황 : 조사자가 미륵 바위에 대한 내력을 묻자 아래의 내용을 구연하였다.
줄 거 리 : 5대조 할아버지가 산에 나무하러 갔다가 잠시 잠이 들었다. 꿈에, "그, 나 좀
저 길가루 내다 달라구."라는 소리를 듣고 깨어나, 발밑을 보니 바위가 하나
있었다. 마을 사람들을 모아 끌어내리려고 해도 움직이지를 않았다. 그날 밤 꿈
에서 방법을 일러 주었다. 그래서 미륵 바위를 밭 근처에까지 끌고 올 수 있
었다. 이후 미륵바위는 한동안 방치되어 있었다. 지금은 자신의 산에 옮겨다
놓았다.

우리가 우리 으른, 5대조 할아버지유. 우리 5대조 할아버지가 인제 나
무하러를 갔드래요.

옛날에 나무하야 되니까. 그렇지. 나무허러 갔는데 인제 저 뒷산 저짝
으루 가서, 저 뒷산으루 가서 나무를 갔는데 봄이었던가 봐요.

날도 따뜻하고 허니께 그냥 거기서 잠들어 버렸드래요. 나무허러 갔다
가.

슬구름이 잠들었는데, 꿈에,

"그, 나 좀 저 길가루 내다 달라구."

그렇게 허는 꿈을 꿨대요. 그래서 보닝껜 나라는 것은 아무 것도 없었는데 발 밑에 이케 바위가 하나 백였드래요, 쪼끄만한 바위가.

이상스럽게 바위가. 근데 여기 미륵 가서 보시면 알 테지만 이케 세 뿔루 돼 있어요. 귀가. 위 머리상이.

그것이 보였든가 봐요. 그래서 그거를 이상허다고 생각해서 인제 작대기, 옛날 지게 작대기니까. 지게, 몰르시죠?

이, 양반들은 다 몰를 거여. 지게두 몰르구 작대기두 잘 몰를 거여. 그 받쳐 놓는 것 보구 작대기라 그려유.

그걸 가지구서 이렇게 끌쩍끌쩍 해보니까, 끈덩끈덩 허드래. 이게.

그런데 보니께, 크더라는 거야, 속이, 흙 속에 묻혀 가지구서. 그래서 이걸 끄서다 놓아달라고 했으니, 끌어가야 되겠는데.

어덴, 여 행길이, 행길이라고 하는 것은, 군수가 이케 도, 도청에 댕기는 거, 감 감사가 있는 도, 감영에 가는 그 길을 행길이라 그래요.

근디 행길이 지금 이렇게 저 고개로 이렇게 이렇게 길이 있었지만 그것이 그거는 기묘년이니까 지금부터 한 81년 전에 그 새로 난 길이고,

그 원래는 그렇게 안 생겼었어요.

요렇게 이짝이루 혀서 요 앞이루 이렇게 요 우리집 앞이는 아니고, 요 산 옆에. 옆으루 요렇게 나가게 돼있거든요?

그르니까 행길 옆이다 내다달라구 그래서 그 행길가에, 그때는 행길이지만 지금은 행길 아니지요.

그래서 거기까지 끄서 올려구 허는데 인제 끄서 올라구 인제 동네 사람덜얼 인제 모집을 했지.

그 이 동아줄을 틀어가지구서 끄서 올라 허니까 끄떡두 않드래요.

그래서 그날 저녁에 잤는데, 헐 수 없이 인저 포기허구 잤잖어요?

그런디, 또 꿈을 꾸더랴.

"아, 왜 뒤를 밀 밀었느냐고, 뒤를 끌었느냐고 앞을 끌어야지."

그래서 인제[잠시 웃음] 희한한 꿈을 꿨어요, 이 양반이.

그래서 그 다음에는 인저 그런, 그런가비다 허구서 인제 또 모여, 모여 가지구서 인제 그 동아줄로 끌어도 안, 그 끊어져요, 그 동아줄이.

여간해서. 얼매나 큰지 몰라 가지구서는. 그런데 아 참, 앞을 끌었나, 어디가 앞인지 몰라두 끌으니까 술렁술렁 오드래요.

술렁술렁 오드랴. 그래서 그 밭까지 와서, 밭, 밭갓이가 길이여 인제. 거기다가 세웠다 그래요.

세우구, 집을 지었대요. 근데 그 인저 우리 짚, 농사 짓는 짚 가지구 인제 해일었잖아요? 인제 주로 우리집이서 인제 그 대대로 인제 관리를 해 왔던가비요.

그랬는데 중간에 그 은어먹는 사람들이 잘 디가 없잖아?

그 한디 아녀? 죄다가 노숙이니까. 거기는 들어가믄 그렇게 짚으로 이렇게 해일어 저 다 이어놓고 했으니까 거기선 잘 수가 있죠.

그래서 거기서 자다가 불내버렸어. 화재. 그 폭삭 타버렸어요. 그 집이.

그래서 인제 폭삭 타고 나닝깨 그 후루는 인저 우리두 인제 생활이 그 굴곡이 있잖애요? 살아가다 보믄.

몇 대를 살다보믄. 쪼끔 어려운 때두 있었구 잘 살 때두 있었구. 쪼끔 인저 방치를 했던가봐요.

그 인저 그것이 그냥 넘어졌었어유 밭이루. 그냥 숙어, 숙여서 있었어. 숙여서 있은 제가, 우리 어렸을 때도 있었거든요?

그러면 그 전부터 어려, 그렇게 됐던 것 같아요. 그런데 인제 내가 가만히 생각허니께, 그래서는 안 되겠다 생각을 해서,

거기다 노면 그 요새 뭐 그 자연석 채취허는 사람들도 있고, 그렇잖아요? 그것두 겁이 나구. 그려서 인제 우리,

우리 산으루 모셔다 놓겠다 끌어다 놓겠다, 그래서 우리 산에다가 지금 안치해놨어요. 그런 내력이에유.

무학대사가 잡아준 목은 집안의 명당

자료코드 : 08_08_FOT_20100211_HID_PHK_0003
조사장소 : 충청남도 서천군 한산면 송산리
조사일시 : 2010.2.11
조 사 자 : 황인덕, 김기옥, 서은경, 육은섭
제 보 자 : 박현구, 남, 78세
구연상황 : 앞의 이야기와 같은 상황에서 이어서 구연하였다. 화자의 집에서 구연하였으
므로 차분한 분위기에서 이야기를 이어나갔다.
줄 거 리 : 무학대사가 목은과 목은 집안 사람들의 묏자리를 잡아주었다. 그래서 목은의
후손들이 지금도 잘 살고 있다.

  목은 선생 산소 자리는 참 좋은데. 에, 거기는 그 무학대사라고 하는
이가 있었어요. 여말에. 그 아주 풍수지리에 아주 능숙헌 사람이여.

  그 사람이 한양터도 잡았다고 그러잖유? 그 무학대사가 잡았대유 거기

두. 아주 좋아요.

가보믄 좋아요. 어떻게 해서 잡았는고 하니, 그 목은 선생허고 그 동때의 인물이니까, 여말에.

그 부탁을 했던가 보지요. 그러닝깨 그러믄 한산 가서 잡아주마 하구 내려왔어요.

그래서 다섯 군덴가 세 군덴가 잡았어요, 한산 와서. 무학대사가 그 목은 선생 그 소청을 받구서.

그래서 목은 선생 어르신 아버님 산소 자리가 여 빗고개라고 광암에 있는데 이렇게 저, 우리 저 돼지고개라고 허는 넘어가믄,

모시타운 넘어가믄 저 가다보믄 오른, 오른편으로 보이는 산이 그게 겨요. 거기는 인저 옥녀, 옥녀감발이라구든가, 아 옥녀가 머리 빗는 형국이여.

그런 형국이라구 그러구. 그 거기두 잡아주구, 목은 선생 들어가는 디두 잡아주구,

목은 선생 할머니가 또 계셔유. 저 마산에 마복이라구, 말 배. 그 말 같아유. 말 배 같은 형국이 있어요.

그렇게 그 묏자리를 잡아주구서 한산 정기를 당신이 다 받았다구 그랬대유. 근데 사실상 그래유.

그러니까 한산이씨들이 여기서 대득량 핬지요. 목은 선생 후손들이 수천 명이에요.

좌우간. 대학교수만 해도 뭐 한 오십여 명 된다 그러대요. 참 잘 되는 집안들이유.

시신이 세 번이나 튀어나온 호장공 묏자리

자료코드 : 08_08_FOT_20100211_HID_PHK_0004
조사장소 : 충청남도 서천군 한산면 송산리
조사일시 : 2010.2.11
조 사 자 : 황인덕, 김기옥, 서은경, 육은섭
제 보 자 : 박현구, 남, 78세
구연상황 : 조사자가 지역 관련 전설을 들려 달라고 하자, 아래의 내용을 구연하였다.
줄 거 리 : 목은 선생 선조 중에 호장이라는 벼슬을 한 이가 있었다. 그가 죽자, 그의 자
손 중의 한 명이 묏자리를 잡으려고 하였다. 동헌 터가 명당인 것으로 알고는
동헌 마루 밑에 묘를 썼다. 세 번이나 시체가 튀어나왔다. 군수가 비방을 써
주니 시체가 튀어나오지 않았다. 그래서 한산이씨 후손들이 잘 살고 있다.

목은 선생 그 윗대, 한 고조나 되나, 5대나 되나 몰겄어요. 그 대수는
잘 미상이여.

여 한산 건지산 밑에 호장공이라고 허는 산소가 있어요. 호장공 산소자
리가,

참 묘지 그 조선 8대 명당 중에 하나래요. 거가.

그런데 거기는 뭐인고 허니, 금계포란여. 금계, 금으로 만든 닭이라고
하는데,

금, 금 같은 닭이, 노란 닭이 알을 품고 있는 형이다 해가지구.

거 알도 만들어 났대유, 거기 가보니까. 그래서 거기는 어터게 했는고
허니,

그, 그 호방이니까, 그 호, 호장이믄 호방이요, 옛날에.

그런데 고려 때 호장이믄 제법 높은 지위여 그게. 사실은. 근디 그 군
청 터 그 동헌, 동헌 터가 명당이라구 그래서,

거기를 들어가야 되겠는데, 어터게 들어갈 수가 없잖아요?

그런데 인제 그 아주 그 밑에 인제 그 아드님이나 누가 그랬을 했을 테
지 그건. 자기 아버지니께.

묻힌 분이 호장이니께. 워터게를 했는지 그 마루폭. 동헌 마루폭을 뚫고서 저녁이 거기다 썼대요.

썼더니 튀어나오드랴. 그 이튿날에, 시체가 튀어나와 울에.

닭이라. 닭이 허쳐서 튀어 나왔다 그래요. 말은 그려. 닭이 허치는 성격이 있잖아?

그려 허친게 나왔다는, 그게 세 번을 그랬대요. 아, 그러니까 나중에는 그 이 저 우리 군수 하는 사람이 거기다 귀 공 자 하나를 써서 줬드래유.

공, 공변된 그, 이것은 공적으로 인정허는 것이다에요.

써서 넣어주니까 그날 저녁에 인자 그 글씨허고 같이 묻으니까 그 뒤론 안 튀어나오더래요. 그런데 그게 대명당이래요.

그 자손들이 그래서 한산이씨네덜이 여기서 네 군데 대명당 다 썼시유. 그러니까 후손들이 잘될 수벢에 없지유?

허수아비를 세워 놓아 터를 메운 토정

자료코드 : 08_08_FOT_20100211_HID_PHK_0005
조사장소 : 충청남도 서천군 한산면 송산리
조사일시 : 2010.2.11
조 사 자 : 황인덕, 김기옥, 서은경, 육은섭
제 보 자 : 박현구, 남, 78세
구연상황 : 토정 이지함과 관련한 전설은 없느냐고 조사자가 물으니, 아래의 이야기를 구연하였다.
줄 거 리 : 보령 고정리에 토정의 묘가 있다. 토정이 그곳에 묏자리를 잡고는 그 앞을 메우기 위해 허수아비를 세워놓았다. 사람들이 돌을 던지니 허수아비가 쑥 들어갔다 나오는 것이었다. 이를 보려고 지나가는 사람들이 허수아비에게 돌을 던져서 그곳을 조금은 메울 수 있었다. 지금은 그곳이 메워지고 주변 환경이 바뀌어 훨씬 좋은 터가 되었다. 이제 발복할 것이다.

이지함 선생은 산소가, 산소자리가 저기, 보령 고정리라고 허는 디가 있어.

거기 가, 안 가보셨지요?

(조사자 : 가봤습니다.)

가봤어요? 그럼 가보셨으믄 알겠네. 거기가 나두 거기를 두번 세번 가본 디유, 거가.

(조사자 : 아, 지리 관심 있으셔서 가보셨구나.)

예, 얼매나 그, 그 이지함 선생이 풍수에 능숙한가 하는 것을 한 번 거 알려구.

그 가봤더니 지금 잘 해놨대유. 한 번 갔을 때는 그 저 철탑두 있었는데, 철탑도 다 철거했고.

철탑이 있으믄 안 좋대요. 후면으루 그러믄 지기가 빠져 나간대요. 빨려 나간대요.

그래 그 철탑을 제거했더라고 가보니까. 그러구 거기는 그게 기경, 고래가 뭐 물에 들어간다는 그런 형 아뉴? 그게?

그런데 거기가 좋은 것이 뭐냐하믄 지금 더 좋은 것이, 그전에 이지함 선생이 거기다 묘를 쓸 무렵에는 그 바다가 끊겼잖아요? 앞에.

(조사자 : 예, 예.)

바다가 끊겨가지고 저 밑에가 섬이 이렇게 돌았지, 내 앞으로. 나를 안고 돌았지.

앞, 앞은 팍 끊어져가지고. 거기를 메울려구 허수애비를 세웠댜. 허수아비를.

허수아비 세우니까 사람들이 그 지나가다가 돌팍을 던지믄 쏙 들어가 그게. 뻥긋 웃구 쏙 들어가.

그럼 그거 볼라구 사람들은 돌을 일부러 갖구 댕기는기여. 조끔이라두 돋아 밀려구(메울려구). 그렇게라두 미을, 미여볼라구.

그게 흠이니까, 일대 흠이니까. 그런데 지금은 가보니까 아주 그 저 오천인가 워디 보령 그 화력발전소 맨든다구 도로를 맨들어놔 베렸대 아주.

아주 도로로 아주 다해 놔버렸대, 아주. 아, 이제 그 사람들은 이제 발복한다 그랬어. 발복해요. 그 사람들 지금.

그런데 그 양정공 후손들인데 그게. 이 목은선생 셋째 아들 후손들이요. 그기. 근디, 지금 잘 된대요.

(조사자 : 아 그렇대요?)

어, 잘 된다구 그러드라구. 그 안에는 어련, 말하자믄 그 이지함 선생이 거기다 묘 써놓구서 그랬대요.

"내 자손이 천 명은 될 텐데, 소금장사하구 나무장사는 해도, 그렇게 살아도 천 명은 될 거다."

그랬댜. 근디, 지금은 괜찮지 인제, 그, 나무장사, 그러니께 가난하게 살 것이다 그 얘기여.

가난허, 가난허지요 그렇게 들음. 풍수학적으루 가난한 거에요. 앞이, 앞이, 가정해보세요, 저 앞에가 탁! 꺼져가지구서 훤히 터져버리믄은 뭐여,

물이 앞이루 쑥 빠져나가는데. 내 앞이루 물이 쑥 빠져나가는 거를 당문파터라 혀. 당문파는 돈이 안 붙댕기는 거여.

물이 언제든지 이렇게 돌아나가야지, 이짝이루 돌아나가든지 저짝이루, 안구 나가야혀. 풍수학적이루.

근디, 인자서루, 불교를 믿든 예수교를 믿든 그건 알아둘 필요가 있는 거요. 안고 넘어가라, 물이 안고 돌아라 허는 거여요.

물이 안고 돌아가믄 산도 안고 돌아가는 거다 이거요. 그런 일 아녀?

그런디 그게 거기는 안고는 돌았는데 앞이 터져버렸네? 그런게 뭐 다 새 나가지.

그런게 가난하게 사는 거야, 확실한 거야.

지금 아마 아 도로를 해놨으니까 뭐, 그 돌팍으로 민다는 것이 미어졌

졌어? 얼매나.

아주 도로로 아주 착 감아놔서 아주 내가 무릎팍 치고 왔어요 거기서.

토정이 송씨 집안에 준 동지리 묏자리

자료코드 : 08_08_FOT_20100211_HID_PHK_0006
조사장소 : 충청남도 서천군 한산면 송산리
조사일시 : 2010.2.11
조 사 자 : 황인덕, 김기옥, 서은경, 육은섭
제 보 자 : 박현구, 남, 78세
구연상황 : 이 근처에는 토정과 관련한 전설이 없느냐고 조사자가 묻자, 아래의 내용을
구연하였다.
줄 거 리 : 동지리에는 토정이 버리고 간 터가 있다. 토정이 월성산에 올라와서 터를 보
고는 마음에 들어 하지 않자, 말을 끌고 지나가던 사람이 그 터를 자신에게
달라고 하였다. 그래서 토정이 그 사람에게 자리를 주었는데, 그가 송씨 집안
사람이다. 그 후손들도 잘 살고 있다.

이 부근 이지함이 냄긴 것은 저 동지리에 그 묘가 하나 있어요.

송씨네 묘가 하나 있는데, 이지함 선생이 저 금강 갓이루 이렇게 지나
다가, 보니께 산천이 좋거든? 그 내려온 산이.

그 이 월성산이라고 허는 산에서 이렇게 내려와 가지구 맥이 좋거든?

그러니까,

"아, 저기 가믄 하나 있겄다."

허구서 오셨드래요. 오서 보니까,

"아녀. 아니다. 이것은 아니다. 와 보니까 아니다."

그런데 그 저 말 끌구 가는 사람이,

"그럼 대감님이 싫으시면 저라두 주시죠." 이러닝깨

"그럼 너 가져라. 여기다 쓰믄 너 괜찮을 거다."

그래서 쓰셨대요. 그런디 그거 송씨네들이여. 잘 살어요, 그 사람들.

근데 인제 거기는 인제 별루 자기 욕심에 안 차니까 그냥 버리구 간 거여.

토정이 잡아준 명당과 쇠송아지 예언

자료코드 : 08_08_FOT_20100211_HID_PHK_0007
조사장소 : 충청남도 서천군 한산면 송산리
조사일시 : 2010.2.11
조 사 자 : 황인덕, 김기옥, 서은경, 육은섭
제 보 자 : 박현구, 남, 78세
구연상황 : 토정에 대한 앞의 이야기를 마치고, 이어서 구연하였다.
줄 거 리 : 심동에 십리굴이라는 곳이 있다. 토정이 그곳에 어떤 가난한 사람을 위해 묏자리를 잡아 주면서, '당장은 괜찮은 장소'라고 하였다. 2~3대 이후에 발복하는 장소를 잡아주기에는 그가 너무 가난한 사람이었기 때문이다. 그리고 나중에 여기 쇠송아지가 다닌다고 하였는데, 과연 지금 기차가 다니고 있다.

저, 우리 기차 타구 댕길라믄요, 여기 저 천안, 서울, 서천서 천안으루 가는 심동이라구 있어. 심동.

판교 심동이라구 허는 동네가 있는데. 거기 가믄 굴이 있어요. 십리굴이라구 그러대. 길어. 근데 거께다가 자기 누님인가 누구 그 묘를 써주고,

"이렇게 쓰믄 그냥 당, 당장은, 당장은 괜찮을 거다."

원판 가난항개 당장, 우리 당장 살어야 하잖어요?

낼, 모리 살겄다고 좋은 자리, 좋은 자리 잡으믄 뭐혀. 그렇잖어요?

발복은 한 이삼 대 후에나 날 텐디, 지금 당장 갈머, 굶어죽으믄 뭣 혀?

그런게 당장 괜찮을 디를 하나 잡아줬대유. 거께다가.

그러구서 여기를 쇠송아치가 댕긴다구 그랬댜. 쇠송아치. 쇠송아치가 울구 댕긴다구 그랬댜. 그러더니 기차가 댕기잖아? 거기.

게가 솔방울로 변한 도깨비 조화

자료코드 : 08_08_FOT_20100128_HID_SBH_0001
조사장소 : 충청남도 서천군 한산면 동산리 모시방
조사일시 : 2010.1.28
조 사 자 : 황인덕, 김기옥, 서은경, 육은섭
제 보 자 : 서봉희, 여, 85세
구연상황 : 앞의 이야기와 같은 상황에서 이어서 구연하였다.
줄 거 리 : 저녁에 게를 잡으러 갔다. 막을 설치해 놓고 게를 밤새 잡았는데, 아침에 보
니 솔방울만 통에 가득 담겨 있었다. 사람들이 말하기를 도깨비가 조화를 부
린 것이라고 하였다.

아 참말인가 옛날에는 비오면 여름이 내, 냇물 있는 디가 그냥 이렇게
저 멍 치고서나,

그이(게) 내리면 인자 그이가 비오는 디 이렇게 물길 따라서 내려온게,

그이 내리면 인제 잡을라고 이렇게나 수타리로 막고서 하나로 이렇게
했는디,

아이, 하룻 저녁에는 그전에는 우덜 시집온게 그러구덜 해쌌대. 어른들
이.

아이, 그이가 막 어떻게 많이 내리드랴. 그래서 막 데립대 잡아넣구 넣
구 그러는디,

식구들이 여기서 먼디서 본게 막 거가 도깨비 불이 막 왔다갔다 허드
라네?

아들, 그 잡으러 가, 인자 이렇게 막치름냥. 인자 짓구서나 거서 저녁마
다 그이 잡느라나,

이렇게 이렇게 인제 사람 운신할 거 지어놨어. 새막 인자 이렇게 이렇
게,

사람 하나 들어앉을 만하게 춥고 비오고 혀도 안 맞게. 거기가 들어앉
아서 저녁네 그이 내리면 인제 잡고 잡고 허느라고 거 앉았거든?

거의 잡을라면 옛날 아니라도 우리 우리들때만 해도, 그런디 그 도깨비 했단 소리는 그전에 그랬다구 그러면서,

식구들 누가 본게 거기 본게 막 도깨비불이 왔다 갔다 왔다 갔다 해쌌더래유?

그래서나 했드니,

아이, 막 물통으로 통으로 막 그이를 잔뜩 잡아 각구오나서 그 이튿날 본게 솔방울이드랴?

솔, 나오, 나 솔나무가 방울 달리잖유? 솔방울. 도깨비가 그냥 했다구. 그렇게 말을 허대? 참말인가는 모르는디.

그게 도깨비가 요술 부려가주고서 그이로 뵈갔구 그것이 그렇게 내려갔구서는,

그인 줄 알고 막 드립다 잡았더니 그 이튿날 봉개 솔방울을 그렇게 담어왔드랴.

눈앞을 가리는 차일귀신

자료코드 : 08_08_FOT_20100128_HID_SBH_0002
조사장소 : 충청남도 서천군 한산면 동산리 모시방
조사일시 : 2010.1.28
조 사 자 : 황인덕, 김기옥, 서은경, 육은섭
제 보 자 : 서봉희, 여, 85세
구연상황 : 앞의 이야기와 같은 상황에서 이어서 구연하였다. 앞의 이야기 중 채알귀신이
라는 단어가 나오자 아래의 내용을 구연하였다.
줄 거 리 : 저밤에 길을 가다 보면, 갑자기 캄캄해지며 앞이 보이지 않는 일이 있다. 이
는 채알(차일)귀신이 앞을 가렸기 때문이다.

채알다 뭣다 막 씌우는 거 마냥 캄캄하게 덮, 덮어, 덮는대유. 오디 인자 가다가 밤이 옛날에는 걸어댕깅개.

어디 갔다 먼 질이 가면 인자 걸어 걸어서 올 디가 많잖유?

시방은 차에가 있은게 그렇지만. 옛날에는 막 서울도 걸어댕기고 다 그러잖아유?

그런디 인자 가다 보면 더풀 밑이 이렇게 뭐 구신 산다고 도깨비들 산다고 허는디,

그냥 독박도 던져 놓구 이렇게 무덤이 있어. 그런 디가 그런 게 있다구 했거든?

구신인게 채알이 이케 덮어 씌는 거잖이유? 그렁개 그걸루 그걸루 덮어 씬 게 안 비구 캄캄허게 안 보인게 채알구신이라고 헐 테지.

방귀 뀌는 며느리

자료코드 : 08_08_FOT_20100128_HID_SBH_0003
조사장소 : 충청남도 서천군 한산면 동산리 모시방
조사일시 : 2010.1.28
조 사 자 : 황인덕, 김기옥, 서은경, 육은섭
제 보 자 : 서봉희, 여, 85세
구연상황 : 앞의 이야기에서 방귀 이야기가 나오고 난 뒤 아래의 내용을 구연하였다.
줄 거 리 : 며느리 얼굴이 누렇게 변하는 것을 보고 무엇 때문인지를 물으니, 방귀를 뀌지 못해서 그러하다고 하였다. 마음껏 방귀를 뀌라고 허락하니, 온 집안이 들썩일 정도로 방귀를 뀌었다.

방구를 참, 잘 뀐게 방구 뀔라구, 미,

(조사자 : 며느리가요?)

누런허니 병이, 병들은 거 모양 며느리가 누런 황달 걸려갔구 그렇게 생겼드랴.

그래서 또,

(조사자 : 시집갔는데?)

이! 너 왜 그러니? 너 왜 그러니? 그런게 방구 못 뀌서 그런다고 그러더라네?

그래서 계속 껴봐라.[웃음] 그랬더니, 나 인자 얘기 이런 얘기헌다고 또 또 오나서 누가 허라고 해싸까 무섭네?

(조사자 : 그랬더니? 허락을 하니까요?)

그랬더니 시아부질랑 저 상지등 나무 잡고 신랑일랑 도구통 잡고 뭐 하나쓱 다 잡으라고 그러드랴.

(조사자 : 며느리가요?)

이. 얼매나 요란하게 뀔라고. 그러더니 기냥 막 크게 뀄는가벼. 그럴랑개 그냥 잡으라고 했지.

(청자 : 방구 안 끼면 못 살아유. 까스 나가야지.)

아이, 저 나가서 암도 없는 디 가 끼지.[웃음]

땅고개 처녀 귀신 이야기

자료코드 : 08_08_FOT_20100128_HID_SBH_0004
조사장소 : 충청남도 서천군 한산면 동산리 모시방
조사일시 : 2010.1.28
조 사 자 : 황인덕, 김기옥, 서은경, 육은섭
제 보 자 : 서봉희, 여, 85세
구연상황 : 귀신 이야기가 나오자, 이 근방에도 그런 무서운 곳이 있다고 하면서 아래의
            내용을 구연하였다.
줄 거 리 : 땅고개라는 곳이 있다. 한산에서 살던 여자가 죽자, 그곳에 묻었다고 한다.

거기 저 저기 땅고개라고 거기다도 많이 묻는다고 소문났었어.

여기서 강경 갈라면 여기서 조, 조짝이 방앗간이 저 건너 그 산 이렇게 올라가는 데 있잖유? 올라오는디 거기가 거기도 외졌어. 거기다가 저 한

산, 한산, 저기 처녀 하나도 죽어서 거기다 묻었다고 했어.

안땡고라나? 누구라고 했지? 애 이름이? 아닌가? 하여튼 그 소리가 있었어. 거기다 묻었다고.

(조사자 : 그런데 여기 한산이씨 처녀도 하나 묻었구요? 거기에?)

몰라. 한산이씨는 묻었나는 몰라도 한산 사람 그 여자가 한산서 사는 여잔디,

거가다 죽어서 거기다 묻었다고 어쩌고 하는디, 확실한 것은 몰르겠어. 내가 아는, 안 허는 일이라, 그런 말만 듣기는 그냥 들었는게.

도깨비를 이겨 부자된 사람

자료코드 : 08_08_FOT_20100121_HID_SJN_0001
조사장소 : 충청남도 서천군 한산면 나교리 마을회관
조사일시 : 2010.1.21
조 사 자 : 황인덕, 김기욱, 서은경, 육은섭
제 보 자 : 송정녀, 여, 75세
구연상황 : 앞의 이야기와 같은 상황에서 이어서 구연하였다.
줄 거 리 : 어떤 사람이 시집을 와서 형편없는 곳에 오두막집을 지어 놓고 살고 있었다. 밤에 일을 하고 있으면, 절구질 하는 소리가 들리곤 하였다. 때로는 솥을 닦는 소리도 들리곤 하였다. 결국은 도깨비와 싸워 이기고 그 집에서 부자로 잘 살았다.

거기는 아주, 거기다가 말 죽으면 쓰고 뭐 짐승만 죽으면 거기다 쓰고, 그렇게 아사리바탕, 가시바탕인디,

그 사람이 시집을 오나서나 살을라고 옛날에는 뭐시 있었어?

아무것도 없지 먹고 살 것이 없드랴. 그래갖구서는 거기 가서 누가 못 산다고 허는디.

그 집이다가 거기다가 오두막집을 하나 짓고서는 거기서 살을라고 인

자 저녁에 모시를 밤새도록 모시를 허는 거여.

헐러믄 쿵하고 도굿대를 갖다 놓는댜 도구통을.

마당에다 갖다 놓으면 둘이 도굿대질 해서 방아를 찧으면 그렇게 재밌게 잘 찧는댜.

(청중 : 도깨비.)

응! 도깨비들이. 그르구서는 오짜다 보면 모시 삼다 보면 방문을 반듯이 열어본댜. 열어본댜.

(청중 : 도깨비가.)

으이! 도깨비가. 그러나 저러거나 소리도 않고 모시를 밤새도록 모시를 혔댜 그 할매가.

쪼끄만 해도 억셔! 밤새도록 모시를 혔댜. 그러구서는 보면 식전에 또 그렇게 방아를 한참 찧으면, 솥을 싹싹싹싹 씻고 솥안 닦는 소리를 헌댜. 부엌이서.

(청중 : 아~ 옛날에 그런 말이 많았잖어?)

으잉! 그 양반이 직접 지낀 양반이 자기가 허는 거여. 직접 허구서 우리 집에 놀러를 온게. 거기는 아주 아사리바탕이었어, 아사리바탕이었어 거기는.

근디 먹고 살디 없은게 거기다 방 한 칸 짓고 사는디. 그렇게 허는디 그렇게 허면, 가보면 솥을 꺼꾸로 넣어버린댜. 소당을.

(청중 : 소당했어. 소당.)

잉 넣어버리면 낼 수가 없댜.

(청중 : 못 내지.)

못 내지. 그러면 인자 내비두고서 보면 그 이튿날은 또 여전한디 어짜다 방을, 그래서 막 하룻저녁에는 하도 그래싸서는,

나가서나 독(돌)을 이렇게 해서 치매에다 하나 끌이고 있었댜, 끌이고 앉았었댜. 그랬더니 오나서 또 그렇게 허드라 허드라.

그래서 이 놈의 것이 뭐이가 그러냐구 막 독을 던졌댜. 나가서. 그 치마를 끌이고 가서, 막 독을 던진게,

이 사람도 독을 던져가며 가드니, 막 독 던지고 간게 어디로 갔나 없어저버렸드랴?

그래각구 그 집이 거기서 부자됐슈. 그렇게 눌러앉게 되고.

(청중 : 이겨서.)

이겼어. 이겨서 그 여자가 그 집서 참말 부자됐어.

(조사자 : 부자됐어요?)

응! 참 부자됐어.

(청중 : 옛날이는 저 집터 신 집은 그런다고 했어. 그럼 거기서 이기면.)

나는 그 할머니를 내가 직접 봤는게.

(청중 : 이기면 부자된다고 했어.)

그래각구 그 할머니는 거기서 진짜 부자됐어. 방앗간 허구, 논도 많이 짓고 부자로 살다 죽었어.

(조사자 : 도깨비 터네. 그렇죠?)

잉! 그 놈을 이겨갔구.

도깨비에게 끌려 다닌 여자

자료코드 : 08_08_FOT_20100121_HID_SJN_0002
조사장소 : 충청남도 서천군 한산면 나교리 마을회관
조사일시 : 2010.1.21
조 사 자 : 황인덕, 김기옥, 서은경, 육은섭
제 보 자 : 송정녀, 여, 75세
구연상황 : 앞의 이야기와 같은 상황에서 이어서 구연하였다.
줄 거 리 : 매일 저녁 게를 잡으러 가는 여자가 있었다. 하루는 게를 잡으러 갔는데 게가
        찢어져 있는 것이었다. 누가 그랬느냐고 하면서 욕을 하였다. 다음 날 또 게

를 잡으러 간 그 여자는 도깨비에게 밤새 끌려 다녔다.

그이를 잡으러 댕겨. 저녁이면 여자 혼자.

(조사자 : 뭐를 잡으러 다닌다고요?)

게. 그전에는 비 오면 이런 참게 참게가 많이 내려. 그른게 그 할마이가 참게를 잡으러 갔는디. 하룻저녁에는, [청중들의 떠드는 소리가 잠시 이어짐] 저녁마둥 인제 참게를 잡으러 댕겨.[주변이 다시 시끄러워짐]

노인네가 너무 억시믄, 억시다 억시다 인자 나이 먹은게 졌어. 그 할머니가.

그렇게 잡으러 갔는디. 하룻저녁에는 그이를 잡으러 간게 그이를 짝 찢어서 내리드랴.

그래서나 이게 어떤 놈이 이렇게 그이를 찢어서 내리나 몰르겄다고 욕을 혔다.

(청중 : 도깨비랑 싸우면, 찢어내려.)

응? 욕을 혔댜 욕을 혔더니, 그 이튿 저녁에는 갔는디 이 양반이 도깨비한테 밤새도록 끌껴 댕긴 거여.

인저 기운이 약한게 진 거여. 밤새도록 끌껴 댕겼댜.

소금장수와 부정한 제삿밥

자료코드 : 08_08_FOT_20100126_HID_LBJ_0001
조사장소 : 충청남도 서천군 한산면 원산리 33번지 원산마을회관
조사일시 : 2010.1.26
조 사 자 : 황인덕, 김기옥, 서은경, 육은섭
제 보 자 : 이봉주, 남, 86세
구연상황 : 이봉주 화자가 이야기를 잘 한다는 정보를 듣고 먼저 화자의 집을 방문하였
         다. 화자를 만나 조사자들과 같이 마을회관으로 돌아와 이야기판을 마련하였
         다. 다른 사람들이 여러 번 이야기를 요청하자 한참을 망설이다가 이야기를

시작하였다. 이봉주 화자의 이야기를 이끌어내는 데에는 회관에 모인 다른 사람들의 도움이 컸다. 먼저 나서서 이야기를 하려고 하지 않았다. 화자에게 술을 권하는 등 마을 사람들의 도움이 컸다.

줄 거 리 : 한 소금장수가 소금을 팔러 다니다가 지쳐서 묘 옆에서 잠이 들었다. 귀신들이 하는 이야기를 듣게 되었다. 한 귀신이 제삿밥을 얻어먹으러 갔다가 밥에 머리카락이 들어있는 것으로 보고는 손자를 화롯불에 다치게 해 놓고 돌아왔다고 하였다. 소금장수는 그 집을 찾아갔다. 제삿날에 아이가 화롯불에 다친 사실이 있다는 것을 확인하고는, 귀신들에게서 들은 처방을 일러 주어 아이를 낫게 해 주었다. 귀신들의 눈에는 머리카락이 구렁이로 보인다.

한 마디 허께요. (청중 : 예.) 옛날에 참, 소금장사가 옛날에는 뭐, 그릇도 없구, 소금두 한 되썩 두 되썩 이렇게 사먹을 적에, 사먹을 적이여.)

그러게 큰 오캐에다가 소금을 한 오캐 지구서, 참 이저, 거리거리 댕기면서 인저 동네동네 댕기면서,

한 되두 사 가는 사람, 두, 두 박, 두 되도 사 가는 사람, 이렇게 팔을 땐디, 말로도 안 사먹을 때여. 돈 없는게, 옛날이.

(조사자 : 쪼끔쪼끔씩.) 잉, 그럴 땐디.

소금을 지구서 참, 어디를 갔다가서 한 반절 쯤 팔었는디, 날이, 날은 저물구, 그래 인저, 하두 지치구 그려서,

큰 물편던이 있어서 인저, 거기서 쉬다가 지게를 받쳐 놓구서, 거기서 가만히 모이서 인자, 인자 드러눴는디, 드러눴는디,

인저 그러다가 잠이 들어서, 한 여나무시 되었어, 밤. 여나무시 되얐는디,

저 짝, 저 짝 모에서 귀신이, 귀신이 헌다 소리가,

"나, 나 보게-, 나 보게-" 그러더랴.

"왜 그려?"

"아이, 오늘 자네, 자네 저 잔칫날이라며 안 가?" 항개

"잉, 가야 혀. 참, 깜박했네. 자네도 같이 가세." 그러더랴.

그런게,

"나는 못 가. 자네나 갔다 와."

"그럼 그러지." 허구서, 이 인저, 그 모이 쓴 사람이, 인저 즈이 집이를 가는디, 인저, 이 저, 소금장사가 가만히 그렇게 들었는디 워디로 가가, 워떤 게 그 집인지 알 수가 있어야지?

그래 거기서 인저, 또 잠이 들었어. 거기서. 거 이제 갔다가 금방 왔어. 이 귀신인게 금방 와.

"나 봐, 나 봐." 또 저 짝 모이 보고 불르드랴. 그런게,

"왜 그려?" 그래. "그새 갔다 왔남?" 헌게,

"갔다 가서 구랭이, 구랭이 밥을 해줘서 저 어린 것만 저 화롯불이다가 막 처박고 기냥 왔네." 막 그러드랴.

아이 그런게 무엇이 구랭이 밥인지, 어쩌다 그랬는지, 워떤 집이서 그렸나 알 수가 있어야지?

그려서 인저 잠을 깨갖구, 그, 짐, 인저 우캐 짐을 지구서 동네를 찾아서 내려가서, 가만히 불 킨, 불 킨 집만 찾는디,

워떤 집이를 한 가운데 간게, 불이 훤히 켜났는디, 막 애 우는 소리가 막 기냥 나다더랴. 어린애가 아파사서.

그래 아, 이 집인가 비다, 허구서, 에, 그러구서 인저, 거기로 들어갔어. 그 집을 들어가서 본게, 과연 그런디, 왜 그렸냐구 헌게,

"아, 어린애가 느닷없이 화롯불에서 자빠져서 디어서 그런다구." 그러다러는구만.

그래 가지구 귀신이 헌 얘기가 틀림없이 딱 떨어졌어. 맞지?

그려서 그 소리를 모이서, 돌아서서 들을 적이, 이저, 저, 그 귀신이 와서 그러드랴. 그란디 거가서리 약을 알으야지?

저 무언, 뭔 풀을, 뭔 풀을 뜯어다가서 그 무슨 풀이라나 그 잊어버렸어. 내가, 이름을.

그 풀을 뜯어다가 착착 쪄서 붙여주믄 금방 직흔디, 그걸, 그, 그런디 그런 것들을 알으야지? 그것들이.

그러지 않고서 여, 듣구서 그 집이, 그 집이서 이저, 그 얘기를 혀췄어. 무언 풀을 뜯어다가서 착착 쪄서 붙여주라구. 그러믄 금방 낫는다구.

아이 이렇게 그러냐구, 이저 그래갖구 날이 샌게, 그걸 풀을 뜯어다가 인저 붙여주구 인저 그 집이서 그렸는디,

그 하룻 저녁 그 사람은 인제 자구, 갔다가 사흘 있다가 인저 거기를 또 지나, 지내 오는디, 그 집을 들어가서 물어본게, 그 풀, 풀 쩧은 것을 붙인게 시깐허게 해가 아픈 디두 읎이 그냥 허더니 그냥 따그랭이 지는 거 같다고, 잉, 그렇다고 그러드랴.

그려서 인저, 에, 그려서 인저, 또 다른디루 가서 인저, 소금을 또 팔구, 팔구 허다가, 오다가서 저 거그 와서 또 누웠었더랴.

그 모이 앞에 또 누었지. 그려서 인저, 거시기 참, 거서 또 빠졌네.

그 집이서, 집이서 인저,

"이, 엊저녁이, 참 오늘 저녁이 뭔 날이 아니었수?" 그래 물어본게,

"어제, 어제 저, 오늘 저녁이, 엊저녁이가 우리 조부님 기, 참 우리 아버님 기고였시요." 그러더라누만.

그렇게 지사, 날이라고. 그래 인제 구렝이 밥을 혔다고 해서, 혀췄다고 해서 인저,

"그 밥, 머리도 감고, 단정하게 혔소?" 그랬더니,

"야, 깔끔허게 헌다고 혔시오." 그런디,

"그 밥 봤소? 그 메 떠논 밥 봤냐?"고 헌게,

"야, 봤었시오. 그런디 밥이 어떻게, 아무 것도 괜찮혔다고 혔더니, 그 넘을 털어서, 털어서 아침에 먹을라구 본게, 여, 머리카락 쪼끄만한 게 하나, 하나 거기서 저 나왔, 빠져있대요. 그래, 그거 나왔다구." 잉.

그 소리를 들은게, 영낙 없이 빠졌어. 거기.

이놈으 새끼들이 구렝이 밥을 해줘서 못 먹고 그냥 왔다구 저, 그려 들은게, 그 머리카락이 귀신은, 구렝이랴. 귀신은 머리카락 보고, 구, 저 구렝이라구 그런디야.

그런, 그런 얘기가 있어. 그런, 그런 얘기 들었고.

시계 불알 때문에 망신 당한 할아버지

자료코드 : 08_08_FOT_20100126_HID_LBJ_0002
조사장소 : 충청남도 서천군 한산면 원산리 33번지 원산마을회관
조사일시 : 2010.1.26
조 사 자 : 황인덕, 김기옥, 서은경, 육은섭
제 보 자 : 이봉주, 남, 86세
구연상황 : 앞의 이야기를 마치고, 연이어 구연하였다. 이야기를 마치자, 옆의 한 청자가 '이제 이야기를 그만 해야겠네.'라고 하면서 화자의 구연을 마무리 지으려고 하였다. '시계 불알' 이야기의 소재가 여자들이 듣기에 불편할 것이라는 배려인 듯하다. 4명의 조사자들 중 3명이 여자였다. 또한 이야기를 하면서 화자가 여러 잔의 술을 마신 상태라, 옆에서 더 이상의 구연을 만류하는 분위기가 연출되었다.
줄 거 리 : 시아버지와 며느리 그리고 손자가 한 집안에 살고 있었다. 하루는 며느리가 밥을 하기 위해서 시아버지에게 아이를 봐 달라고 하였다. 한참의 시간이 지나도 밥 먹으라는 소리가 없어서 시계를 보니, 시계추가 멈추어 있었다. 시계추가 멈추어 있는 것을 보고 며느리에게 물었다. 며느리가 '불알을 흔들어야 혀요'라고 하자, 시아버지는 손자를 내려놓고 자신의 것을 흔들었다.

이것두, 이것도 그전 얘기여, 옛날 얘기여. 저 저, 시아버지허고 메느리허고 어린 손자, 어린 어린애 손자 하나하고 그렇게 사는디,

아들은 모집 가, 모집 가서 모집 가서 집에 없구, 이렇게 시 식구가 사는디.

아, 저 메느리가 저 시아버지, 시아버님 보고,

"아버님, 애기 좀, 애기 좀 봐주슈. 저 나, 나, 밥 허게." 그래서,

"그래라!"

허구서 그냥 애기를 뒤집어 업었어. 뒤집어 업구서 애를 보구. 인저 메느리는 밥을 허구. 밥을 허구.

옛날에는, 그전이는 뭐 불, 불 때서 밥 허구, 추진 나무 땔라믄 한참 때야 허고, 이런게 더디지. 이럴 적인디.

아, 어린애를 업고, 노인네가 어린애를 업구서 암만 있어야 밥 먹으란 소릴 안 혀. 그래서,

"야, 왜 왜 이리 더디냐?"

근게, 그러고 시계를 가만 쳐다보니, 그전이는 전자시계가 없고 막 종 치는 시계, 땡 땡 종 치는 시계빡이 없었은게, 불알 달려갖고. 그전이는 그 거빡이 없었어. 전자시계가 어디야?

그런게 그래서 시아버지가 가마이 본게 시간이 막 벌써 넘었어. 시계가 안 가. 시계가 안 가.

"메늘 아가! 메늘 아가!"

"예, 왜요?"

"시계가 안 간다. 몇 시나 됐냐?"

"불알, 불알 흔들어야 혀요, 불알 흔들어야 혀요." 그런 소리 하네?

불알 흔들라고 헌게, 급살날 거, 방에 가서 어린애를 내려 놓구서, 어린애를 내려놓구서, 자기 불알을 내놓구서,

막, 이짝 저짝, 이짝 저짝 흔들어 싸니, 이짝 저짝, 흔들으닝께, 잉, 그러니 시계가 안 가. 그려두 안 가네? 그려두 안 가.

아이, 막 메느리가 부엌에서 들어온게, 애가 막 간드러지게 울어싸.

아이, 가서 본께, 시아버지가 불알 들고 막 흔들어쌌네. [일동 웃음]

아하, 나, 시아버지가 불알 들고 흔들어싸. 메느리가 와서 본게.

"아이구, 시계, 시계 불알을 흔들라구 했지, 왜 이걸!" 허니께,

"잉? 그러냐, 왜 그러면 밑도 끝도 없이 불알 흔들라구 그려?"

그라더라누만. 그라더랴. [일동 웃음]

영험한 월성산 미륵바위

자료코드 : 08_08_FOT_20100211_HID_LJY_0001
조사장소 : 충청남도 서천군 한산면 송산리 마을회관
조사일시 : 2010.2.11
조 사 자 : 황인덕, 김기옥, 서은경, 육은섭
제 보 자 : 이정예, 여, 78세
구연상황 : 마을에 관한 이야기라도 들려 달라는 조사자의 말을 듣고 먼저 다음의 이야기를 구연하였다.
줄 거 리 : 미륵바위가 원래 월성산 정상에 있었다. 하루는 육대조 할아버지가 꿈을 꾸었는데, 소 한 마리가 나타나서 자신을 좀 끌어가라는 것이었다. 꿈이 이상하여 산에 올라가 보니 소 같이 생긴 바위가 있었다. 바위를 끌고 내려오려고 하였으나, 움직이지를 않았다. 다음 날 또 꿈에 소가 나타나서 방법을 일러 주자 미륵바위를 끌고 내려올 수 있었다. 모시를 팔러 나갈 때에도 미륵바위에 절을 하고 가면 값을 많이 받곤 하였다. 지금은 시집의 작은아버지가 자신의 집 근처에 옮겨 놓았다.

역사는, 저어 윗동네 가믄 미륵바위라고 하나 있거든요. 그 바위가요, 저- 저기 앞이는 큰 산이 그게 월성산이에요. 월성 꼭대기 가 있었대요, 그 바위가. 처음에는.

(청중 : 내려왔구만 그거이.)

(청중 : 둥구러서 내려왔구만 그게.)

그런데 둥구러서 내려온 게 아니구, 우리 저기 시, 육대조 할아버진가? 그분이 꿈에 냥, 그, 거 산이를 올라가셨대요.

그랬더니 소 한 마리가

"나 좀, 나 좀 끄서 가라." 그러드래요. 자꾸. 소 한 마리가.

"나 좀, 나 좀 끄서가라."구.

꿈이 하두 이상해 가지구 올라가 봤더니 영락없이 소같이 생긴 바위가 있더랴. 거가.

그래서 인자, 가서 인자 끄섰, 가서 끄섰더니 꼼짝 않더래요. 아, 그런데 그 이튿날, 그날 저녁에 또 잠을 잔게 또, 또 꿈이 뵈드랴 그 소가.

나를 앞이루 끗지 왜 뒤로 끄섰느냐고.[일동 웃음] 그래서 인자, 저기 또 쫓아가서 참 앞이루 끄섰더니 졸졸졸졸 그냥 내려오드랴, 그냥.

그서 이 저기 저쪽이가 냥 서서 거길 더 이상은 안 가더래요. 저 큰 길 갓이서 바로 서 있어 가지구.

그서 그 밭을 사셨다나? 원래 그 밭이었었다나? 그 저기, 할아버지네 밭이, 밭이었다나? 그 밭을 사셨다나? 그랬디야 그게. 그 바위가.

그런디 그 전이는, 그 전에는 여기 모시를 많이 해서나 팔었거든? 세모시. 여기, 이 동네서. 근디 모시를 팔을라믄 거 가서나 절 허고 물 떠놓고 절 허고서 가믄 모시를 많이 받더랴 거기서.

그런디 저 그 밭이 팔렸어요. 다른 사람게루 인자. 팔려, 팔려 가지구서 인자 넘의 밭이다 놓을 수가 없다,

그래서 인자, 우리 저기, 이 근래여 그게, 우리 시, 작, 작은아버님 그 분이 끄서다서나 그 집 곁이다 났어요. 거가 있어 그래서.

원수의 자식으로 환생한 구렁이

자료코드 : 08_08_FOT_20100211_HID_LJY_0002
조사장소 : 충청남도 서천군 한산면 송산리 마을회관
조사일시 : 2010.2.11
조 사 자 : 황인덕, 김기옥, 서은경, 육은섭
제 보 자 : 이정예, 여, 78세

구연상황 : 앞의 이야기와 같은 상황에서 이어서 구연하였다.

줄 거 리 : 둑이 자꾸 터져서 보니, 큰 구렁이가 하는 짓이었다. 그래서 남자는 구렁이를 세 도막으로 내어 죽였다. 이후 아내에게 태기가 있어 삼형제를 낳았다. 세 아들은, 잘 크다가 어느 날 갑자기 죽어버렸다. 알고 보니 죽은 구렁이가 원수를 갚으려고 자식으로 환생한 것이었다.

항시 그 구렁이가, 그 처음에는 인자 뭣이 그러는지도 몰랐지.

둑을 막어노믄 또 터지고, 둑을 막어노믄 또 터지고 그러드랴.

그래서 본게 구렁이, 큰- 구렁이가양 자꾸 터놔쌌드랴. 그렇게.

그래서 그놈을 막 삽이루 찍어서 세 도막을 내서 죽여버렸디야, 그냥.

(청중 : 아유, 추악해.)

그런디 인자, 그 뒤로 태기가 있어가지고 애를 낳는디, 삼형제가 그렇게 잘 크드랴, 이쁘게. 삼형제가.

그런디 한꺼번에 그 자식이 다 죽었디야. 그 이쁘게 크다가. 한꺼번에 다 죽어,

죽었는디. 남자는 그, 아무 상관도 없드랴, 가만히 본게 막 땀만 흘리고 앉았고.

그런디 여자가 그냥 울어쌌더랴. 그런, 그런게 남자가 저기 울지 말라구. 그런게,

"당신은 어쩌면 그렇게 독허냐?"

그런게,

"내가 독헌가 어쩐가, 오늘 저녁일랑 저, 묘에 가서나 가만히 앉아서 날 좀 한 번 새보라." 허더랴.

그서 묘에 가서 앉아서 그냥 날을 새본게,

"그놈 참- 독허기는 독허더라. 우덜이 한꺼번에 죽었어도 눈물 하나도 안 흘리더라."

그러더랴. 그게 뱀이루냥 환생해서 태어난 것이더랴, 그게. 그 그런 전

설은 들었어요.

지렁이로 시어머니 봉양한 며느리

자료코드 : 08_08_FOT_20100211_HID_LJY_0003
조사장소 : 충청남도 서천군 한산면 송산리 마을회관
조사일시 : 2010.2.11
조 사 자 : 황인덕, 김기옥, 서은경, 육은섭
제 보 자 : 이정예, 여, 78세
구연상황 : 이야기판이 잠시 조용해지자, 시어머니를 봉양한 며느리 이야기 같은 것은 없
    느냐고 조사자가 물으니, 아래의 내용을 구연하였다.
줄 거 리 : 아들은 돈 벌러 가고 눈 먼 시어머니와 며느리 두 사람이 살고 있었다. 고기
    를 먹고 싶다는 시어머니를 위해 며느리는 지렁이국을 끓어드렸다. 시어머니
    는 맛있게 먹은 뒤, 아들이 오면 주려고 하나씩 자리 밑에 넣어 두었다. 아들
    이 와서는 이를 보고 지렁이라고 말하자, 시어머니는 깜짝 놀라 눈을 떴다.

아들은 어디로 돈 벌러 가고, 시어머니허고, 며느리허고만 집에 있는데,
시어머니가 눈이 안 보였디야.

안 보였는디, 그저 고기 먹고 싶어 죽겠다고, 여 고기는 해드려야 겠는
데 고기가 있으야지. 돈도 없지.

그런게 인자 어떤, 인자 가는 말로 어떤 사람이 지렁이를, 지렁이를 잡
어 드리면 좋다 그러드랴.

고아 드리면 좋다메 그러드랴. 근게 지렁이를 잡아서 국을, 국을 끓여
드렸어, 늘. 항상 인자. 근게 맛있게, 무슨 뭣을 이룽게 맛있느냐 맛있느
냐 허시면서,

인자 메느리 몰래 고기 한, 고기 하나썩 갖다 자리 밑이다 늦댜. 떠들
구서나, 아들 오믄 줄라고, 하두 걸려서 인자,

(조사자 : 너무 맛있어서요?)

잉. 너무 맛있어서. 그래서 인자, 아들이 온게,

"나 저 느 아내가 항상 고기 사다 국 끓여 줘가지고 이렇게, 이렇게 살 쪘다."

살쪘다면서, [음식이 나오자, 청중들의 주고받는 목소리가 커지는 바람 에 잠시 청취불능]

저, 고기 사다 해줘싸서 이렇게 살쪘다. 며느리하고. 너 줄라고 저다 저 쪼맨씩 감춰놨다 그러더랴.

그래서 인자 워따 감췄느냐고 헌게, 자리를 밑이를 떠들어서 인자 눈이 안 보인게, 젖힌 자리를 이케 그냥 내뷘게,

지렁이가 막 그 속에 이렇게 이렇게 꾸부리구 탁- 납작해졌드랴.

"어머니, 그게 지렁이요!"

그런게 막 깜짝 놀라서 눈을 떴대요. 시어머니가.

그런디, 전설이 인자 그렇다고 놀래서 어떡했다고 하는디, 그 지렁이 먹고서나 보신이 돼가지구 눈 떴다고 그케 전설이 나오더라고.

산삼으로 남편을 구완한 열녀

자료코드 : 08_08_FOT_20100211_HID_LJY_0004
조사장소 : 충청남도 서천군 한산면 송산리 마을회관
조사일시 : 2010.2.11
조 사 자 : 황인덕, 김기옥, 서은경, 육은섭
제 보 자 : 이정예, 여, 78세
구연상황 : 이야기판에 먹을거리가 나오자, 한순간 어수선한 분위기가 되었다. 판이 거의 마무리되어 가는 시점이라 서둘러 이야기를 마쳤다.
줄 거 리 : 한 열녀가 있었는데, 남편이 병에 걸렸다. 하루는 송장 다리를 다려 먹여야 남편의 병이 낫는다는 소리를 들었다. 송장 다리 하나를 잘라 들고 오는데, 뒤에는 송장이 따라오면서, 내 다리 내놓으라고 하였다. 나중에 알고 보니 산 삼이 따라오는 것이었다.

효자가, 효자가 아니라, 열녀네, 열녀.

열녀가 인자 어디가서나 송장을, 송장 다리를 잘라다 다려 멕이야, 남편 병이 낫는다고 그래가지구서 거이 무슨 골이 가서,

어디 어디 가서 가믄 있다구 허드랴. 다리가. 참 저기 송장이.

그서 그 송장을 팔어, 가서 다리 한 짝을 짤러, 짤러 가지고 왔어. 짤러 가지고 왔는디, 내 다리 내노라고 쫓아오드랴,

그 그 저기 쩔룩쩔룩해가면서 내 다리 내노라고.

(청중 : 말하자믄 송장 짤른 송장이 쫓아오는 거지.)

잉.잉. 쫓아와, 내 다리 내노라고.

그, 그려서 아이구 문을 막 저기 저 다 거시기, 언능 빨리 들어와서 문을 잠궈버렸댜. 인제 못 들어오게.

그 다음날 나가봤더니 인삼이 막 크-다란 인삼이 거가 자빠졌드랴. 그냥. 쫓아온 인삼이,

다리 한 짝 짤려 가지구서. 그 다리 한 짝은 짤라 가지고 온 것은 삼 한 짝이고, 삼 다리 하나.

저 산삼이지, 산삼. 그게 인자.

(청중 : 그게 산삼 다리를 짤라 갖고 왔구먼.)

에. 그서 그거 멕이구서 남편이 병이 나서나(낫어서) 재밌게 살았단 말이 있어 옛날에.

강원도 체장수와 자살한 과부

자료코드 : 08_08_FOT_20100121_HID_JUS_0001
조사장소 : 충청남도 서천군 한산면 원산리 마을회관
조사일시 : 2010.1.21
조 사 자 : 황인덕, 김기옥, 서은경, 육은섭

제 보 자 : 정의선, 남, 84세

구연상황 : 한쪽에는 화투판이 벌어져 있는 상황이라 주변이 어수선하였다. 정의선 화자가 이야기를 시작하자, 옆에 있던 한 청자가 "이제 얘기 나왔어."라고 하는 것으로 보아 평소에도 이야기를 잘 하였던 것으로 여겨진다.

줄 거 리 : 강원도로 체 장사를 나간 사람이, 날이 저물자 한 인가에 찾아가서 하룻밤 묵게 되었다. 혼자 남편을 기다리고 있던 여자는, 체장수에게 저녁을 대접하고는 부탁을 하는 것이었다. 결국 체장수는, 여자의 시아버지와 집으로 돌아오는 길에 죽은 남편의 장례 치르는 일을 도와주고 고향으로 돌아오려고 하였다. 같이 살기를 원하는 여자의 부탁을 거절하자, 여자는 자신의 돈을 체장수에게 모두 주고 자살하였다. 이후 체장수는 여자가 준 돈을 좋은 일에 썼다.

옛날에 어떤 사람이 말이여 가난해서 체장사를 했대 체장사 체. 이 가루체가 있어. 가루 빵구구 이렇게 빵구구 네리는 체.

옛날에 강원도 뭐라고 하는 디를 체장사를 이 사람이 나갔는디, 아무리 가도 인가를 못 만나.

해는 넘어갔는디 캄캄한디 질도 설고 아무 것도 비도 않고 가는디, 환장할 지경여.

갈 길은 워디 가야 인가를 만날 도리가, 인자 뭐 물이 빠지고 인자, 막 또랑도 건너구 인자, 걸리는데 막 푹 빠지기두 하구, 이렇게 인제 더듬더듬 걸어가는디,

아이, 산말랭이나 하는, 근너강개 저기서 불이 빤짝빤짝 허드랴? 야 저거 인가가 있은께 거기가 인제 거기만 인자 막 뛰어간 겨. 인자 체장사가. 가서,

"쥔장, 쥔장."

찾은게 암만 소리해도 대답을 않더니만 젊은 여자가 나오드랴? 젊은 처자가.

"나 여 지나가는 체장산디이 질을 잃고서 이렇게 하룻저녁 좀 자고 갑시다."

그렇게 들어오라고 하드랴? 그 여자가.

그래서 인제 웃방으로 들어오라고 허드라느먼? 그래서 저녁을 차려 줘서 인자 밥을 먹었어. 먹고 나니까 그 부인이 하는 얘기가,

"당신 오늘 저녁에 나하고 오디 좀 가야겄소."

그러거던 그래? 저녁 은어먹었응깨 뭐 그 주인 마누라가 하자는 대로 해야 될 꺼 아닙니까?

"아이, 오디를 가자는 거유?"

그렁개,

"우리 시아버지가 지금 죽었어 돌아가셨어. 안방에 지금 시신이 있다구려. 그 건넌방에서 밥을 먹었는디, 시아버지가 돌아갔는디 우리 냄편이 장 흥정을 허러 갔어. 인제 출상을 할라구 준비하러 갔는디. 올 시간이 지났어 근디 안 오는거 본개, 마중을 나가야 겄다고. 그래 당신허고 나하고 같이 동행을 좀 허야겄소."

그려. 그거 뭐 절간 샥시지 그 여자가 하자는 대로 헐 수 뱊에 없어. 밤인게, 밥 은어먹었겄다.

그러더니만 쥔 마누라가 하는 얘기가, 짚토매를 내주면서 홰를 댕기라구그려. 홰.

이케 지다랗게 묶어가주고 인제 불 써서 이렇게 옛날에 뭐 등잔두 읎고 후라시도 읎고 헌게,

홰를 좀 매라고, 인자 짚토매를 인자 일러주면 인자 치토매 홰를 인제 맨들어서

맹길어서 등허리에다가 인자 몇 십 개를 해서 짊어지라구 그러더랴?

그러고는 인자 그 마누라하고 인자 그 체장사하고 둘이 인자 가는 거여. 앞이 인제 그 마누라가 가구 그 사람은 인자 불을 인제 홰불을 들구서 뒤따라가고. 인자

짊어지고 나머지 인자 산모퉁이를 하나 넘어가닝개, 비린내가 탁 터지

드랴?

그래서 호랭이가 그 여자 냄편을 잡아묵는 잡아먹었어. 잡어서 먹는 거여.

그런게 그 여자가 횃불을 가지고서 인제 호랭이 있는 디가 막 지져댈라고 하믄 호랭이가 불을 굉장히 무서워한댜, 무서를 혀.

그러니까 호랭이가 막 엉하고 뒷걸음질하구 그러면 인자 그 남자가 ○ ○○

"당신, 여기서 이 남편을 못 먹게 이 호랭이를 이게 지킬 것이냐? 오던 길로 돌아가서 풀속 모텡이를 가머넌 말이여 꺼적이 있을 것이다."

그런게 시신을 먹다 말은 거를 싸 가지고 갔으니 꺼적이나 뭐 가마때기 뭐 있시야 할 꺼 아닙니까? 꺼적대기나. 굴뚝 모텡이를 가면은 꺼적이 있어.

거기 가서 그것을 가져오든가 여기서 호랭이를 냄편네를 못 먹게 지키, 지키던가 말이여. 양단간에 혀라 허는 이야기여.

가만히 생각을 해본게 거기서는 못있겠어. 오던 질로 돌아가서 꺼적이라도 가질러오는 게 낫겠어. 그 도로 인자 막 더듬어서 오던 그 집을 찾아가서나 굴뚝 모텡이를 가서 더듬거리니 꺼, 꺼적뭉치가 있어.

아 근디 그 집이 가서 보닝개 방이서 송장이 말여? 일어서서 돌아댕겨. 돌아댕기다가 막 쿵 하고 막 방에서 구르는 소리가 말여 막 들려.

근디 그게 그 시신이 돌아댕기는 거여. 그런디 이 사람이 막 자빠지고, 자빠지고 그래서 그래가주고 이 사람이 죽을 지경이지. 무서워서.

그러고 저러고 꺼적을 짊어지고 또 거기를 갔어. 인저 횃불을 가지고.

간게 저 저기 냄편 여자 말이 먹다 만 것은 다 싸라고.

싸서 인자 끈나풀루 인자 묶어 두고선,

"당신 이것을 집에 가서 짊어지고 앞이를 갈 꺼여? 횃불을 가지고서 뒤를 따라올 거여?"

호랭이가 뒤를 따라 오니까,

"아이, 내가 이거 지구 앞이 가겠다구." 아,

무서운게. 아 그래 짊어지고서 그 사람이 인자 앞이를 오는 거여.

어홍 인자 그 가자고 호랭이가 따라오믄 막 지질라구 호랭이를 막 집이까지 왔어.

와서 인자 부엌문 앞이다 인자 부엌문 앞이다 인자 시신을 부엌간에다 놓고 시신을 놓고 인저 불을 때야 때야한다 이거여.

근디 이 여자가 또 뭐라고 하는구 하니,

"당신이 산에 올라가서 생솔가지를 좀 쪄오실라우? 여기서 이 불을 때면서 이 호랭이를 못 먹게 자기 남편을, 먹을라고 막 쫓아왔은게 못 먹게 헐라우?"

그런게 산이 올라가서 솔가지 찌는 게 낫었어. 거기서 잡아묵히겄어. 그래 저쪽 언덕 그 뒷산이를 올라가서 찌닝개 저녁내

솔가지를 좀 꺾어서 한 다발을 [2~3어절 청취불능] 쪄가지고 와서 솔가지를 인자 솔가지를 불을 때는 거여.

땐게 방에서 그 여수가 말여 한 마리 그 굴뚝이서 캥하고 여수가 나가 도망가드랴.

여기 창솔가지 연기 때니까 막 연기가 고약할 꺼 아닙니까?

그러닝개 굴 시신 있는 방이 여수가 들어가믄 송장이 일어나서 돌아댕인댜.

그런개 그 여자 시아버지가 여수가 들어가서 그 여수가 가서 돌아다닌 거여. 그런개 창솔가지를 때니까 그 여수가 캥하고 도망해 버렸어.

아 그야 아 이놈 본게 밤새도록 그러니까 날이 인자 부엿이 새드랴. 인자 그 지경이 된개. 날이 새닝깨 이 호랭이가 못 먹구 그냥 인저 못 먹고 인제 그냥 갔어.

아침이라고 그 여자가 채려주니 먹을 수가 있나? 날새도록 끌고 댕겼으

니 막 이빨이 솟아가주고서 이 남자가 말이여.

아무 생각이 없어. 막 얼, 얼매나 막 놀래고 막 그랬나. 밥이고 지랄이고 정신이 하나도 읎는디,

그 여자가 뭐라고 하는구 하니 인자 장사는 인제 지냈어. 장사는 인자 집 모탱이 굴뚝 모탱이 뒤 파고서나,

그 자기 여자 친정, 시아버지하고 그 자기 냄편하고 둘 파고서 그냥 한 가지에다 묶으서 인자 그냥 묻어버렸어.

그러고서나 그 여자가 말여 뭐라고 하냐면,

"당신 나하고 살을라우? 당신 집으로 가실라우?"

그려. 그런개 그 여자 어제 저녁 한 생각한게 말여, 막 미서서 워녕 살고 싶은 생각이 읎어.

"아이, 나 집이 가야겠다." 구

집이 가야겄다구 그런게,

"그러시냐구. 내가 우리 집이 지금 돈이 있어 돈 있는디 내가 돈 아무 필요없어. 그른게 그눔 당신 다 가져가라고."

그런게 그 여자가, 여자가 인제 벌어놓은 재산이 있는 돈 가지구 체장사가 쳇짐을 그냥 벗어던지고 돈보따리만 짊어지고서 인자 인자 가라는 거여. 그 여자가. 그래

가며, 가면서 그 여자 말이 가다가서 인자 이 동네로 말하면, 인자 저 가다가서 인제 산모탱이를 돌아가믄 인제 안 빌 정도가 돼잖어?

거기 가서 한번 돌아다나 보고 가시오. 또, 또 체장사 보고 그러니까 그렇게 허라구.

그래 돈 짊어지고 돈자루를 짊어지고서 가다가서나 산모퉁이를 돌아가면 인제 그 집이 안 빌 정도 가서 돌아다본게 뺑둘려 불을 놨어.

그 집 그 여자가 지붕 한가운데가 두러녔다 이거여.

그 막 돈보따리고 뭐이고 버리고 쫓아가는디 뭐 뭐 다 타버렸으니 뭐

워터게 해여? 헐 수 있어?

그래서 그 여자까장 묻어주고 집이를 왔어. 인자 돈보따리 짊어지고. 그 집 식구, 시 식구 다 죽, 다 죽었지.

그래 와서 즈이 아버지, 애들이 물어보드랴 막. 며칠 동안에 말이여 흰 머리가 하얗게 늙어버렸어. 얼매나 고생을 했나.

그래가주고 돈보따리 이렇게, 헌게 막 즈 아덜, 사실 이야기를 했지. 그 여자가 살자고 하는디 그러고 살던지 이렇게 하믄,

"왜 살자고 허고서 그 여자를 델고 오면 아, 아, 아마 그 여자 살릴 수가 있었지 않습니까? 아버지."

아들이 아들들이 막 지아버지를 막 원망을 혀. 안 산다고하니 그 여자가 말이여 그 어떻게 저 거기서 살겠냐고 그래 아버지가 산다고서 그러고 이 데리고서 왔으면,

그 여자도 살고, 아 잘 살 텐디 아버지가 생사람 죽였다고. 그래서 그런 전설이 있어요.

그런디 그 여자가, 아니 그 남자가 그 돈을 천장에 달아매놓고 일원도 안 쓰고서 동냥 허러 오는 사람 마두 그냥 줬댜.

한 푼도 쓰들 않고 그랬다는 그랬다는 전설 옛날 얘기가 있었어요. 그런 얘기가.

숙종과의 만남을 예견한 갈처사

자료코드 : 08_08_FOT_20100121_HID_JUS_0002
조사장소 : 충청남도 서천군 한산면 원산리 마을회관
조사일시 : 2010.1.21
조 사 자 : 황인덕, 김기옥, 서은경, 육은섭
제 보 자 : 정의선, 남, 84세

구연상황 : 앞의 이야기와 같은 상황에서 이어서 구연하였다.

줄 거 리 : 숙종이 밤에 민정을 살피기 위해 전국을 돌아다녔다. 하루는 모래 위에 송장을 놓고서 우는 총각을 보고, 그 사연을 물으니 갈처사라는 지관이 잡아준 묏자리 때문에 우는 것이었다. 숙종은 총각의 일을 잘 처리해 주고 갈처사를 찾아갔다. 갈처사는 임금이 오는 날짜까지 알고 있는 자였다. 임금은 자신의 신후지지를 갈처사에게 부탁하였다. 이후 장희빈이 불러 자신의 신후지지를 부탁하자 갈처사는 어디론가 사라져버렸다.

숙종이라고 옛날 이조 숙종대왕이, 밤이 순찰을 많이 다녔다고 그런 이야기들 들었습니까? 숙종대왕이?

밤이 미, 민정을 살피기 위해서 밤이 평복을 허구서 재개 수하 하나만 데리고서나 인자 여내 평민마루 의복을 입구서 조선 십산도를 댕겼어.

여론을 들을라고 정치가 잘 허나 못 허나 이 백성들 어떻게 사나 이것을 열, 살피기 위해서 근디,

숙종이 자기 수하 참 호랭이를 날로 잡는 위인을, 지금 말하자면 무관 같은 사람을 하나 델리고 댕겨 자기 호신용으로,

지금으로 말허믄 경호원 경호원 하나를 데리고 댕기는디, 이분이 수원 근방이를 와가지구서 수원 근방이를 와, 와서 고개를 하나 잿배기를 딱 올라서서 보니까,

그 밑이가 큰 두하천이 냇물이 이렇게 있는디 백사장이 있고,

시퍼런 물이 흘러 내려가는디 워떤 더꺼머리 총각이 송장 하나를 그 백사장에다 놓구서나 모래다 생, 송장 염 한 송장을 하나 놓고서나,

그 산에서 보니까 인자 연장으로 그 구뎅이를 파 모래밭을 파구서 막 대성통곡을 혀. 그 총각이.

그러고서 또 한참을 울다가서나 또 딴 디 가서 또 파, 파다 또 그냥 대성통곡을 하고 울거던? 가만히 숙종이 본개 무슨 필히 무슨 사정이 있는 거 같어.

그래서 그 자기 인자 지금 말하자면 호위병 보고서,

"너 여기서 있어라. 내가 무슨 신호 허건낭 오고 너는 여기 있어. 나 혼자 내려가보까만 물론 사연이 있는 거 같다."

그래 가서 인자 총각보고서,

"총각, 왜 시신은 이건 누구 시신이며 뭐 때미 여기를 파고서 그냥 우느냐?"

물어본게,

"예, 이 시신은 우리 어머니 시신입니다."

그려. 총각이.

"그럼 왜 여기 이 모래바탕을 파느냐?"

그런게,

"지관이 이 모래바탕 여기다 우리 어머니를 모시라고 혀서 판게, 아 파믄 물이 나오니, 어떻게 자식으로서 어머니를 물속에다 넣을 수 있겠습니까? 그래서 우는 우는 것입니다."

그래,

"그 지관이 어떻게 된 사람이냐?"

물어본게,

"지관이 유명허다는 양반이유."

"그래 유명허다는 양반이 워서 사니?"

그런게, 저기 손가락을 짚으면서 지관의 집을 가르쳐. 여기 오두막집이 있는 디 거기서 사는 갈처사라고 허는 사람이라고 그려.

그렇개 인저 숙종이 그 소리를 듣고서 자기 호위병 보고 오라고 손짓을 했어. 그래 호위병 왔는디,

"너 여기서 지켜라 지키구."

편지를 인자 만리장성을 써서 지금 말하자믄 수원부사에게루다 지금으론 수원시장이지. 수원시장이게루 편지를 써서 옥새를 찍어서, 옥새가 지금 임금 도장이여.

옥새를 찍어서 수원부사에게루 그 애보구서나 애를 뭘로 무식하구 인자 이놈을 가지고서 수원부사를 가면은 가서 디밀면 알 것이다.

그런게 이 시신은 느이 어머니 시신은 내가 지키고 있을 테니, 이 편지를 가지고서 수원부사를 찾아가거라.

그렇게 보내고. 임금은 인제 자기 호위병 와서 송장을 지키라고 송장을 지키라구 허구. 임금은 지관이라고 하는 자를 찾아갔어.

가서 인자 이리 오너라 하면서 불렀을 꺼 아녀? 그렁개 한참 부른게,

"뉘시우?"

늙은이가 방에서 대답을 하고 나와.

"그른디 그대가 갈처사라고 하는 자냐고?"

그런게, 그렇소 그러거덩? 그래 임금인지 뭔지 아나 그 늙은이는?

그래 그대가 지관이라면서. 그런게 그렇소 그려. [2~3어절 청취 불능] 알어, 영감도.

"그래 지관이라고 하는 자가 저 백사장 모래밭탱이 물구뎅이에다가 못자리를 잡아주는 사람이 지관이여?"

이런게,

"물르면 암맛두나 말어.

임금 보구선 말여. 임금인지 모르지 그 사람은.

"그 오늘 당대 발복에 만대영화지지여."

왜 그러냐면, 아 오늘, 오늘 당일이 쌀 삼백 석이 나오는디 뭘. 오늘 당장이 삼백석 나오고 만대영화지지가 들어가.

"조선에 그런 영화지지가 어디에가 있겠냐? 아이, 몰르거랑 암맛도 말어."

임금이 가만 생각한게 자기가 편지를 수원지사에게다 쌀 삼백 석을 이 애에 오늘 당장에 줘라 그구.

좋은 지관을 그대가 말여 예서 애 어머니 장사를 지내줘라 말여. 이

렇게 임금이 아주 특명으로여다 수원부사에데가 편지를 보냈어. 그른게 그 말 영락없이 맞아떨어지잖여?

그른게 그 지관이 이야기하는 소리허구. 가만히 생각해 임금이 헐 말이 없어. 이렇게 알긴 아는 놈이거든?

그래서,

"그른게 아 그렇게 잘 아는 사람이 말이여. 왜 이런 데서,"

저 저 수원 시내를 가르치면서,

"늘느리 시커먼 기와집을 저런 대궐 같은 저런 집이나 살지. 왜 이런 시골짝이서 사느냐?"

그른게,

"저기 여기 저것들 다 도둑놈들만 사는 집이유."

수원 그 기와집 보고서.

"아 여기는 말이여. 아이, 이 상감마마가 여기 오는 장소라고. 이런 명당이 어디가 있냐고?" 말이여.

가만히 본게 말이여 ○○ 같이 맞는 이야기들이여. 늙은이가.

그러면 그 임금이 원제 오나 아냐고 며칠 날 오냐고 말이여. 그리고 물어본게,

"글쎄유. 내가 택일을 헐 때 시를 적어놨는디 가, 가보야 방이 들어가 보야 알겠습니다."

정식으로 알아보겄다구. 그 알아보라고 며칫 날 오나 상감이.

그래 들어갔다 오더니만 아이 나오면서 마 삼감마마 마 엎어져 가지고 기다시피허구 [2~3어절 청취불능] 몰라뵈서 죄송허다구 상감이 오는 시간여. 그 시간이여.

그 시간이 이 만날 시간이여. 그러니 알기는 잘 아는 사람이 지관이지?

그래. 그리고서나 그 임금이 숙종이 그 지관 보고,

"그대가 말이여 그렇게 잘 아니 내 신후지지나 하나 잡아줄 수 없

느냐?"

그러니,

"잡아드리지유."

그러거든? 그러니까 그렇게 허라고 허구서 인자 작별을 했어. 그애는 인자 장사 잘 지내고 수원부사가 다 했은게,

막 쌀 삼백 석에다 삼백 가마 갖고 벼락부자가 돼버리구 그 총각은.

그러고서 인자 약속헌 날 인자 그 갈처사라고 하는 사람이 대궐 찾아 왔어.

와서 인자 묘시를 잡아줬어. 숙종묘를 잡아줘서 있는디,

아이, 장희빈이라고 하는 여자가 숙종의 마누라여. 부인이여. 장희빈이 역사라고 장희빈이라고 하잖습니까?

악질로 장희빈이가 그 소리를, 저 그 자기 인제 부하들이 여자가 많이 있을 거 아녀? 궁녀들이.

아 이건 숙종 앞에서 말이여 신후지지를 잡았다고 말이여 그 지관이 아주 유명한 지관이라고 헌게 장희빈이 불러들였어.

이제 갈처사 자기 신후지지를 잡아달라고 그른게,

갈처사가 그런 사람 나쁜 사람은 잡아주덜 안 혀. 양심상 그런 사람 안 잡아줘. 그런게 핑계를 댔어.

"오늘 지가 아주 급한 일이 있어 가니까 몇월 며칠 날 내가 올 테니 그 날까장만 한번 잡아주쇼."

그런게 장희빈이를 뗄라고 그러고 집에 갔어. 가가주고서 그날 온다 한 날 오간디?

안와. 그래서 사람 보내닝게 오디로 간 곳 없이 이 갈처사는 도망가고 없어져버렸어.

그래서 장희빈 묘자리는 안 잡아줬어 안 잡아. 그렇다는 전설이 있어. 그러니까 이제 지관도 그렇게 알아야 하는디, 갈처사라고 하는 사람여 거

지관이 팔자라.

(조사자 : 제대로 아는 지관이었네요.)

아, 제대로 아는 지관 숙종 임금 묫자리를 잡아줬다니까.

무학대사와 욕심 많은 목은

자료코드 : 08_08_FOT_20100121_HID_JUS_0003
조사장소 : 충청남도 서천군 한산면 원산리 마을회관
조사일시 : 2010.1.21
조 사 자 : 황인덕, 김기옥, 서은경, 육은섭
제 보 자 : 정의선, 남, 84세
구연상황 : 앞의 이야기와 같은 상황에서 이어서 구연하였다.
줄 거 리 : 목은 선생이 지리에 대해 잘 알았다. 목은 선생이 무학대사를 데리고 다니면
서 한산의 4대 명당을 다 보여주었다. 그리고 나서 오산장군지지까지 차지하
려고 하자, 무학대사가 도망을 가버렸다.

목은 선생이 지관질을 지리를 잘 알았드랴.

(청자 : 누가?)

목은. 그 양반다 다 한산 사파지지를 다 잡아놓구서 무학이라고 하는
사람이 이 서울 터를 잡아놓은 사람이거든? 이성계?

무학이가. 무학이를 데리고 여기를 와서 자기가 사파지지 맘에 드는 디
를 말이여 한산 사파지지를 다 데리고 댕겼어. 무학이를.

"여기 워떤가?"

그런게,

"만대영화지지는 좋네요."

무학이가.

"에, 이 사람아, 나는 맘에 안 드네 야 그래 딴 디 한 번 가보세."

네 군데를 다 데리고 댕겼는디, 다 만대영화지지라고 그러거든? 무학이

가 그런게,

"내 맘은 안 드는데 오산장군지지가 있다고 하는데 거기나 한 번 구경 허러 가세."

그러니까,

"대감 도둑눔이구만요."

그러고서나 도망했다는 이런 전설이 있어요.

대감 도둑눔이라고 한산 사파지지를 다 쓰구서 오산장군대지까장 쓸라고 말이여 욕심 부리고, 도둑눔이라고 말이여, 그래 도망했다는 이런 전설이 있어요.

도둑눔이라고. 목은 선생이 지리를 잘 했댜.

(조사자 : 그게 무슨 산에 있는 자리라구요? 아까?)

오산이라. 아 인저 아 저 사파지지는 한산이씨네가 다 산 가지고 있어. 지금 현재.

자기네가 다 한산이씨 사파지지 다 모이도 쓰고 차지하고 있는디, 그런디 오산 장군대지라고 허는 디를 잡아달라고 무학이보고 그런게,

무학이가 대감 도둑눔이라고, 한산 사파지지 다 쓰구서 오산장군대지까장 쓸라고 한다고 말여 도둑눔이라고 말이여, 막 도망했다는 거여. 무학이가. 뿌리치구서.

(조사자 : 그 산이 오서산이요?)

오산!

(조사자 : 오산이요? 어디에 있어요? 오산이?)

여기서 쳐다봐서 뵈이지. 저기 젤 높은 산이 오산이여, 오산.

(청자 : 2키로 정도.)

그게 삼계면 그 경계선이여. 그가. 그게 삼계면, 충화 마산 양화 상계면 경계선.

(청자 : 오산댕이가 그렇게 써있어.)

딱 다 잡구서, 오산장군대지를 또 잡아달라고 막 구경이나 하세 그런
게, 대감 도둑눔이라고 허구 도망해버렸댜 뿌리치고서.

아전이 차지한 한산이씨 선조 명당

자료코드 : 08_08_FOT_20100121_HID_JUS_0004
조사장소 : 충청남도 서천군 한산면 원산리 마을회관
조사일시 : 2010.1.21
조 사 자 : 황인덕, 김기옥, 서은경, 육은섭
제 보 자 : 정의선, 남, 84세
구연상황 : 앞의 이야기와 같은 상황에서 이어서 구연하였다.
줄 거 리 : 한산군청이 있던 자리가 명당이었다. 당시 군수로 있던 사람이 지리를 잘 아
는 사람이었다. 군수는 한산이씨였던 아전에게 마루 밑에 계란을 넣어 보라고
하였다. 그런데 아전이 상한 계란을 놓아두었다. 이후 아전은 자신의 선조를
그곳에 묻었는데, 자꾸 시신이 튀어나오는 것이었다. 결국 군수의 도움으로
일을 잘 해결하고 명당을 차지할 수 있었다. 그래서 한산이씨 가문에 인물이
많이 나온다.

지금으로 말허면 군청이여. 옛날이 한산군이거든. 군청 사무실이 명당
이 있었어.

근디 그 그때 그 군수로 온 사람이, 온 사람이 아주 지리를 잘했던 모
냉이여. 근디 한산이씨 그 이, 이가, 거기서 그런디 아전, 아전이여.

지금으로 말하면 면서기, 면서기 정도였거든? 면직원.

(청자 : 소사여, 소사.)

아전으로 댕겼는디 한산이씨가 아전이었는디,

(조사자 : 소사?) (청자 : 소사 정도 돼야.)

아전으로 있는디 그 계, 계란을 한번 그 마루 밑에다 한번 묻어봐라 이
렇게 했어. 그른게.

(조사자 : 계란을?)

응. 계란을 제게 심복이고 부한게. 그 원이 부하 보고 시킨 거여. 그른 게 즉 말하면 계란을 곯, 곯은 달걀을 갖다 묻었으니 소리가 나겠습니까?

근데 그, 그래서 그 원이 딴 디로 갈려갔어. 갈려갔는디 갈려간 후로 제게 아버지나 인제 할아버지를 갖다 어디다 썼던 게비지. 썼는디.

마루밑인디, 마루밑이. 날 새고 밤이 가서 인자 파구서 쓰면, 날 새고선 가면 송장이 나와 버려. 나오, 나오니 어떻게 헐 수가 있나?

그러니 인제 날, 날 샌게 이제 그게 가져 갔다가 오따 감췄다가 또 저녁에 갔다 파묻어 놓구, 신새벽에 가보면 또 송장이 나와. 허다 허다 못 썼어.

아 마루 밑이 송장이 나와 버리니 쓸 재간이 있어?

그래서 이 사람이, 먼저 와서, 와서 갈려간 군수를 찾아갔어. 가서 인자 죽여달라고 죽을 죄를 졌다고 사실 얘기를 했어.

그러닝께,

"땅은 니 땅이다."

그래서 부적을 써주드랴. 그 군수가.

"부적을 아무나 못 들어가는 딘디 느이 아버지는 거기 들어갈 자격이 못 되닝께 내가 부적을 써서 주은 갔다. 배우다 놓구서 하면 안 나올 것 이다."

그래서 그 군수가 그걸 부적을 써서 줘서 파구서 그 부적을 넣구서 안 나왔댜. 그래서 한산이씨네가 거기 금계포란을 썼다는 거여.

그래가주고 한산이씨들 인물이 많이 났다는 거여. 그게 명당 옛날 군청 이여. 군청 군청. 자리.

(청중 : 거기 옛날에는 사법체제까지 다했잖여?. 군수가 죽이고 살리고. 계란을 갖다 느라고 한게 또 그 제 땅 자기 땅 될라고 곯은 계란을 갖다 가 넣었은게, 큰 닭이 홰를 치고 울어야 할 틴디 빙아리 소리가 나거든?

그런게.)

토정과 부내복종

자료코드 : 08_08_FOT_20100121_HID_JUS_0005
조사장소 : 충청남도 서천군 한산면 원산리 마을회관
조사일시 : 2010.1.21
조 사 자 : 황인덕, 김기옥, 서은경, 육은섭
제 보 자 : 정의선, 남, 84세
구연상황 : 앞의 이야기와 같은 상황에서 이어서 구연하였다.
줄 거 리 : 토정이 부내복종이라는 명당을 얻으려는 마음으로 백일산제를 지냈다. 제를
　　　　올리는 마지막 날 부내복종의 자리가 선명하게 보여, 풀을 묶어서 표시를 해
　　　　두었다. 다음 날 아침에 그곳에 가보니, 온산에 풀이 묶여 있어 찾을 수가 없
　　　　었다.

(조사자 : 지금 뭐라고 했죠? 부내복종이라고 하셨어요? 그 이야기도 뭐
가 있어요? 한번 좀 해 주십시오.)

부내복종이라는 디가 참 명당이여. 그래가주고 토정같이 그렇게 허시는
분이 진 부내복종 모이를 쓸라고 백일산제를 지냈드랴.

백일산제를 지냈는디, 당대발복에 만대영화지지여. 그 모이를 쓸라면
하관을 인제 땅을 파잖여?

금싸래기가 서 되가 나와. 거기 모이 파면 그 자리가. 그러면 당 금방
내 부자 되버리잖여? 금싸라기 서 되면 얼마여? 부자 아니여? 그리고 만
대영화지지면 그른게 당대발복에 만대영화지지가 부내복종인디,

토정 선생이 그걸 쓸라고 백일산제를 지냈드랴. 백일산제를.

그래, 백일산제를 지내는디,

"여, 여가 니 땅은 아니다. 귀경이나 해라."

그러거든? 인자 백일산제 마지막 날 백날 째 쳐다본게 금싸라기가 그냥

광중 안이가 금싸라기가 보이는 게 표냐. 선연하게.

그래서 제게 마음이 거시기했는디 한번 여름이나 유두포기가 있은게 가을쯤이나 됐나?

그 자리를 슬그머니 이렇게 유두포기를 양짝이 이렇게 붙들어서 이렇게 올가매놨어. 토정 혼자 심정이루.

그러고서 밤인게 인제 내려와서 그 이튿날 날 샌 다음에 인자 거기를 갔을 꺼 아녀?

백일산제 지낸 자리를 가봤는디, 웬 부내복종이 웬 산이 전부 부내복, 유두포기를 다 묶어놨댜,

그래 어디가 어딘지 알 수가 있어? 자게는 혼자만 알구선 이렇게 양쪽이 이렇게 묶어놨는디. 하나만 있을 걸로 봤는디 왼산을 다 묶어버렸드랴. 그른게 못 쓰지.

묏자리 때문에 출세 못한 김덕령

자료코드 : 08_08_FOT_20100121_HID_JUS_0006
조사장소 : 충청남도 서천군 한산면 원산리 마을회관
조사일시 : 2010.1.21
조 사 자 : 황인덕, 김기옥, 서은경, 육은섭
제 보 자 : 정의선, 남, 84세
구연상황 : 앞의 이야기와 같은 상황에서 이어서 구연하였다.
줄 거 리 : 광산 김씨인 김덕령의 아버지가 술장사를 했다. 하루는 중국인이 찾아와 며칠
          머물면서 앞산에 있는 명당자리를 정해 놓고 갔다. 뒤따라가서 그 자리를 알
          아둔 김덕령의 아버지는 중국인이 잠시 떠나자 그 자리에 자신의 선조를 이장
          하였다. 다시 온 중국인이 이를 보고 좌향이 바르지 못하다고 하였다. 이후 김
          덕령은 역적으로 몰려 죽었다. 후에 후손들이 파묘를 해 보니 썩지도 않았다.

김덕령이 아부지가 김덕령이가 광산 김씨여. 광산 김씨. 그래 김덕령이

아버지가 술장사를 했더래요. 술장사. 전라도 광주에서.

그 옛날에 술장사 하면 저 지나가는 손님두 재워주기도 하고 이렇게 혀.

그 하루는 중국 사람이 와, 와서나 며칠을 좀 묵어가자고 그러드랴. 중국 사람이. 그렇게 허라구.

근데 이 사람이 이상하게도 말이여. 저녁이, 저녁이고 낮이고 그 앞산을 쳐다봐. 그 김덕령이 아부지네 집에서 쳐다보면,

그 무등산이라고 전라남도 무등산이이라는 산이 바로 그 앞산인디, 앞산을 쳐다보고 쳐다보고 그려.

김덕령이 아버지는 술장사 하닝개 무슨 뭐 관심도 없구. 밥값이나 잘 주고 허니께 며칠 재는디. 며칠 동안을 그냥 계속 그렇게 그 앞산을 쳐다보고 쳐다보고 하더니만.

하룻저녁에는 이 사람이 슬그머니 이눔이 한방서 자, 김덕령이 아버지하고 하룻 저녁은 부시시 일어나더니만 밤이 나가드랴.

그러닝개 인자 이 사람이 인자 김덕령이 아부지는 이 사람이 무슨 일로 며칠 동안 그렇게 앞산을 쳐다보나?

이상하게 생각해서 잠자는 듯이 [2~3어절 청취불능] 행동만 보는 거여. 그래 뒤따라가서 인저 그 사람 가는디루,

졸졸 안 보이게 이케 따라가는디 그 무등산으로 올라가드랴 이 중국 사람이

올라가드니만 한 간 디를 가더니만 앉았더니만 손이로 막 땅을 이렇게 파드랴.

파드니만 계란인가 뭣을 거기다 묻드랴 아, 아니 그때는 한참 이렇게 묻어놓고선 앉았는디 아이 한 시간나 원 올매나 시간이 흘렀는디,

아 여기서 장닭이 울드랴. 그러닝깨 김덕령이 아부지는 그 밑이 가서 인제 엎어져서 인자 본게 들은게,

아 여기서 막 꽥끼오 닭이 울어?

그런게 중국 사람이 무릎팍을 탁 치드랴.

"됐다고. 인자 저 그럴 테지."

그러닝개 김덕령 아부지는 벌써 저 사람이 지관이라고 하는 건 알았어. 그래 미리 후닥딱 집이 와서 인자 생코를 골고 자는 체허구 허닝깨 지관이 인자 왔어.

집으로 왔을 꺼 아닙니까? 그러고서 자고서나 그 이튿날 가드랴. 간다고 하면서,

"내가 수일 내로 아마 올 테니 그때 다시 만납시다." 하구

주인보구 그렇게 인사를 혀. 김덕령 아버지는 지관이라는 걸 알았은게. 그렇게 허라구 그러고서나,

그 중국 사람 간 담이 자기 아버지를 파다가 그 자리를 써 버렸어. 김덕령이 아부지가. 옛날에는 먼저 쓰는 게 임자여. 산도 임자 없었어. 산이 옛날에는.

그래서 파서 인제 묘이를 딱 써버렸어. 김덕령이 아버지를 [2~3어절 청취 불능]

그래 인제 메칠 지났는디 참 중국 사람이 무슨 봇짐자리 하나를 짊어지고 왔드랴. 그게 시신이여. 지금마냥.

그 지관 중국사람의 아버지묘나 할아버지묘나 아마 게 짊어지고 온 모냥이더랴.

봇짐을 짊어지고 오는디 오며 쳐다본게 묘이를 썼거든? 거기 중국 사람이 보니까 그러니께 그 중국 사람이,

"저 건너 묘 누가 썼읍니까?"

물어보거든? 모른다고. 김덕령이 아부지가.

"그 묘 쓴 사람을 한번 만났으면 좋겠다고."

그려요. 왜 그러냐고 그러는게,

"좌향이 잘못됐어요. 좌향이. 좌향을 잘못 놔서 별 소암(효험)을 못 본다고. 한번 만나서 이왕에 버린 묫자리 뺏긴 땅인게 좌향을 좀 일러주고 갔으면 허는 생각이 든다고."

김덕령이 아부지가 거기서 고백을 했어야 했는디 고백을 안 했어. 모른다고 잡아떼버렸어. 양심이 가책되서 그른지 어떤지.

그래 중국 사람이 그냥 가버렸네? 가버린 담이 참 임진왜란이란 난리가 나가주고 김덕령이가 장수로 출군을 했거든?

상놈의 자식이라고 쎠먹들 안 햐. 나라에서 상놈의 자식이라고 술장사 자식이라고.

그래 결국에 가서는 그 역적으로 김덕령이를 죽이게 됐어. 나라에서. 김덕령이를. 그래 역적으로 몰려가주고 김덕령이가 죽게 되는디,

아이 칼로 모가지를 나라에서 잡아다가 쳐도 안 죽고, 창으로 찔러도 안 죽어.

김덕령이가. 그래 나라에서 헐 도리가 없어.

암만 칼로 쳐도 안 죽지 창으로 찔러도 안 죽지. 게 나중에 김덕령이가,

내가 만고충신 김덕령이라고 말이여. 웅? 쓰면 내가 죽지 그냥은 안 죽는다고. 칼이나 이거 뭐 창이나 찔러도 죽질 않는다고 말이여.

그런게 그 어 만고충신 그 김덕령이라고 그래 썼어. 쓰구서나 김덕령이, 그래 인자 죽일라고 허니께 겨드랑이 밑을 떠들고서 날갑지가 있드랴?

거기를 떠들고서 창대로 시 번만 때리면 죽는다고. 칼로 찔러도 안 죽고, 창으로 찔러도 안 죽는다고.

그런 사람을 김덕령이를 죽었어. 나라에서. 상놈의 자식이라고 안 쎠먹고. 그래가주고 임진왜란이라는 난을 일으킨 일본놈들한테 수모를 당했다 이거여.

그래 나라가 그게 옛날에 양반 상놈 그랬던 거 땜에 우리나라가 이조

오백 년 간 아주 그렇게 굴욕을 당했다고.

게 나중이 김덕령이가 이가 죽은, 죽인 다음에 대패로,

"니깟 무슨 만고충신이냐? 임마."

대패로 싹싹 깎은게 깎을수록이 더 윤이 더 나드라 이거여 더, 더 깎으면 깎을수록 더 것이가 더 윤이 나.

그래서 결국에 가서는 내비러 두고서 말았다는디. 그래 후로 김덕령이가 죽은 담이 사백 년 후에 그 후손들이 파묘를 했는디,

눈도 막 부릅뜨고 안 썩었드랴. 사백 년 간 됐는디 김덕령이. 그 역사가 그렇게 전설이 나왔는디.

하여간 사백 년 후에 후손들이 이장을 하는디 눈도 막 앞으로 뜨고 안 썩었드랴.

광산 김씬데. 무등산, 무등산 전라남도 무등산이가 그 묘가 있는디. 그런게 그 못자리는 옛날에 확실히 있었던 가봐 명당이.

김덕령이 그래가주고서나 출세를 못 했잖여?

송구봉을 알아본 이율곡

자료코드 : 08_08_FOT_20100121_HID_JUS_0007

조사장소 : 충청남도 서천군 한산면 원산리 마을회관

조사일시 : 2010.1.21

조 사 자 : 황인덕, 김기옥, 서은경, 육은섭

제 보 자 : 정의선, 남, 84세

구연상황 : 앞에서 김덕령에 대한 이야기를 하고 나니, 송구봉이라는 인물이 떠오른 듯 이야기를 이어 나갔다.

줄 거 리 : 송구봉과 이율곡이 평소에 친하게 지냈다. 율곡의 아들이 자신의 아버지가 송구봉과 친하게 지내는 것을 못마땅하게 생각하였다. 그러나 송구봉의 목소리만 듣고도, 율곡의 아들이 그 앞에서 기어서 지나갔다는 일화가 있다. 율곡의 예언대로 율곡의 아들이 위기에 처하자, 송구봉이 율곡의 아들 목숨을 구해

주었다.

송구봉이는 김덕령이보다 더 혀. 더, 더 알어.

(조사자 : 아 그래요?)

더 아는 사람인디 그 종놈의 아들이여. 송구봉은.

(조사자 : 송구봉은 또 어떤 이야기가 있어요? 또.)

송구봉 이야기는 대단히 모르고 여튼 송구봉이라고 하는 분이, 그 양반 돌아가셔가시구서나, 저 저 명정을 쓰는디 써주는 사람이 아무도 없어.

그래가주고 퇴계 선생, 저, 이 율곡 이이 율곡 있잖녀? 율곡하고 친혀 벗을혀. 송구봉이가.

송구봉의 아들이지만 율곡 선생은 이조판서까지 했어. 그런 양반하고 벗을 했거든?

근디 제게 어멈이 돌아가서 명정을 딴 사람이 암 본도 써준께 율곡 다 써줬댜.

그리고 이, 그 이 저 율곡 선생 아들이 제게 아부지하구 벗을 하는 것을 아주 싫어해 가주고 제게 아부지 이런 이조판서하고 양반 자제 거시기허구,

송구봉은 종의 아들인디 자기 아부지하고 종놈 아들하고 벗을 한게 자게 아부지를 아주 싫어했었어.

그래가주고서나 하도 뭐라고 해나�싼게,

"아이 아부지는 어떻게 그런 사람하고 벗을 헙니까?" 그랑깨

"자격이 부족하면, 인격이 부족허면 헐 수 없는 것이다."

그런깨 송구봉 선생이 율곡 선생보다덤 사람이 이렇게 웃등하게 잘 낫기 때문에 율곡하고 벗을 했어.

그런게 하루, 하루는 말이여,

"너 그러면 그 송구봉 선생이 이, 메칫날 날 온다고 오신다고 약속했는

디, 너 그 양반하고 한번 니가 상대를 해볼래?"

그런게, 그렇게 허시오. 그러구서 지 아부지가 출타를 했어, 율곡이.

그러고서 송구봉의 아들이 참, 저 율곡 아들이 사랑방 지 아부지 있는 사랑방에 앉아서 있는디 바깥에서,

"이리 오너라. 이리 오너라."

해가 소리지르는디 음성에 막 기가 죽어가주고 율곡 선생 아들이 엎어져서 기어서, 기어서 대문을 앞이ㄲ·지 엎어져서 기어갔다는 이야기가 있어.

그래가주고서는 문 열어준게,

"자네 으르신 어디 가셨나?"

그런게, 예 아부지 워디 출타 하셨다고 오디 오디 전에 출타했다고.

인자 지금 말하면 낱박살을 줄려고 한 거여. 지금 말하면 저 율곡선생 아들이 송구봉 선생 낱박살을 줄려고 한게,

낱박살일랑 그만두고 말여, 음성 한 마디에 말여, 지 약빠져가주고서 엎어져서 기어갔다는 거여.

그래가주고서나 워떻게 해여? 인격이 다 모지라니까, 참 그 아마 구시월이나 됐나?

밤콩을 까서 밥을 하고 막 씨암탉을 잡아서 인자 점심대접을 이릏게 했어. 근디 아 이 율곡이 밥 갖다 이케 닭 잡아서 막 밤콩 까서 밥을 한게 맛있은게,

쿵쿵 냄새 맡더니만 그냥 일어나버려? 그 송구봉 선생이. 일어나더니만가. 안 받구서나는 그렇게 기가 막히게 해줬는디.

가면서나 몇 번 돌다 보더랴. 시 번인가. 송구봉이 가면서.

그래 율곡이 인제 저녁 때 와서,

"송구봉 선생이 오늘 오셨데?"

그런게, 왔다구.

"그래. 워트게 했니?"

그런게 사실대로 다 이야기를 했을 꺼 아녀? 그렁개

"그거 봐라. 인격이 나도 인격이 그 사람한테 모지란게 그 사람허구 벗을 허능 거여. 그렇지 않으면 워트게 벗을 하겠냐? 니가 워트게 그런 양반을 상대헌다고. 너, 너는 앞으로 죽겄다. 그 사람, 그 사람 아니면 넌 죽어."

율곡이 그려. 자기 아들 죽는다고.

그래 그래가지구 인제 그 후로 임진왜란 나기 전에 율곡 선생이 돌아가시지 않았습니까?

편지를 써줬어. 자기 아들게,

"니가 꼭 죽게 생겼을 때 이 편지를 응? 써먹어라. 그렇지 않으면 절대 뜯어보지를 말어라."

말이여. 그렇게 유언을 허구 죽었어 율곡 선생이.

그래가주고 그 후로 제게 아버지가 돌아간 후로 임진왜란이 일어나가주고서나 송구봉 선생이 지금이루 말허면,

군인을 뽑는 그 책임자 우리나라 군인을 뽑는 모집하는 책임자가 됐어. 송구봉 선생이. 인자

군대를. 그러니 이제 율곡 선생은 아들 영장을 내보냈어. 너 며칠 날 군인 입대를 해라.

그러니 양반자식이구 본게 안 가네, 안 갔네? 그래 시 번째 보내서 안 오면 직여버리는 거여. 시 번째는 헐 수 없이 갔어.

시 번째까장 안 가면 거시기허니께, 가서 인자 죽는 거여.

시 번째는 인자. 그 사람 말 한 마디면 영영 사형 당하는데. 그래 자게 아버지 편지를 인자 그때 마지막으로 씨먹는 거여. 율곡 아들이.

편지를 인자 율곡께다 인제 바쳤어. (송구봉에게 바쳤다는 말을 잘못한 듯하다.)

이게 율곡 이게 율곡 편지거덩? 율곡허고 자기는 친구 아녀? 송구봉하고. 그래

쳐다본게 이게 율곡의 참 서신인디 뜯어본게 하 백지백이 없어. 백지여. 글씨 한 자 안 쓰고 헐 말이 없다는 거여 친구한테.

내 할 말이 없으니 그대가 알아서 처분, 처신을 해다구 이거여. 송구봉이가 알아듣기론.

그 때 송구봉이가 율곡 아들 보구서,

"야 이놈아, 가 이놈. 너는 느이 애비 아니면 꼭 너를 쥑일려고 작정을 했는디 내 친구 우의를 생각혀서 응, 너를 살려둔다고."

그래서 율곡 아들이 살았댜. 송구봉헌티.

그렁개 송구봉이허구 김덕령이허구 두 사람은 써먹었으면 우리나라가 임진왜란 때 그런 일본놈들한테 굴욕을 안 당했다는 이야기여.

상놈이라고 안 써먹었지여. 종놈의 아들이라고 안 써먹었지.

양화면 족교리 유래

자료코드 : 08_08_FOT_20100128_HID_CHS_0001
조사장소 : 충청남도 서천군 한산면 여사리 마을회관
조사일시 : 2010.1.28
조 사 자 : 황인덕, 김기옥, 서은경, 육은섭
제 보 자 : 차한수, 여, 79세
구연상황 : 앞의 이야기와 같은 상황에서 이어서 구연하였다.
줄 거 리 : 한 여자가 혼자 사는데, 남자가 그곳을 지나게 되었다. 날이 저물어 남자가
         여자가 사는 집으로 들어갔다. 두 사람은 부부의 인연을 맺었다. 그래서 그
         동네 이름이 '좆거리'이다. 옆의 청자가 '좆거리'가 아니라 '족교리'라고 고쳐
         주었다.

거기를 옛날에 인자 집도 외져 시방마루 많두 않고 집이 드문드문 사

는디 그 남자 혼자 사는, 그 여자 혼자 사는디,

밤이 그냥 불을 그냥 키놓구 있는디.

그 남자 하나가 지나가다가 본게 저 거 꼭대기가 막 집이 반짝반짝 불이 샜드랴.

(청자 : 그렇다고 했어.)

잉, 그 여자, 여자가 혼자 있은게 인제 무서운게 불을 셔놓고 있는디,

아 남자가 와서 찾은게 얼마나 무섭겄어? 아, 그래도 무선 중도 모르고 참 인연이 돼서 그러나,

"아 어서 오셨냐구, 들어오시라고."

들어가서 그 남자하고 그 여자하구 참 한 부부가 되어서 살, 살다 죽었댜. 그래서 그이 동네 이름이 좆거리, 좆거리라고.

(청자 : 족교리.)

좆거리라고 이 그 이름이 그래서 그 이름이 좆거리라고 잉 그 이름이 좆거리라고 헌댜.

(조사자 : 그래서 족교리래요?)

예, 그래서 그 이름이 좆거리라고 이름졌대유. 그 동네 이름이 좆거리여. 아 그 소리 듣고 어치게 웃었는디.

(조사자 : 양화면 족교리?)

예. 그렇게 그냥 인연인게 들어오시라고 해갖구 들어왔고 인연이 돼서 백년해로하고 살았지. 그래서 그 동네가 좆거리라고 혀서 이름을 졌대요. 동네 이름이 좆거리라구. 그냥 이름은 뭐라고 하지 거기더러?

(청자 : 역구산, 역구산.)

역구산이라고, 좆거리라고.

(청자 : 좆거리가 아니고 족교리란게.[일동 웃음] 말이 이상하게 돌아가잖여?)

손부락이 아니라 선부락

자료코드 : 08_08_FOT_20100126_HID_HYH_0001
조사장소 : 충청남도 서천군 한산면 여사리 114번지
조사일시 : 2010.1.26
조 사 자 : 황인덕, 김기옥, 서은경, 육은섭
제 보 자 : 황영하, 남, 84세

구연상황 : 마을회관에서 소개를 받고 집으로 찾아가서 이야기를 들었다. 집안에 대한 이
야기부터 주변에 있는 공덕비 이야기 등 교훈적인 이야기를 해 주려는 자세
를 보였다. 자신은 아는 이야기가 별로 없다고 하면서 조심스럽게 이야기를
꺼내는 편이었다. 조사자들이 던지는 이런저런 질문과 관련하여 이야기의 서
두를 시작하였다.

줄 거 리 : 마을에 있는 교회 근처를 사람들이 '손부락'이라고 하는데, '선부락'이라는 표
현이 올바른 표현이다. 무슨 일을 하더라도 사람들이 그곳에 모여서 의논을
하고, 해도 제일 먼저 뜨는 곳이라서 그렇게 불렀다. 지금은 사람들이 그것을
몰라서 엉뚱한 곳을 첫 번째로 치고 있어서 문제가 있다.

저짝에 가 저 교회 있는디 편 보면은 그저, 손부락이라고 말을 허는디,
손부락이가 아니라 그게, 우리가 볼 적이는 선부락 같아요, 그게 선부
락.

여기뿐 아니라 선부락이라는 데가 딴 디도 있거든, 이게.

동이, 저, 먼저 저 해 뜨는 디, 거기 동쪽 보고서 인자 먼저 선 자, 인제
선부락이라고. 하거던 인제.

그전이 서천신문에는 손부락이라구, 손을 뻗친 것처럼 여가 뻗쳤거든
여기가.

손 뻗쳐서 그렇게 손부락이라 했다구 그런 얘기 누가 얘기했나 그러드
먼 그게 아니고,

제가 볼 때는 인제 선부락. 그 저기가 먼저 인제 거기서가 일반 거기서
부터 일반에 있어서 우리가 선부락, 그렇게 먼저부텀, 먼저기 땜이로.

(조사자 : 먼저 생겼다고요?)

예, 아, 먼저 생긴 게 아니라, 거기서부텀 인자, 뭐든지 인자, 인저 일 같은 거 허드래도 거가 모이고 다들, 그랬지요 인자.

(조사자 : 예에, 선부락이라고요.)

선부락. 먼저 선 자. 선부락. 해가 먼저 뜨구 허닝개 그렇죠 거가.

그기 일반이고, 그랬었는데 지금 와서는 그것이 몰라갖고, 않구서는 여기가 인자 딴, 일반이 저짝 패로 가,

저짝 뜸이, 거기가 삼반이었던 디가 일반이루덜 맨들어 놓고 허두만,

그게 잘 몰라서 그렇게 헌 거 같아요. 그게 들. 젊은 사람덜이.

여사리의 유래

자료코드 : 08_08_FOT_20100126_HID_HYH_0002
조사장소 : 충청남도 서천군 한산면 여사리 114번지
조사일시 : 2010.1.26
조 사 자 : 황인덕, 김기옥, 서은경, 육은섭
제 보 자 : 황영하, 남, 84세
구연상황 : 마을에 대한 유래나 인물에 대한 이야기를 들려 달라는 조사자의 요청에 따라 아래의 이야기를 들려주었다.
줄 거 리 : 한산면이 한산군이었을 때, 여사리 일대를 사곡이라고 불렀다. 그런데 사(思) 자와 은(恩) 자가 비슷하게 생겨서, 한자를 모르는 사람들이 '은곡'이라고도 불렀다. 한산면이 되면서 여사리라고 명명하였다.

그러구 여사리 유래가 그러구 또 여기 그 뭐여,

공적비 옆이 거기가 유래 거가 있을 거여. 마다 그것 맨드느니라고 막 몇 번 거시기 했구먼은.

내가 거시기해 갖고 초안 잡아갖고 거기다 써 놓은 건디 그게. 사곡이라고 했시요, 여기는. 한산 서천군.

한산, 한산군헐 때, 그면 한산군, 한산군. 여기가 한산면이 아니라 한산

군이었었어요.

그래갖구 사곡, 사곡이라 그랬지요.

(조사자 : 한산군 사곡이요?)

네, 저, 생각 사 자하고, 골 곡 자하고. 이것도 저, 젊은 사람들이 어째 잘못 혔나 여기 군지, 이 체육관에 있더만,

군, 군에서 인자 나온 것 보니까 그건 은곡이라 했더먼, 은곡이 아니라 그게 은 자하고, 사 자하고는 쪼금 차이가 인자,

한문 그거 잘 몰르는 사람들은 인자 그게 혼동이 되지 이게 인자,

은 자하구, 사람 인 자하고 열십 자, 인제 그거, 틀리기 땜이로,

생각 자 자허고 은혜 은 자허고는. 사곡이거든 여가?

(조사자 : 예에.) 한산면, 인자 서천군 인자, 한산면 할 제, 인자 여사리로 됐던 거예요.

모를 심는 도깨비불

자료코드 : 08_08_MPN_20100128_HID_KYS_0001
조사장소 : 충청남도 서천군 한산면 마양리 마을회관
조사일시 : 2010.1.28
조 사 자 : 황인덕, 김기옥, 서은경, 육은섭
제 보 자 : 김양순, 여, 86세
구연상황 : 앞의 이야기와 같은 상황에서 이어서 구연하였다.
줄 거 리 : 시아버지가 소 팔러 가고 난 뒤, 두 아들이 마중을 나갔다. 불이 여러 개 반
짝여서 모를 심고 일어나곤 하였다. 도깨비불을 본 것이다.

어렸을 때. 어렸을 때. 참 지금 참 저 세상을 뜨셨구만. 어렸을 때. 거
시기 우리 형님이셔.

근디 그런디 인자 형제간이잖여? 우리집 주인네허구 이 형님네 형수님
허구. 우리 아버님이 소를 인자 팔러 가셨는디 소 팔러 가셔가주고서 아
인저 저물은 거여.

저 먼 여기서 먼 거리,

(조사자 : 머니까?)

먼디루 인자 걸어서 옛날에는 걸어다니니까, 지금은 소 저 차에다 실고
가지만.

그래, 그래서 그냥 인자 가셨는디. 소 팔아가주고 올라면 돈을 인자 하
여튼 지금도 소끔이 비싸지만 옛날에두 소끔이 비싸잖유?

그런게 손 돈을 많이 가져오실 테니까 인자 옷이다 강도 만날깜 무선
게 그런게 인자 아들덜이 인제 마중을 나갔데유. 저 어디라고 하더만?

어디까지 그냥 마중을 나갔는디. 그런디 그냥 오디서 불 하나가 빤짝

생기더랴.

그러드니 그 불이 쪼르륵 퍼져가주고서 수십 명이 그냥 되야가주고서, 그래가주고 밤이. 그래가주고서 그냥 퐁당 퐁당 퐁당 전부 엎드려서 족 엎드려서, 모 심고 또 일어나서 또 건너가서 또 심고 족족 서서 그냥 빨 간 불이 그렇게 모를 심더래유.

그래서 아이구, 인자 동생이 형더러 형님 저것 좀 봐. 저기 도깨비들이 저렇게 모 심는다구. 그런게 무서워 죽겠구만. 왜 그런 소리 허니?

형이 인자 동생더러. 무섭구만 왜 그런 소리 허냐구? 그러드래유. 그런 디 분명히 그냥 도깨비불이,

그렇게 첨에는 하나루 시작혀가주고 몇 수십 명이 돼가주고, 그냥 불 빤하게 그냥 하나하나가 다 그냥 그렇게 그냥 퐁당 퐁당 퐁당 모 심드 래유.

그냥 빤히 보이드랴. 그린디 그렇게 도깨비 불을 봤다고. 저녁에 오나 서 이야기를 허더라구요.

그래서 참 진짜 그냥 도깨비불이 그렇게 봤다고 얘기를 허면서, 도깨비 가 옛날에는 그게 어디서 생기는 것인가 몰르겠다구 그랬더니,

소똥, 소똥에서나 벌레가 생겨가주고 그 벌레 그 반딧불 그것이 그냥 도깨비불로 그렇게 변사해갔구.

옛날에는 그렇게 해가주고 그냥 그렇게 번식을 해가지구 그렇게 됐다 구. 그런 이야기 허더라구요. 그런디,

(청자 : 빗지락 자락도 된다고 했어. 옛날에는 빗지락, 자락도.)

빗지락 자락 탄 것도 어따 버리면 그것이 도깨비 돼가주고 그냥 그런 역할을 허구, 그냥 도깨비짓을 허구 그랬다고, 그런 얘기 옛날이 허더라 구요.

그런디 우리집 주인네는 확실히 봤다고 그냥 얘기를 그냥 허더라구.

구렁이 나타나고 망한 집안

자료코드 : 08_08_MPN_20100128_HID_KYS_0002
조사장소 : 충청남도 서천군 한산면 마양리 마을회관
조사일시 : 2010.1.28
조 사 자 : 황인덕, 김기옥, 서은경, 육은섭
제 보 자 : 김양순, 여, 86세
구연상황 : 앞의 이야기와 같은 상황에서 이어서 구연하였다.
줄 거 리 : 마을에서 잘 사는 집에서, 담장을 새로 이려고 볏짚을 들추어내니 큰 구렁이
가 나왔다. 그렇게 구렁이가 사라지고 난 뒤, 그 집 사람들이 죽기 시작하여
지금은 한 명만 살아있다.

엮어서 그냥해서 그렇게 해서 덮잖여? 그러는디,

(조사자 : 누구집에요?)

그 사람네 집. 없어졌슈. 인자 참 아예 그냥 사람도 다 떠나고 읎어. 그
런디 잘 살았어. 옛날에는.

그런디 잘 사는 집인디. 그 집이 인자 사람 사서 일을 허잖아유? 잘 사
는 집이니까.

그러는디 그냥 담장을 해일을라고 다시 그냥 볏집, 집 다시 인자 농사
져서 나왔으니까 다시 해서 덮을라고,

이렇게 묵은 놈 걷을라고 헌게 구랭이가 큰 놈이 그냥 거가 있드랴.

그런디 그냥 인자 그 오래된 놈인게 걷어 내린게, 그 구렁이가 그냥 나
와서 그냥 피해서 어디로 가뻔지드래유.

그랬는디 그 집이 그냥 그렇게 사람도 다 절단나고. 그냥 그렇게 읎어.
그냥 워트게 하나 남아서 사나 몰라?

망했어. 망해버렸어.

[청자들 사이에서 그 집이 망했다는 소리가 이어지고]

(청자 : 저 뱜이라는 동물이 별로 좋지 않은 동물이여.)

(청자 : 그 집에 아들 하난가 살았다고 허대? 그런 것이 눈이 띄면 주인

네도 그냥 뜨이거든, 눈이 그러면 그게 참 좋덜 안 혀. 가정이, 뱀이.)

홀연히 그냥 병 걸려서 그저 아들이 죽고, 그저 그냥 며느리도 그저 병 걸려서 죽고, 그냥 그렇게 그냥 그래가주고,

다 가족이 다 그냥, 지금 하나 남았나? 그 집이?

(청자 : 하나 남았어.)

하나 남았어? 하나 남았다고 허더라구. 아들 딸해서 많앴거든? 그런디,

(청자 : 재산 없어지고 식구 없어지면, 그게 망한 거지. 망한 거여.)

도깨비불을 만난 남편

자료코드 : 08_08_MPN_20100126_HID_KOC_0001
조사장소 : 충청남도 서천군 한산면 동지리 260-3번지 마을회관
조사일시 : 2010.1.26
조 사 자 : 황인덕, 김기옥, 서은경, 육은섭
제 보 자 : 김옥출, 여, 82세
구연상황 : 조사자들이 마을회관을 방문한 목적을 말하자 입구에 앉아 있던 화자가 제일 먼저 꺼낸 이야기이다.
줄 거 리 : 오래 전에는 도깨비불이 나타나곤 하였다. 남편이 친척의 행사에 참석하고 집으로 돌아오는 길에 도깨비를 만나 오는 동안 내내 이야기를 하면서 왔다고 한다. 중간에 아는 사람을 만나 그 사람이 집에 데려다 주었다.

인저, 인자 비가 궂은 비가 오고 허면은 저런 디 포장 안 되구서는 인제 비포장 했을 때, 막 참 도깨비불이 쪽- 왔다갔다 했거든요?

그 저기 그전이, 거시기 친정 아줌네 상아리께서부텀 막 돌 몇 개 가져가면서 치워주래서 쪽- 왔다갔다 그냥 그러면,

우리덜이 모시허다 궂은 비 축축 오믄 내다보고,

"힉, 저기 도깨비불 간다." 또 홀린 양반도 있었어. 도깨비한티. 우리 영감. 우리 영감이 한 번,

(조사자 : 어떻게 홀렸어요?)

저기 인저, 갈마뫼라는 데가 저 아래 있거든요?

지금 갈마뫼, 뫼라라는 데가 거기 목욕탕 생긴 데, 연복. 거기 쭉 보니까 인저 우리 영감 이모댁이 환갑인디,

갔다 오시다가 인제 술을 많이 잡수고 오시는디, 가막절이라는 디서 홀렸어.

홀려 가지구서는 막 도깨비라 그랬는지, 당신 술짐이[술김에] 그랬나 어쨌든,

(청중 : 아는 사람이드라며, 그 사람이.)

이, 저기 거시기 저 아니여, 아는 사람이 아니라, ○○○ 뒷집 벽이서 인제 거기 서서나 원산 아자씨네를 불렀더만.

그때 술이 깬게 정신이 나갖고. 그리서 원산 아저씨가 가서 데리고 내려오셨다고 그렇게 얘기 한 번.

(청중 : 얘기를 조랑조랑 혀가며 하냥 오셨다며, 그 도깨비허구.)

잉. 이북(의복)이 다 찢긴 거야. 솔나무루 다 그렇허면서. 그런 일이 한 번 있었구.

우리들 모시 헐라믄 참, 도깨비불이 그냥 켜있구,

우리들 어려서 클 때두 보면, 저 장항, 장항 가는 디, 계동, 기차역 저기서 쪽- 도깨비불이 켜서 그 외똔 집이서 어쨌던 외똔집이 불을 켰어, 등잔불.

켰을라믄 그 도깨비불이 가서는, 우덜 어렸을 때는 그 집이가 불, 불, 등잔불이서 찍어갖구 나온다 했어.

그집 불이 꺼지믄 도깨비불이 켜지구 그 집이. 그런 일은 있었지.

재수없는 땅고개 귀신

자료코드 : 08_08_MPN_20100126_HID_KOC_0002
조사장소 : 충청남도 서천군 한산면 동지리 260-3번지 마을회관
조사일시 : 2010.1.26
조 사 자 : 황인덕, 김기옥, 서은경, 육은섭
제 보 자 : 김옥출, 여, 82세

구연상황 : 마을에 대한 이야기를 들려달라고 하자, 아래의 이야기를 구연하였다. 마을
　　　　　사람들 중 많은 사람들이 땅고개라는 곳에서 각기 다른 무서운 경험을 한 일
　　　　　이 있어서, 여전히 그곳은 무서운 곳으로 인식되고 있다. 청중들의 공감이 이
　　　　　를 말해준다.
줄 거 리 : 동네의 어떤 사람이 딸을 시집보내려고 솜을 사서, 땅고개를 넘게 되었다. 솜
　　　　　을 이고 그곳을 지나는데, 이고 있던 솜이 땅에 자꾸 내팽겨 처지는 바람에
　　　　　겨우 솜을 이고 집으로 돌아왔다. 다음 날 그곳에 가보니, 여기저기 솜이 찢
　　　　　겨 있었다. 그 솜으로 혼수를 장만해 시집간 여자는 재수가 없었다.

이 동네사람인디, 딸을 여윌라구 인저 군산 가서 그 전이는 솜이 귀했
으니까,

솜 사가지고 올러 오는디, 밤이 인저 그 놈을 이고 오다 내패고,

또 줏어서 이면 내패고,

(청중 : 그건 옛날 얘기가 아냐. 이게 아주 좀 우리들 현상 본 거지.)

우리 각시 때 현재 본 거야. (조사자 : 예에.)

그냥 해갖고 그 솜이루 시집이를 해가지고 가니 재수가 없었잖아?

(조사자 : 그래갖고 솜을 이고 오다가.)

잉, 그렇게 해갖구서는 인저 날 샌데 가본게 웬 밭이가 솜이 다 찢어져
버리고,

다 그냥 헌거야. 그 도깨비허구 씨름해쌓구서는.

인자 솜짝 내려진게 또 이구, 또 내려패면 또 이구 그래서.

거기에 지금 무서운 디여, 지금 집 한 채 짓구 살은게 그러지.

늑대에게 물려 죽은 사람

자료코드 : 08_08_MPN_20100126_HID_KOC_0003
조사장소 : 충청남도 서천군 한산면 동지리 260-3번지 마을회관
조사일시 : 2010.1.26
조 사 자 : 황인덕, 김기옥, 서은경, 육은섭
제 보 자 : 김옥출, 여, 82세
구연상황 : 앞의 이야기와 같은 상황에서 이어서 구연하였다.
줄 거 리 : 두 사람이 고사리를 꺾으러 산으로 갔다. 한 사람의 모습이 보이지 않자 다른
사람이 그를 불렀더니, 큰 개 때문에 움직일 수 없다는 소리가 들렸다. 이 소
리를 들은 사람이 마을로 내려가서 사람들을 데리고 올라와 보니, 이미 그는
늑대에게 물려 죽은 상태였다. 작년에 부여에서 생긴 일이다.

고사리 꺾으러 가서 저기 늑대한테 물려 죽은 사람도 있잖아?

(청중 : 지금은 산돼지가 많이 나오지만 그때는.)

(조사자 : 그 얘기 좀 해주세요, 그 얘기 좀. 그 얘기 좀.)

그 얘기는 우리덜이 현재 안 보고 들은 소린데, 부여 사람이 그랬다고.

(조사자 : 괜찮아요. 그래도 한번 해주세요.)

잉. 거기 고사리를 꺾으러 갔는데, 둘이 갔는데, 저기 한 사람이 영 안
오드랴.

그서 한 사람이 안 와서 인자 하냥 같이 간 동행이 인저,

"아무개야, 아무개야."

불르니까,

"아이구, 나 여기 큰 개 땜이 못 간다고. 그렇게 큰 개 땜이 못 가겄다
고."

헌게 인저, 그 사람이 집이 와서 그 얘기를 헌게,

인저 동네사람들이 올라가 보니 벌써 죽었드랴.

그걸 작년이 들었잖아? 작년이 나왔던 소리여. 응, 작년이.

(청중 : 손욱인가 순옥인가 누구 시아버니 다 껍데기만 남았다고 안

혔어?)

　(조사자 : 부여에서 실제로 그랬다고요? 부여에서 작년에 그랬다고요?)

　예, 고사리 꺾으러 가서.

　(청중 : 여수랑. 여, 여순가, 늑댄가 그랬다구.)

　(청중 : 다 뜯어먹었대.)

　(청중 : 개라고 했응게 여수지.)

약초 혼자 캐다 죽은 욕심 많은 사람

자료코드 : 08_08_MPN_20100126_HID_KOC_0004
조사장소 : 충청남도 서천군 한산면 동지리 260-3번지 마을회관
조사일시 : 2010.1.26
조 사 자 : 황인덕, 김기옥, 서은경, 육은섭
제 보 자 : 김옥출, 여, 82세
구연상황 : 마을에 관한 이런저런 이야기들이 오가다, 아래의 내용을 구연하였다.
줄 거 리 : 어떤 사람이 다른 사람보다 약초를 더 많이 캐려는 욕심에, 약초 많은 곳에
　　　　 몰래 갔다가 지뢰를 밟는 바람에 죽었다. 시체 또한 제대로 추리지도 못 하
　　　　 였다.

　식구들이 몽땅 인제 약초 캐러 가는디, 그 저기 그 양반은 여수같이 약잖여? 그래

　친구들 밥 먹는디 살짝 옷 벗어서 걸어놓고 당신 혼자만 갔던가비더만.

　약초 그 많이 있는 디를.

　(청중 : 응 많이 있는 디를.)

　응. 캐러 가서 요렇게 요렇게 엎어져서 캐다본게 지뢰 밟아서 터져서 죽은 거여.

　그건 뭐 옛날 그것이도 아니고 얼마 안 되지.

　그래갖고 죽었는디 인제 막, 그 군부대들이 다 나와서 헬리콥터로 뭘로

다 조사혀두 못 찾었는디,

진규 우리 건너 마을, 개가 별자리 아니가디? 개가 인제 군인 다 총부
혀가지구서는 찾았다허드만.

그런데 이 가심이[가슴이] 다 널러가 버리고 아무 것도 없어서 그냥 뼈
만 쪼메 갖다가,

(청중 : 순애기 시아버지가?)

참, 순애기 시아버지. 순애기, 큰 딸. 상두 아버지.

사돈집 광에 갇힌 친정아버지

자료코드 : 08_08_FOT_20100126_HID_KOC_0005
조사장소 : 충청남도 서천군 한산면 동지리 260-3번지 마을회관
조사일시 : 2010.1.26
조 사 자 : 황인덕, 김기옥, 서은경, 육은섭
제 보 자 : 김옥출, 여, 82세
구연상황 : 마을에 사는 특이한 사람들에 대한 이야기가 오가면서, 들려준 이야기이다.
줄 거 리 : 딸을 데려다 주려고 사돈집에 갔다가, 술을 많이 마시는 바람에 실수를 할까
봐 광에 갇혀 있다가 술이 깨고 난 뒤에 집으로 돌아온 사람이 있다.

바향 가갖고 하두 술을 취했은게 광에다 가둔, 가둔 사람도 있기는 있
어.[일동 웃음]

딸이가 친정집이서. 그러면 인제 술을 많이 먹고 취혀갖고 인자 거가
실수해싼게 광에다 가뒀다는 소리,

그런 건 얘깃거리도 아니잖아?

시집가는, 바향 갔다가, 거기 인제 술좌석이 질고[길고] 했은게,

술좀 취했은게 인제 거기서 갈팡질팡 허고 보니 갖다 가뒀던가벼 광에
다. 실수헐까미.

그래갖구 술 깨갖구 왔잖어?

(청중 : 누가 그렸어?)

완복이네 아버지가 그랬잖여?

(청중 : 잉?) [놀라며 일동 웃음]

(청중 : 환장허겠네. 완복이네 아버지 시방 팔십닛인가 다섯인가 되잖
아?)

지금... (청중 : 다섯?)

잉. 그렇게 되야.[일동 웃음]

그러게. 그 사람은 현재 지금 살아갖고 아퍼 갖고 지금 저기 가 있지.
노인정 병원에 가 있어. 다섯? 다섯 잡쉈디야. 팔십 다섯.

월성산 쌀가마니

자료코드 : 08_08_MPN_20100126_HID_KOC_0006

조사장소 : 충청남도 서천군 한산면 동지리 260-3번지 마을회관

조사일시 : 2010.1.26

조 사 자 : 황인덕, 김기옥, 서은경, 육은섭

제 보 자 : 김옥출, 여, 82세

구연상황 : 마을회관이 있어서 좋다는 이야기가 한동안 오갔다. 그리고 지금은 마을회관
에 먹을 것이 떨어질 날이 없다는 이야기가 나오자, 회관에 쌀을 가져다주는
사람이 있다고 하였다. 그 사람을 '월성산 쌀가마니'라고 부른다.

줄 거 리 : 마을에 가난한 사람이 있었는데 병을 앓고 있었다. 누군가가 쌀가마니를 줄
테니 월성산에 올라가라고 하였다. 힘들게 쌀가마니를 지고 산에 올라갔는데,
좀더 가라는 말을 듣고는 죽을 힘을 다해 더 올라갔다. 그랬더니 쌀가마니를
주면서, 가져다 먹으라는 것이었다. 그는 그 쌀을 먹고 난후 큰 부자가 되어,
지금은 여기저기 쌀을 대면서 좋은 일을 하고 산다.

우리 동네 마을 사람이요, 지금 현재 있는 사람인디 하두 가난해서,
가난해서 불쌍허고, 부락에서 인제 불쌍허고 구제해 줄 수는 없고 그

사람이 신부전('신부전증'을 의미함)이 있다고 해서,

쌀 좀 한 가마 지고 너 월성산오루 올라가라, [청자들의 잡담이 잠시 이어지고]

잉, 인저 그런 얘기가 얘기여.

(조사자 : 예, 그렇지요.)

그래서 얼, 너 이 쌀 한 가마 줄터니 월성산이루 올라가라 한게, 거기 세제 방앗간이라는 데가,

제법 월성산하고는, 월성산이 저기 높은 산이에요.

(조사자 : 네, 네.) 거기서 이렇게 이렇게 해서 갈라믄 겁나게 거리가 멀아.

높은 꼭대기구 그런게. 그 없으니까 내가 져다 먹는다구를 했디야.

혀서 그 쌀을 한 가마니 쥐어서 주구서 뒤를 졸졸 따라간게 월성산이라는디 중태라 간게, 원판 못 가겠었나 돌아다 보드랴.

(청중 : 거기가 원판 어려운 디여.)

(청중 : 아니야, 그게. 지게 다리가 땅 닿으면 안 된다구 그랬어.)

그렁께 그냥 들구.

(청중 : 그런데 이저 쉴라믄 돌아서, 돌아서면 이짝이가 얕차운게 다리가 안 닿잖여? 뒤돌아서 한참 섰다가 갔는디 올라간게 여기서 저만치 더 가라구 허드래유.)

그려, 그려서...

(청중 : 그런디 막 하늘도 땅도 노란허니 안 보이드랴. 그렇지만 거까지 올라갔는데,

어떻게 그거 그냥, 거까지 막 갔다 정신없이. 그랬더니 그 사람 쌀가마니 주더랴.)

○○까지 인제 너 거기다 그 놈을 바쳐놔라.

거기다 인제 덜렁 올라가지 말고, 그 쌀을 거기다 바쳐놓고 도로 지구

내려가서 먹으라 혔어. 그서 그 쌀을 갖다 먹구,

부자가 되어가지고 여기 집을 샀어요. 여기 신양에. 집을 사서 사놓구, 여기 당산지라는 큰 방아를 혀. 그래갖구 그 사람이 여기 회관 마을회관을 쌀을 대여.

인자 우리들 혀 먹으라고. 저 몇 개 부락을 대여.

(청중 : 지금 막 부자가 됐어요. 아주 부자가 됐어요.)

지금 현재 살아있어 갖구 그렇게 좋은 일을 허구 살아요.

워낭 없이 살아가지구. 그런게 아주 오믄 여기서도 다 이냥 어디든지 가믄 원산까장 다 마을, 다 쌀을 돌라.

그 양반이. 일 년에 한 번쓱. 그러구 여기는 대다시피 혀. 그케 허구 살어.

그런 것이 얘기지 뭐. (조사자 : 그래요, 그래요.)

노무현이 대통령 되던 날 뜬 무지개

자료코드 : 08_08_MPN_20100126_HID_KOC_0007
조사장소 : 충청남도 서천군 한산면 동지리 260-3번지 마을회관
조사일시 : 2010.1.26
조 사 자 : 황인덕, 김기욱, 서은경, 육은섭
제 보 자 : 김옥출, 여, 82세
구연상황 : 앞의 이야기와 같은 상황에서 이어서 구연하였다.
줄 거 리 : 이른 아침에, 일을 하러 가다가 무지개가 떠 있는 것으로 보았다. 마을 사람들 몇 명이 같이 보면서 참 이상한 일이라고 하였다. 그날이 노무현이 대통령이 된 날이다.

노무현 대통령되던 날 우덜 그냥 일하러 가는디, 7시 경에 그때 차, 버스가 차가 가잖여? 그냥 일찍 가는디,

(청중 : 그때가 참 이상허다 했어.)

동쪽이가 딱 무지개가 그냥 섰드라고. 노무현 대통령이 되던 날.

(조사자 : 되던 날이요.)

잉, 그래서 그걸 보고 참, 이상하다 했거든? 참말로 그때 이상허게 그래. 그때 그냥.

뒤에서 월미 언니가 거기 그거까 혔거든. 그랬더니 됐더라구.

그더니 그냥, 또 쉽게 죽대. 그이 참 이상하다 했어, 그때. 그 무지개는.

무슨 뭐, 아, 저녁 때 허구 쓰구, 낮이 무지개 뜨드래두 식전에 무지개 뜨는 디는 없거든? 그린디 그날은 우덜만 봤을 거여. 그 무지개.

시재 아빠가 참 저 이상하다.

(조사자 : 어디 쯤에서요?)

저기 세도, 저기, 비정, 비정린가 어디, 거게?

거먹갠가 가는디 거기서부텀 무지개가 떴드라구.

우덜이 새도로 일허러 가는디 강경 다리 밑이로 가는디. 응, 그서 봤어요.

여사리 점쟁이의 신통

자료코드 : 08_08_MPN_20100126_HID_KOC_0008
조사장소 : 충청남도 서천군 한산면 동지리 260-3번지 마을회관
조사일시 : 2010.1.26
조 사 자 : 황인덕, 김기옥, 서은경, 육은섭
제 보 자 : 김옥출, 여, 82세
구연상황 : 마을 사람들에 대한 이야기가 오가다가, 아래의 이야기를 들려주었다.
줄 거 리 : 여사리에 한 점쟁이가 있었는데, 하루는 자신의 사돈이 꼬꾸라지는 꿈을 꾸었다. 그리고는 올해 사돈이 죽을 것이라고 하더니, 과연 그 해에 사돈이 죽었다.

그 사둔댁이 죽을 해에 꿈을 낀게, 막- 그 사람은 꿈이 영락없이 맞추드라고.

꿈을 낀게, 사둔양반 꿈을 낀게, 막- 말을 타고 가드랴.

사둔양반이 가더니 그냥, 팍- 꼬꾸라져버리드랑깨. 그타고 올히[올해] 죽었다고 썼더니 그해 죽대 참.

그냥 그렇다고. 좋은 디로 갔네비라고 그래썼더라고. 그때 점쟁이였거 든? 여사리서, 점쟁이.

작년이 죽었지?

(청중 : 한참 됐을 걸?)

분명히 작년에 죽었을 거여. [죽은 시기에 대해 여러 사람들의 의견이 잠시 오가고]

작년 그러끼나 죽었겠네. 그렇게 꿈이 뵜다구, 죽겄다구, 못 일어날 것 같다고 해썼더니 참, 죽대.

그니, 꿈도 그런 사람은 영물허게 그냥 뀌더라구.

모시 광주리를 던져버린 시어머니

자료코드 : 08_08_MPN_20100211_HID_MBJ_0001
조사장소 : 충청남도 서천군 한산면 송산리 마을회관
조사일시 : 2010.2.11
조 사 자 : 황인덕, 김기옥, 서은경, 육은섭
제 보 자 : 문봉자, 여, 83세
구연상황 : 젊을 때 힘들게 모시 짰던 이야기가 오가자, 문봉자 화자가 아래의 이야기를 구연하였다.
줄 거 리 : 아이 키우며 힘들게 살면서도 모시 일을 하였다. 하루는 시어머니가, 일을 한 분량이 조금밖에 되지 않는다고 모시 광주리를 마당에 던져버렸다. 그러고는 모시 꾸러미를 주워 오라고 하자, 며느리는 그것이 시궁창에 빠졌다고 거짓말 을 해서 위기를 넘겼다.

모시를 혔는디, 봄판, 인자 늦인, 늦인 봄판인가 일른 봄판인가 되야,

인제 문 열어놓고 모시헐 땐게.

그런데 애 데리구 모시는 많을지, 애 데리구 저녁에 쬐끄메 헌 걸, 인제 보태서 쏟으야 혀, 여럿이 헌 놈을.

갖고 오라게서 갖다 드렸더니, 부엌이서 나는 밥 허다가 인자 갖다 드렸더니,

우리 시어머니가 모시 광주리 쳇바퀴를 냅다 마당이다 던졌어.

(청중 : 고거 했다고?)

쬐메 했다고.

(청중 : 그런게.)

떼굴떼굴 둥글어가네? 이놈의 모시가. 그런게 다 흩트러지. 나는 속이서 열불 나서 그놈을 걷어다가 막 부엌짝이다 넜어.[일동 웃음]

그러는디 저 우리 시어머니가,

"그 모시 걷어와!" 그러시대? 그래서,

"부엌짝이다 넜어요."

그랬더니, "저런 당돌한 년 봐?"[일동 웃음]

거기서 앞, 인자 부엌문 앞이가 시궁, 인자 부엌이서 내삐는 물이 있어.

"그 시궁창에 빠져서 그걸 어떻게 개려유?"

그랬드니 암말두 안 허시드랑게. 그려서 넘어갔당게 그냥.[일동 웃음]

시궁창에 빠지지도 않았는데, 내가 열불 나서나 걷어다 부엌짝이다 넣는디,

갖고 오라고 허시길래 내가 부엌짝이다 넜어유 그랬더니,

당돌한 년 보라고 허시대. 그래서,

"시궁창에 빠진 걸 어떻게 개래유?"

그랬더니 암말 안 하시드랑게. 그래서 넘어갔당개.

(청중 : 그런게 내가 잘못혔다 혔구만 그래, 시어메가.)

응.

염한 뒤 다시 살아난 노인

자료코드 : 08_08_MPN_20100211_HID_MBJ_0002
조사장소 : 충청남도 서천군 한산면 송산리 마을회관
조사일시 : 2010.2.11
조 사 자 : 황인덕, 김기옥, 서은경, 육은섭
제 보 자 : 문봉자, 여, 83세
구연상황 : 꿈에 대한 이야기가 오가고 난 뒤, 문봉자 화자가 아래의 내용을 구연하였다.
줄 거 리 : 한 노인이 있었다. 죽은 줄 알고 사람들이 염까지 다 해놓았다. 그런데 다시 살아나서 하는 말이, 이미 죽은 어떤 사람이 아직 올 때가 아니라고 해서 다 시 살아났다고 하였다.

그때 노인네 있었어요.

(청중 : 옛날 거게. 옛날.)

옛날 노인 양반. 그런데 그 노인네가 꿈이, 영기 어메가 먼저 죽었잖유?

(청중 : 잉, 잉, 그렸어.)

그런디 꿈이 자기가 그냥 외나무다리를 타구 넘어갔디야, 그랬더니 영기 어메가,

아씨가, 아이구, 성님이라나 동세라나,

"아이고, 아직 올 때 안됐다고 빨리 가라구, 빨리 가라구." 드랴.

가라구 허면서나 강아지를 한 마리 주드랴, 뽀얀 놈.

그래서 그 눔을 들구서 이렇게 오는디, 아이 이 강을 건너 오니랑게 막, 물에 톰방 빠졌대. 그래갖구서나 깜짝 놀랬드니 자기가 그냥 저기혔디야,

터졌댜 인자 이거 염헌 것이. 그전이두 그려쌌드라구, 우리 어머니랑도 얘기허드라구.

그래갖구서는 살아났다 허대? 그래서나 그냥 허리가 꼬부라졌다구 허드라구.

(청중 : 허리 안 꼬부라졌는디.)

시어메.

(청중 : 시어매가 허리 꼬부라졌어.)

그런께 시어매가 그랬대유.

(청중 : 저 양반 웃동네서 살아서 잘 몰르지.)

(청중 : 난 웃동네서 살았은게 그땐 몰랐지 잘.)

그래서나 살아났디야. 그래갖구 그냥 그랬다구 그러대. 영기 어메가 가라구드랴.

"빨리 아직 올 때 안 됐다구."

(청중 : 그 말은 있었어, 누군, 누군지는 모르는디. 그런 얘기는.)

영기 어메가 가라구드랴. 빨리 아직 올 때 못 됐다구. 그래서나 봤더니 막,

사람들이 저기 해쌌고 그러드랴. 일어나 봤더니. 그래서는 살아났다 허대.

그래서나 그냥 허리 꼬부라졌다구 허드라고. 옛날 어른들 말이.

눈앞을 가리는 차일귀신

자료코드 : 08_08_MPN_20100211_HID_MBJ_0003
조사장소 : 충청남도 서천군 한산면 송산리 마을회관
조사일시 : 2010.2.11
조 사 자 : 황인덕, 김기옥, 서은경, 육은섭
제 보 자 : 문봉자, 여, 83세
구연상황 : 이야기를 한번 시작하자, 연이어 구연하였다.
줄 거 리 : 하루는 저녁을 먹고 산에 올라갔는데 가지고 간 불도 꺼져 버리고, 주변이 갑자기 어두워져서 사방을 분간할 수가 없었다. 겨우 마을에 내려와서 물어보니, 그곳이 채알 귀신이 나오는 데라고 하였다.

옛날이, 내가 저녁 먹고 옛날이 다우다 치마 입었잖여?

(청중 : 그랬지.)

다우다 치마. 병등, 옛날엔 병등 있었어. 병등을 들구서 막산에 이리 올라섰데니, 막 거기 막 올라서,

이렇게 내려올라구 헌게, 불이 톡 꺼지네? 그런게 더 캄캄허지.

(청중 : 그렇지.)

아이고, 집이 가서 써갖고 오까, 어쩌까 서서 허다가,

"에이, 그냥 가야지!"

허고 내려 온구렁 거기 이렇게 하는디 내려왔는디는 이놈으 거이 암 것도 안 보여.

(청중 : 컴컴헌게.)

(청중 : 채알귀신이구만.)

응.

(청중 : 캄캄한게 뵈야지.)

(청중 : 채알귀신.)

그래서 어트게 했나? 암 것도 안 보이는디 이렇게 천장 보구 이렇게 막 산을 본게나 하늘이 이렇게,

나뭇가쟁이는 있는디 워트게 들어갔나, 어디껜가를 분간을 못 허겄어.

그랬는디 이렇게다 이렇게 나뭇가쟁이가 이렇게 오리목 나뭇가쟁이가 있는 것 본게,

길께서 이렇게 들어간 거 같어. 가만히 생각한게. 암 것도 안 보이구.

그래서 가만히 섰다가, 아 이 짝이루만 들구 나와 봤어 인자.

옹 씨 양반네 밭 있는 디루 나올라구. 이렇게 나왔더니, 인자 쪼꼬시만 나왔어. 그런게 쪼꼬메 번허대?

그래서 이렇게 서서는 군머리를 쳐다본게 등잔불 썼으니 그전이는, 등잔불 쓴 것이 쪼끔 비더라구.

그려서 가만히 섰다가 인자, 왔어. 왔더니, 성네 집이루 와서, 아이구 나 거기 오다 그랬다 혔더니,

"그가 채알구신 있는 디유. 큰일나유."

그러대.[웃음] 아이, 그래서 그러므서나 거기를 그냥 저, 그래서 이자 그렇게 해서 거기서 자구서,

식전이 와가지구 아침 먹으믄서 인자 밥해서 아침 먹으믄서,

"에유, 엊저녁이 가다가 거기서 그래 갖구서는 저기 혔다."

그랬더니,

"아이고 그러고 댕길 때 알아봤다 내가."

시어머니가 돌아댕길 때 알아봤다 허대.

담력내기 하다가 죽은 사람

자료코드 : 08_08_MPN_20100121_HID_MJC_0001
조사장소 : 충청남도 서천군 한산면 원산리 마을회관
조사일시 : 2010.1.21
조 사 자 : 황인덕, 김기옥, 서은경, 육은섭
제 보 자 : 문재철, 남, 88세
구연상황 : 앞의 이야기와 같은 상황에서 이어서 구연하였다.
줄 거 리 : 외가 동네에서 있었던 일이다. 어떤 사람이 술을 먹다가 서로 담력내기를 하
         였다. 상엿집에 있는 요령을 들고 오는 사람이 이기는 것이었다. 한 사람이
         두루마기를 입고 그곳에 갔다가 문을 닫으면서 두루마기 자락이 물리고 말았
         다. 하도 놀라서 사흘 만에 죽었다.

와서면 옥동리라고 있어 그게 내 외가동네여.

(청중 : 전설의 고향처럼 이야기를 혀야지. 지지하게 해싸!)

그런데 이것은 내가 이것은 내가 봤어, 구경했어.

술 먹다가 말여 서로 장담을 혔어, 담력.

(청중 : 그것도 전설의 한 가지.)

그래서 인자 두루매기를 그전에 옛날에는 거시기딜 그래두 우리 어려

서여. 상여집이 동네 가운데가 있어.

게 거가서나 너 요량(요령)을 내와라 그랬거든? 그러면 술을 준다.

(청중 : 상엿집에서?)

으이!

(청중 : 요령을, 방울, 요, 요령이라는게 있어, 방울이라고 있어, 그 전에
는 방울 땡땡하는 거.)

그랬는디 거기를 갔는디 두루매기 입고 갔는디 말이여. 문을 닫구서는,
닫는다는 것이 막 두루매기 가드락을 말뚝을 박았어,

거기다 놓구서. 급헌게 인자. 장담은 했어두 아무 뭐 좋든 안 혀.

상여집에 가서 그 쇠 장궈농거 거 문 잠글라믄. 그래가주고서는, 사흘
만에 죽는 건 내가 봤어.

장담 허고 간 놈이 자기 두루매기 자락이다가 말뚝을 박아놨으니 일어
설랑게 일어설 수가 있어야지.

그건 내가 봤어.

(청중 : 사흘 만에 죽었어?)

사흘 만에 죽었어.

일제 강점기 힘든 공장살이

자료코드 : 08_08_MPN_20100211_HID_PSS_0001
조사장소 : 충청남도 서천군 한산면 송산리 마을회관
조사일시 : 2010.2.11
조 사 자 : 황인덕, 김기옥, 서은경, 육은섭
제 보 자 : 박선신, 여, 78세
구연상황 : 다른 사람의 이야기를 조용히 듣고 있던 화자가 자신 없고 조그마한 목소리
로 이야기를 시작하였다. 이야깃거리는 있으나, 선뜻 나서지를 못하고 있었던
듯하다.

줄거리 : 일제 강점기에 모집을 한다는 소리를 듣고 지서에 갔다. 다른 젊은 여자들과 함께 밤새도록 기차를 타고 부산에 갔다. 베 짜는 공장에서 배를 곯아가며 힘들게 일하였다. 일본 사람들은 잠도 안 자고 물건을 실어갔다. 해방이 되고 집으로 돌아와서도 살기가 어려워 베를 짜고 살았다.

지가 왜정 때, 쪼끄만해서 그때는 저기 아가씨덜 젊은 사람덜 뽑아갈 때, 모집할 때.

근디 저는 쪼꼬만해서 나두 간다구 그랬어 내가. 살기도 어려워서.

(청중 : 모집을 간다고?)

응. 그랬는디. 가서 인제 지서를 갔어 인저 다덜.

(청중 : 간다고?)

잉. 가는 사람이 인저 부산이루 가는디. 가는 사람들이 지서를 갔는디, "나 보구 가서 울을라구 그러지? 집이 가, 집이 오구 싶다구."

"아뉴, 아뉴."

인자 그라구서 갔어. 부산을 인자 밤새도록 기차 타구 밤새도록 가서 인저. 갔는디.

가본게 인저, 실 빼는 디 들어가구, 베 짜는 디 들어가구 인저, 비단 짜는 디루 가구 다 그렇게 하드라구.

또 인저 베 짜믄 이거 다 이렇게 며 날르는 디루두 가구. 인제 아가씨들이 다.

인저 아가씨두 있지, 새닥[새댁]도 있지. 그려. 그러는디 나는 인자 베 짜는 디루 들어갔어. 그 쬐깐한 것이 베 짜러 들어간게,

베를 짜야 겄는디 광목을 짜야겄는디 다야지.

그른게 인제 그 틀두 여섯 개를 줘. 하나 앞이 여섯 개씩. 여섯 개믄 쪽 가믄, 여가 기럭지가 질지, 여섯 개가 되믄.

그라는디 인저, 올라스야 그걸 잇어. 이 베틀에 발이 올라서야 그 끊어지믄. 인제 끝, 저 베를 거기 기계루 짜믄 이게 살리기만 하믄 돼.

짜므는 그게 뭐여? 밑구녁서 인저 끊어지믄 밑구녕이 이렇게 해갖구서. 기계가. 아, 안 짜지구.

그렇게서 하나, 그렇게 해서 인저 참 얼마를 인자 그렇게 살았는디.

인저 해방됐다구, 못 먹어서, 그 아가씨들이, 그 간 사람들이 못 먹어서, 옥수수밥 주지, 알냄미밥 주지 그것도 많이 안 줘.

시락국두 두 번 가면 국자루 한 번 때려버린 적도 있어. [웃음] 국자루 때려.

그래두 그냥 어떤 사람들은 막 그, 남자들이 못 먹고 막 내빈 거 그걸 다 가서 줏어먹고 막 그려. 배고픈게. 아가씨덜이.

아가씨덜 젊, 애기엄마덜도 저 새댁들도 그러고. 다 혼잔게 인저. 그렇게서, 그렇게서 사는디. 해방이 됐어 인저.

해방됐다구 인저 안 보낸다고. 안 보낸다고 그런게나 인저 안 보낸다고 인저 한게 거기다 두고 안 보낸다고 한게,

이 공장에서 전장이 나므는 가랴. 아가씨딜이. 이 보내달라고.

그랬는디 전장 와서 인제 막- 그 막 물견을 막 칠렁헌디, 비단 저기 그게 뭐여 광목. 잠도 안 자고 실어가요. 막 일본 사람들이. 일본 사람들이 막.

국산이믄 튼튼허고 배 타구 왔은게. 근디 막 그렇게 실어 가는디.

부산이 눈이 안 온다는디 언젠간 눈이 얼마나 왔나, 댕기덜 못 하구, 이케 저 거기루 돌아댕겼어.

게 돌아댕기는 저기가 있대 또. 기숙사가 이케 돌아댕이는 디 저기가 창고루 만들었다구 이렇게.

그렇게서 공장살이를 하다가 인저 인저, 보내달라구 해서 참 집이를 왔는디,

그때는 인저 배고픈게 우리 엄마가 뭐해 가지구 면핼 왔냐믄, 저기 솔나무 그 껍데기 벡겨서 그거 떡을 해가지구 오셨어. 솔나무 떡을.

(청중 : 응 그거 해 먹지.)

(청중 : 쉥기, 쉥기 벗겨서.)

잉. 근디 그것도 못 읃어먹어서 아 막, 너도 나도 하네. 그래갖고 그냥 다 그렇게 풍냥스럽게 먹었지 뭐 인제 그냥.

그렇게 하구서 인저 집이 왔더니, 그럭커고 인저 난리 나서 참, 해방돼서 집이를 왔는디, 우리가 살기가 어려운게,

우리 아버지가 베틀을 짜 가지구 메느리를 저기 베틀을 가르쳐. 베 짜는 걸 가르쳤어.

저기 명지. 명지를 꼬치 한 마리에 명지 열 자 줘. 근디 봄이믄, 봄이 백 가마니 실, 실을 치구,

가을이 꼬치 백 가마니 실을 쳐. 이백, 이백 가마니를. 봄똥 가을똥. 그 놈을 다 짜내, 인제 언니랑 나랑.

그렇게 그렇게 해서나 그렇게서 먹고 살았어요.

계곡의 물을 마시고 혼난 여자

자료코드 : 08_08_MPN_20100211_HID_PSS_0002
조사장소 : 충청남도 서천군 한산면 송산리 마을회관
조사일시 : 2010.2.11
조 사 자 : 황인덕, 김기옥, 서은경, 육은섭
제 보 자 : 박선신, 여, 78세
구연상황 : 앞의 이야기와 같은 상황에서 이어서 구연하였다.
줄 거 리 : 어떤 사람이 산에 가서 떠내려 오는 물을 먹고 난 뒤, 몸에 뱀이 실렸다. 병원에 가서 수술을 해서 뱀을 다 빼냈다.

똘을, 산에 가서 그랬다나아, 똘을 물을, 똘물을 내려가는 똘물을 먹었는디, 뭣허러 갔나는 몰라두.

그랬는디, 이상하게 배가 그렇게 이상하드요 그냥. 그래서 병원이 갔드니 뱀이 실렸더랴. 그래서 수실(수술)했댜.

(청중 : 예?)

수실했다구, 그래 다 빼내구.

(조사자 : 그래서 수술해서 다 빼냈다구요?)

수술했는지 어쨌든 다 빼냈댜. 그래 사람은 살았다구 그러대.

(조사자 : 똘물은?)

떠내오는 물. 나 시집와서 사는디 그 동네 사람이 그랬댜. 나 이사 나왔는디.

(청중 : 시집 오기 전에 그랬구나.)

아니. 시집 와서. 시집 동네가.

(조사자 : 어딘데요, 시집동네가?) 연산이요. 연산 송산.

뱀 죽이고 자식 잃은 남자

자료코드 : 08_08_MPN_20100211_HID_PSS_0003
조사장소 : 충청남도 서천군 한산면 송산리 마을회관
조사일시 : 2010.2.11
조 사 자 : 황인덕, 김기옥, 서은경, 육은섭
제 보 자 : 박선신, 여, 78세
구연상황 : 앞의 이야기와 같은 상황에서 이어서 구연하였다.
줄 거 리 : 저녁에 언니와 같이 이웃집에 심부름을 가게 되었다. 그 집 병아리 소리가 하도 시끄러워 보니, 그 안에 큰 뱀이 들어 있다가 나오는 것이었다. 이를 본 주인이 뱀을 죽여버렸다. 이후 밤이 되면 근처 다리 밑에 뱀이 바글바글 모여 있는 것이었다. 얼마 후 주인집 아들이 죽자, 뱀도 사라졌다.

저 뭐여, 이집 아줌마도 딸 다섯이 다 딸이다, 저기 딸 다섯, 아들 둘이구, 우리 엄마두 딸 다섯, 아들 둘이구. 그려.

근데 인자 저녁에 어두컴컴헌데 우리 엄마가 심부름 시켜 우리 언니를.

"야, 이거 누구네 집이 갖다주구 와라."

그려. 그렁개,

"나두 따라가께."

그라구서 따라갔어. 봄이여. 봄인디, 아이 거기를 인제 가지구 들어갔는
디. 식사하드라구 저녁이.

근디 인자, 들어가서 있는디. 벵아, 벵아리가, 벵아리랑 벵아리 엄마랑
빽-빽- 소리를 질러싸.

(청중 : 병아리가?)

응, 벵아리가. 그른게 인제 그집 남자가 나가드라구. 그러더니 암 것두
없는디.

근디 병아리가 소리 질러싸. 근디 인저 이렇게, 뭐 이렇게 산내커두 그
전에 만들어갖구,

거다 벵아리 거다 넣어갖고 댕기믄서 새끼 까고,

근디 인저, 가서, 가서 본게 암 것도 읎어. 그래두 소리는 질러싸. 오믄
또 소리 질러싸.

이제 가서나 그걸 이렇게 내려놓드만 인저. 그 둥가리를.

아이 내려논게 뱜이 막, 어떻게 큰 눔이 나가나. 뱜이.

(청중 : 뱀 들어갔었구나.)

잉. 그게 나간게 그 뱜을, 막 그 저기 남자가 그 뱜을 막 잡대. 패서 죽
여번지대.

아이 그런디 인자,

(청중 : 저 살성 동투 나겄구면.)

그랬, 그랬는디. 그 이튿날부터 인저 그 집이, 그 집이가, 이 집이가 인
저, 요기 샴이 갈람 또랑을 이렇게 하나 근너.

다리 놨어, 요런 다리 하나를 놨어.

다리가 나오믄 인제 다리 근너서 가. 가야 물을 퍼와 인저, 옹달샘을.

근디, 거 모팅이가 뱜이 그냥 바글바글햐. 날마다 그래 뱜이 가믄 그렇게. 바글바글햐. 뱜이 또랑이가.

그러더니, 결국이는 그 머시마가 죽대? 그 머심애가 저기 학교 이학년인가, 그렇게 되드락 젖을 먹었어. 그렇게 커나오더락.

일곱 살인가 몇 살 먹었어. 그륵 큰데다 젖을 먹었어.

(청중 : 막내던가 보네.)

잉. 막내유. 근디 그렇게 뱜을 그렇게 죽이더니, 뱜이 그렇게 또랑에가 바글바글하더니,

(청중 : 그거 아침이 죽이믄 그런다대.)

(청중 : 점심 때.)

저녁에 그랬어요, 저녁에.

(청중 : 점심 때 죽이믄 뱜 안 떨어진댜.)

그러더니, 저 그러더니 그 머시매가 죽은게 그게 싹 없어지드라구.

새벽기도 때 만난 죽은 집사

자료코드 : 08_08_MPN_20100211_HID_PSS_0004
조사장소 : 충청남도 서천군 한산면 송산리 마을회관
조사일시 : 2010.2.11
조 사 자 : 황인덕, 김기옥, 서은경, 육은섭
제 보 자 : 박선신, 여, 78세
구연상황 : 간식으로 두부와 김치가 등장하였다. 청중들이 간식을 먹으면서 이야기를 들었다.
줄 거 리 : 한때 죽고 싶을 만큼 사는 게 힘들게 느껴질 때가 있었다. 그래서 새벽기도를 하러 교회에 나갔다. 그곳에서 이미 죽은 신앙심이 깊었던 교회 집사를 만나게 되었다. 인사를 나누었으나, 자신을 만지지 못 하게 하였다. 예배를 마치고 나와서는 자신은 집으로, 집사는 산으로 간다며 헤어졌다.

새벽기도를 댕기는디. 그 집사님이 교회를 왔어. 돌아가신 양반이.

그서, 반가와 갖고 "히!" 내, 내 이런겨.[간식을 먹느라고 주변이 소란스러워 잠시 청취불가]

게서 인저, 갈 때, 헤어질 때는 나는 인저 우리집이 가는 길루 가구, 그 저기는 산이루 가더라구.

그 집사님은 산이루 가. 산이루 가야 자기네 집을 가지, 죽었은게.

나는 우리집이 가야 우리집을 가구 또. 그런 일이 있었네. 얼마 안 돼, 그건.

(청중 : 꿈이잖아?)

[질문한 청자도 웃고, 화자도 잠시 웃고 난 뒤]

내가, 새벽에 교회를 댕기는, 왜 저 그랬냐믄, 그 소릴, 그게 어떻게 났냐 허믄,

그 사람이 새벽이, 저기 교회 잘 믿는 사람이여. 근디 세상을 떠서 죽었는디,

나두 이 세상 살기가 하두 힘들구 어려워서,

'아이구, 나두 이 세상 고만 떴으믄……'

하는 생각을 갖구 내가 새벽 제단을 지켰어, 새벽에.

그랬는디. 새벽에 교회를 와본게, 와본게나, 그 양반이 계시는거여.

그 양반이 계시는 거여. 그래 내가,

"새벽기도 왔네?"

그랬더니, 못 만지게 햐. 게서 인저 예배를 끝나구 집이를 가는디, 그 사람은 산이루 가구 나는 우리집이 가구 그랬어.

땅고개에서 귀신에게 홀린 작은아버지

자료코드 : 08_08_MPN_20100126_HID_PSN_0001
조사장소 : 충청남도 서천군 한산면 동지리 260-3번지 마을회관
조사일시 : 2010.1.26
조 사 자 : 황인덕, 김기옥, 서은경, 육은섭
제 보 자 : 박순녀, 여, 76세
구연상황 : 앞의 이야기와 같은 상황에서 이어서 구연하였다.
줄 거 리 : 작은아버지가 제사를 지내고 집으로 돌아왔는데, 옷은 엉망이었으며 양말을
신은 상태였다. 다음 날 지나온 장소에 가보니 신발도 그대로 있고, 싸서 들
고 온 음식 보따리도 그대로 있었다. 마을의 다른 사람도 이상한 경험을 한
일이 있다.

저기 윗막 가 제사 지내고 한참 떡그랭이 들고 왔는디, 워트게 온 줄을
모른대요.

게서 본게 저- 그 고개 넘어오다, 신발을 모딱 벗어놓고 떡그랭이는 쫙
펴놓고,

그냥 허구서는 집이루 오신 거여. 떼굴떼굴 둥글어가며 맨, 양말 발로
그냥 오신 거여.

그서, 잉, 우리 작은,

(청중 : 전인 걸어 많이 대녔죠.)

그런게 우리 작은엄니가 이게 웬일이냐구, 그러더니,

아침이, 일어나서 신발도 없지, 내가 떡 은어온 것도 없지, 이상하다는
거여.

그래 당신 온 디를 거기를 가보닝께, 딱- 그저, 음복 거랭이 싸는 놈을
펴놓고, 신발도 거기다 벗어 놓고,

(청중 : 거 대접혔구만?)

엉, 그 신이랑 있드랴. 아이구, 그렇다구 작은 아버지가 그 소리하구는
작은, 그 느 작은 아버지 어디 가더니 식전이 나가더니,

야, 떡끄랭이를 또 갖고 왔더라. 그리구는 떡그랭이 누가 먹다 말은 걸 뭐 들구 갖구 와. 근디 고대로 있드래요, 요렇게 펴 논채로.

(청중 : 당신, 긍게 술짐이[술김에] 허구서두.)

그렇게 시, 그렇게 흘려서 그랬디야. 그렇게 그 언덕에서 몇 번 둥굴었다고, 두루매기 입고 가먼 드러눈게 다 버려갖고.

[잠시 청자들의 이런저런 잡담이 이어지고]

여기 주복이네 아버지도 그랬잖아? 집이 와가지구 그렇게 저기 저 놈이 나오라 헌다고 쫓아 나가쌌고.

그래 얼매나 무서워요? 미서워서[무서워서] 그냥 저기 문구녕으로 내다 보고,

여기 산모랭이, 뭐가 이렇게 막 무서가지고 왔다갔다 허구 그런대냐?

(청중 : 아이, 혀, 여전히.)

염한 후 다시 살아난 처녀

자료코드 : 08_08_MPN_20100126_HID_PSN_0002
조사장소 : 충청남도 서천군 한산면 동지리 260-3번지 마을회관
조사일시 : 2010.1.26
조 사 자 : 황인덕, 김기옥, 서은경, 육은섭
제 보 자 : 박순녀, 여, 76세
구연상황 : 앞의 이야기와 같은 상황에서 이어서 구연하였다.
줄 거 리 : 미혼의 여자가 죽어서 염을 하였다. 사람들이 밥을 먹으러 간 사이에 다시 살
        아났다. 이후 어린 아이 같은 행동을 하면서 살았다.

죽었다고 꼭꼭 누구 아가씬디 묶어 놨대. 묶어 놓구서는 밥을 먹으러 들어갔대요.

다 염 해놓고 그랬더니, 아이, 살아가지고 탁! 탁! 티는, 매, 매가 튀어

가지고,

아이 그놈이 살대요, 기냥 죽어버려야 하는디.

(청중 : 그때 살았어?)

살았어, 그때. 지금은 죽었나 몰르겄네, 지금은. 그때는 살아가지구, 세상에,

(청중 : 그 할머니가?)

샥시개[색시개]. 샥시가 저기 혀가지구, 풍, 그전이 풍 나잖아? 풍 나가지구.

(청중 : 지랄병이라고 해갖구 죽었구먼.)

그래 가지구 죽었다구 막- 묶어논께 아가씨닝께 크지. 그른게 인저, 저기 허러, 묻으러 갈라고 인제 다 준비허고 인제

아침들이나 먹고 가자고 해서 먹는데, 아이, 나오라헌께 꿈틀- 묶어논 놈이 꿈틀거리니 얼마나 놀래겄어?

저, 클러났더니 살아가지고 맨날 응아, 찌찌여 말을.

(청중 : 말도 못 허고?)

말도 못허고 지금. 아이구, 어메, 아빠, 아버지두, 저거, 진작에 죽기나 했으믄 내 가슴을 안 피지.

(청중 : 차라리 그렇지.)

안 죽더라고. (청중 : 그럼 죽기 바래니까 안 죽지.)

한참 살았어. 그드니, 즈 오빠라고 어트게 즈 [3~4구절을 알아 들을 수가 없다] 해가지구 살았는디,

지금은 어특했나 몰라, 죽었나 살았나 인자.[웃음]

(조사자 : 그 마을이 어딘데요?)

예? 저기, 부여. 합곡리라는데. 거기서 그랬어.

모시방에서 가스에 취한 일

자료코드 : 08_08_MPN_20100128_HID_SBH_0001
조사장소 : 충청남도 서천군 한산면 동산리 모시방
조사일시 : 2010.1.28
조 사 자 : 황인덕, 김기옥, 서은경, 육은섭
제 보 자 : 서봉희, 여, 85세
구연상황 : 여전히 화자는 모시 삼는 일을 하면서 이야기는 이어졌다.
줄 거 리 : 비오는 날 모시방에서 종일 일을 하고 저녁에 집으로 돌아오는 길이었다. 나
도 모르게 길에 쓰러져 피를 흘려 놀란 일이 있다. 다음 날 알고 보니, 모시
방에서 일을 하던 사람들이 모두 가스에 취해서 고생하였다고 하였다.

저짝 방이, 저짝 뜸이 저 큰뜸이라고 가운데 뜸이가 모시방 할머이 사
는 디가 있었어. 그래서 거기서 한 방 앉아서 했는디.

인제 축축히 비오는 날 한방 앉아서 했거든? 아 그런디 인제 저녁 때
되서는 인자 모시 가주고서나 집에 올라고 나올라고 헌게,

마리 나온게 막 속이 막 울렁거리고 뒤집어지데?

아 그래서 이상시럽다 하이고 못 견디겠어서 마루에 벌러덩 드러눠 쪼
끄매 누워 있은게 괜찮걸래,

인제 저녁 허러 올라구 집이 오너랑게, 아쪼끄매 여서 저기 사립문께
만치 왔더니 막 그 세맨 도로 시방 세맨 있잖여?

그루 막 나도 몰르게 확 자빠져. 아이고 누구 볼까매써서 막 언릉 일어
나서 이거 집어갔구서,

또, 또, 한 댓발작 또 올랑게 아 또 그냥 자빠져.

아이 내가 한참 그냥 정신차려 봤어. 워디로 가야 우리 집인가 몰르겠
어. 그래서 막 이런 디가 벗어져서 막 피가 질질 흘르고. 세면바닥이라.

아 그래서나 인자 바드시 섰다가 진간해갔구서 집에 와서, 거게가 그전
에 거께가 그 덤풀 있어. 옛날엔 덤풀 있었는디,

저 뭐 체알 구신 있다고, 소리. 그런 소리 있더니 그것이 체알 구신이

그랬나 어쨌나 집이 와서 허구서 잤더니.

그 이튿날 아침 모시방 할머이가 막 슬금슬금 왔어. 자빠졌닷 소리 듣고서. 나는 인자 내가 잘못해서 자빠졌나, 하는디

나는 멀쩡허게 왔는디 나도 몰르게냥 자빠지니까 이상허다.

아 그랬더니, 거기서 하냥 헌 사람들도 까스 들어가주고 막 마루 드러놓고 나 온 뒤에 인자 저녁헐 사람 인자 죽구죽구 집 찬찬히 나왔는디,

그허구 자빠지고 말야. 한참 드러눴다가 왔는디,

아이고, 나보고 자빠져서 그냥 깨지고 막 했다고 워쩌랴구 아 그서 연탄가스 들어 그랬더매?

아이, 그렇게서 한 번 마실 댕기다가 놀래서. 그렇게도 자빠지까?

나도 모르게 근디 까스 들으면 막 속이 울렁거리고 뒤집어지더만.

방귀 소리에 무안한 색시

자료코드 : 08_08_MPN_20100128_HID_SBH_0002
조사장소 : 충청남도 서천군 한산면 동산리 모시방
조사일시 : 2010.1.28
조 사 자 : 황인덕, 김기옥, 서은경, 육은섭
제 보 자 : 서봉희, 여, 85세
구연상황 : 앞의 이야기와 같은 상황에서 이어서 구연하였다.
줄 거 리 : 한 할머니가 모시 일을 하면서 들려준 이야기이다. 새색시 시절, 시누 남편이
         왔는데, 그 앞에서 자기도 모르게 방귀를 소리 나게 뀌는 바람에 무안한 적이
         있다.

한 분이 돌아가셨어. 우리덜하고 같이 항시 모시했거든?

(조사자 : 할머니가요?)

응. 인자 나이 많이 잡쉈어 그래 돌아가셨지. 노인네 우덜, 우덜허구 한 방이서 앉아 이, 이냥 모여앉아서 모시혔는디.

그 할머이가 어치게 얌전혀. 이쁘고, [화자가 먼저 웃음이 터짐] 이쁘고 얌전하고 참 이쁘장헐 때 혼차 돼서 수절하고 살고, 그렇게 얌전한 노인 넨디.

시집와서나 새각시 때, 새각신디. 시누냄편이 시누가 시집갔는디 새 시누냄편이 댕기러 왔드랴.

와서 인자 한쪽에 초례 치르구 얌전내고 앉았는디, 아이 방구가 그저 나오는 줄도 몰르게 "뽀오오옹" 그러더라나? 노인네가 얘기헐라먼.

"아이고, 내가 그게 무슨 망신 망신살이 쪘나?"

옛날이 시누냄편이 서른 손님이잖유? 그 새각시가.

(청자 : 봉래 어매 이야기여?)

이, 다 들었어유 그냥. 나만 들은 게 아녀. 어터게 무안하고 미안하고 생전, 생전 그런 무안한 꼴 봤다고.

아이 오므리고 앉았은게 더 소리가 독해서[일동 웃음]

그렇게도 야물딱시럽게 나오드랴. 노인 양반이 혀. 그냥 여기랑 같이 앉아 모시 허는디 해싸서 들어서 알어.

나두 그짓말 아니라 내가 무슨 망신살이 쪄서 그렇게 새각시가 그 짓을 혔냐고 그러고 얘기 해쌌더랑게.

우슨 얘기는 그런 얘기지. 뭐. 다른 얘긴가, 실제 한 이야기여. 백 살 건지 먹었겄네? 그 할머이. 백 살 잡쉈겄어.

(조사자 : 새각시가?)

이! 새각시가 시집온 지 얼마 안 돼서 옛날이는, 시방은 방구가 그래도 저기 [웃고] 수술허고 워쩌구 헌게 방구 껴도 괜찮다고 보통 끼는디,

옛날에는 방구 어른들 있는디 방구 뀌면 큰 망신이거든?

그런디 시누냄편[웃음] 그 시누냄편은 속으로 얼매나 웃었을 거여?

산후 약 먹고 죽은 여자의 혼불

자료코드 : 08_08_MPN_20100126_HID_SSI_0001

조사장소 : 충청남도 서천군 한산면 동지리 260-3번지 마을회관

조사일시 : 2010.1.26

조 사 자 : 황인덕, 김기옥, 서은경, 육은섭

제 보 자 : 서순익, 남, 84세

구연상황 : 조사자들이 들어서서 이야기를 청하자, 먼저 현 세태에 대한 불만이 한동안 이어졌다. 부여군과 서천군의 경계에 있는 해당 마을에 도로도 제대로 마련되어 있지 않다고 하였다. 마을 주민 수가 적어서 소홀한 것이 아니냐는 나름대로의 해석이 이어지고, 정치에 대한 불만이 한동안 계속 되었다. 마을에 대한 조사자의 질문에 이어 다음의 이야기를 들려주었다.

줄 거 리 : 한 20여 년 전에 마을에서 한 여자가 아이를 낳았는데, 영양실조로 죽을 지경이 되었다. 이를 본 시어머니가 산모를 위해 약을 지어 주었다. 그런데 그 약을 먹고 산모가 죽어 버렸다. 나중에 알고 보니, 그 여자가 죽던 날 이웃의 친구 집 앞에 불덩어리 하나가 환하게 나타났다고 한다. 갑자기 죽게 되자 서운한 마음이 들어 친구 집에 혼불로 나타난 것이라고 본다.

몇 년 전이냐 하믄, 인제 약 한 이십 년, 강복이, 강복이, 저 강호 안양 반 죽은 때가 한 이십 년 됐나? 삼십 년?

(청중 : 죽은 재(지)가?) 응.

(청중 : 그러것다. 한 이십 년 되지. 그쯤 됐을 거야, 잉?)

그란게 아, 아이를 뱄어. 아이가 뭐, 아이를 낳다가 먹지는 못 허고 영양실조라 카는디, 간단히 말하면 영양실조가 돼갖고, 아기를 낳는데.

그 인자, 식구들이 인자 문제가 있어 인자, 산모가 이렇게 그냥 몸 부데끼 갖고, 인자 이놈의 생명이 위험할 정도였어.

그런게 인자, 그 시어머니가, 약을 지어서 줬어. 약을. 약을 지어줘 가지고, 그 약이 독헌 약이 되얐던가 비데?

몸에, 몸에, 죽었어. (조사자 : 죽었어요?)

죽었어. 죽었는디, 죽어가지고. 내가 저녁에 저기 여 냇둑 저기 논 저짝

이 있어요, 저기 저, 논 위에가 있는디 가서 그랬는데. 불이, 불덩어리여.

내가 솔직허니 그거 느낌이 있어요. 지금도 그 애가 나와. 내 그거, 그 거 생각허고, 그, 그것 말하자믄 혼이라고 허지.

불이, 우리 집이 여가 여기 살았는디, 우리 집이 그, 죽은 사람, 그 양반 동네의 같은 동료야. 친구야. 우리 안식구허고. 다 동료, 다 친군데.

우리 안식구 애들이, 안식구 몇 사람이 거기서 모시를 했어, 모시, 인제 옛날 모시 있잖아? 딱 허는디, 불이 우리 집 앞에 가 막 이런 불이 있어. 막 불이 "파악!" 환하더라고.

그 저렇게 불이 웬 불인가 이렇게 불이 크게 덩어리, 이런 불 덩어리야.

글쎄에, 혼이라고, 난 생각한 거야. 혼이다 허고 생각했는디. 그 쌈빡, 그것이 오래간 거이 아녀요. 쌈빡 비치대?

나중에 다음날 죽었어. 그 부부가. 아줌마가 죽었더라고.

(조사자 : 그 다음날, 가보, 알고 보니까요?)

응. 그게 혼 나가가지구, 혼 나갔다는 얘기여. 혼이 있더라구. 거서 나 거서, 한 가지 그건 그것은 내가 실지 내가 봤고. 내가 경험했어요.

불이 요 요만해, 덩어리 요만햐. 불이 훤-, 요 앞에서.

'아이고, 그래서 우리 저 양반이 떠나감서 우리 동료들 서운헌게 거기 를 다녀갈라고 불이 나타나겠다.'

나 그거 느낌이 있어요. 지금도 느낀, 느낀다구. 예. 그거이, 그거이 나 느낌하는, 그거 상관 있더라구.

그게, 혼이 혼이라구 헐 수 있지. 불이 요만햐. 막 불이 환한데, 집 앞 에 가. 그때만 해도 호롱불, 저 촛불, 뭐야 호롱불 있지요?

집이 그거 킴서 이 모시허는 거야. 근디, 그 불이 팍- 이렇게 한게,

"야! 이상하다, 우리, 우리 왜 집 앞에 이렇게 불이 있냐? 이상하다." 했더니, 나중, 다음 날 돌아가셨더라고 그게. 엉뚱허게 죽었어, 그 양반. 어이구.

(청중 : 약을 독허게 먹어 갖고.)

(청중 : 그게 있어.)

변고 전 나타난 불길한 까마귀떼

자료코드 : 08_08_MPN_20100126_HID_SSI_0002
조사장소 : 충청남도 서천군 한산면 동지리 260-3번지 마을회관
조사일시 : 2010.1.26
조 사 자 : 황인덕, 김기옥, 서은경, 육은섭
제 보 자 : 서순익, 남, 84세
구연상황 : 앞의 이야기와 같은 상황에서 이어서 구연하였다.
줄 거 리 : 한 20여 년 전에 마을에 갑자기 까마귀 떼가 나타나는 일이 있었다. 그 다음
날 마을 학생이 맞아 죽는 일이 생겼다.

가마귀(까마귀) 있지? 왜, 새카만 거. 아, 고것이 여기 동네 나타내지도
안 했어요. 저-쪽, 여기 가마귀 새까만 가마귀, 경기도가 많여.

근데 여기는 가치, 가치, 까치만 있지. 없는데, 하루는 여, 거기가 저 짝
이가 그 옛날에 저 연못이 있었어 여가.

그 갓이가 저기, 느티나무가 막, 막 한 삼백 년, 삼백 년 보통 묵은 느
티나무가 쪽 있거든. 까치(까마귀를 잘못 말한 듯하다.)가 막, 가마귀가 막
한 떼에, 떼잽이로 백 여 마리가 막, 거 앉어 있어.

막 카악, 가마귀가 막, 나무에 막, 쫙 있어, 이상허다. "깍! 깍!" 헌다
말여.

그러다 이제 없, 없어졌다? 없어졌는디, 나중에, 다음에 우리 앞집 학교
학생이 선배한테 맞어 죽었어. 맞어 죽었어, 다음 날.

다음 날 맞어 죽어갖고. 게, 가치 그것도 이상하다고 그게. 가마귀란 게
혼을 빼간지 아는가비여, 죽는 줄.

그 다음 날 맞어 죽었어, 저 저짝 저기 저 산에 옆에서 저 선배한테 맞어 죽었어요. 중학교 6학, 중학교 6학년.

(조사자 : 그게 언제 때 일이세요?)

그 일이 그것이, 근 한 이십 년 정도 되까?

(청중 : 그렇지. 한 이십 년 됐지.)

이십 년 전이지. 거시기 택중이, 거 그거 아들 죽을 때.

(청중 : 지금도 가마귀 울으믄 까마귀가, 까마귀가 막 까옥 허고 돌아댕겨. 위로 돌아댕이믄 거기 뭐 그 달 안으로는 누가 죽든가 죽어.)

응, 사고가 있어 그케, 그거 보통 문제가 아닙디다. 예, 그래서 느닷없이 그냥 까마귀가 막 그냥, 한 이, 몇 백 마리야, 막- 그 느티나무가 새카맸어.

(청중 : 아, 지금도 저 까마귀 울으믄, 까마귀 울으믄, 이렇게 막 그놈이 "까악! 까악!" 하고 댕이믄 아 누구 죽겄어, 죽는다구 그렇게 뭐시기 허구. 혼 빼 간단 말이 있슈. 그게, 옛날에. 혼을 빼 간다. 까마귀가.)

그 다음 날, ○○○에 갔더니 그냥 맞어 죽어갖고, 죽었다고 저기까지 왔잖아. 학생인데. 아주 골치 아퍼. 이거 한산고등학교 댕기던 애여. 졸업, 졸업반인디, 선배한테 맞아갖고.

한집에서 세 여자가 살았던 시집살이

자료코드 : 08_08_MPN_20100121_HID_SKS_0001
조사장소 : 충청남도 서천군 한산면 나교리 마을회관
조사일시 : 2010.1.21
조 사 자 : 황인덕, 김기옥, 서은경, 육은섭
제 보 자 : 송경순, 여, 86세
구연상황 : 옆의 다른 청자들이, '형님, 살아온 이야기 좀 해 보라'고 하자, 아래의 이야기를 구연하였다. 송경순 화자의 살아온 내력은 마을 사람들이 이미 다 알고

있는 사연인 듯하다.

줄 거 리 : 재취 자리로 시집을 갔다. 그렇게 해야 명을 이을 수 있다는 말을 들었기 때
문이다. 둘째아들의 나이가 다섯 살일 때, 남편이 또 장가를 갔다. 한동안 친
정살이를 하다가 다시 시집으로 들어와 살기도 하였다. 아이를 데리고 가려고
하다가 시아버지에게 담뱃대로 머리를 맞은 적도 있다. 한집에서 세 여자가
같이 살 때도 있었다. 남편의 바람기는 죽을 때까지 계속되었다.

그렇게 재취로 시집가가주고 일 못 혀가주고, 그렇게 시집살이 많이 허
구, 한집이서 각시 싯 살았다면 뭐 뭐 역사적으로 참 짚은 역사지.

이 사람들 다 알어~. 한집에서 싯, 초추 초추하고 두 번, 인제 과부하
고 헤어지고서 세 번째 인자 내가 이리 시집을 온 거지.

왜냐면 재취로 가야만 명 잇는다고서 그렇게 온 것이.

영감하고 나이차도 13년 차이였어. 그런디두 작은마느래네 꼴을 수도
없이 봤어. 한집에서 스이살았어. 안방, 거른방, 사른방.

이 사람들 몰르면 거짓말이라고 허지. 다 알어. 그렇게서 살았어. 그렇
게 살았어.

큰아덜 여덟 살 먹고, 우리 저 두째 다섯 살 먹고, 그래 가지고 장개를
또 가셨어.

그런데 그 각시가 얼매나 억신가 살덜 못 했어. 내가 싸나워서. 내가
친정으로 가서 친정살이 허다 야중에 인자,

여기서 또 오라구 해서 이리 들어왔지. 그리고 그 사람들은 다 애들 하
나둘씩 나구서두 살림이 그렇게 된게 파산이 되지?

망할 것밖에 더 있어? 그렇게 된게? 그렁개 파산하고 돈이 없어진게 문
열이가 나았고, 그 사람들은 다 나간 거여.

나는 악착같이 살아야겠다는 맘을 먹고 살고.

그랬어. 그러니까 그런 일이 역사가 짚지, 그러고서 우리 두째를 장개
가가주고 내가 친정에서 사는디,

모과울래 우리집서 사는 거 아주매는 모를 거여. 상주댁은 안다구
허대?

(청중 : 알어. 인제 나두 알어.)

두부장사 해먹었시요.

(청중 : 응 맞어.)

그랬는디 인자 우리집 영감이 인자 또 딴 각시 은어가주고 둘이 사는
데, 그 각시는 나갔어, 살다.

나가고서 참~ 각시 나가고 나 혼창게 너머 재미가 나가주고 막 모시
질쌈을 해서 단지 같은 거 이쁜 거 사서,

막 옹기전마냥 이렇게 사놓고 그렇게 재밌게 한동안 쌈박 살다 또 장
개를 갔어. 인자 노동일을 못허기 땜에.

장개를 갔는데, 인자 우리 둘째를 데리고 친정에를 갔는디. 둘째가 아
부지 보고 싶다고 해서나 지아부지한테 보냈는디,

친정은 저 너매 동네 가까웠은게, 거 안 주는 거여 빼고, 딴데로 시집
을 가고 살아라. 우리 큰아들하고 나하고만 안 볼라고 허는 거여, 응?

안 볼라구 허는 거여. 내가 부족하고 부모게다 잘못해서 그렇게 아니라
절대적.

그래가주고서는 그것을 델러 갔더니만 저녁에, 그 작은 마느래, 그 저
기 시집가, 저 이리 시집온 여자가 오치게 알고,

나 왔다고 혀가주고서는 인자 시어머니 시아부지가, 웃집에서 사는디
오서가주고서는,

그래서 그닥 인자 우리 사른방에서 사는, 곁방살이 하는 사람인디, 그
사람이 숨겨줬어, 즈이 방에다.

그 노인네가 인자 나 내쫓라을고 온게, 이불을 덮어서 숨겨줬어.

숨겨중게 그 여자가 그 장개처가 방을 열어보고서 갈 새가 없거든?

내가 나갈 새가 없는게. 문 열어 문 열어봉게,

"여기 방에, 방에 있네요."

그렇게 시아버이가 오셔서 들와서, 담배 이만 햐. 이만 혀 담뱃대가. 그 대꼭지로 때려서 숭도 있어, 지금.

터져서 피를 여가. 어른내도 못 델고 그냥 쫓겨난 겨. 옛날에는 그렇게 잘못 읎이 그런 겨.

그렇게 나는 똑똑하고 유식한 사람 같으면 책을 내도 몇 권을 냐.

한번은 델러 갔다, 또 한번은 또 델러갔다 또 안, 안거실에서 막 들켜서는, 그 옆이 큰집이 있었어. 닭집이 있었어.

닭집에 가서나 가마때기 하나 있는 거 요렇게 쓰고 있응게, 가마이 지금 가마이 쓰고 있으면 딱 맞어.

그렇게 노인네들 다 올라갔을 때 가서 데리고 갔어. 그렇게 나이 어려서 낳어도 새끼들은 그렇게 기가 막히게 그냥 떼놓고는 못 살았어.

그렇게, 그것은 그것뿐 아니여, 한집서 싯, 한집서 싯 살았다면 무던하지. 몇 년 살았지.

(조사자 : 몇 년을요?)

그럼 몇 년 살았지.

(조사자 : 다 나가고 어르신만 마지막에.)

인자 재산이 없어진게, 재산이 없어진게 그 사람덜언 다 나가고, 난 애들이 많고, 나는 끝까정 살아야겠다 하는걸루 살았지.

(청중 : 아, 살아서 성공하셨어. 인자 걱정 없어.)

성공한 편이지. 나중이까정 그것은 인자 내가 인제 내 잘못으로 그러지. 야중에는. 정도 읎두 안 했는디,

야중이까장 인자 과부란 과부는 다 오도바이다 실쿠 댕기고.

나는 실쿠 들오면, 실쿠 들오면 우리집서 밥해 주고 그랬어. 내가 밥해서 겸상해서 주고 그랬어. 이 동네 사람도,

(청중 : 아이 저런 사람 없어유.)

그짓말이라 그러지, 있응게 이야기 허지, 겸상해서 밥 주고.

(청중 : 마누라, 어디가 마누라 있으면 그리 보내야. 그런 양반이여.)

대충 알어. 그렇게 역사 짚게 살았어. 친정서 사는데 인제 그 여자들만 살림을 인자 둘이 헝게 엉망친장이거든?

그렁게 또 시부모님들이 들어오라고 혔어.

그서 둘이 있는데 들어왔어. 들어옹게 장개간 여자는 내가 큰마누래라고 안방에서 죽어도 나 못 들어오게 안방 요러고 앉았고 아랫목에 가. 으잉?

오치게 해여! 그렁게 나는 인자 이렇게 하는 수 없이 거른방으로 갔지. 그러다 그 사람이 어른애가 배서 날 달 되고 항게, 안방을 줘야 할 거 아녀?

따순 방을. 줘야 할 꺼 아냐? 그땐 불땠응께. 그래서 안방에서 애기 낳고 거시기헌게,

자동으로 나는 또 안방이루 나중에 가지드라고. 또 자동으로. 말할 것도 없어.

남편의 바람기

자료코드 : 08_08_MPN_20100121_HID_SKS_0002
조사장소 : 충청남도 서천군 한산면 나교리 마을회관
조사일시 : 2010.1.21
조 사 자 : 황인덕, 김기옥, 서은경, 육은섭
제 보 자 : 송경순, 여, 86세
구연상황 : 조사자들이 방문한 날이 마침 장날이어서, 평소보다 사람들이 회관에 많이 모이지 않았다. 이야기가 진행되는 중 한두 사람이 회관으로 들어오기 시작하였다. 송경순 화자가 자신이 살아온 이야기를 먼저 시작하였다.
줄 거 리 : 부잣집 아들로 태어난 남편은 때로는 아이 같이 행동했으며, 다른 여자와 있

었던 일에 대해서도 이야기를 잘했다. 하루는 남편이 애인의 집에 갔다가 화가 나서 들어왔다. 다음 날, 그 여자에게 가서 한번 사귀었으면 의리를 지키라고 말하였다.

인자 돌아가시기는 사고나셨응게 돌아가셨는디, 그 안이 기분이 쪼끔 인자 거시기 허고 허면 그리고 아기 같아요.

너무 부잣집 아들로 늦게 태어나서 아기 같아서 넘의 여자하고 자고 오면 다. 그 여자가 어떻게 했다는 이야기꺼정 다혀 내게, 다 일러 내게 다.

그래서 그 여자가 나가고 재산 없어지고 인제 오두막집에서 사는데 옆의 과부를 여기 사람들은 알어.

과부를 하나 보는디, 거기를 늘 댕기시는디 댕기면 새벽에 오시는디 아 그날 저녁에는 비가 오는디,

아 초지녁에 오셨드라구. 그래서,

"왜 그렇게 이렇게 일찍 오시낭게?"

"접어 죽일 년이 저는 얼마나 성한가 저는 얼매나 성한가 막 지랄났다고." 그려,

"그래서 아니꼬와서 왔다고."

그런데 워치께 불이 나야지? 이놈의거 날새기만을 배래도 안 날새. 짐장할 때여.

그래서 날 부여시 새건데 그냥 쫓아갔어. 저 여산. 여산여.

(청중 : 여사리 ○○집?)

어, 어, 저기 신작로까지 쫓아가서 문을 투드렸더니,

"왜 그러냐구? 왜 그려?"

문 열어, 열어주데?

"너는 얼매나 빳빳하냐? 야! 서로가 등어리 긁어주고 애인으로 사궜으면 끝까정 허야지. 너 성성헐 때는 불, 저기 달다고 받아먹고 쓰다고 비났

터? 어따 대고 개수작하냐고 말이여."

그러고, 아이고, 미안하다고 그게 아니라 넘들이 오,

온제 너 이게 너 만나서 헌 제가 우리 영감 만나서 너 만난 지 십 년이 넝겨 돼.

어따 대고 개수작을 나보다 두 번, 두 살 덜 먹었어.

도깨비 조화

자료코드 : 08_08_MPN_20100121_HID_SKS_0003
조사장소 : 충청남도 서천군 한산면 나교리 마을회관
조사일시 : 2010.1.21
조 사 자 : 황인덕, 김기옥, 서은경, 육은섭
제 보 자 : 송경순, 여, 86세
구연상황 : 앞의 이야기와 같은 상황에서 이어서 구연하였다.
줄 거 리 : 한밤중에 아버지가 게를 잡으러 갔다. 날이 새기도 전에 와서는 물통을 내어 놓으며, 게를 가득 잡아왔다고 하였다. 열어보니 쇠똥이 가득 들어있었다. 쇠똥이 게로 보인 것이다. 도깨비 조화 때문이다. 섣달 그믐에 메밀묵을 쑤어서 여기저기 뿌려 놓으면, 도깨비가 조화를 덜 부린다.

역사 이야기를 허란게 한마디 더허께.

우리 아버님은 술도 못 잡수고 그러시는데, 언제나 여기 내골 옛날이 이렇게, 집 하나 요렇게 쪼끄만하게 지어놓구서, 그이(게)를 잡으러 댕기셔. 그이를.

이렇게 물통 하나를 가지구 댕기며 그이를 잡으러 댕기시는디, 술도 안 잡숴. 그 양반은.

그른디 인자 그이를 잡으러 갔더니만, 한 열두시 넘으면 가시거든? 그때 그이를 내린다고 저녁이?

가셨는디 막 오치게, 한, 날도 안 새서 오셔가주고서는 막 그이 많이

잡아서 지금 물통이다 하나 잡아서 담아놨은게,

그놈 저다 썻어서 오치게 허라구 허대?

그래서 우리 시어머니 밑에서 같이, 이 옆이 집이서 같이 살을 때 혔는디, 열어본게 쇠똥이 하나여. 쇠똥이.

그런게 그것은 도깨비 조화랴. 그 눈이 그렇게 그이로 벼나서 도깨비가 씌어서 그렇게,[청중이 새로 들어오자 서로 인사를 나누느라고 분위기가 어수선해진다.]

섣달 대목에는 섣달 대목에는 옛날이, 인자 이 음력으로 섣달그믐날이여. 그 이튿날 초하룻 날. 섣달 그믐날은 우리 어머니가,

시어머니가, 메밀묵을 옛날엔 메밀이 많았지? 메밀묵을 막 쑤어가주고 [주변이 시끄러워 잠시 청취 불가]

그에 밤에 그 장수레루 이렇게 퍼가지구 가서, 저녁이 인자[주변이 다시 시끄러워짐]

도깨비 멕이러 메밀을 찌트러, 여기저기 다.

그렇게두 허구 그랬어, 그렇게 하면 심술을 덜 부려.

월성산에서 도깨비에 홀린 사람

자료코드 : 08_08_MPN_20100121_HID_SKS_0004
조사장소 : 충청남도 서천군 한산면 나교리 마을회관
조사일시 : 2010.1.21
조 사 자 : 황인덕, 김기옥, 서은경, 육은섭
제 보 자 : 송경순, 여, 86세
구연상황 : 앞의 이야기와 같은 상황에서 이어서 구연하였다.
줄 거 리 : 어떤 사람이 술을 먹고 월성산을 넘어 오는데, 자꾸 엉뚱한 데로 가다가 날이
새자 정신을 차렸다. 정신을 차려보니, 옷이 다 찢어지고 몸이 성한 데가 없
는 상태였다.

술을 잡쉈어 그 양반이. 술을 잡순게 인자 도깨비한테 돌렸나 여수한테 돌렸나는 몰라. 근디 어처게서 막~그냥 술 잡수고 집이를 온다는 것이 엉뚱한 데로 가지드랴.

그래서 날이 부여시 새드랴 샌게, 그 정신이 들드랴.

그래서 본게 월등산 중턱에 가 있드랴. 그 소리는 나드리 사람덜언 나이 먹은 사람들은 다 알어. 중턱에 있드랴.

근데 본게 옷이 다 갈기갈기 찢어지고 몸땡이가 성한 데가 없드랴. 그런데 그 양반도 담력이 시어서 살었어.

그 양반도 근력도 좋고 신체도 좋았거든. 그런 일이 있었어, 이 동네 할아버지도 그런 일이.

(조사자 : 그 홀린 데가 어디라구요?)

여기 월등산, 여기 산. 여기 산 있어. 여기 가다 보면은.

(조사자 : 월성산이요?)

이, 여기 핵교, 지금 인자 거시기 됐구만, 그 핵교 뒤로 산이 있지. 그랬어요.

그렇게 연세가 많잖았은게 안 돌아가셨지. 근디 그래도 그 질로 많이 살으시다 돌아가셨어. 그때는 안 돌아가시고.

그때 그 양반이 작은마네리 얻어서 착수거리다 얻어서 살었어. 착수거리라는 디가 어디냐면은, 참새골 위 집 한 가구 있잖아? 지금.

자네도 알겠네. 집 한 가구 있지. 거기 아래 사름방에서 작은마너래 얻어가지고 살았어. 거기 갔다 오시다가 그랬어. 그 옛날 역사는 그른 거지. 뭐.

죽은 처녀를 묻은 안땡코

자료코드 : 08_08_MPN_20100121_HID_SKS_0005
조사장소 : 충청남도 서천군 한산면 나교리 마을회관
조사일시 : 2010.1.21
조 사 자 : 황인덕, 김기옥, 서은경, 육은섭
제 보 자 : 송경순, 여, 86세
구연상황 : 조사자가 지역과 관련한 귀신 이야기가 없느냐고 물으니, 아래의 이야기를 구연하였다.
줄 거 리 : 땅고개 또는 안때꽈라고도 불리는 곳이 있다. 죽은 처녀를 묻은 곳으로, 사람들이 그곳을 지나갈 때 무서운 일을 많이 겪었다. 술을 먹은 사람들은 그곳에서 귀신에 홀린 일도 있으며, 어떤 사람은 도둑을 만나기도 하였다.

(조사자 : 어디 고개 넘으려면 귀신 나왔다는 얘긴 없어요?)

있죠. 있었죠.

(조사자 : 그런 얘기 좀 한번 해주세요.)

예. 여기 여기 갈라믄, 땅고개라고 여기 동지리에서 갈라믄 쫌 이렇게 올라가다 그 옆이다 벼 말리는 디 창고 지어났지?

그 고개가 무선 고개 였었어, 옛날에. 지금은 거기 집 한 채 지어 있구, 그렇지만 그때는 막 아주 거가 산중이었었어.

그릉께 인자 거기 가다가 강도 만나서 욕본 사람들도 있고, 인자 구신 나와 가지구 또 거시간 사람들도 있구,

옛날에는 그런 말이 많았지, 거기는. 거기가 아주 참말루 역사가 짚은 디여. 이, 지금은 그런 일이 없지. 옛날이.

(조사자 : 그 귀신이 그럼 뭔 귀신이에요, 처녀귀신이에요? 뭔 귀신이에요?)

처녀가 어, 죽었는데, 처녀들이 죽으면은 대부분 뭐 총각이나 처녀들이 죽으면은, 사람들이 많이 밟히는 데다 묻어요. 응? 처녀나 총각은.

긍께 그 처녀가 죽었는데 그 사람 많이 밟히는 데 그 고개 넘에 그, 저

그때는 뭐 쬐깐했지. 그러닝께 저, 도로 있다구해야?

뭐, 그때는 차가 있어요?, 구루마고 자전차야 있지? 그런디다 인제 묻은 게, 그 구신이 나와서 그릏게 홀렸다는 걸로.

이 동네 사람도 인제 술 안 먹은 사람은 그런 일이 없는데 술 먹은 사람들이 몇 번 그런 일이 있었어.

응. 홀렸다고. 그게 이름이 일본말로 안댁과. 안.대.과여. 일본말로.

(조사자 : 안. 대. 과.)

안대과.

응. 일본말로. 그 죽은 사람 여자 이름이. 잉. 그래가지구서는 거 말썽이 많앴어요. 전엔. 거그서 강도도 나오고 그랬지요. 그 전엔.

거그서 강도도 많이 나오고. 우리 집 양반이 저 만나기 전이, 한참 때 경장 어렵지 않게 크셨거든?

근데 한창 때에, 자전차를 타고, 그때는 자전차가 지금 자가용보담 드물었네. 자가용보담 드물은디,

자전차를 타구서 거기를 가는디, 인저 어린애가 아퍼서 인제, 조카가 아퍼서 갑자기 병이 났는디,

그 고개를 넘어가야만 그 약방이 있어요. 약방이 있어, 그 약방을, 인자, 약을 지러 가는디 밤이,

갔다 오는 도중이, 양짝이서 이릏게 도둑놈이 나타나드래요. 자전차로 오더라도 타고 댕겨 돈 있는지 알고. 그서,

"네 놈 거기 서라."

해서 막 우리집 영감이 그때만 해도 근력이 있은게 자신만만했던개비. 여차해서 따라오믄 자전차로 그 사람들게다 미어 쌔리자,

허구서 그 놈을 죽자 살자 그, 올르는 들이 쪼금 심들거든요? 저짝 한 산편이서 이릏게 올러오는 디는.

막 타구 이릏게 오믄서 이 꼭대기 올러오는게 저 밑에가 있드래요. 니

놈들 왔으믄 죽일라 그랬대.

돌아서라 한께, 그 사람들이 못 따라오게 생겼은께 그냥 돌아서서 왔대. 그런 역사가 있지, 거가. 거가 역사가 깊은 디여.

그렇지 뭐. 딴 거시기는 뭐. 옛날 얘기라는 게. 그릏지요 뭐. ○○○역에 걸어오믄, 오다가 보면은 이케 나타나서 못 가게 허구.

음, 그랬다 그래요. 안때꼬라고, 아주, 안때꼬라고 허믄 안 잊어버려. 너무나 그, 처녀를 거다 묻어가지구서,

이 동네 사람들이 연지 사람들허고 많이 이릏게 홀려가지구,

그게, 그래서 그게, 이름이 남아 있어. 댕기면 보면 알지만, 이릏게 한산 이릏게 가는 도중에 동지 다음이 쪼끔 이릏게 가믄,

이 바른손 편이루 큰 건물이 있지. 게는 벼 말리는 디, 그럼 그, 고, 고개 넘어서 쪼금 내려가면 집 한 채가 있지.

(조사자 : 왼쪽으로요.)

예, 왼쪽이루. 그릏게 해서 지금은 뭐, 그런 거시기가 없지. 옛날이가 옛날이는 거가 아주 이케 뭐 소나무가 쩔어 있었은게?

옛날 어른들 뭐, 모시장사 댕기구 어쩌구 허다 도둑놈 만나구, 거기 그게 역사가 깊은 디요.

에 그런게 우리 외할아버지가 음, 태모시 장사를 했는데, 전라도 가서 모시를 음, 사가지고 오셔서 모시는 인저 장에서 냉기구서,

옛날에 동문피가 큰게 자루다 해서 이릏게 차구 댕겼거던요? 요렇게,

차구 댕기는데, 어, 도둑놈이 막 나오더랴. 거기 있으라고. 눈은 와서 이릏게 생겼는데, 가만히 생각한게,

그 양반이 우리 할아버지가 머리가 좋았지, 저 사람한테 당했다는 돈 뺏기구 죽겄드랴.

그서 그것을, 인저 나도 몰르는디, 그전 으른들이 말씸을 혀서 내가 이 소리를 알지. 그 놈을 끌러서 눈 속이 저짝에다 집어내쐈댜.

그르구 이릏게 걸어오는디, 만쳐본게 돈 하나두 없은게,

"이 새끼야 돈도 없이 다닌다구."

발질로 차구서 그냥 가더랴. 그서 길이 그날 일찍 아들덜 데리구 가본 게 돈 뭉테기가 그냥 있드랴.

(조사자 : 아유, 총기 있으셨네요.)

그런 일이 있어요.

택시기사와 처녀귀신

자료코드 : 08_08_MPN_20100121_HID_SJN_0001
조사장소 : 충청남도 서천군 한산면 나교리 마을회관
조사일시 : 2010.1.21
조 사 자 : 황인덕, 김기옥, 서은경, 육은섭
제 보 자 : 송정녀, 여, 75세
구연상황 : 앞의 이야기와 같은 상황에서 이어서 구연하였다.
줄 거 리 : 어떤 남자가 차를 몰고 땅고개를 넘어오는데, 웬 여자가 손을 들기에 태워 주었다. 한참을 가다 보니 여자가 갑자기 없어져 버렸다. 나중에 알고 보니, 그 날이 여자의 제삿날이었다. 여자의 집에 가서 사정을 이야기하니 그 집에서 택시비를 주었다.

서산으로 장가를 갔는디, 장가를 갔는디 인자 아가씨 새길(사궐) 때,

이~ 차를 갖고 다니는디. 인자 어떤 고개를 넘어올란게 했드니, 거 올라오는디 아가씨가 손을 쳐들드래유.

그래서 태워줬댜. 그른디 오다 보니 읎어졌드랴. 오디루. 아가씨가 차에다는 분명히 탰는디.

(청중 : 헛 것을 본 겨.)

아니. 헛것이 아녀, 분명히 탰댜. 그런디 낭중에 알고 본게 그 집이 그 날 즈녁에 아가씨 지사드랴.

(청중 : 아~ 처녀구신이네. 처녀구신이다. 그게 도깨비가 아니라 구신이 긍게 오다 사람이 보고.)

땀으로 먹감았다고 허드라구 무서서. 으이. 분명히 탔는디 아가씨는 탔는디 거게 오닝개 읎어졌드랴.

그래서 그 시끄란 집을 들어가 봤댜. 그랬더니, 그랬더니 그날 즈녁에, 그집이 간게 아가씨는 없드레유.

그래서나 이만저만해서 그래서 여께 왔는디 그 아가씨를 탰는디 분명히 없어졌다구항개,

그런게 오늘 지사라고 그러드래유. 그래 막 머리끝이 하늘로 올라가고,

(청중 : 아니 근게 아가씨가 탰다믄, 죽은 혼은 오치게 눈으로 뵌가?)

뵀얀게 이화가 이야기허지, 안 뵀으면 얘기허겄어?

(청중 : 아가씨 지사라는 것은.)

그집 이 인제 그게 온게 없어졌드랴 아가씨가.

(청중 : 그 집께서?)

응! 읎어졌드랴. 그 택시요금을 받아야지. 어서 받어 집이가서 준다고 허는디 그래서 집이가서 준다고 허는디 읎어졌는디 거게 온게.

집이 오는데 사람이 읎으닝개 그래서 그 집에 들어갔드니 그 얘기를 혔더니 요금 땜이 갔댜.

차 요금땜이 왔다고 요금 땜에.

오늘 즈녁에 딸 지사라고 허면서 그 얘기를 허드랴. 그래서 요금 받어 왔다구 그러데.

(청중 : 거기서?)

주더랴.

(청중 : 시상이 딸두 읎는디두.)

오늘 저녁에 딸지사라고 으이 그 이얘기를 헌게 주더랴. 그랬다구 참 놀랬다고.

(청중 : 부모들도 그냥 좋게 생각하는, 그랬다구 그 사람 지금 육십 못 먹었슈, 근디 총각때 그랬어. 그랬다고 얘기허믄서 막 진땀 나드랴. 그 뒤로는 거기를 못 간다고 그러더랑게 밤이 그 전에는 밤이 거기를 못 간다구.)

놀래갖구 그 뒤로는 밤이 갈 일이 있어도 안 갔다고 그러더랑게.

한밤중에 본 도깨비불

자료코드 : 08_08_MPN_20100126_HID_LBJ_0001
조사장소 : 충청남도 서천군 한산면 원산리 33번지 원산마을회관
조사일시 : 2010.1.26
조 사 자 : 황인덕, 김기옥, 서은경, 육은섭
제 보 자 : 이봉주, 남, 86세
구연상황 : 앞의 이야기와 동일한 상황에서 이어서 구연하였다. 옆에 앉아있던 청자가 술병을 들고 와서 이병주 화자에게 술을 한 잔 따라 권했다. 청자의 말에 의하면, 술이 들어가야 이야기를 잘 한다고 하였다.
줄 거 리 : 70여 년 전의 일이다. 여름에 바람을 쐬러 밖으로 나온 적이 있다. 솔밭 아래에서, 한 30여 개의 불이 늘어서 있다가 한 15분이 지나자 사라지는 것을 본 적이 있다.

그리고 내가 현재, 이건 내가 현재 얘기여. 내가 본 얘기. 한 칠십여 년, 한 칠십여 년 전인디,

나가 인저, 집이서 가만 있다가 이 그땐 여름인게, 여름이라, 인저 바람 쐬러 바깥을 나와서 가만히 본게,

그쩍이는, 인저, 이런 내꼬랑두 큰 내가, 이런 큰 내꼬랑두 그냥 읎었구, 뚝두, 길두, 길두 이맨씩하구,

좁디좁은 길루 이러구 댕기구 그럴 적이여, 옛날인게.

그럴 땐디, 나와서 가만히 본게, 저 건너가 여기서 한, 한 이백 메타 되

나?

근디, 여기서 저 건너라구 저, 이리 건너 솔밭 밑이여. 그래 냇둑이 저기 있었어, 그때. 냇둑이 있어갖구 저, 냇가는 읇구,

글루 옛날이 나무꾼들이 나무를 해갖구 댕기구 만날, 인저, 그 농로질로 그렇게덜 댕기구 그럴 땐디, 한 여나무시 됐는디, 밤이, 여그 와서 가만히 저것을 본게,

불이 두어 개가 이렇게 속이서 왔다갔다 이려, 저 건너서. 현재가, 현재 일이여, 그게.

내가 본디, 아주 본 거여, 그게. 그러더니 이게, 한참 있더니,

불이, 저-리 하나 가구, 또 저-리 하나 가데?

쭉- 이렇게 뻗치더니 한 삼십 개가 돼야, 불이. 막 쭉- 이렇게 삼십 개가 막 늘어, 죽 막 늘어섰어 그냥. 인자. 쭉- 기냥.

그러더니 그것이 한 십오 분쯤 된게, 싹 읇어지드라구. 잉, 그걸 내가 목격을 혔구.

눈앞을 가리는 차일귀신

자료코드 : 08_08_MPN_20100126_HID_LBJ_0002
조사장소 : 충청남도 서천군 한산면 원산리 33번지 원산마을회관
조사일시 : 2010.1.26
조 사 자 : 황인덕, 김기옥, 서은경, 육은섭
제 보 자 : 이봉주, 남, 86세
구연상황 : 앞의 이야기가 끝나자, 연이어 구연하였다. 처음에 이야기를 꺼내기가 힘들었으나, 한 편의 이야기가 끝나자 몇 편의 이야기를 연이어 구연하였다. 화자의 구연능력을 최대화시키려는 청자들의 노력이 여전히 이어졌다. 평소에도 이봉주 화자는 술을 마시면서 이야기를 하는 습관이 있었던 듯하다.
줄 거 리 : 오래 전 밤에 놀러 나갔다가 집으로 돌아오는 길에 겪은 일이다. 평소에도 잘 아는 길이었는데 갑자기 캄캄해지더니 앞이 보이지 않는 것이었다. 한참 기어

가다가 보니, 갑자기 앞이 훤해지면서 보이기 시작하였다. 채알귀신이 갑자기 덮어버리면 앞이 안 보이는 일이 벌어진다고 한다.

그걸 내가 목격을 혔구, 또 인자, 밤마실을 갔다가, 어디 인자 밤마실 갔다가,

그전이 저, 저 노름허는 디를 갔었어. 막, 투전한다고 인저, 투전이라고. 그전이는 이만하잖아? 진 놈 이런 놈 갖고 이렇게 혀갖구서, 글자두 있어. 일, 일 자는 이렇게 이렇게 저기 허구,

이 자는 이렇게 점 하나 찍구 이릏게 내리구, 삼 자는 지네발마루 이릏게 이렇게 혀놓구 이릏게 써났어.[손가락으로 방바닥에 글자를 쓰는 동작을 한다.]

그렁거 각구서, 그래갖구 노름을 할 적인디, 그게 인저 투,[한 청자가 화자에게 술을 권하면서 이야기가 잠시 중단되었다.]

그, 노름방에 가서 인저, 귀경을 하구서, 워낙에 새로, 에, 새로 한 시쯤 됐는디,

그쩍에는 이 마을 길두, 마을 길두 전수, 저, 예맨-한, 예맨허여, 질이라고.

(청중 : 골목, 골목길이?)

잉. 그러구서, 저쪽 울타리는 전수, 솔가지 막대기 이런 걸 꽂아서 이렇게 울타리혀 갖구서 동아줄 틀어 양짝이 넣어갖구 이렇게 묶구,

이렇게 허구 지낼 적이여, 담 같은 게 하나두 읎구. 옛날이. 웅 그럴 적인디,

마실 갔다오는디, 저 그쩍이는 인저, ○○○ 저, 변소라구, 이거 항아, 바탱이 하나 묻어놓구 이렇게, 저 칙간이라구 이렇게 지어났어.

이 몇 간디, 동네 댕기는 저, 거리거리 몇 간디. 그런디 여께가 변소가 하나 있구, 저 아래가 변소가 하나 있구 그래쌌는디,

여께를 오는디, 우리 나는 저 집이서 아깨 왔던디, 그 집이서 옛날부터 살은게, 살었은게, 여그서, 거그서 저 똥수깐이 있었는디,

아 여께쯤 온게, 느닷없이 막 캄캄혀 그냥. 암 것도 안 벼, 막. 워디가 워딘지를 모르구 질을 찾을 수두 없구,

기어서 이렇게 더듬어서, 기냥, 인자 한-참 왔는디, 갔는디. 뭐이 왔는지 모르게 캄캄헌게, 한참 간게시루, 번허드라구. 그런디

저까지 막 기어갔어, 내가. 저- 아래까지. 그래 가지군 그래서, 인저 번혀. 그래 눈 떠본게, 막 그냥 기어서 거까지 왔더라구.

그래서 이게 이 그쩍에는 지금은 인저 무슨 귀신이 워디가 있냐구 그렸는디, 그전이는 그거, 채알귀신이라구 그랬어.

채알귀신이 있어서 덮으믄, 영 안 뵌다구.

길에 가다가서, 막, 귀신이, 채알귀신이 덮어눌르면 암 것도 안 뵌다고 그랬거던.

음. 그런 전설이. 이, 그렁께 그 목격을 혔응께, 내가 당했은게.

그렇게, 이게. 그러니까 게 무엇이 그렸나 모른다헌게, 채알귀신이 덮어서 그런 그런다고 으런들이, 으런들이 그러더라고.

그려서 그런 일을 내가 당해봤고.

(청중 : 음, 발음이 아깨보담 쫌 낮어졌어.) [일동 웃음]

솥뚜껑이 빠지지 않는 조화

자료코드 : 08_08_MPN_20100126_HID_LBJ_0003
조사장소 : 충청남도 서천군 한산면 원산리 33번지 원산마을회관
조사일시 : 2010.1.26
조 사 자 : 황인덕, 김기옥, 서은경, 육은섭
제 보 자 : 이봉주, 남, 86세

구연상황 : 이봉주 화자가 동네 사람 죽은 일에 대해서 이야기를 하자, 옆에 앉아 있던
청자가 솥뚜껑이 솥 안으로 들어간 이야기를 하라고 권하자, 아래의 이야기를
구연하였다.
줄 거 리 : 하루는 솥뚜껑이 솥 안에 들어가서 아무리 애를 써도 빠지지를 않았다. 하루
이틀 지나 아침에 가보니 솥뚜껑이 빠져 제자리에 놓여 있었다.

(청중 : 솥뚜깡 들어간 얘기나 언능 허랑게.)

창성이가 죽은 사람 어떡했단 얘기여.

아 아침에 일어난게, 아, 솥, 솥뚜껑이 말이여, 솥뚜껑이, 아 솥 안이
가, 솥 안이가서 백혀갖구 영 떨어지두 않구 낼 수가 있간디?

영, 솥, 솥뚜꺼리가 막 이리 돌아가, 이리 돌아가, 이렇게 들어가서. 안
빠져 왜. 그냥 놔뒀어, 그냥 뺄 수두 없고. 그냥 놔뒀는디,

(조사자 : 빠지지가 않는 거예요?)

에, 그냥 놔뒀는디, 아, 뺄 수두 없고 그냥 깨뜨려서 뺄 수도 없고 그냥
그래갖구 놔뒀는디,

그 이튿날 하룻저녁 새구서, 그 이튿날 저녁이, 또 또 새구, 그러구서
아침이 가본게, 빠져, 빼서, 빡-, 싹- 또 이냥 덮어놨어. 응.

그거 가지구 무엇 때문에 그러냐? 이거여, 그러니까 본 것도 없고. 본
사람, 응, 솥뚜껑만 그랬지. 본 사람도 없고.

거가, 창성, 임창성이가 거 살었어. 살었을 적이. 아랫방 소담이 그랬다
구서.

길을 잃어 혼난 일

자료코드 : 08_08_MPN_20100126_HID_LBJ_0004
조사장소 : 충청남도 서천군 한산면 원산리 33번지 원산마을회관
조사일시 : 2010.1.26
조 사 자 : 황인덕, 김기옥, 서은경, 육은섭

제 보 자 : 이봉주, 남, 86세
구연상황 : 앞의 이야기와 같은 상황에서 이어서 구연하였다.
줄 거 리 : 늦은 저녁 법사 일을 하기 위해 길을 나섰다. 갑자기 길을 잃어 산 정상까지
더듬어 올라간 적이 있다. 평소에 아는 길에서 길을 잃어 버렸으나, 다행히
수리를 하는 집이 달빛에 비치는 것을 보고는 길을 찾을 수 있었다.

그런데 한번은 또, 내가 여기저기 많이, 많이 돌어댕긴 사람이여. 돌어
댕겨.

저, 뭐인가, 이, 저 저, 불, 불경을, 불경을, 좀 불경을, 내가 불경을 좀
배서, 이 저,

그런디 인저, 내가 가는 저 당집 같은 디 이런 디 가믄, 에, 사람이 한
이십 명 삼십 명, 그 여자들이 뫼구 인저 일부러 거 불공,

불공 드리러 왔다갔다 오는 사람, 가는 사람 다 이렇게 허구, 이러구
댕기는디.

나가 어디를 또, 여, 인저 어디를 가는디, 질이 늦어갖고 좀 저, 에- 저
녁때 오후, 저녁때 좀 늦었어, 늦어갖고

땅거미 질 적에 인저 쫌 어두컴컴헐 적에 이럴 적이 인자 가는디, 아
가다 질을, 질을 잊어버려갖구 내가,

아이구 어디루 갔나, 나중이 막- 기냥 늘 댕기던 길인디, 그래 길이 산
길, 산길인게 요맨백이 안 혀, 맨 솔밭, 솔로만 찍찍 들어서고, 요맨빽이
안 헌디.

아 한참 가다본게, 제 질이 아니구, 영 질이 읎어. 거진 뭐, 막 저 산꼭
대기 가다가 올라가다 산꼭대기까지. 어떻게 길을 잊어버려 더듬더듬 간
것이.

(조사자 : 아는 길인데 그래요?) 잉. 그래갖구 기냥, 간 것이 막 산꼭대
기에 있어, 내가.

아이씨. 가만히 가서 본게, 그때는 인자 가태라고 가태 가다 그랬는디,

저기, 저 아래곁에 그때 달빛은 있구 달은 떠서, 요리, 저 건너가 수리 조합이 있었어. 거기가 수리조합이, 수리조합이 달빛에 훤히 비치더라구. '아, 여가 수리조합이구나. 그러믄 이렇게 가야겠구나.'

그려서 이제 한참 또 거 찾아서 내려와 갖구서, 바듯이 질을 찾아서 그 집을 또 간 일이 있었어.

그런게, 엉뚱헌 길이 막, 뭐 이렇게 가로막아 갖고 엉뚱허게 막 가지드 라고. 그렇게 한 번 당해봤구. 그런 일이 있었구.

독경 예약하고 돈 떼먹은 사람

자료코드 : 08_08_MPN_20100126_HID_LBJ_0005
조사장소 : 충청남도 서천군 한산면 원산리 33번지 원산마을회관
조사일시 : 2010.1.26
조 사 자 : 황인덕, 김기옥, 서은경, 육은섭
제 보 자 : 이봉주, 남, 86세
구연상황 : 앞의 이야기와 같은 상황에서 이어서 구연하였다. 화자가 술을 마셔야 이야기를 잘 한다고 하면서, 술을 권하는 한 청자의 등장으로 중간에 잠시 이야기가 끊어지기도 하였다.
줄 거 리 : 한번은 어떤 사람이 찾아와 자신에게 일을 부탁하였다. 그리고 그는 급하게 나오느라고 장을 볼 돈이 없다는 말을 하면서 오 만원을 빌려 달라고 하였다. 화자는 돈 이 만원을 빌려주고는 약속한 날짜에 그가 일러준 동네로 그를 만나러 갔다. 그러나 그의 이름을 아는 사람이 아무도 없었다. 화자는 빌려준 돈을 떼이고는 비를 맞으며 20리 길을 걸어서 집으로 돌아온 일이 있다.

그러구 또, 한 번은 아 어떤 사람이 와서 그냥, [한 청자가 화자에게 술을 권하느라 이야기가 잠시 끊기다.]

집이서 있는디, 아 어떤 사람이 와서, 어떤 사람이 와서 막, 찾어싸.

"아이, 누구시오?" 그랬더니,

"저기, 법사, 법사님이슈?" 그르대. 그렇다고.

"법사님 만날라고 멫 십, 멫 동네 찾아대녔시오." 그러대.

그러믄서, 그러믄서 그려.

"메칠날 우리집 독경 좀 허야겠는디, 저, 그날 저 꼭 와서 좀 해주슈. 그러드라고." 그려서,

"그러믄 워디요? 어떤 동네서 왔시오?" 그랬더니,

저-기, 저, 저, 시름리에서 왔디야, 시름리.

"시름리에서 왔으믄 이름을 알아 내가 찾아가지." 그랬더니,

아 무어라고 그려. 그래 적었지. 적어갖구. 그랬더니, 그 사람이 그려.

저 그러구 저러구 곧, 나 저기 집이서 느닷없이 오다가 홀연 돈을 안, 돈을 안 갖고 와서 오늘 저 장에 가, 가는 길에 장에 가서 장을 좀더 셔 갖고 갈라고 그런게,

돈이 오 만원인가 쳐달라 그러대? 그때 돈 오만원이면 컸어. 그래,

"오만원은 읎구, 일만, 일 만원은 있어."

그래 이만원 셔줬어. 이만원 인자 내줬어. 줬더니, 그 돈을 갖구 그 사람은 인자 장 흥정, 장 흥정 헌다구 해줬는디,

그러구서 저 보내구서 그날 이저, 거기를 시름리를 갔어 내가. 갔는데.

거기 이름을, 시름리 가서 그 집을 찾을라고 이름을 죙일 돌아대니면서 물어보니 다 모른다네?

이 집 가서 물어봐도 모른다고허구, 저 집 가서 물어봐도 모른다고허구, 하, 이거 큰일 났어.

(청중 : 그게 사기당한 거여, 말하자면.)

잉. 그게 일반 속은 게 틀림없어. 가만히 본게. 이름을 뭐, 동네사람들이 이름을 모른다니 뭐, 속았지.

그러더니 비는 인저 또, 쪼실-쪼실- 올라고 저 가랑비가 떨어져쌌네. 시름, 시름리서 여기 올라믄 밤이 늦어.

그러다 본게 밤중 됐어. 참! 그래 인제 큰일 났어, 지금. 인저, 집을 못

찾어, 집이를 오야겄는디,

　(청중 : 아니 시름리 동네서? 잉?)

　(청중 : 시름리 동네서?)

　잉. 시름리서. 그 이름을, 그 사람을 찾으니 그런 사람이 없디야. 동네서 그런 사람이, 그런 사람이 없디야.

　(청중 : 근게 들렸구만.)

　그래갖구 돌린 거지. 돈만 인저, 일 만원 띤 거유. 그래갖구서, 그 구진 비를 오는디, 그 비를 맞고 집이를 왔어.

　시름리서 걸어서, 여기를. 참, 한 이십 리 길을. 참. 내 그 일을 한 번 당해 봤구.

초면에 반말한 사람 골탕 먹이기

자료코드 : 08_08_MPN_20100126_HID_LBJ_0006
조사장소 : 충청남도 서천군 한산면 원산리 33번지 원산마을회관
조사일시 : 2010.1.26
조 사 자 : 황인덕, 김기옥, 서은경, 육은섭
제 보 자 : 이봉주, 남, 86세
구연상황 : 본인이 겪은 일에 대하여 연이어 구연하였다. 앞의 이야기와 같은 상황에서
　　　　　이어서 구연하였다. 시간이 흐르자, 처음보다는 표현력이 향상되었다. 이야기
　　　　　를 재미있게 이끌어 가자 이야기판의 분위기가 훨씬 고조되었다. 필요한 부분
　　　　　에서는 적당한 몸동작이 이루어졌다.
줄 거 리 : 하루는 콩밭에서 일을 하고 있는데, 키가 큰 어떤 사람이 길을 물었다. 그는
　　　　　상대가 어린 아이인 줄 알고 초면에 반말을 하였다. 이에 화자는 상대를 골탕
　　　　　을 먹이기로 작정하고, 길을 묻는 그에게 엉뚱하게 가르쳐 주었다. 한참 후에
　　　　　그가 다시 나타났으나, 화자는 숨어서 나타나지 않았다.

　나가 직접, 내가 직접 당하고 헌 얘긴데. 그전이는 지금 바로 여가 냇가루 이렇게 큰, 크게 없었고, 냇가도 쪼꼬마니 쪼꼬만혔어. 이 냇, 냇물

내려가는.

이렇게 냇둑이 머, 그전이는 농사를 질라믄 그 냇가를 가마니다가 막 모래 담아서 잔뜩 싸갖구,

물을, 물을 저장해가 수동이루 대서, 수동이루 막 들어가게 혀서 그 물 대갖구 농사질 적이여.

지금 말이루, 이렇게 이렇게 헐 때가 아니구, 그럴 땐디.

아, 에, 그때 한, 여름, 초여름, 초여름쯤 되았나, 어쨌나, 했을 땐디,

그때 인저 보를 막아놔, 보를 막아놓고, 우리집 밭이 저, 냇둑 바로 곁이 그 밑이라. 거그서 밭을, 밭을 매야 헌게, 그때 콩밭 맬 땐게.

콩밭 맬 때니 한 여름쯤 됐겄네.

(청중 : 유월달이지, 유월달.)

에. 콩, 콩밭. 콩밭 맬 땐데. 아, 콩밭을, 콩밭이서 밭이다 저 더러 그때 는 전수 호미루 매구, 또 낮에는 또 나면 손이루 뽑고 그럴 적이여. 그럴 적인디.

인저, 콩밭을 매는디, 어떤 사람이 막 키가 깜쩍허게 큰 사람이 두루매 기를 뽀얗게 입구, 입구서, 두루매기 입구서,

가만히 본게 저 건너서 이렇게 보, 보 막은 뚝을 타고서 넘어와 이짝 냇둑이루.

넘어오더이 우뚝 스데니, 나 이자 밭에서 밭 매는데,

“야-, 야!, 야- 야!” 그러대?

[일동 웃음] 그려서 암말도 안 혔어.

(청중 : 근디 야 소리는 지난, 지난 나이잖여?)

그런게. 에. 아무 말도 안 혔어. 아무 말도 안 혔데니,

“저 놈의 새끼가 귀 처먹었나?” 그러대. 잉.

“너, 너 뒤졌다, 인제.”

가만이 본게, 돌아설라구 그려. 돌아서길래 언능 버떡 일어나서,

"나 보세요, 나 보세요, 나 봐, 나 봐, 나 봐, 일루 와봐. 저, 나보고 저 뭐, 뭐라고 했소?" 그랬지, 그랬더니.

"얼라, 난 애들인줄 알았더니, 어른이네?" 그런, 그 지랄을 하대? [일동 웃음]

"애, 앤줄 알았더니, 어른이네?"

아, 그 지랄. '너 죽었어, 이 놈아.' 그러다.

"저, 무언 말 물을라고 그러셨쥬?" 그랬더니,

"에."

"그런디 워디서, 워디서 오시요? 이, 이 지방 지리 몰르우?"

"여기 질두 몰르구, 그래서 나 저, 우리 안식구가 속이 안 좋아갖구, 네, 저렇게 해서 고창집을 찾아갈라구, 고창, 고창약을 사러 가니라고 오는 길인디, 누가 저-기서 물은게 여께 가라구 그러더랴. 그래서 이리 왔는디, 여와서 보니 워디로 가, 내려가는지-, 올라가는지는 뭘 알어? 물른다고 그려."

"예, 고창집이, 고창약을 잘 지어. 그러믄 여, 고약, 고약 또 잘 맨들고. 허늘 저 갈라믄, 여그서 저리 내려가야 허는디 말이여."

내가 막 위를 일러줬어.

"여기서 오다, 여기서 쪽, 여기 내뚝만 타고 가믄 내뚝만 쭉 타고서 막, 누구 만나도 물을 것도 없어. 막 그저 고쳐 막, 달려, 막 달려서 빨리빨리 가면 디야. 그러믄, 한참 가믄, 한참 가믄 주막 하나 있으믄 거그서 갈라지는 길이 있응게, 거 가서 물으믄, 거 가서 물으믄 저 짝이루 가라구 할 거여, 이짝 질루 가지 말구 저짝이루 가라구 할 거유. 그런게, 거 가서 그렇게 허믄 그 집이 고창, 고창약, 고약 여러 가지 팔어. 그런게 거리 가라고. 거기 의원네 집이라고. 그리 가라고."

막, 그랬더니, 인제 막 틀림없이 올라닥치데? 막 올라다, 저 아래, 아래로 내려가야 하는디, 막 올라가라 했응게 뭐,

"너 오늘 옛다 뒤져봐라." 그러구.

그러구서 나는, [일동 웃음] 그러구서 밭이서 기냥 또 저, 밭을 저 쥐어 뜯는데, 이 암만해도 올, 거진 올 시간이 되얐어.

거진 올 시간이 되얐걸래 이렇게 본게, 여 아래가 저-께서 바지 지랄 허고 막 걸음발이 빨러.

걸음발이 빨리 막 일루 내려오대? 여기루 내려와.

그려서 나는 거기서 저짝 봇둑, 봇둑 타고 저짝 넘어서 저짝 내둑이루 넘어가서,

고개만 요롱허고[고개를 내미는 시늉을 하며] 저 놈이 어뜩하나 허고 본게,

오더니 거기 와서 뚤뚤 해쌌데.

"이 눔의 새끼 워디루 달아났네. 이 눔의 새끼 갔네?"

아 그려쌌데? 거기서. 그래 내, 가다가 누구한테 들었나 그러데니 저 아 래로 막, 내려, 내려채더라고.

그려서 그런 일이 내가 한 번, 사람 고생 한 번, 고생 시킨 일이 있었 어. 내가.

(청중 : 근게 본인이 키가 좀 즉어서 인제 그렇게 당한 테가, 당했은게 골탕을 멕였다고 그래야, 그렇게 얘기를 해야지.)

"저눔, 야! 야! 젊어 귀 처먹었나?"

그러더니 막 괄세를 못 하고 그랬다구.

(조사자 : 재밌네요.)

그렇게 한 번 해봤어.

빛을 내는 무너진 사당의 주춧돌

자료코드 : 08_08_MPN_20100126_HID_LBJ_0007
조사장소 : 충청남도 서천군 한산면 원산리 33번지 원산마을회관
조사일시 : 2010.1.26
조 사 자 : 황인덕, 김기옥, 서은경, 육은섭
제 보 자 : 이봉주, 남, 86세
구연상황 : 앞의 이야기와 같은 상황에서 이어서 구연하였다.
줄 거 리 : 한 50년 전 당산에서 재를 지내는 일을 하러 갔다. 그런데 그날 마침 비가 와
서 부엌에 음식을 차려 놓고 재를 지내고 있었는데, 당산 쪽에서 불이 켜졌다
꺼졌다 하는 것이 보였다. 이상한 생각이 들어 알아보니, 그 돌은 윗동네 사
당이 무너진 자리에서 가져온 주춧돌이었다. 그 돌을 근처에 있는 강에 가져
다 버리라고 한 일이 있다.

한, 한 오십, 한 오십 년 전이, 한 오십 년 전에, 나가, 삼월 삼짓날, 삼
월 삼짓날이여.

음, 음력이로. 저, 저게 화양면 죽산리라고, 여기가 죽산 저 대뫼라고,
죽산리도 죽산서 쪼메 떨어진 저 대뫼라고 있어.

거게 사람에, 삼월 삼짓날 나보고 일혀 달라고, 일을 해 달라고, 저 맞
추고 갔거든?

그래서 삼월 삼짓날 인저 거기를 갔어. 거기를 갔는디,

아, 그날서 말고 비할래 와쌌네? 또, 비할래 와싸.

그라서 저, 부엌이서 참, 부엌이서 재를 이저, 이렇게, 전수, 저 뭐이가
전수 인저 차려 놓고 음식을 차려 놓고,

이렇게 하고서 비가 온게 바깥에다 못 차려 놓고 그때, 당산, 당산경을,
여 읽을 땐디, 당산에다 채려야 하는디 비 온게 여기다 못 차려 놓고,

부엌문 그 뒤 비 안 맞게 이렇게 차려 놓구서 고사를 이 부엌에서 이렇
게 지내는디,

아, 사람, 식구덜은 다 방에 가 있구, 나 혼자 뭐 그냥 이자, 참 이게,

주보, 주문을 외면서 이렇게, 이렇게 하고 있는디, 비는 와 쌌고 그러는디,

아 그 당산, 당산에 가 막 불이 이만허니 막, 켜졌다, 꺼졌다, 켜졌다, 꺼졌다 이랬싸, 이렸싸.

그 당산, 당산이서. 비오는디. 참, 내가 부엌이서 이저 주문을 외우는디 가만히 앉아 보닝께 아 무서운 맘이 들어가. 내가 무서운 맘이 들어가.

그려서 막 인저, 그쪽이는 귀신, 귀신 쫓는, 쫓는 또 글이 있어, 우리가. 귀신 쫓는 인자 축사.

(청중 : 그걸 쪼금 혀 보셔봐.)

(청중 : 그치, 일 막씩 그놈을 넣어 가지고 감 잡으면서...잉?)

(청중 : 경도 쫌 읽어보시랑게 쪼끔.)

축사를, 축사를 막 넣어서 막 이자, 읽어잦히, 잦히는디. 그리고서 막 주인을 저, 방에 막 나와 보라고 막 꽘 질렀어.

방에는 왜 방구석에만 자빠져 있냐구 나오라고 했더니, 주인이랑 막 전체들 나왔어.

"저기 가서, 저기 가서, 내가 저 가 손, 자꾸 손 짚어봐.

거 가면 손 짚는 디, 거기서 불이 막 이렇게 켜졌다, 꺼졌다 그러면 그걸 내가 지금 경험할라구 징험,

징험할라구 그런게 저 뒤로 하나 가서 거가 손 잡구 이렇게 짚어봐, 유산(우산) 받구."

그랬더니, 주인, 주인네가 나와서 유산 받구 가서, 여기유? 여기유? 여기여 여, 그래쌌대. "아니요, 쪼금 이짝, 쪼끔 이짝." 그랬더니,

당산, 당산 독을 딱 이렇게 네모 빤듯허게 쌓는디, 이짝 구퉁이, 구퉁이 독이여, 거기, 그것이 그냥 비쳐쌌구.

켰다, 꺼졌다 그랬더만. 거기여, 거게, 거게 꼭, 그것 꼭 맡어놓구 와, 거기다 표시해 놓구 와, 그랬더니,

그럭혀서 인자 그 사람들이 거 표시해 놓구 왔어.

와서 비가 꺼끔허걸래, 가서 본게, 네모 빤뜻헌, 네모 빤뜻헌 막 저, 바둑마루 생긴 독이여. 바둑마루 생긴 독인디,

그래서 주인보고, "여기 이 독을 워서 갖다 논 거여?" 그랬더니,

"저, 저짝 윗동네 사당, 사당 저 무너져서 사당 무너져서 없애버렸는디, 그 그 주춧돌이요, 거 사당 주춧돌.

그눔이 하도 좋걸래 그리구 갖다 여 쌓시유." 그러대.

그게 사가지구 됐나 어쨌나, 그걸루 막 불이 켜졌다 꺼졌다 그 지랄했더만?

(청중 : 독두 야광 들은 것마냥 생긴 게 있어. 잉.)

사당, 사당 주춧돌이여. 그래서, 그서 주인보고 이거 담박에 갔다 거가 바로 그 아래가 강이여.

여 져다 강에다 갔다 버려뻐려. 거 캐다. 그래 그 밤에 막 그걸 또 지구서 갖다 내쒔어. 그런 일이 있었어.

(청중 : 그런 독 여적 놔뒀으면 문화재루 충분한디 값이 나가는 독인디.)

에, 그리고 막 그것이 불이 켜졌다 꺼졌다 요러잖아? 막. 이만하게 그려서 그런 일 내가, 겪었구.

전구에 대고 담뱃불을 붙이려고 한 할아버지

자료코드 : 08_08_MPN_20100126_HID_LBJ_0008
조사장소 : 충청남도 서천군 한산면 원산리 33번지 원산마을회관
조사일시 : 2010.1.26
조 사 자 : 황인덕, 김기옥, 서은경, 육은섭
제 보 자 : 이봉주, 남, 86세
구연상황 : 앞의 이야기와 같은 상황에서 이어서 구연하였다.
줄 거 리 : 오래 전 전기가 처음 들어올 즈음에 생긴 일이다. 한 노인이 전구에 담뱃대를 대고 불을 붙이려고 하였다. 불이 붙지 않자, 화를 내면서 담뱃대로 전구를

때리자 전구가 깨어져 버렸다.

옛날에, 옛날에 저, 등잔, 등잔불 등잔불, 이렇게.

(청중 : 호롱불이라고 허지.)

쇡유(석유), 쇡유 늫구서 등잔불 키구서 이렇게 놓구서 자조 살 적이여.

(청중 : 이 양반 모르실걸, 등잔불.)

이런 전기불은 읎구, 저 전기가 어디가 있어? 그럴 적인디, 거가 인제 옛날도 아니여,

전기가 생기기, 생기기 전인게. 잉, 전기가 생기기 전인게. 막 크게 옛날도 아닌디,

그런디, 그런디 인저 그 쩍이는 이 전기 들어왔다가두 처음이 들어왔는디,

전기 들어왔다 해두, 이런 현관두 이런 거 없었어. 이

저 쪼꼬만 다마, 다마를 껴서 이저 쓸 적이여. 그럴 적인디.

아 인저, 워떤 노인네, 저 바깥 노인네가, 그전이는 막 한 사십 살만, 한 오십 먹으먼 담뱃대 질이기 이만하면서,

참 그, 봉초 꼭꼭 넣어갖구서 이렇게 화로, 화롯불이다가 이렇게 막 빨아서 이렇게 필 적이여, 담배를.

이렇게 필 적인디. 아 이, 불이 여가 켜진께, 이 노인네가 꼭꼭 담뱃대가 담배를 넣어갖구서 거 다마에다 대구서 암만 빨아대니, 암만 빨아대니 불이 붙으야지? [일동 웃음]

이 전기가 처음에, 처음 나왔을 적이.

그런께 그 불인 줄 알고 인저, 잉, 노인네가 인저, 불이, 저것도 불인가 보다 하구 거기다 담뱃대를 놓구서 되 빨아대니 아이 불이 붙으야지?

"어이, 씨부랄이 이거 못 씨것다."

담뱃대루 톡 때리닝께 딱 까져뿌, 막, 꺼져버렸지.

담뱃대루 톡.

"예이, 불이라는 게 못 씨겠다. 불두 안 붙어."

톡! 때리니 딱! 깨져버렸지 뭐. 이런 일이 있었어. 그런 일이 있었다구.

넋 건지는 이야기

자료코드 : 08_08_MPN_20100126_HID_LBJ_0009
조사장소 : 충청남도 서천군 한산면 원산리 33번지 원산마을회관
조사일시 : 2010.1.26
조 사 자 : 황인덕, 김기옥, 서은경, 육은섭
제 보 자 : 이봉주, 남, 86세
구연상황 : 화자가 다른 한 편의 이야기 구연을 마치자, 옆의 청자들이 넋 건지는 이야기
를 한번 해 보라고 권하였다. 계속되는 권유에도 불구하고 못 들은 척하며 넋
건지는 이야기하기를 망설이다가, 한참 시간이 흐른 후에 시작하였다. 화자가
이미 술을 몇 잔 마신 상태이어서 조사자들에 대한 경계가 많이 풀어진 상황
이었다. 동작을 직접 시연해 보이라고 권하는 청자들로 인해 이야기판의 분위
기가 훨씬 고조되었다.
줄 거 리 : 이포에 객줏집이 세 군데 있었다. 그중 한 객줏집에 살던 어떤 사람이 군산에
갔다가 오는 길에 물에 빠져 죽었다. 그 사람의 넋을 건져 달라는 요청을 받
고, 제수를 준비하여 그곳에 가서 제를 지내 주었다.

갓개, 저, 갓개 저, 갓개서, 갓개 그전이 객주집이 허위, 안창돈, 시[세]
집이가 객주집이 있었어, 갓개가.

(청중 : 갓개가 강가인데, 옛날 입포래, 입포.)

여가 객주집이 시 집이 있는디, 허위네,

(청중 : 허위네가 제일, 제일 일위로 봤어.)

잉. 제일 컸지. 그집이를 내가 매일 그집 안택을 해마다 허구 댕겼어.
그럴 적인디.

그 집 단골로 댕기는, 댕기는 분이 그전이는 이 차도 귀혔구 이렇게 헌

게, 갓개서 배 타구 군산까지 군산까지 왔다갔다 할 적이여, 배타구,

배루. 배루 늘, 배루 절루 왔다갔다 할 적이. 응 이럴 적인디,

이럴 적인디. 저 허위네 있던 그 전, 전 뭐인가, 그 분, 그 분인디. 그
분이 군산 갔다 오다가서, 저기 저,

장항, 장항 부둣께서 지름통 실다가서 거서 넘어져갖고 빠져서 죽었어.
거 성씨여. 성이. 죽었는디, 그렇다구서 거기, 거기서 넋을 건지러 가자구
허대?

넋 건지러, 넋 건저 달라고 날을 받아 청했어. 그래서. 그래 인저, 저
갓개, 입포 가서 내가 가서, 전수 채려 갖구, 그거 찾을라믄 많여.

이만한 식기에다, 식기에다가 주인보고 쌀 하나 꽉 담아서 한 그릇 딱
담아서 복주께 딱 덮어서 양짝에 시루뻔을 붙여,

(청중 : 여기가 이렇게 덮구 혀야 실감이 나.)

시루뻔 붙여서 딱 이렇게 번을 붙여, 붙이라구, 붙여달라구 그렸어.

그렇게 붙이, 그케 딱 이렇게 혀주믄, 혀주믄 내가 이저, 이저 넋줄이
있어. 줄 저 개성베, 개성베라고, 얇디 얇구 저,

(청중 : 베, 베, 베.)

광이, 광이 이만혀갖구서 실이 막 한 필이면 사십 자가 되야. 한 필이
면. 그거 한, 한 필만 떠서 갖고 오라고.

그래갖구서 그러구 그눔을 인저 이 복주께를 그놈이다가 싸서 개성베
로 싹 싸갖고 끝, 끄트머리다 싸갖구 바늘로 총총 막 옭어매야. 이 안 빠
지게.

복주께 안 흘리게. 해갖구서. 전수 갖고 그 빠져 죽은 디로, 빠져 죽은
데로 가. 빠져 죽은 데로 인자 가갖구,

(청중 : 현장, 현장. 잉. 그 가 넋 건지러. 넋을 거 가 건지야 헌게.)

그래 인저, 거기 가서 전수 채려 놓구 전수, 거기서 신자가, 신자 하나
있고,

내가 법사, 내가 인자 주문을 전수 외구, 신자는 딱 이렇게 노려보고 이렇게 그러구서 그러다가,

이 줄을 막 실컷 막 던지면 저까지 쭉 빠져서 막 날아가다 툭 가라앉거든?

식, 식기 이만한 놈 묻었은게. 그런디 그것만 혀갖고는 떠. 응.

무게가, 무게가 안 맞아 떠. 그 강물이라, 강물이라 막 뜨드라구. 그래 갖구 거기다 또 갖다가서 막 잡아댕겨 갖다,

독을 또 이만한 달아 갖구, 무겁게 달아 갖구서, 그놈을 던져갖구 저, 막 배타고 가서 가운데가 넣어놓구서 무건게 여기서 던지믄 저 가 떨어진게,

배 타고 가서 막 저기다 갖다 놓야혀. 이렇게 허구서 놓구서, 여기서 전수 고사를 지내야 인저.

이제 여기서, 완별 채려 놓고 고사를 지내야. 이렇게 하구서 한참, 몇 시간을 이렇게 혀. 그러구서 이 줄이 주인께다가 주인, 안주인게다 인자 줄을 잽혀.

잡으라구 이걸, 잡고 있으라고. 요렇게 잡구 있으라구. 줄, 줄을. 줄을 잡구 있으라구 인자 줄이, 줄이가서 실리믄,

우리가 물어봐. "아무 감각 없수?"

(청중 : 자 이거라두 붙잡구, 이렇게 붙잡으라 헌다 그려.)

[한 청자가 화자에게 당시의 경 읽던 모습을 재현해 보라고 권유하면서, 옆의 물건을 건네주었다.]

아모, 아모 감각 없냐구 허면,

"아직은 깨딱없어요." 그러대?

"그러면 한참을 더, 더 허야 혀."

"나 어뜩혀 찔끈찔끈혀." 그려.

이 저 잡은 이가, 그러구서 바르르르 이려. 손이 바르르르 이런다고.

이 잡은 손이. 이거 잡은 손이. 바르르르르 이려. 응.

그 줄 올라서. 그럼 아 올르나, 올라오나 보다. 넋이, 넋이 올르나보다 이럭혀.

그 한참, 한참 더 허구서, 이저,

"왜, ○○○ 괜찮혀?" 허먼,

"예, 가라앉네요." 그러고 딱 끊겼어.

건져 인저. 건져서, 저 징, 징, 징을 갖고 가요, 징. 여 징. 여자는, 여자 무당은 징을 집어서 헌게.

나는 장구를 치지만 여자 무당은 징을 쳐요.

그러면 징을 딱 해서 딱 요렇게 엎, 잦혀 놓구서 보재기 그 다 뜯어서, 뜯어갖고 복주께 덮은 걸 딱 끄내갖고,

저 주, 저 주인보고, 그 주인딜 보고 딱 쏟아서 다 허쳐보라구, 다 허쳐 보라구 인저.

딱 허쳐보라구 이려. 그러믄 물이 안 들어갔으닝께 뭐, 쌀도 그대로 있 지, 번 붙이구 다 이렇게 했으니께.

물 안 들어갔으니께 보송보송헌 게, 딱 징에다 쏟아놓구 이렇게 허쳐 보먼,

머리카락 이만씩 헌 게 두 개나 시 개나 이러 들어가 거가 딱 들어 있 어. 이 쌀이가. 이런 걸 보믄 왜 귀신이 없냐 이거지. 왜 읎냐.

그래 우리는 절대 신용합니다. 절대 신용혀. 그려서 이런 걸 보믄 절대 있기는 있지, 눈이루 안 뵈는 것이 있구나.

이걸 내가, [중간의 4~5구절은 뜻을 알 수가 없다.] 실감하능거여. 내 가 우리 조상, 조상 기고도 기가 맥히게 지냐,

내가. 저, 그 놈을 봐고 전부 목격을 했기 땜이. 그런 거 다 봤기 땜이.

절대 기고 날은 저 오는구나. 그려서 기고도 내가 참 정, 정중히 모시 구 그려.

호랑이에게 물려 고생한 사람

자료코드 : 08_08_MPN_20100126_HID_LBJ_0010
조사장소 : 충청남도 서천군 한산면 원산리 33번지 원산마을회관
조사일시 : 2010.1.26
조 사 자 : 황인덕, 김기옥, 서은경, 육은섭
제 보 자 : 이봉주, 남, 86세
구연상황 : 앞의 이야기와 같은 상황에서 이어서 구연하였다.
줄 거 리 : 산에 나무를 하러 간 사람이 호랑이에게 머리를 물려 고생하는 것을 본 적이
있다.

그 범한테, 범한테 내 물렸, 물린 사람 한 번 봤어. 범한테.

(조사자 : 예, 좀 해주세요.)

그게 저기 저, 저 가만 있거라. 거가 이름을 잊어버렸네.

(청중 : 이름 몰라두 돼요.)

여기 저, 거기, 오밭에서 살다가서 저 마산 저리 이사갔는디 저, 저 이
무엇인디 이름이 잊어버렸네, 그 사람 조칸디.

그 사람 조카가, 그 사람 조카가. 옛날에는 늘 나무혀다 땠은게, 늘 나
무 지게, 지게지구 나무혀다 땠은게.

그른디, [이름을 기억해내려 한참 동안 애쓰다] 이남수, 이남수. 이남수.
이남수 조칸디, 걔가 오산대, 여기 오산대 여기루 나무를 허러 갔는디,
아 잡것이 워떻게 워떻게 허다 본게 그전이는 나무 혀다 땐게,

아래 베랑 있가디 밤낮, 뭘 저 사람 안단, 손 안단 디만 가야, 안단('안
닿은'의 뜻임) 디를 가야 많이 허지. 헌게,

막 오산이를 저기까지 올라가다가 허대. 올라간날, 아이 무엇이, 막,
"으!" 허구 막 대들더라네. 어서. 나올라카는디.

그래갖구서 그게 안 잡아먹혀 다행이지.

호랭이라 여기를[눈썹 옆을 가리키며] 물어갖구, 머리를 여, 물어갖구,
여기 호랭이 저 이빨자국이 두 군데 있어.

그래 막, 그 고생했어. 남수 조카. 이, 거가 전주 이가여. 이남수 조카라구.

여가 막, 호랭이, 호랭이 발루 물어서. 막 여가 거가 막 숭겨갖고 막 이렇게.

그랬는디, 오산이 올라가갖구서 저 호랭이한테 물려갔구.

그래불구 나사[나이]갖구 기냥, 살기는 살았어. 그런디, 그런 일두 내가 한 번 봤구.

고달픈 시집살이

자료코드 : 08_08_MPN_20100128_HID_LSO_0001
조사장소 : 충청남도 서천군 한산면 동사리 모시방
조사일시 : 2010.1.28
조 사 자 : 황인덕, 김기옥, 서은경, 육은섭
제 보 자 : 이순옥, 여, 81세
구연상황 : 모시방에서 이야기판이 벌어졌다. 손으로는 일을 하면서 이야기를 하였다.
줄 거 리 : 친정집이 부자여서 시집가기 전에는 부족한 것이 없이 살았다. 시아버지 될 사람이 탐을 내는 바람에 시집을 가게 되었다. 시어머니 때문에 시집살이를 고되게 하였다. 남편에게 많이 맞으면서 살았다. 자식들 다 키워놓고 이제 살 만하니, 남편은 명이 짧은지 죽고 말았다.

우리 아버지가 안 헐라고 했는디유. 그 시아버지 자리가 막 나 데리갈라구, 막 사주를 막 우리 말 듣도 않구 갔구 왔대유?

시아버지 자리가 하루는.

그래서나 그 사주를 바로 막 돌려보냈어유. 돌려보냈더니 우리 시아버지가유 듣는 말로 삼일 차 저기 끼니를 전폐허구서나 그냥 우기시다고 그러대유?

그래서 우리 어머이가 그러대유? 친정어머이가,

"니가 딴 디로 가서나 잘 살으면 좋지만 또 여기만치 못 살으면은 그것도 동네서 오금 백히고 그런게, 그냥 니가 그 집이 가 살으라고."

우리 친정어머니가 그랬어유. 그래가주고서나 그 사주 단지를 또 도로 그 집이를 보냈어유.

총각네 집이를. 보내가주고서나 인자 결혼을 인자 혔는디.

아이, 우리, 우리는 부자유. 부자고 시집은 가난해유. 가난한디. 내가 옛날부터 그렇게 참 클 때부터 쓰게 생겼던가,

잘 봐가주고서나 욕심내가주고서나 나를 데려갈려고 한게 우리 친정아부지는 ○○ 막 주기 싫어가주고,

그집이다는 안 저기 헌게 막 해야써나.

내가 시집가서유 잔치를 허는디 꼭 여드레를 잔치했네유. 저 내가 맏딸이유. 맏딸이, 맏딸이구. 참 어려서부텀 클 때도 뭐 말 씹히는 것도 없이 컸어유.

그런게 우리 아부지가 너무 막 우리 큰딸 산꼭대기다 놔도 산다고 그래가면서나 잔치를유 쌀을 열댓 말을 떡을 허구,

막 산자에 뭐에 옛날에는 산자 집이서 헌게 혀가주고서나 인자 잔치를 글케 막하구 몇 고패썩을 그냥 동네양반들 막 멕였어요.

그전에는 없이 사는 사람도 많았어요. 지금 안 같아요. 그런게 그런 사람들 그냥 막 멕이고 그냥 어떻게들 좋아서 혀쌌고.

그런디 그냥 멕이고 그렇게 허구서 사는디.

우리 집에는 기룰울을 것이 없어요. 기롤 것이 없는디 우리 시어머이가 정월이도, 우리 시동상들 다 들어도 상관없어.

정월에도 맵쌀 한 말을 담궈놓네요? 담궈놓으면 그거 참 혼자 도구테로 그거 빵구면요, 그짓말이 아니라 나중에는 그 쌀도막이 빤득 빤득허니 안 빵궈져요.

인자 거 우리 시어머니는 그냥 치이만 하구서나 도테 한번을 안 넣어

줘 안 빵궈줘요.

그러면은 내가 그것을 다 빵구고 어치케 나를 막 데려가더니 시집살이 시키나 막 말 헐 것도 없어유.

근게 우리 아버지가 집을 친정아버지가 그 저기 사돈네 무시허구서나 집 사서 나를 제금냈어유.

아 제금 냈더니 우리까정 사는디 걸핏하면 아들 오라구 시누를 보내네?

보내놓으면은 아들 가면은 머라구를 혔나 오면 벌써 사립문께 들어오면서나 막 몽뎅이 그런 거 막 그런 걸 찾았시유. 우리 아랫방에 가.

저기 저 새장태라고 이 양반 알어. 새장태에서 혼자 사는 양반이 딸 하난디 참 거 딸네집 가 못 있구서나,

우리 아랫방에 와서 있구 우리 큰딸 많이 봐줬어요.

희자라고 큰딸을 내가 첨에 딸을 낳는디 그애를 많이 봐주고 그렇게 해서 우리집에서 한 식구처럼 사는디,

아이 사립문 벌써 사립문 안에 들어오면 그냥 뭐 나 막 와서 막 때릴 꺼 있나 막 찾느냐고 아무 정신없어. 그래서나

그러니까나 그놈을 찾아가주고서나 막 엄마 말만 듣고서나 막 나와서 막 뚜드러 패야.

그러면은 그 아랫방 아줌마가,

"아이고, 애기아부지 애기어매 잉? 하나 때릴 디도 없구 나무랄 디도 없는 사람을 왜 그렇게 때리느냐고, 애기아빠 다 아무것도 숭 없는디 애기엄마에게다 허는 것이 그게 숭이라고."

막 그래가면서나 막 그 양반이 와서 막 말려유.

그리고 내가 막 날래가주고 그렇게 막 패면은 막 뛰어 내빼유. 그 당시는 안 맞을라고 막 도망가유.

저녁에도 그게 막 삭 미꾸리사냥혀. 막 미꾸리처럼 막 도망가면은 참 몇 번 맞구서나 못 맞을 때도 있구 그래요.

어지간해야 우리 어머이가 친정 어머이가,

(청자 : 동네서 보면 얼매나 속상하겠어.)

너는 죽으면은 이 뼈가 다 멍들었을 거라구 했슈. 하도 패싼게. 그냥. 그렇게 내가 그냥 많이 그냥 맞고 살았는디.

늦게는 인자 내가 아들 딸해서 칠 남매를 뒀어. 뒀는디 그것들 다 키워서 내보내고서나,

인자 이런 말 저런 말 저기 혀가면서나 이렇게 둘이 좀 살을려고 혔더니, 바깥주인네가 명이 짧은가 그냥 병이 나가주고서나,

참 저기 시운일곱에 세상 떴어유. 뜨고서나 나가 이렇게 혼자 사는디,

지금 내가 저기 육십아홉인가 아홉 먹어서 바깥주인네 떠나고서나, 내가 지금 저기 칠십일곱이네유.

그렇게 혀서나 사는디 살을 동안두 우리 시어머이가, 나 참말로 벨 꼴도 다 봐.

동네사람들 더러유 그 인자 떡을 혀유. 떡을 빵궈서나 허면은 안살메 연골네라고 있어. 거기 가서나 저기 거시기 뭐여 두부,

두부 그것을 한 메를 갖다가서나 그 멥쌀에다가 넣어서 섞어가주고너나 인자 막 쪄유.

찌면은 네 꼭지 막 시루다 이케찌면은, 이맨씩 혀 떡 다 부서져 갖고 예맨씩 혀. 그러면은 저 광색이댁기루 뭐다 정렬어매는 아나 몰라?

(청자 : 알어. 광색이 댁.)

그런 사람 놀러오면 며느리년이 떡 반듯반듯한 것은 다갖다 친정집이 주고서나 이렇게 부시럭지만, 이렇게 있다고 그 사람들을 갖다 줘요.

그 우리 친정은 부자라, 막 그전이도 막 찰떡이루다가 팥 넣고 호박고지떡을 막 그렇게 좋게 혀서 먹지 그런 떡은 갖다 먹도 안 혀유.

그것을 뭐 하러 가져가. 그렇게 허구 참 나 애맨 소리유, 널까지 혀도 못 다 혀유.

시어머니 제일에 생긴 조화

자료코드 : 08_08_MPN_20100211_HID_LJY_0001
조사장소 : 충청남도 서천군 한산면 송산리 마을회관
조사일시 : 2010.2.11
조 사 자 : 황인덕, 김기옥, 서은경, 육은섭
제 보 자 : 이정예, 여, 78세
구연상황 : 앞의 이야기와 같은 상황에서 구연하였다.
줄 거 리 : 시어머니 제사를 며칠 앞두고 허리와 다리가 아파서 심하게 고생한 적이 있
다. 병원에 갈 시간도 없어서 힘들게 제사를 지냈다. 정성스럽게 제사를 지내
고 나자 몸이 이상하게 나았다. 젊을 때에는 시집살이를 힘들게 하였으나, 시
어머니가 돌아가시고 난 뒤에는 꿈에 시어머니가 나타나도 해롭지는 않다.

우리 시어머니가 음력이루 9월 8일날이 제사, 제사거든요?

그런데 그때 어트게, 콩을 어트게 줏을라고 이렇게 엇디뎌서 냥, 내가
허리허고 다리허고 병 나가지고 꼼짝을 못 혔어요, 그때.

시어머니 제사 안이 한 이틀 앞두구선. 그런디 병원에 갈래도 갈 시간
도 없어 가지고 그냥 생겨 가지구 막 제물 채리구 다 했는디,

그날 저녁이 인자, 젯밥을 혀놨는디, 인제 이케 수저를 꽂아 놓구서 인
자 다른 방에 가서나 조금 있다, 있다 나오잖어요?

그케 와봤더니, 수저가 똑같이 아버님 어버님 수저가 똑같이 그냥 병풍
있는 디로 그냥 자빠졌어, 이렇게.

수저가 똑같이 넘어졌어, 넘어져도. 쪼끄매 틀고도 않구 똑-같이 넘어
졌어 이렇게. 병풍 있는 데께 넘어졌더라고.

근디 좋게를 보셨는지 워쨌는지, 하이튼 병원이두 안 갔는디 그냥 낫었
어 그냥.[일동 웃음] 우리 형님이,

"오매! 아이고 왜 그러까? 아이 잘 잡수셨나베." 그래쌌더라고.

형님이. 그래 쌌더니, 그 참 낫어서 병원이 안 갔어요 그냥. 그때. 그런
일은 있었어.

날 또 참 젊어서는 엥간히 시집살이하고 살았거든 나도. 이 동네사람들이 다 알게 시집살이를 하고 살았는디,

지금도 시어머니 꿈에만 뵈면 해롭들 안 혀. 기쁜 일도 있고, 그냥 좋은 일 있어. 있어요. 그래서 괜찮여. 지금은.

시어머니와 한방에서 잔 시집살이

자료코드 : 08_08_MPN_20100211_HID_LJY_0002
조사장소 : 충청남도 서천군 한산면 송산리 마을회관
조사일시 : 2010.2.11
조 사 자 : 황인덕, 김기옥, 서은경, 육은섭
제 보 자 : 이정예, 여, 78세
구연상황 : 마을 사람들 사이에서는 이미 알고 있는 내용으로, 이야기판의 다른 사람이 서두를 꺼내어 놓자, 이정예 화자가 이야기를 시작하였다.
줄 거 리 : 시집와서 10년이 넘도록 시어머니와 부부가 한방에서 살았다. 남편이 유복자로 태어나 아들에 대한 사랑이 각별했던 시어머니는 며느리와 아들이 다정하게 지내는 모습을 보려 하지 않았다.

(청중 : 시집와서 시어메라 서이 하냥 잤어요. 그래서 신랑게다 이렇게 올려노믄 "꽉!" 찬디야.) [일동 웃음]

할아버지가, 저기 저기 우리 시아버지 돌아가시구서나 난게 입덧을 허시드래요.

그 우리 영감을, 영감을 뱄을 때 그렇게 유복자여, 그래서.

초상 치르구 난게 입덧을 허시더랴. 우리 시어, 시어머니가. 그래 서른하나에 혼자 되셨거든.

우리 시아버지는 스물여덟에 돌아가시고. 인자 세 살 사이여, 인자. 그러니까 월마나 아들이 애지중지혔겠어?

혼자 그 유복자를 키웠으니. 그러니까 냥, 내우 간이 자는 꼴을 못 봐.

그렇게. 그래서, 그래 가지구 헌 거여 그게. 그래서나, 이렇게 더듬어봐.
이렇게.[일동 웃음]

더듬, 더듬어보믄 인자, 내 발이 인자 신랑 발루 이렇게 올라갔던게벼,
어뜩허다.

막 발을 막, 처들어서 막 "팍!" 메때리드라고. 그냥. 나도 몰, 나도 몰랐
지, 잠결에 그랬으니까.

그 소리 했더니, 그냥, 그런 소리가 아주 이름나가지구서 혀쌌대.

(청중 : 아 그게, 좋은 소리지 뭘.)

(청중 : 한, 한방에서 잘랑게 월매나 저기혔을 거여.)

(조사자 : 아이 그래 저, 결혼한 때부터 그렇게 하드라구요?)

예.

(조사자 : 언제까지 그렇게...)

한 애, 애들 셋 낳을 때까지 그랬어. 그러니까 한 십년은 그랬을 거여.
십년 훨씬 지났어. 시집와서.

(조사자 : 애기는 어떻게?)

(조사자 : 그 와중에.)

그래도 낳았어. 애기는.[일동 웃음]

(청중 : 그 양반 귀신도 웃어가며 해요. 속 빠져 갖고.) [웃음]

나는 푼수가 없슈. [웃음]

(조사자 : 그러셨으니까 잘 사셨겠죠, 그죠?)

(청중 : 나 같으믄 그냥은 못 살어요.)

모시 판 돈으로 노름한 서모

자료코드 : 08_08_MPN_20100211_HID_LJY_0003

조사장소 : 충청남도 서천군 한산면 송산리 마을회관

조사일시 : 2010.2.11

조 사 자 : 황인덕, 김기옥, 서은경, 육은섭

제 보 자 : 이정예, 여, 78세

구연상황 : 모시 팔러 다닌 이야기가 잠시 오갔다. 모시 팔러 다니다가 노름으로 돈 잃은
사람은 없느냐고 조사자가 물었다. 옆에서 누군가가 '그런 사람이 있다'고 말
하자, 이정예 화자가 나서며 바로 자신의 서모가 그런 일을 당했다고 하는 바
람에 한순간 이야기판에 웃음이 터졌다.

줄 거 리 : 하루는 서모가 모시 팔러 장에 갔다 와서는 우는 것이었다. 그래서 물으니,
소매치기를 당해서 그런 것이라고 하였다. 나중에 알고 보니, 모시를 팔고 돌
아오는 길에 펼쳐 놓은 노름판에서 돈을 잃은 것이었다.

우리 친, 우리 친정어매가 그렸어.[청자들 일제히 웃다]

우리 친정 어매, 원 친정어매가 아니고 서친정어매가, 친정어매 돌아가
시구,

나 열두 살 먹어서 우리 어머니 돌아가시구서 서모를 얻었는디,

한 번은 모시 팔아오고 나서는 막 울어쌌대.[일동 웃음]

그래서 인자, 야중에 들은게 그걸 잃어버렸디야. 따개 당했디야.

인자 말하자믄 저기 쓰리꾼이 저기 뺐어갔다 이거여.

그래더니 동네, 동네사람 말이 그러는디, 그래서 그랬다고더라고.[청중
들 웃다]

(조사자 : 한산장에서요?)

예, 한산장에서.

(청중 : 장에 가다, 장에서 그러는게 아니라, 중태서에유.)

(청중 : 장에서 허믄 인자 막 순사들이 잡아가지. 가다, 중태를 가다 돈
있게 생긴 사람 보믄 막......)

근디, 가만-히 쳐다보믄, 쳐다보믄 곧 그게 될 것 같어, 될 것 같어. 그
냥.

뭐, "여자는 절개, 남자는 보짱"

[놀음판에서 하는 소리를 잠깐 흉내를 내고] 막 그래쌌드만. [일동 웃음]

그래서 장에서는 못 허지, 인자.

(청중 : 오는 길이나 가는 길이나 그냥 여자들 그렇게.)

지금처럼 차 타고도 안 다니고 옛날엔 걸어서 다녔잖야?, 다.

그런게 인자, 중간쯤이서 그냥 그렇게 허지.

(청중 : 그 잃은 사람은, 보믄 가서 보믄, 참 저게 기여. 근디, 않지. 않는디, 인자 돈이 허용이 있는 사람은 막 그기 긴 거 같으믄 막 집구, 돈 얼매 대놓구 막 그러지.)

첨이 몇 번은 되게 혀. 그럼 다 먹을 것 겉어. 그런게 처음이는.[청자들 웃다]

그래 야중이는 다 햐 소용없지.

꿈에 나타난 친정어머니

자료코드 : 08_08_MPN_20100211_HID_LJY_0004
조사장소 : 충청남도 서천군 한산면 송산리 마을회관
조사일시 : 2010.2.11
조 사 자 : 황인덕, 김기옥, 서은경, 육은섭
제 보 자 : 이정예, 여, 78세
구연상황 : 앞의 이야기와 같은 상황에서 이어서 구연하였다.
줄 거 리 : 어머니가 돌아가시고 서모와 힘들게 살고 있었다. 몇 번이나 꿈속에 돌아가신 어머니가 나타나서 자신을 데려가려고 하였다. 그때마다 어머니를 따라가지 않아서 지금까지 살 수 있었다.

우리 어머님 돌아가셔가지고 인자 그 서모, 서모 손에 막 그냥 맞고 밤낮 그렇게 살 때, 꿈에 우리 친정어머니가 불르시더라고 둬서.

우리, 우리 집이 산 밑에 있었거든요?

막- "아무개야! 아무개야!" 불러싸. 거기서. 그래서 인자, 그냥 쳐다본 게 어머니가 자꾸 불러싸.

그런데, 안 갔어. 본숭만숭하구서. 막 어머니가 불러싸두.

(청중 : 안 죽을라구 안 갔구만.)

그랬더니, 나중에 점을, 점, 뭣 땜이 점을 쳤거던? 그랬더니 그 소리가 나타나더라고.

내가 하도 고생해쌌걸래 데려갈라 했더니 왜 안 와, 안 왔냐구.[웃음]

그러구 또 한 번은 또, 우리 어머니하구 그냥 같이 워디를 가니랑게, 저 저 동지뫼가 우리 친정이여, 바로 이 너머.

근디 거기를 인자 나와서, 인제 큰 길 나와서 차를 타고서 우리 어머니랑 같이 가니랑게, 땅고개,

여기 고개를 넘을랑개 내 신발이 바퀴루 속 빠져. 그 차에서. 어머니허고 같이 가는디.

다른 분덜두 시방 저기 한 여덟 명인가 타구 그랬었는디.

(청중 : 꿈이?)

잉. 꿈에. 내 신발이 쏙 빠져갖구 신발 줏으러 내려나왔더니 차가 양 가버렸어.

(청중 : 안 죽을라구.)

(청중 : 그래서 살았구먼.)

그랴. 그러니까 땅고개 거가, 우리 어머니 산소였거든, 그때. 그때 그랬었당개요.

(청중 : 몇 번 어매가 데려갈라구 했구먼.)

에. 몇 번 그렸어. 한 번은 또 큰- 막, 그냥 강을, 금강이여, 금강. 강을. 거길 우리 오빠하구 나하구 둘이 시방 건너가.

어메한티루 간다구 인자 둘이가. 아 가니랑게 그저, 한 가운데쯤 간게 그냥 다리가 똑 부러져버려 그냥.

홍청홍청헌 저기 저 나무다리를 가는디. 그려서 깜짝 놀래서 깬 것이 꿈이더라구.

그렇게 몇 번 혔어 나는 꿈에도. 그런데 그런 소리가 다 나타나더라고요.

점 친게 데려갈려고 몇 번 혔는디 니가 안 따라와서 못 갔다고.

뱀을 쫓아내자 연이어 죽은 쌍둥이

자료코드 : 08_08_MPN_20100211_HID_LJY_0005
조사장소 : 충청남도 서천군 한산면 송산리 마을회관
조사일시 : 2010.2.11
조 사 자 : 황인덕, 김기옥, 서은경, 육은섭
제 보 자 : 이정예, 여, 78세
구연상황 : 앞의 이야기와 같은 상황에서 이어서 구연하였다.
줄 거 리 : 어떤 사람이 곁방살이를 하면서 살고 있었다. 어느 날 그 집에 놀러갔다. 새가 시끄럽게 우짖는 소리가 들려 살펴보니, 뱀이 부엌 천장에 붙어 있는 것이었다. 곁방살이 하던 쌍둥이 엄마가 여러 가지 방법을 동원해 뱀을 내쫓아버렸다. 이후 쌍둥이가 연이어 죽고 말았다.

그전이 거 저기, 저기 저 금이댁, 금이댁이 첫애 쌍둥이 낳었거든?

딸. 딸 쌍둥이 낳는디, 저기 접방살이혔어, 그때.

(청중 : 참 옛날 얘기지.)

옛날에는 이냥 저기 저, 새우 받을라면, 새우 받을라면 수숫대 같은 거 올려놓고 새우 받잖여?

[4~5어절을 정확하게 알아들을 수가 없다] 뚝뚝냥 다 뵈야. 저기 저, 거시기. 그 뭐이라, 새우발이 뻔이 뵈야, 인자.

그런데 이자, 아 어쩌다 그냥 그집 잉, 접방살이, 접방살이 하는디,

내가 거기 마실 갔는디 인자, 그 안집 그 저기, 경우 선생 동상허구 나

허구 동창이거던.

그서, 거기 기냥 마실 갔어. 그런디,

아 어쩌다 본께 막- 그냥 새가 짖어쌌걸래 가봤더이, 그 천장에 가 막 콩이 요만한 놈이 막 그냥 천장에가 있어. 천장에가.

(청중 : 뱜이?)

잉, 저기 저, 밥 해먹는 여 부엌, 말하자믄 접방살이 하는 집, 부엌인디 냥 그 거 천장에가 막 냥 있어.

그렇게 됐더라구. 막 그런데, 뱀이 양- 가 거기 가. 그렇게 인자, 그 저기 안, 거시기가 그 금이댁이, 거다 불 놓구서,

불 놓구서나 거기 가서 머리카락도 갖다놓고 또 꼬추씨도 갖다놓고 막 그러드라고.

그런게 그 위 가 있는 뱀이 막 짝짝짝짝짝짝 갈라져 그냥.

저기 이런 데 손 터진, 저기 저 오이 노각 터진 것마냥. 그냥 짝짝짝짝 갈라지드라고.

그러더이, 어디론가 없어졌어. 그렇게 행해가지고.

그서 그 소리를 인저 동이댁 시어머니 듣는데 내가 그 소리혔어. 그랬더니,

"아이, 그 지집애 죽을라나배."

그러더라고. 그 쌍둥이 낳는데 조금 아팠어. 그때. 아팠어 어린애가 아팠었어.

(청중 : 부정 탔겄네.)

잉.

"걔, 지집애 죽을라나배."

그러더라고, 그러더니,

(청중 : 그거 나왔다구?)

잉. 그러더니, 그 이튿날인가 죽더라구. 그 둘 다 다 죽었어. 하나 죽더

니 또 죽더라고. 둘 다 다 죽었어.

그 이튿날 죽구, 하나는 그 이튿날 죽구 하나는 며칠 더 살다 죽구 그러더라구.

둘 다 다 죽었어. 쌍둥이 여잔데.

무서운 땅고개 귀신 (1)

자료코드 : 08_08_MPN_20100211_HID_LJY_0006
조사장소 : 충청남도 서천군 한산면 송산리 마을회관
조사일시 : 2010.2.11
조 사 자 : 황인덕, 김기옥, 서은경, 육은섭
제 보 자 : 이정예, 여, 78세
구연상황 : 앞의 이야기와 같은 상황에서 이어서 구연하였다.
줄 거 리 : 13살 때 집에서 토끼를 한 30마리 키웠다. 당장 내일 먹일 토끼풀이 없는 것을 알고 서모가 야단을 쳤다. 그래서 늦은 시간에 무서운데도 토끼 먹일 풀을 뜯으러 갔다. 땅고개 근처를 지나는데, 참살봉 있는 데에서 어떤 사람이 이상한 소리를 지르는 것을 들었다. 놀라서 정신없이 집으로 돌아온 적이 있다. 땅고개는 무서운 곳이다.

열세 살 먹어서여 그게. 열세 살 먹어선디, 내 손이루 토끼를 한 삼십 마리 먹였어, 혼자. 학교 가기 전이 풀을 다 인자,

학교 갔다와서나 풀을 다 많이 뜯어 놔야 인자 그 이튿날 나 학교갔다 올쯤 그 놈을 먹여, 토끼를.

우리 냥 서모가. 그러는디, 그날은 비가 구질구질 오늘처럼 와가지고서나 토끼풀을 못 뜯었거든?

그랬더니, 막 놀고 왔더니 막 야단났네. 토끼풀 안 뜯어 내일 뭣 줄라느냐고, 막 야단났어. 그서 지금이루 말하믄 한, 다섯 시나 돼서 토끼풀 뜯으러를 갔을 거여.

(청중 : 비 맞어 가며.)

잉. 이늠의 것이 꼭 다른 풀은 하나도 않고 크로바 잎사구만 먹어. 토끼가 또.

그래 저 한산 가는데 여기 여, 단지 다리, 거기, 그 둑이나 가야 그 풀을 뜯어, 언제나.

(청중 : 퇴끼풀.)

잉. 동지뫼서나 거까정 갈라믄 한-참 가야 혀.

(청중 : 그렇지. 한참 오야지.)

막 구럭을 요만한 놈을 아버지가 인자 밀빵 달아줘가지구 그 놈을 지구서 인자,

언제든지 거다 하-나 뜯어나노믄 인저 그놈을 인자 종일 주거든. 풀을.

그런디. 그때사 가서 그 놈의 풀을냥 하나 뜯었으니 월매나 어두웠겠어?

인자 지금이루 말하믄. 여덟 시 넘었을 거여. 그때. 시계를 그때는 없었은게 그러지.

그 한산서 거기 갈라믄유, 큰- 산을 거치야 집이 들어가요.

(청중 : 그렇지.)

거 갈 일이 걱정이여. 거기가 아주 얼매나 무서운 디여? 그게. 땅고개가.

안땡, 안땡고 있다해쌌고 막. 그냥. 구신이 들썩들썩허여. 말하자믄 그게. 거기서 안 놀랜 사람이 읎어, 거기서.

우리 할아버지도 놀래셨구, 거기서. 구신한테. 그런 디를 넘어가야겠는디, 큰-일 났어. 근디 여덟 시 날이믄 컴컴한디 어떡해여.

깜깜해서 인자 거기를 가, 고개를 넘어 갈라구 가는디, 그 고개를 넘어 갈라믄, 인자, 이렇게 이렇게 올라가가,

이렇게 올라가가 산 말랭이가 있다믄, 요만치루 질이 이렇게 났어요.

말랭이 있구.

이렇게 인자 가, 가는디, 낫을 이케, 이렇게 생긴거 들구 그냥 앞이루 가. 아무 것도 나타나기만 하믄 일루 찔러 죽인다구 잉.[일동 웃음]

그 찍, 열두 살 먹었응게 시방이루 말하믄 찌깐치. 그때는, 그때는 제법 컸을 거여, 그려도. 그냥, 아무 것도 나타나기만 혀라, 이놈이 찔러 죽일 텐게 그냥,

속이루 군정군정 해가머 그냥 가. 아, 그런디 워서 휙,

"아--- 야---" 소리가 나데?

그 꼭대기서. 여기 이 중태로 가니랑게. 그서 이렇게 봤더니, 이냥 구름 찐 날인디, 그냥 비쪼매 해서 축축히 오고.

그 꼭대기서, 이려, 그냥. 모자를 이렇게 쓰구서나 그냥,

[허리를 구부리는 흉내를 내며] 이래, 이래싸머 소리를 질르는 거여. 그냥.

(청중 : 그냥 혀 가며?)

잉. 막, 아- 징글맞게 나. 소리두. 막 아야 소리가.

(청중 : 그게 저기했나 모르겠네, 잉. 그 정신없는 사람, 남복이 동생인 가 누군가?)

아녀. 나 그때 어려서랑게, 나 어려서. 근디, 그기가 사람 댕길 디도 아 녀, 거가 산꼭대기, 참살봉 꼭대긴게.

(청중 : 그 도깨빈게벼.)

아유! 그런디 막, 거기서 인자, 삿갓 쓰구서나 가다서나, 삿갓을 막 오 니졀이 막 벗겨 내쓰고,

삿갓 땜에 담박질 헐 수가 있었야지? 이 구럭은 벗겨 내쏠 새가 없어, 그냥 막 달렸어, 그냥.

내가 달리기를 원판 잘혔거든. 어렸을 적에. 막 달려갔어. 오빠를 얼마 나 크게를, 오빠를 불러가머 갔는디,

거기선 우리집이 한–참 가야혀. 그런데,

(청중 : 그렇지.)

월마나 크게 불렀나 오빠가 ○○○○ 들리더랴, 그 소리가 집에서.

그래가머 가다가선 바로 그 산 밑, 산 밑이도 한–참 가야 햐. 거기도.

그런디, 아마 한 오십, 오십 메타는 될 거여, 그 산꼭대기서 우리집이 내려가는 거리가.

중태로 한참 가가지구서 내려가거든? 그 내려가다 팍! 자빠졌네, 인자.

(청중 : 허이구, 참.)

자빠진 짐이 구럭을 막 벳겨내쌌어 인자. 자빠진 짐에 뭐 내쓰구서 이렇게 갔더니,

구럭은 구럭대로 내려오나 가지구서나 우리 집 앞에께가 있더랑게.

(청중 : 오메?) [일동 웃음]

(청중 : 저절로 떨어져서, 둥굴러갖고.)

잉, 그러고 우리 오빠는 우산 쓰구 게다 신고, 딸가락 딸가락 나와, 그때사, 세상에.

그서, 골나가지고 들어갔어. 내가, 속상해서. 인자 나온다구. 근디 그 소리가 월–매나 무서웠던지. 인자 괜찮야, 인자.

근래까장도 그 소리만 허믄 이른 디가 소름이 짝–짝– 들어 그냥. 그거 생각만 허믄 내가.

(청중 : 귀신이나, 도깨비나 디여.)

그 근방이 그냥 구신이 들썩들썩 헌 디여. 그게. 땅고개.

(청중 : 그게 뭔 고개라 그랬지? 당고개?)

땅고개. 그, 그이 높은 고개는 거게, 꼭대기서 그 사람이 춤춘 디 거기는, 참살봉이여. 거게.

참, 참, 참살봉이 왜 그러냐믄, 참봉 벼슬을 헌 양반이 이 중태루 게다, 저기 저, 자전거 타구 지나가다서나 떨어져서 거서 죽었디야,

그래서 참살봉이여, 그게. 참봉이 죽었다구, 참살봉. 참살봉 꼭대기거든. 그게.

그 소리를, 그 생각만 허믄 그저 집에 와서까정도 ○○가 짝- 짝 들어 그냥.

인자 조매, 늙은게 괜찮여, 인저.

무서운 땅고개 귀신 (2)

자료코드 : 08_08_MPN_20100211_HID_LJY_0007
조사장소 : 충청남도 서천군 한산면 송산리 마을회관
조사일시 : 2010.2.11
조 사 자 : 황인덕, 김기옥, 서은경, 육은섭
제 보 자 : 이정예, 여, 78세
구연상황 : 땅고개라는 곳이 무서운 곳이라는 이야기가 오가면서, 마을 사람들이 그곳에서 놀란 일이 많다고 하였다.
줄 거 리 : 몇 명이 모여 한산에 가서 영화를 보고 오는 길에 땅고개를 넘게 되었다. 한 여자가 땅고개에서 소변을 보고는 일어나지를 못 해서 우는 것이었다. 옆에 있던 그 여자의 고모가 귀신 들으라고 온갖 욕을 다 퍼붓자, 그 여자가 자리에서 일어났다.

그게 겁나게 무서운 디유, 그게.

(청중 : 얼매나 미섭다구. 거기.)

(청중 : 땅고개가 겁나게 그전이는 무섭다구 했어.)

(청중 : 차두 문 열어주구 헌다구 해쌌어.)

에, 그게 우덜 저기 저, 커서두, 인자 거기 인자, 한산이 영화 들어왔다구 허믄 막 그냥 으른들 몰래 구경 가니라구 야단나싸쌌네 인자.

거 가는디, 한, 하나가 저기 저, 거서나 소변을 보드라구. 꼭대기께서. 나 놀랜 디께서, 소변을 봐, 하나가.

아, 그러데니 그참 못 일어나구서 막 앉어 우는 거여. 안 일어나진다고. 막 앉아서 막 울어. (청중 : 여자가?) 잉.

(청중 : 어쩌까.)

막 앉아서 울어. 안 일어난다구. 그게 누구냐 하믄, 여기 저, 싸르메 저 승욱이 양반 먼저 마누라여. 그게.

친정에 와가지구 그때 그랬어. 친정에 와가지구. 막- 울어. 막 다리가 터지는 것 같어서 못 일어난디야.

다리가 터지는 것 같어서 못 일어난디야. 그런게 인자, 그 사람, 데리고 온 딸이야, 그게. 할머니가.

그런데 그 사람 조카딸이 인자 그때 신랑 군인가서 집에 가 좀 있었거든. 저 친정에만 와서 그랬는데, 그 사람이,

인자 말하자믄 인자, 할머니가 데리고 온 딸인게 고모야, 말하자믄 그게.

그 사람이 막- 욕을 해잫히더라고. 막. 욕을 허면서 막, 이, 뒈져버리라구 막, 뒈져버리라구 허면서 막 이냥,

그 사람허고 욕허는 게 아니고 귀신 보고 욕을 허는 거여.

"뭣 받아먹을 게 있간디 여기 붙댕기느냐구?"

허면서, 막 욕을 허는 거여 막 그냥. 그런게 그때사 일어나. 그때사. 막- 욕을 헌게 그때사 일어나드랑게.

(청중 : 옛날에는 그런 거 있기는 있었나봐잉.)

그게, 그게, 그만치 무서운 디여 그게. 거기서 내가 그렇게 놀랬당게. 그냥.

무서운 땅고개 귀신 (3)

자료코드 : 08_08_MPN_20100211_HID_LJY_0008
조사장소 : 충청남도 서천군 한산면 송산리 마을회관
조사일시 : 2010.2.11
조 사 자 : 황인덕, 김기옥, 서은경, 육은섭
제 보 자 : 이정예, 여, 78세
구연상황 : 땅고개와 관련한 이야기를 이어서 구연하였다.
줄 거 리 : 할아버지가 올 시간이 되어도 오지를 않자, 오빠가 마중을 나갔다. 할아버지
를 부르면서 찾으니, 넘어져 있던 할아버지가 그제서야 일어났다. 땅고개는
무서운 곳이다.

인자 꼭 주입을 할라믄 거기, 한산서 거기 가야만 돼요, 저 장소가. 한
산서 갈라믄 그리 가야, 고개를 넘어가야만이 우리 동네를 가.

우리 할아버지가 하-도 인자 안 오신게 우리 오빠가 인자 마중을 나
갔대,

할아버지 마중을 나갔대요. 저- 밑이가 허-연 게 있드래요. 저 밑이께
가. 그래서,

"할아버지! 할아버지!"

불른게 그때서

"나, 나 여깄다!" 하고 일어나시더랴.

그때는 인자 암만 여름이두냥 양반들은냥 모시 두루매기들 입었잖
야? 다.

두루매기 입구서 넘어져, 모타 띠미트려가지구 거서 드러누신 거여, 꼼
짝을 못 헌 거여.

그리게 사람 소리 난게사 벌떡 일어나지더랴, 그냥. 우리 할아버지가.

그래 그만치 무서운 데여, 거게.

(조사자 : 거기도 그 장소에요?)

예, 예, 예.

무서운 땅고개 귀신 (4)

자료코드 : 08_08_MPN_20100211_HID_LJY_0009
조사장소 : 충청남도 서천군 한산면 송산리 마을회관
조사일시 : 2010.2.11
조 사 자 : 황인덕, 김기옥, 서은경, 육은섭
제 보 자 : 이정예, 여, 78세
구연상황 : 앞의 이야기와 같은 상황에서 이어서 구연하였다.
줄 거 리 : 사촌 동생이 시집을 갈 때, 그녀의 올케가 이불을 해 주려고 솜을 사서 이고
땅고개를 넘게 되었다. 이고 있으면 귀신이 솜을 뺏어가고, 머리에 이면 뺏어
가고 하는 바람에 집에 돌아와 보니 솜이 엉망이 되어 있었다. 이후 사촌 동
생은, 귀신과 싸움한 솜으로 이불을 해 왔다고 시어머니로부터 좋지 않은 소
리를 들었다.

사춘동생이 바로 이 너머로 시집갔거든, 개, 저, 이불해 줄라고 그래,
그 사람 올케가, 우리 사춘 올케가, 군산이루 솜을 사러 갔는디.

솜 사가지구 그날 이저, 배 타구서 저기, 화양서 배를 내려 가지구서
인제 이렇게 오다커나, 거기서 구신한테 그 솜을 뺏기는 거여.

막- 내려 패믄 또 집어서 이고, 구신은 내려 패믄 또 집어서 이고, 솜
이 다 찢겼더랴. 다. 근디, 그놈, 그놈 그냥 어떻게 집이 가지구와서는,

구신허구 쌈 허구서나 그냥, 가지구 와서, 가져왔는디,

집에 온게 막, 솜이 다 걸레됐드랴, 아주 막 다.

뺏어노믄 또 이구, 뺏어노믄 또 이구. 그놈 가지구 그냥 해가지구 그냥
시집간 거여. 그냥. 그때 시집가가지구서 얼매를 알착거려가지구 시어메
한테 그 좋은 소리 못 들었다니까. 그때.

그거, 그케 미서운 디여 그게. 그 솜이루 그냥 이불해가지구 시집가가
지구.

(조사자 : 시어머니한테 혼났다구요?)

잉, 시어머니가 뭐라구 해쌌드라구 우리집 오셔서두 막 그냥,

구신허구 쌈헌 놈의 솜 가지구 시집 왔으니 뭣이 좋은 거 있느냐구.

그냥 아퍼, 아파쌌는다구. 앓아쌌어.

(조사자 : 아, 앓으니까요.)

구렁이 죽이고 병사한 외삼촌

자료코드 : 08_08_MPN_20100211_HID_LJY_0010

조사장소 : 충청남도 서천군 한산면 송산리 마을회관

조사일시 : 2010.2.11

조 사 자 : 황인덕, 김기옥, 서은경, 육은섭

제 보 자 : 이정예, 여, 78세

구연상황 : 지킴이를 함부로 죽이면 안 좋다는 말이 오가고 난 뒤, 주변에 그런 일이 있
　　　　　느냐고 물으니, 아래의 이야기를 구연하였다.

줄 거 리 : 쌓아 놓은 둑을 뱀이 자꾸 터지게 한다고 생각한 외삼촌이 뱀을 죽여 버렸다.
　　　　　얼마 후 외삼촌은 주마담이라는 병에 걸려 고생을 하다가 죽었다.

우리 제일 큰외삼춘(큰외삼촌)이 그냥, 우리 큰외삼춘도 그냥 뱀이 성
가스럽게 해싸서,

자꾸 물꼬, 그냥 둑 싸노믄 또 터쳐놓구, 터쳐놓구 해싼게 속상해 가지
구서 인자 뱀을 죽였디야 인자.

우리 큰외삼춘이. 그랬더니 그 죽인 뒤에로 얼마 안 있어가지구 그
냥 막,

그 몸이 그냥 불이켰다 터지구 불이켰다 터지구고는, 그전이는 주마담
이라 그래 그것 보고. 주마담 걸리 가지고 그것이루 돌아가셨는디,

그 천상 그 뱀 썩을 때 그것 같드라구 해쌌대. 넘들 말이.

그래 그걸루 돌아가셨어, 그냥 우리 큰외삼춘두. 그런 지킴이 있는 건
그건 함부로 못 죽인다 이 소리여. 그런게.

밤에 나무하러 갔다가 혼난 일

자료코드 : 08_08_MPN_20100221_HID_LJH_0001
조사장소 : 충청남도 서천군 한산면 원산리 마을회관
조사일시 : 2010.1.21
조 사 자 : 황인덕, 김기옥, 서은경, 육은섭
제 보 자 : 이준환, 남, 77세
구연상황 : 앞의 이야기와 같은 상황에서 이어서 구연하였다.
줄 거 리 : 밤에 산에 나무를 하러 갔다. 한밤중에 혼자 주인 몰래 나무를 해 오려니 무
서워서 죽을 지경이었다. 사람 소리가 나는 것 같아서 한참 마음을 졸이다가
나중에 알고 보니, 집안의 형도 아들과 함께 나무를 하러 와 있었다.

까작을 질려고요 남의 산에 밤, 낮에는 못 허니까 그 오리목나무 여 비
러갔는디 초생달이 있을 적이유.

그, 그 참 고랑당 그 산 우거진 디 그 산 혼자 나무 벼올라면 어려운
거이거든?

그래두 인자 그래도 어떡혀. 질려고 맘 먹은 거 해놓은 거.

그 나무 그 고랑당을 갔는디 참 무서. 거, 거가 옛날에 저 장사꾼 죽었
다는 산말랭이거든?

퇴, 퇴룡, **퇴룡산**이라고. 근디 아이 나무를 한 번 이렇게 톱질허믄 톱질
허믄 그 주인네 집이 그렇게 멀은디,

거기 아다 되는 줄 알고 톱소리가 나는 줄 알고 마음으로 그냥,

(청자 : 조마조마해.)

좁혀지더라구. 내 그짓말 아녀, 이게 실화여. 아 근디 막 소쩍새는 울고
막 밤새루 울어싸서 더 초조 그냥 두개 비고 세 개째 비는디, 초생달이
딱 떨어졌네?

이제 앞이 캄캄한 암흑이유. 아이구우 한번 톱소리 나믄 인자 막 또 주
인네가 쫓아올까미 말여 이런 맘이 그리 조급혀, 조급허더라구.

그른디, 고놈을 서너 개 벼갖구 집에 짊어지고 오는디이 논두렁에 요만

한 삿갓 쓰고 허는 논배미 산골짝이라. 그 고랑을 타고 네러오는디,

뒤에서 막 뭣이 잡아댕기는 것 같아. 막 지게 지고 갈라고 하면 짊어지고 갈라고 하면 뒤서 잡아당기나 가덜 못 허겄어.

막 새는 울어쌓고 밤이 그렇게 맘이 들고 좁혀지니까, 에 참말로 들고 숨이 맥히드라구. 그래서 인자 도저히 안돼서, 인저 저 논두렁 거기다 받혀 놓구서는 몇 발짝 못 갔시유.

가덜 못 혀유. 그냥 뒤서 잡아댕깅개 일어서서 갈라고 그러면 뒤서 잡아당기니 당기니까 맘으로.

아, 그래서 인자 도저히 못 살겄어. 담배를 한 대, 인제 맘이라도 안정 될라고 담배를 인자 피는디. 피고서는 인저 덜 갈라고 두어 발짝 갈라구 하니까 앞에서 사람소리 나는 거 같어.

내 분명히 들었는디 맘이루 놀래갔구 그랬나 하여튼 사람소리가 나.

아이, 참 환장햐 앞이서 나오는데 갈 수도 없고 인자는 클났데. 그 일어서서 갈라고 허면 뒤에서 잡아당기는 거 같고 앞에선 소리 나지.

그래 인자 그때 홀리는 거여. 사람이란 게 그때 정 마음이 약해지면 허해지니까. 예

그래 막 나는 인자 어떻게 헐루든 받쳐놨지. 가만히 들어보면 그짝에서도 응구대첩이 없어 그려 일어서서 갈라고 하믄 사람소리 나는 것 같구.

그러다 어쩌다 보니까 막 내가 소리를 막 쩌렁쩌렁하게 지른다고 한참 지른 거여.

근디 속에서만 나오지, 나오는 소리는 없유.

내가 생각해도 들고 소리는 크게 나는디 여 속에서만 지랄허네?

이게, 이게 목소리가. 그렁개 그 그쪽에서 나를 알고서나 답변이 오더라구. 그때서는 사람 신호가 와.

그른디 신호가 오는지 뭔지 마음은 인자 지쳐서 더 이상 헐 수가 없어서.

지쳐서 참 거기다 받쳐놓고,

"누구유? 누구유?"

인자 하는디, 소리는 인제 조금 나오드라구. 그때는 인제 답변이 온게 오더라구 사람이.

아 그때 우리 재종형님이네? 아들허구 둘이 거기도 밤 나무 비러 왔어, 오는 중이여.

거기는 부자간이 온게 괜찮지만 나는 혼자 그 지칠 대로 지치고, 하이 막 어찌다 봉개 막 인자, 사람소리는 난게 인자,

"나요." 그러드라구.

근디 본게 집안형님이네? 근디 막 아 인제는 살았다구 허구선 인자 마주쳤는디,

"아, 도대체 왜 그렇게 누굴 허구 불렀는디 대답도 않구 사람을."

"아이, 나도 놀래서 그랬어. 이 사람아."

그러드라구. 그래서 그놈을 인자 휴 한게 인제 한숨 쉬게, 가긴 가는디.

파가 끓여갖고 한번 놀래갖구, 그 집이 오니 땀이 먹 감아 가지고 몸이 개떡져버렸어, 개떡. 그래갖구 그런 예도 있구.

밤길에 나뭇잎 밟는 소리에 놀라 단명한 사람

자료코드 : 08_08_MPN_20100121_HID_LJH_0002
조사장소 : 충청남도 서천군 한산면 원산리 마을회관
조사일시 : 2010.1.21
조 사 자 : 황인덕, 김기옥, 서은경, 육은섭
제 보 자 : 이준환, 남, 77세
구연상황 : 앞의 이야기와 같은 상황에서 이어서 구연하였다. 자신의 경험담과 유사한 다
          른 이야기가 생각이 난 듯, 아래의 이야기를 들려주었다.
줄 거 리 : 어떤 사람이 밤에 고개를 넘어 오는데, 걸음을 옮겨 놓기만 하면 이상한 소리

가 나는 것이었다. 그래서 지칠 대로 지쳐 집으로 돌아와 보니, 망개나무 잎 때문에 소리가 난 것이었다. 사람이 마음이 약해지면 작은 것에도 놀라게 된다. 너무 놀라 고생을 한 그 사람은 오래 살지 못 하고 죽었다.

사람이 마음이 약해지면, 어떤 사람이 뭐 고개 넘어를 넘어서 집으로 오는디,

아이 한 발자국 오면 뻐석 뻐석 걸 막 버스석 버스석 소리나구, 아이 오덜가덜 못 했네?

그래 올라갔다 내려갔다 올라갔다 내려갔다. 가면 발짝 소리 가면 뒤에서 잡아댕기는, 뻐석뻐석 소리나구 가만있으면 소리 안 나고.

그래각고서나 결과적으로 인제 다 지칠 대로 나처럼, 저 그런 당황을 해서 인자 올라갔다가, 고개를 네러올라면 그전에 옛날에는 차가 없고 아무 것도 없잖여요?

그래갖구서 있는데 결과적으로 인자 다 죽어갔구, 집으로 바듯이 오구 봉개 제우 멍과나무, 멍과나무 여가 걸려갔구,

그적까시 다 그냥 가는 대로 버석버석 그것이 걸려갔구 그래갖구서나 놀래각구 얼마 못 살았슈.

(조사자 : 어떤 나무요?)

(조사자 : 명과나무.)

멍과나무라고 있슈. 멍과 빨간 저, 저,

(청자 : 열매 열어. 빨간하게.)

그것이 여기에 걸렸은게 가는 대로, 헌게 그 옛날에는 말여 걸어 순 걸어댕기잖어?

그런게 마음이 약해지면 들구 약해진다고 근디 앙껏도 아닌 것이 그 지랄하고 댕겼으니,

(청자 : 내 산리, 내 산리 가면, 낮이 가서 쓰는디 넘의 산이 가서 한게 임자 오는 것도 같구. 맨날 맘먹어서 그런게 버시락만 하면 맨 버시락소

리만 나도.)

그래서 뭐 도깨비 무섭네 해도 사람이 젤 무섭다고. 내가. 아 땀이 먹 감아 버렸당게.

땅고개 귀신을 만난 친구

자료코드 : 08_08_MPN_20100121_HID_CMS_0001
조사장소 : 충청남도 서천군 한산면 원산리 마을회관
조사일시 : 2010.1.21
조 사 자 : 황인덕, 김기옥, 서은경, 육은섭
제 보 자 : 차문수, 남, 73세
구연상황 : 다른 화자가 귀신 본 이야기를 하자, 아래의 내용을 구연하였다.
줄 거 리 : 오래 전 사진관에서 일을 하던 한 친구가, 밤에 집으로 오다가 땅고개 근처에 서 한 여자를 만났다. 그 여자와 밤새도록 이야기도 하고, 달리기도 하면서 온 산을 돌아다녔다. 새벽이 되어 닭 우는 소리가 두 번 들리자 여자가 사라 져버렸다. 그날 이후 그는 한 달 동안 앓았다.

문근이라고 내 동갑네 있어. 그 사람이 저기 저기 저 한산서 사진관을 할 때,

에~ 새벽 아이 열한시 경이, 동지 그때 벌써 옛날이네유. 그 사람이 사 진관할 때가, 아마

약 한 40년 됐겠네? 그 사람이 저 스무 살 열여덟 땐게.

그렇게 시방 육칠십인게 사십이 못 됐나? 그런데 그 사람이 내가 인제 직접 들었어요.

그 사람이 마산서 저 방위근무할 때 그 사람하고 방위근무를 했어요. 그런데 그 인제 사람 이야기를 내가 들었어

그. 그. 그. 동지메 처녀들이 사진 찍고 그 전에는 인제 사진들 많이 찍 었어요, 옛날에는. 사진을 찍고 갈 때,

인자 거까지 동지네 바라다 주고서 가는디, 그 땅고개라고 여기 있어요.

그 고개를 막 넘어서 거 밑이 내려가먼 다리가 있어, 인자 저 그 다리가 아니라 물 저 내려가는 또랑 그 똘, 물 내려가는 수앵이라고 그래유.

거게 막 내려가는데 여자가 딱 하나 나타나드랴. 근디 이 저 흰 저고리 입고 아래 꺼먹 치마 입은 여자가, 머리 땋아서 묶은 여자가. 그래 인저,

"저 오디 가냐구?"

"나 한산 간다고."

"그럼 나도 한산까지 같이 가자."고 그러더라네?

그런디 여자가. 그른디 얘기, 얘기 인자 저 한산 갈라먼 다리가 있어요.

거까지 얘기를 허면서 내려갔댜. 그런디 거기서 어 옛날이 인저 내가 저 국민학교 댕길 때 달리기 선수였었고,

서천 그 면 그 대표로 인자 그 저 뭐여 선수로 나갔었다구 그런 이야기를 했었던가봐. 그른게,

나도 옛날에 달음질 잘 했었다고 그 여자가, 그럼 막 거기서 담박질 한 번 하자고 그러드랴.

그렇개 그 여자가 그른게 막 담박질을 가믄 깜빡하면 한 이분이나 정신이 들을 때를 그 여자가 없어진댜.

그러믄 정신이 바짝 드는디두 야 내가 정신을 차려야겠다 그러믄 또 나타나는디 둘이 막 담박질을 한다드만?

그래가주고 밤새도록 그렇게 혀가지고 그렁기서 요렇게 요 위 진골이라고 있어요. 저 윗마을 진골이라고. 거기가 참 외뚜른 디유.

그리 넘어와 가지고 요렇게 이르키 오밭이 고개 져가주고 넘어서, 고 밑이 옛날이 경진이 안 혈 때, 그 저 완종이 그 밑이 농사를 졌었어유.

거기서 인제 손을 씻고자 인자 손둥이로 갈 판이여. 그른디 손을 씻고서 인자 이렇게 헌게 수건을 딱으라구 주더랴. 닦으라고 그 여자가.

(청중 : 이때 쫓아다닌겨?)

예. 거까지 왔었데유. 그래가주고 인자 오산배기 저 인제 숨도 쉬지 않고 인저 저 인자 물. 그거보구, 뭐 물 넘어가는디,

(청중 : 외.)

응! 외! 거기를 둘이 건너왔댜. 거기를 둘이 건너와서, 오산배기 그 산이를 얼마나 돌아댕겼는지,

한참 그 뭐 그 막 까시나무 그 뭐 있잖어? 그 뭐이가 있어. 멍가나무 아니구 막.

(청중 : 아이, 어느 나무 까신지 뭔지 모르고.)

산추나무가 보이네, 산추나무에. 한참 돌아댕이는디 닭 우는 소리가 나드랴 이거여.

딱 닭이 두 번 우는 소리를 들었댜. 그러더니 그 여자가 없어지더라네? 에, 에 그 여자가 없어지드랴. 그래서 거기서 인자 주거 나가, 나가 떨어졌지 인자. 그른디 요렇게 눈을 떠본게 ○○ 가지구 감을 못 잡겠드랴.

(청중 : 아, 그래 오산이가 산이가 있었데?)

예. 산이가 있었지유 걔가. 인제 차차아차차 누루고 보닝게, 옛날이 어려서 오밭에 병선이라고 했다 그랴. 병선이?

(청중 : 병선이, 이병선이.)

예에, 최병선인가 이병선인가 그 사람하고 동창였어 중학교 동창. 이 오밭으로 왔을 때 [2~3어절은 알아들을 수가 없다]

차츰차츰 오밭으로 들어가보닝께 그 사람네 집이드라네? 거기가 그러니까 인제,

그 사람을 만나가주고 가본게 신발도 안 신고, 옷 다 뿌러지고 막 그 사람이 막 봉개 막 어찌다 눈 마주쳤지.

그 그사람이 인자 저저 들어가는디, 막 그 사람이 떠나오더니,

"너 오짠 일이냐고?"

붙잡고 깜짝 놀라드래유. 놀랠 꺼 아니유? 예, 놀란 얘기다 그 사람한티 직접 들었어유.

그 구신 얘기 하닝개 내가 얘기하네. 그런디 그 후에 가가주고 그 사람이 한 달을 앓아누워 가지고 꼼짝을못 했댜.

꼭 죽을 뻔 봤다구 그라대.

근디 지 어머니가 그 나중에 인자 와서 이야기하는디, 점을 헌게 당신 아들이 꼭 위험하다고 조심하라고 혀서,

그 소리를 그 임중에 인자 그 깨, 저깨났는디 그 얘기를 하드랴. 즈이 어머니가.

근디 구신이 확실히 있긴 있어 옛날이는. 시방은 읎어.

구렁이 본 뒤 망한 집안

자료코드 : 08_08_MPN_20100128_HID_CHS_0001
조사장소 : 충청남도 서천군 한산면 여사리 마을회관
조사일시 : 2010.1.28
조 사 자 : 황인덕, 김기옥, 서은경, 육은섭
제 보 자 : 차한수, 여, 79세
구연상황 : 조사자가 옛날 이야기를 청하자, 아래의 내용을 구연하였다.
줄 거 리 : 당산에 살던 사람이, 하루는 구렁이가 담장에 걸쳐 있는 것으로 보았다. 그 이후로 식구들이 연이어 죽는 바람에 그 집안이 망해 버렸다.

당산 사람은 2월달이, 담장, 담장에 가 꺼먹 구렝이가 이렇게 늘어져있드래유 나온게.

그래서 참 이상하다 하구서는 본체만체 내비뒀는디.

각시 죽구 신랑 죽구 친정어매도 죽구, 친정어매 죽구 그렇게 다, 장사 댕길 때,

(청자 : 옛날에는 구렁이들이 많았어.)

2월 달에 왜 뱀이 나오것어? 2월 달 춥구 헌디 그게 안 좋을라구 집이 아래 위채 기와집인디,

아래채 담장에 그렇게 그것들이, 그래 그렇게 그 집 그냥 다 그냥 망해 버리고 사람이 죽어서.

(청자 : 망할라면 그렇게 구렁이가 그케 있었어.)

그러니 20년도 넘었지.

시어머니 제삿날 생긴 조화

자료코드 : 08_08_MPN_20100128_HID_CHS_0002
조사장소 : 충청남도 서천군 한산면 여사리 마을회관
조사일시 : 2010.1.28
조 사 자 : 황인덕, 김기옥, 서은경, 육은섭
제 보 자 : 차한수, 여, 79세
구연상황 : 앞의 이야기와 같은 상황에서 이어서 구연하였다.
줄 거 리 : 시어머니 제삿날이 여름이라 문도 못 열어 놓고 제사 준비를 하고 있었다. 옛 날에는 문에 한지를 발라 두었는데, 누군가가 물을 묻혀서 구멍을 내는 것이 었다. 남편이 밖에 나가보니, 사람은 없었다. 이후로 무서운 마음이 들어 밤에 잘 나가지 않는다. 제사는 정성스럽게 지내야 한다.

시어머니 지사가 유월 달이유. 유월달 열하렛날이덩가 써논거 보야지 모르겠네. 여름인게 더운게 시방인게 방 창문 있고 집이 좋지만,

옛날 집은 그냥 모기장 바르고 문 열었다 닫았다 초가집에서 살았시유. 저짝 교회 뒤서 사는디. 인저

하루는 그날 저녁에 지사를 지낼라고 인자 지사 다 지내고. 여름인게 과일은 참외 수박밲이 읎지.

여름인게 유월인게. 그런디 ○○○○양반 저기 살 때, 참외 사고 수박

사고 그랬어. 사다가 인자 놓고 씻쳐다 다놓구.

저녁에 인제 집을 모기 여름인게 문도 못 열어논게 문을 밥을 지어놓고 인제 그 문을 닫고 그러는디,

밥을 지어서 방을 놓고 애들 저짝 방에서 자구 큰방에다 놓는디. 아이 방에다 상을 채려서 놓았는디. 영감 방이 있구.

나 그래서 그냥 더 무섭타서 바깥에 지금도 더 못 나와. 그래 놓았는디유 바깥에 비도 안 왔는디유.

비도 없구 그 지랄헌게 물도 없는디 그전에는 문이 그냥 한댓자리에유. 그 큰 문을 물 발라서 폭 폭 폭 다 찔러유.

그래서 내가 단자 온 줄 알고 아무것도 안 차렸어 가만있어. 나 아직 안 지내, 안 지냈은게 과일, 과일은 수박 참외뿐이 사다놨어 주께 그전엔 단자를 댕겼시유.

그저 그건 줄 알고 가만있어. 단자 주께 아직 지사 안 지냈어.

그렇게 허구선 헌게 이 문도 다 닫두 않구 상 봐서 지사를 이렇게 지내서 놨는디,

대체 문도 닫두 안 혔는디, 또 그냥 문을 그냥 폭폭 물 발라서 문새를 다 찔러놔유.

그래 인저 영감이 저기 내가 아이구 이렇게 문 다 찢어서 저녁에 모기 들어와서 자두 못 허겄네.

사람들이 온 줄 알고 그렇게만 이야기허구 헌게, 영감이 바깥이 나가 대. 싸게 들어오대요. 들어오더니 안 나가 그러니 어떡허나허구 섰데?

그때부터 나 무서서 지사상 그냥 놔두구 밥 설거지도 않고 그냥 다 방에다 놔두고.

문 저 잠그고 식전에 일어나서 그거 치고 잤어. 그 후 그때부텀은 내가 마실을 못 내갔슈. 무서워서.

그때 놀라서 지사날 저녁에 그래서.

(청자 : 근데 왜 그랬데? 뭐시 그랬댜?)

몰라.

(청자 : 사람 안 왔는디?)

아무도 안 왔어. 온 줄 알았더니.

(조사자 : 제삿날 저녁에요?)

시어머니 지사날짠게. 우리 아부지 보고 내가 그 이야기를 했어. 아부지 이만저만해서 친정에 가서 이야기한게 아부지가,

영감이 구대독신이유. 구대독신이면서 아들 둘 딸 넷 나서 하나 내뻘도 않고 여섯 낳아서 육남매 키워서 여우 살이 시겨서 살어. 저 밥 먹고 사는디,

그뒤로부텀은 내가 그냥 무서워서 바깥이도 안 나가고 그런게, 우리 아버지가 그 이야기를 헌게,

너 지사밥 못 얻어먹다 니가 해서 가서 지사 지낸게 지사 얻어먹다 너 지기 볼라고 그러는가 보다.

밥을 혀두 군소리 허지 말고 정성껏 국 끓이고 나물 한 가지라도 해서 정성껏 지사는 잊어번지지 말고 떠놔라 그러시드라구요.

그저 그 뒤로부텀은 그 지사날은 내가 옛날에는 가난이 쫄려서 고기 못 사면 호박밭 넝쿨이라두 가서,

호박 이만한 거 따다서두 착착 가셔서 너물 넣어서 놓구서 지사지냈슈.

어렵게 산게 옛날에는. 숭년 들고 못 먹고 살고 헐 적이 그렇게도 지사 지냈슈.

그래서 이 지사라는 것이 허사 아닌 줄 알아요. 내가 내 놀래가지구.

아이, 그 지랄 비도 안 오는디 그거 물새 구녕으로 그냥 물 발라서 폭 폭 다 찔러놔요.

그랬다가 그러니 얼매나 무섰겄어유? 물도 없고 비도 안 오고 물도 없는디,

그래 가주고 영감이 문 닫치자구 모기장 모기 들어와서 못 자겄는디 나가서 보더니 싸게 방으로 들어오대,

나가도 않더란게 무서워서. 자기도 남자도. 그런 일을 내가 그런 일을 겪었슈.

구렁이 때문에 눈먼 누나

자료코드 : 08_08_MPN_20100128_HID_CHS_0003
조사장소 : 충청남도 서천군 한산면 여사리 마을회관
조사일시 : 2010.1.28
조 사 자 : 황인덕, 김기옥, 서은경, 육은섭
제 보 자 : 차한수, 여, 79세
구연상황 : 앞의 이야기와 같은 상황에서 이어서 구연하였다.
줄 거 리 : 새들이 시끄럽게 우짖는 소리를 듣고 보니, 구렁이가 나무 사이를 건너가는 것이 보였다. 이를 동생에게 알렸더니, 동생이 와서 구렁이를 떨어뜨려서 고아 먹었다. 이후 구렁이를 먹은 사람은 괜찮았는데, 일러준 누나가 눈이 멀어 몇 년간 고생하다가 죽었다.

그 동네 사람들이 앉아서 그전에는 모시덜 많이 했슈. 인제 모시덜을 이케 많이 허는디 모시허구 삼을랑게,

그냥 쭉나무가 양짝으로 이렇게 있는디, 거가 우리 외숙모가 살았어 그 동네가.

그래서 인자 외숙모가 살았은게 그 외숙모 집이를 갔는디 모시를 삼는디유?

마실꾼들이 삼는디유 막 까치가 새가 막 짖어싸. 그런데 왜 이렇게 새가 이케 짐승이 이렇게 짖나?

허구 그냥 쳐다보니께, 구렝이가 이짝 등나무에서 이짝 등나무로 건너 가고 이짝 등나무서 이짝 등나무로 건나가고 그러드라구?

누런 구렝이가 그런게 새가 그냥 죽는댜. 새들이.

그래서 인자 그 동상이 동네서 사는디 그 집이가 누님인디 동상 보러, 그전에는 전화 없었었시유.

그냥 말로 가서 얘기 허야 혀, 가 얘기하구서.

"야, 아무개야, 집이서 막 구렝이가 지짝 등나무서 이짝으로 건너 이짝 이짝으로 구렝이가 건나갔드라."

그런게 동상이 와서 죽낭 막대기로 이렇게 친게 떨어지, 떨어지드라구요. 떨어진게,

그 뱜을 어디 갖구도 안 가구 나가서 문 앞이 내려가서 사립문께서 않구 쫌만 가서나,

그 구렝이를 저기 불 이렇게 돌팍 놓구서나, [3~4어절은 못 알아 들음]에다 놓구 고아먹드라구.

고드라구 구렝이를 떨어진게 그러더니 그 먹은 사람은 상관 없구, 일러준 누님이 앞 못 봐서 고생 고생허다가 돌아가셨지.

몇 년 고생허다 누님이. 일러준 누님이. 내가 본 것은 그것뿐이 없어.

(청자 : 또 생각해봐.)

없어. 일러준 사람은 그렇지, 먹은 사람은 상관없어. 그 구렝이 먹은 사람 상관없고 일러준 사람 누나가 앞을 못 봐서 그렇게 고생허다 죽었어. 그런 건 봤어.

꿈에 나타난 귀 돋친 뱀

자료코드 : 08_08_MPN_20100128_HID_CHS_0004
조사장소 : 충청남도 서천군 한산면 여사리 마을회관
조사일시 : 2010.1.28
조 사 자 : 황인덕, 김기옥, 서은경, 육은섭

제 보 자 : 차한수, 여, 79세

구연상황 : 앞의 이야기와 같은 상황에서 이어서 구연하였다.

줄 거 리 : 산지에 아파트를 지으려고 하는 업자가 있었다. 그때 포클레인 작업을 하기로
한 사람의 꿈에, 3일만 공사를 늦게 시작해 달라는 소리가 들렸다. 그런데 업
자는 공사를 시작하려고 하였다. 다시 그 꿈을 꾼 포클레인 기사는 일을 그만
두었다. 공사가 진행되자, 현장에서 귀 돋친 뱀이 나왔다. 이후 그곳의 아파트
에 입주하는 사람이 없었다.

(조사자 : 그래요?)

예.

(조사자 : 아. 죽을 사람의 눈에 띈다고요?)

구렁이 같은 것 귀 돋친 것이 죽을 사람이나 그 눈이 귀 돋친 게 보인
다. 안 보인대요 뱜 댕기며 봐야 워디 귀 돋친 거 보여유? 안 보이지.

귀가, 진, 진해가 우리 딸이 사는디 둘. 저 그 진해다 그 집을 산을 뭉
기고 집을 짓더라구 아파트를 짓더라구.

진해 여간 넓어지지 않았시요 지금은. 그서 산을 뭉개고 집을 짓는디
그 산세라 사서 집을 업자가 사 갔구 질라구,

그 산을 산 사람이 그 포크랭이 가진 차를 인제 낼 모리쯤 일을 헐러
구, 헌다구 그 사람은 허자구 한게, 그 사람은 꿈이, 꿈이 그러드래유.

"한 3일만 더 참아 달라구."

꿈이 비드래유 남자 그 포크레인 일 허는 남자 꿈. 사위가 그거 애기
해쌌대?

그 애기 허는디, 참 그 남자가 한 3일만 더 있다 악을, 일을 허자구 그
런게 그 업자가,

"허기 싫으면 말으라구. 허기 싫으면 말으라고."

막 그러드랴. 당신 아니면 못 헐게미. 민다고 그래서 그럼 그래서 인자
또 어떻게 말을 다 자기도 일을 혀야 것은개 안 논다고.

[청취 불능] 또 잤대유 잤더니 또 그렇게 나타나드래 꿈에.

"한 3일만 참아달라구."

그래서 인자 아 절대 못 허것드랴. 그냥 꿈에 막 나타나싸서.

그래서 않구서는 난 못 허겠은게 다른 업자를 대라 기계를 대라 해서 대서 헌게,

그 산을 묵히는디 이틀째 일을 허는디유? 귀 돋치고한 막 구렁이가 포크레인 긁어서 잡아댕겨서 냥 나오드래유.

그 귀 돋치고 막 참말로 헌 구렁이가 막 나오드랴. 그래서 거기다가 인자 그 집을 졌는디 아파트를 졌는디.

아무도 누가 안 와서 이사 안 들어서, [2어절을 알아들을 수가 없음] 낭중이

거기다가 무슨 저 벽돌인가 처빼는 공장으로 셌드라구유 고기를. 막 다 무너번지고서나 그 벽돌 같은 거 빼는,

누가 안 들어온게 집이루. 그거 헌, 헌 뒤로 집으로 안 들어온게. 이사를.

그래서 그닥 거기다가시르, 그 이 돌아, 돌아서 막 벽돌을 빼구 막 그런 세멘 비비고 헌 그런 차 같은 거 그런 거, 한번 가본게 그런 거가 있데?

그러면서 그렇게 얘기를 허더라구 사위가.

그렇게, 그렇게 꿈도 그렇게 영물은 꿈도 안 죽을라고, 그런 것도 예사 보는 것이, 예사 안 보야 헌다구.

사위가 그렇게 한 번 이야기허대.

비단장사 하다가 만난 도깨비

자료코드 : 08_08_MPN_20100128_HID_CHS_0005

조사장소 : 충청남도 서천군 한산면 여사리 마을회관
조사일시 : 2010.1.28
조 사 자 : 황인덕, 김기옥, 서은경, 육은섭
제 보 자 : 차한수, 여, 79세
구연상황 : 도깨비에 대한 이야기가 이어졌다. 앞의 이야기와 같은 상황에서 이어서 구연
하였다.
줄 거 리 : 외삼촌이 장에서 비단을 팔고 다녔다. 하루는 해가 저물어 고개를 넘어가는
데, 누군가가 자신에게 모래를 흩뿌리는 것이었다. 할 수 없이 가랑잎을 모아
서 불을 지펴 놓고는 정신없이 고개를 넘어왔다. 일찍 돌아가셨다.

차도 없을 땐게 그냥 질게 싸갔구 등허리에다가 미고 홍산장 저 장항
장 걸어댕기는디. 홍산장까지 그냥 걸어서 이렇게 가.

어디껜가 가는디 막 모사리를 찌틀드랴. 그 짊어지고 어둑어둑해서 오
는디 깜깜해두.

(청자 : 술 먹고 댕기면 더 도깨비가 깐보고 그러다대.)

오, 온게 비단보따리를 인제 얼루 내비르면 클나닝개. 그게 재산인게,
그저 죽자 사자 그냥 미구 막 땀을 펄펄 나고 허는디 가만히 생각한게 못
쓰겄드랴.

그래서 막 지침을 헉 하고선 인자 그걸 내려놓두 못 허구, 무거워두
내려놓두 못허구서나 가랑잎 이렇게 긁어서 놓구서나 성냥불을 이냥 그
셨대.

그전에는 나이타도 읎었어. 성냥 이맨한 거 갔구 댕겼잖어? 성냥불을
쓱 그서서 헐 이케 불을 났대유.

그때 모래를 안 찌틀드랴. 그래서 그저 불꺼진 지도 안 꺼졌나도 몰르
고, 막 니굽을 놓구 그 재빼기를 네러 왔대유.

와서 후유 허구서나 재빼기 넘어와서 인자 언덕에다, 그렇게 그냥 비단
보따리를 이케 지태고서나 한숨 쉬고 섰을랑게, 막 땀이 비오드듯 허드랴.

그래서 인자 초근초근 쉬갔구와 그냥 와서 집이 와서 온게, 저녁에두

그냥 잘랑게 못 자겄드래 눈이 밟히고.

막 그냥 모새를 눈에 넣는 것같드래유. 찌틀드래유. 뭣이 들었나 모른 대유 막 찌틀대유.

그래서 막 그 봇, 비단 보따리 큰 놈 무건 놈을 지고 오는디,

[잠시 청자들의 이야기가 오가는 바람에 화자의 이야기가 중단되다]

술도 안 먹었는디. 외삼춘 술도 안 잡쉈어.

그래서 성냥불 그서서 훤하게 가랑잎 긁어서 등허리다 짊어지구서두, 그걸 내려놓덜도 못 했댜.

그거 없어진까빈게. 막 무거운데 그냥 막 가랑잎 긁어서 불 때구서는, 호랑이 막 무서워서 불을 성냥불 그서 놓구서는, 허 섰은게, 모새를 안 찌틀드랴.

그래 오래 못 살고 돌아가셨어. 그 놀래서 그랬는개벼. 그 비단 보따리 짊어지고 무겁게 댕겨,

오래 못 살고 비단장수 허다가 그냥 쪼매 허다가 그냥 허시다 돌아가셨어. 월매 못살구 일찍 돌아가셨어.

땅고개에서 만난 도깨비

자료코드 : 08_08_MPN_20100128_HID_CHS_0006
조사장소 : 충청남도 서천군 한산면 여사리 마을회관
조사일시 : 2010.1.28
조 사 자 : 황인덕, 김기옥, 서은경, 육은섭
제 보 자 : 차한수, 여, 79세
구연상황 : 앞의 이야기와 같은 상황에서 이어서 구연하였다.
줄 거 리 : 남편이 홍산에 갔다가 땅고개를 넘어오게 되었다. 웬 여자가 나타나서 화양 가는 차 시간을 묻는 것이었다. 남편은 무서운 마음이 들어 모른다고 하고는 집으로 돌아왔다. 그 여자의 몸이 위만 보이고 아래는 보이지 않았다.

우리 영감이 어둑어둑해서나 저 홍산 갔다 오다가, 어떻게 한산으로 땅고개로 오는디,

여자 하나가,

"화양 가는 차가 몇시에 있냐고?"

그러드랴. 그런게 며, 몇 시쯤 온다고 그랬냐닝까, 화양 가는 버스가 몇시에 있냐고.

영감이 말도 않구 무서워서 그저 막 몰른다고 그러구서나 막 동지매까정 내려와서, 휴우 허구.

땀이 비오듯 허드랴. 그래서 위만 뵈이지 아래는 사람이 안 비드랴.

위로만 거기서 무슨 화양 가는 차가 있었어? 그래서 몰른다고 그냥 내려왔다구. 나 도깨비헌테 술 안 먹어도 홀렸어. 그러대. 와서 그러대?

벼가 아닌 쌀을 얻어가는 거지

자료코드 : 08_08_MPN_20100128_HID_CHS_0007
조사장소 : 충청남도 서천군 한산면 여사리 마을회관
조사일시 : 2010.1.28
조 사 자 : 황인덕, 김기옥, 서은경, 육은섭
제 보 자 : 차한수, 여, 79세
구연상황 : 앞의 이야기와 같은 상황에서 이어서 구연하였다.
줄 거 리 : 오래 전 가난하게 살 때, 거지들이 집으로 동냥하러 왔다. 벼를 한 되 퍼 주니, 언제 그것을 찧어서 밥을 해 먹느냐고 하면서 집에 불을 지를 수도 있다고 협박하였다. 이 소리를 들은 아버지가, 쌀을 퍼 주면서 잘 돌려보냈다.

그지(거지)들이 막 얼매나 막 드시고 말 독헌디.

앞뒤다가 붙잡아 놓구서 사는디, 그지가 와서 저 동냥 달라고 그래. [주변이 시끄러워 청취 불능] 베(벼) 떠다가 베 떠다가 한 되박 이케 준게 베, 베 준다고,

"베 이놈 쪄서 갖다 워치게 쪄서 밥해 먹을라구 베주냐"구,

쌀 한 주먹 달랑게 안 준게 안 가져갈람 말아버리라고 안 준게,

저기 승냥(성냥) 하나 그서대면 저기 막 뭐라고 헌게, 우리 아부지가 오라고 이리 오시라고 그래서,

쌀을 한 되박 퍼줬당게. 그래 아부지가 퍼 주드라구.

(청자 : 그전 그지들 얼매나 억셌다구? 굉장했어.)

성냥 하나만 그스대면 너 느집 당난다고 그러드랴. 그러니 아부지가 이리들 오시라고 말 받쳐서 오시라구 해갔구,

쌀 한 되박 퍼서 언능 줬댜. 고맙다구 막 이러가매 가더랑게.

털이 난 갓난아이

자료코드 : 08_08_MPN_20100128_HID_CHS_0008
조사장소 : 충청남도 서천군 한산면 여사리 마을회관
조사일시 : 2010.1.28
조 사 자 : 황인덕, 김기옥, 서은경, 육은섭
제 보 자 : 차한수, 여, 79세
구연상황 : 앞의 이야기와 같은 상황에서 이어서 구연하였다.
줄 거 리 : 한 40여 년 전에 화장품을 팔러 다닐 때, 팔동이라는 곳에서 갓 태어난 아이를 본 적이 있다. 아이의 얼굴이 특이하게도 털이 많이 나 있어서 원숭이 같이 보였다.

가면 그 팔동, 팔동이라는디 거기는 아기를 낳는디 어린내가 낳는디 털이 순풍순풍하게 났대유? 놀러덜 구경들 갔는디, 낳는디 털이 어린내가 금방 뱃속에서 나왔는디, 어린네 몸이 털이 났어. 이렇게 수금수금 털이 났는디, 그 집이 그렇게 뉘여서 가본게 구경간게 이렇게 뉘여서 놔뒀는디 여기는 다 사람이는,

다 사람만 태어났는디 몸뗑이가 털이 났어. 몸이 털이 났드라구 원생이

마루 털이 났어. 그런 아기는 나 구경했네

(조사자 : 아, 보셨어요? 언제요?)

아, 몇 년 전인가 몰르겄네. 나 장사, 화장품 장사 좀 했는디 돌아댕기는디 오래도 됐네유. 한 40년?

장사댕긴게 봤지. 봤지. 어린네는 머슴애는 잘 생겼대. 얼굴은 그런디 털 났어.

(청자 : 장수 노릇할라나 보다.)

털 나서, 이렇게 털 나서 원생이 같어갔구. 영, 그렁개 사람두 원생이 같은 사람도 흔히 보면 있잖여유?

저 사람 원생이 탁했다고 안 해유? 그와 같이 그 사람이 그냥 원생이 쪼매 비젓허게 생겼대 어린애가.

구렁이가 가져다 준 불행

자료코드 : 08_08_MPN_20100126_HID_HYH_0001
조사장소 : 충청남도 서천군 한산면 여사리 114번지
조사일시 : 2010.1.26
조 사 자 : 황인덕, 김기옥, 서은경, 육은섭
제 보 자 : 황영하, 남, 84세
구연상황 : 황영하 화자가 교훈적인 이야기만을 하려는 경향을 보이기에, 조사자가 다양한 화소를 거론하며 이야기를 들려달라고 하자, 아래의 이야기를 구연하였다. 느리고 차분한 어조로 이야기를 이어 나갔다.
줄 거 리 : 아는 선배 한 사람이 결혼식을 하는 날, 나무 위에 올라가 있는 구렁이를 보았다고 한다. 이후 결혼 생활을 유지하지 못하고 이혼하였다. 경사가 있는 날 구렁이를 보면 좋지 않다.

구렁이가 그게, 우리 선배되는디, 세 살 선배되는디,

그, 그분 결혼식 때, 그래각구 쭉나무 위루다 구렁이가 이렇게 큰 놈이 이렇게 올라가 있드래요.

우리는 안 봤는디. 그대루 그냥 그 사람네가 어째 별루 좋지 않았었시유, 그게. 결혼, 결혼식날.

(조사자 : 결혼식 날 그걸 봤대요?)

여. 쭉나무 위에 올라와 있드래 그냥. 이 나무, 쭉나루라구 이게,

(조사자 : 쭉나무요?)

예, 쭉나무가 이케나 나무 좀 큰 거 있지요 그게.

(조사자 : 거기에 구렁이가...)

그루 올라가 있드래요.

(조사자 : 올라가 있는 걸 봤대요?)

예.

(조사자 : 예에, 그러고는 안 좋았나 봐요?)

안 좋았죠 그게. 거기 지금 다, 우리보덤두 선밴디, 한 세 살 윈가 그래서 인제 오래 돼요. 작고한 지.

그러고 그때 결혼헌 분허고는 또 살지도 않고 이혼허고, 딴 분하고 또 살았었고.

긍게 인저, 그런 것이 보면은 좋지 않은 게비유 아마. 경사 때.

3. 화양면

■ 조사마을

충청남도 서천군 화양면 고마리

조사일시 : 2010.2.9
조 사 자 : 황인덕, 김기옥, 서은경, 육은섭

고마리는 금강에 접한 낮은 산등성이를 감싸고 형성된 작은 마을이다. 마을 주민 나주운 어른에 의하면 이 마을은 1759년 이후에 형성된 마을이라 한다. 금강하류에 인접한 탓에 수리가 불안전하던 시절에는 강물에 농경지가 자주 침수되어 전에는 빈촌이었다가, 시초면과 마산면에 봉선지라는 큰 저수지가 생기면서 먼 이곳들도 수리안전답으로 변하여 비로소 잘 사는 마을로 바뀌었다고 한다. 그로써 논농사가 발전하자 전에 한때는 서쪽은 고마리, 동쪽은 대하리를 잘 사는 두 마을로 꼽은 때가 있었다고 한다. 그러나 그 후 다른 마을들이 함께 발전하고 소득 증대에 힘을 쓰다 보니 지금은 오히려 이 마을이 침체한 편이라고 한다. 고마리는 전부터 노씨[교하] 노씨가 전체 가구 수의 삼분의 일을 차지하여 중심 성씨를 이루었고, 의령남씨와 양천허씨가 각각 사분의 일 정도를 차지하는 형세였으며, 전체적으로 노씨 대 타성이 대등하게 양립하는 '짝동네'로 불렸다고 한다. 마을의 가구 수는 1950년에 67호, 1996년 46호, 2004년 41호, 현재 35호로 갈수록 줄어드는 추세를 보여 왔으며, 그 이유는 농촌으로서 새로운 발전 동력이 없기 때문이라고 한다.

고마리를 방문하게 된 것은 보현리 신광호 어른이 추천을 해주었기 때문으로, 2010년 2월 9일에 댁으로 방문하였다. 이분은 현재 서천향교 전교를 맡고 있다. 조부도 훈학을 했고 향교 장의를 했으며 제자들이 위사계를 결성하여 추모비도 세웠다고 한다. 부친은 차력에 관심을 두고 연마하던 분으로 부상을 당하여 좌절한 일이 있다고 한다. 나주운 어른은 한

학의 기반이 있는 데에다 역사에 관심이 많으며, 그래서 평소 마을 역사에 관심을 가지고 자료를 정리하여 고마리 마을지(2005)를 단독으로 간행했다. 이분은 이야기꾼이라기보다 거의 학자라고 할 만한 분으로, 주로 가문의 역사와 마을의 역사 및 지역의 역사 이야기를 들려주었다.

충청남도 서천군 화양면 금당 하리

조사일시 : 2010.2.11
조 사 자 : 황인덕, 김기옥, 서은경, 육은섭

90호에 달하는 하리는 넓은 들을 앞에 둔 큰 농촌 마을로, 금당의 중심 마을이면서 화양면에서도 단위 마을로서는 가장 큰 규모를 보이고 있다. 논 중심의 전형적인 들녘 마을로 주민의 이동이 많은 편이고 각성촌이다.

2010년 2월 11일 10시 무렵에 마을회관 할머니 방을 방문하니 열너댓 분의 많은 주민들이 좌중을 이루고 있었다. 조사자들의 방문 취지를 쉽게 이해하고 조사에 호의를 보여 주었다. 한 시간가량 판을 벌였는데, 유능한 제보자가 보이지 않는 가운데 여러 분이 한두 마디씩 이야기를 이어가는 정도로 이야기 구연판이 비교적 단조롭게 전개되었다. 황옥선(여, 72), 정옥순(여, 74), 장분순(여, 78), 박복순(여, 70), 김옥순(여, 79) 등의 제보자가 구연에 동참하여 대략 20여 편의 설화를 녹음했다. 이곳에서도 다른 마을에서처럼 이야기 구연이 중심이었다. 좌중이 너무 많고 분위기가 산만한 데다 유능한 제보자가 없어 노래 구연으로까지는 발전하는 데에 한계가 있었다. 사람이 너무 많아도 조사에 유리하지만은 않은 사례를 잘 확인할 수 있는 자리였다.

충청남도 서천군 화양면 보현리

조사일시 : 2010.2.4

조 사 자 : 황인덕, 김기옥, 서은경, 육은섭

보현리는 크게 안보와 문촌 두 마을로 구성된 전체 60호 미만의 작은 농촌이다. 교회 신자가 많고 마을 교회는 따로 없으며 앞동네인 와초리의 와초교회를 이용한다. 조사자들이 방문한 곳은 보현리의 중심 마을인 문촌이었다. 이 마을에는 전에 편산신씨가 많이 살았고 부자를 낳은 곳이자 양반전통이 있던 곳이다.

2010년 2월 4일 오후에 마을회관을 방문하니 여성 주민 4분이 윷놀이를 하고 있었는데, 방문취지를 설명드리자 호의를 보이며 즉시 윷놀이를 그만두고 자료 제공에 응해주었다. 좌중이 모두 70대의 비슷한 또래이어서 구성원 상호간의 친밀도가 높고, 구연에 대한 호응도도 높았다. 그 때문인 듯 구비문학 자료의 구연에 큰 흥미를 보이면서 이야기보다도 노래를 더 부르고자 했다. 이러한 현상은 서천군 일대 구비문학자료 과정에서 겪은 특이한 경험이라고 할만 했다. 그러나 이야기와 노래 어느 분야에도 두드러진 능력을 지닌 제보자는 보이지 않았다. 강순옥(여, 72) 어른이 구연에 동참했다.

마을회관 방문에 이어, 아까 기복리에서 소개받았던 이 마을 신광호(남, 78) 어른을 댁으로 찾아뵈었다. 조선조 시인 석북 신광수(申光洙) 선생의 후예임을 자랑으로 여기는 어른인데, 지역에서 유식하고 점잖은 어른으로 인정받는 분이기도 하다. 마을 뒤쪽 좋은 곳에 집을 짓고 살고 있으면서 자신의 집터가 명당임을 자랑으로 삼는 태도를 보였다. 이런 태도는 송산리에서 만난 박현구 어른과 비슷하여 흥미로왔다. 짐작한 대로 이분은 유식한 분위기를 드러내며 구연에 임하여 역사인물담과 지역의 명당 전설을 주로 하여 15편가량의 설화를 들려주었다. 조사 끝에, 인근 고마리의 나주운 어른을 뵐 것을 권유해주기도 했다.

충청남도 서천군 화양면 옥포1구

조사일시 : 2010.2.4
조 사 자 : 황인덕, 김기옥, 서은경, 육은섭

옥포1구는 도루뫼라고도 부른다. 면사무소가 있는 큰 마을인데, 면사무소가 자리한 마을치고는 마을 규모가 작은 편이다. 전에는 총 가구 수가 70여 호에 달했으나 지금은 58호로 줄었다고 한다. 도루뫼는 금강에 면한 작은 산으로 이 산을 당산이라 부르며, 산의 소나무를 잘 보호하는 등 당산제를 지내는 신성한 산으로 여겨왔다. 그러나 근래 소나무는 점점 고사하고, 4~5년 전부터는 당제도 중지되고 말았다. 주민들 가운데 교회 신자가 많아 당산제에 대한 신성관념이 점점 약해지고 제의 행사에 대한 관심이 줄어든 요인이 크다고 한다. 마을 주민 김을태(여, 86) 어른의 어느 날 꿈에 당산신이 나타나 '이제는 다른 데로 가야겠다.'는 말을 한 일이 있었는데, 당산제를 안 지낼 무렵에 바로 그런 현상이 있었다고 한다. 마을은 작아도 이곳에는 교회가 둘(화양교회, 중앙교회)이나 있다. 이 가운데 화양교회는 60여 년 전에 설립되었다고 한다.

2010년 2월 4일, 마을회관을 방문했다. 남녀 공용인 방에서 여성 주민이 다수인 가운데 남성 주민 한 명이 함께 어울려 놀고 있었다. 별다른 어려움 없이 조사를 할 수 있었는데, 구비문학 자료에 깊은 관심을 보이는 사람이 없고 유능한 구연자도 드러나지 않아 큰 결실은 거두지 못했다. 한 시간가량 판을 진행하여 대략 이야기 20여 마디를 들었다. 여성 화자는 양예환(여, 72), 남성 화자로는 정인삼(남, 73) 어른이 주로 구연자로 나서 주었다. 조사된 결과가 동화류보다도 현대 설화가 주된 갈래임은 다른 마을과 거의 같다.

충청남도 서천군 화양면 기복리 한곡

조사일시 : 2010.2.4
조 사 자 : 황인덕, 김기옥, 서은경, 육은섭

한곡은 기복리의 중심이 되는 마을로 평범한 농촌이다. 여러 각성이 고루 거주하며 전체 가구 수는 35호 쯤 된다. 한곡은 본디 한새울, 또는 황새울에서 유래한 것이라고 한다. 풍수지리상으로 이 마을은 황새가 알을 품고 있는 형국이라고 하며, 구렁이가 황새를 쳐다보고 있어 겁을 먹은 황새가 부화를 못하고 있는 형세라고 한다. 그래서 전에는 산의 나무를 베어 뱀산을 가려주기도 했다. 그러나 한편으로는 그렇게 하느라고 나무를 베어냄으로써 마을에 좋지 않은 결과를 초래했다고도 한다. 마을 숭겸 산이 구렁이의 머리가 된다고 한다. 마을에 교회가 35년쯤 전에 들어왔고 지금은 대부분의 주민이 교회에 나가고 있다고 한다.

충청남도 서천군 화양면 전경

2010년 2월 4일에 늦은 오전에 마을회관을 방문하니 남자방에 주민 7분이 나와 소일하고 있는 중이었다. 비교적 호의적인 분위기 속에서 구연판을 벌이고 오전 내내 판을 계속하여 30여 편의 설화를 녹음했다. 별달리 적극적이고 유능한 제보자가 드러나지 않는 가운데 이수길(남, 79), 최병철(남, 75), 박삼규(남, 75), 박동수(남, 65) 네 분이 구연에 동참하였다. 대략 현대설화가 중심을 이루는 가운데 명당 전설과 인물전설이 간간히 삽입되는 정도였다. 이야기를 들려주는 한편 인근 마을의 예상 제보자들인, 완포리 허식, 보현리 신광호 등에 대한 정보도 함께 일러주기도 했다.

강순옥, 여, 1939년생

주 소 지 : 충청남도 서천군 화양면 보현리 문촌 마을회관
제보일시 : 2010.2.4
조 사 자 : 황인덕, 김기옥, 서은경, 육은섭

웃는 얼굴이다. 마을에서 열리는 노래 자
랑 대회에 참가하여 상품을 받아온 적도 있
다. 노래를 시작하기 전에 가사를 먼저 설명
해 주기도 하였다. 목소리가 구성지고 흥이
있다.

제공 자료 목록

08_08_FOS_20100204_HID_KSO_0001 방귀 노래
08_08_FOS_20100204_HID_KSO_0002 남쪽 나라 시아버지는
08_08_FOS_20100204_HID_KSO_0003 임진강 얼은 땅에

구영순, 여, 1931년생

주 소 지 : 충청남도 서천군 화양면 금당 하리 마을회관
제보일시 : 2010.2.11
조 사 자 : 황인덕, 김기옥, 서은경, 육은섭

다른 사람들의 이야기를 조용히 듣고 있
다가 2편의 자료를 들려주었다. 본인이 경
험한 내용에 해당한다.

제공 자료 목록

08_08_MPN_20100211_HID_KYS_0001 피난 가다가 겪은 일

김옥순, 여, 1931년생

주 소 지 : 충청남도 서천군 화양면 금당 하리 마을회관
제보일시 : 2010.2.11
조 사 자 : 황인덕, 김기옥, 서은경, 육은섭

다른 사람에 비해 이야기판에 늦게 동참
하였다. 다른 사람들이 재미있는 이야기를
해 보라고 권유하자, 2편의 이야기를 들려
주었다. 이야기를 천천히 차분하게 진행하
는 편이다. 약간의 동작을 취하면서 구연하
였다.

제공 자료 목록
08_08_MPN_20100211_HID_KOS_0001 뱀을 낳은 여자

나주운, 남, 1937년생

주 소 지 : 충청남도 서천군 화양면 고마리 화산로 225번길 60
제보일시 : 2010.2.9
조 사 자 : 황인덕, 김기옥, 서은경, 육은섭

고마리로 이사온 지 44년이 되었다. 고마
리 마을지는, 서천군의 다른 마을지와는 달
리 군의 지원 없이 본인이 직접 만들었다고
한다. 300권 정도를 발행했다. 마을에 대한
조사자의 여러 질문에 대답하기 위해, 책을
들고 나와서 내용 확인을 시켜주는 등 정확

한 자료를 제공하려는 자세가 돋보였다. 마을에 대한 애향심이 남다른 것을 알 수 있다. 군에서 문화마을로 지정한 것과 관련하여 일련의 후속 조치에 대한 우려도 표시하였다.

지역 신문에 마을 전설에 대해 글을 쓴 적도 있다고 한다. 전해 내려오는 전설에 자신의 생각을 가미해서 각색을 했다고 한다. 집안 어른들의 유지를 잘 계승하려는 의도도 강하다. 집안에 대한 일들을 정리해서 남기는 것 또한 후손을 위해 자신이 해야 할 일들 중의 하나로 인식하고 있다. 시종일관 차분한 어조로 구연하였다.

제공 자료 목록
08_08_FOT_20100209_HID_NJE_0001 고마리 삼인(三仁)들의 유래
08_08_FOT_20100209_HID_NJE_0002 천방산과 신장군
08_08_FOT_20100209_HID_NJE_0003 천방사와 소정방
08_08_FOT_20100209_HID_NJE_0004 최무선과 나세가 활약한 진포대전
08_08_FOT_20100209_HID_NJE_0005 산후지지를 차지하지 못하고 죽은 풍수
08_08_MPN_20100209_HID_NJE_0001 스승을 위한 위사답(爲師畓)
08_08_MPN_20100209_HID_NJE_0002 가시덤불을 땔나무로 이용하는 노인

노순애, 여, 1934년생
주 소 지 : 충청남도 서천군 화양면 금당 하리 마을회관
제보일시 : 2010.2.11
조 사 자 : 황인덕, 김기옥, 서은경, 육은섭

이야기판에 적극적으로 동참하지는 않았으나, 다른 사람의 이야기를 잘 들어주는 청자의 역할은 충실히 하였다. 다른 화자들이 구렁이나 호랑이 등에 대해 이야기하기 시작하자, 자신의 경험이 떠오른 듯한 편의 자료를 구연하였다.

08_08_MPN_20100211_HID_NSA_0001 고사리 꺾으러 갔다가 만난 호랑이

박복순, 여, 1941년생

주 소 지 : 충청남도 서천군 화양면 금당 하리 마을회관
제보일시 : 2010.2.11
조 사 자 : 황인덕, 김기옥, 서은경, 육은섭

이야기판에 늦게 합류하였다. 발음은 정
확하지 않은 편이나 소재 면에서는 흥미로
운 점이 있다. 자신의 경험과 관련한 2편의
이야기를 구연하였다. 금당 하리에서 북리
로 가는 길에 놓인 다리 근처에서 보았다는
'돼지 귀신'은 여러 사람이 공유하고 있는
소재로, 마을 사람들 사이에서는 이미 알려
진 이야기이다.

자신의 꿈에 대한 이야기인 '꿈에 나타나 다시 살려준 할아버지'에서
는, 구연 중 망설이기도 하였으나, 청자들의 적극적인 호응으로 이야기를
이어갈 수 있었다. 개인적인 이야기를 이어갈 수 있을 정도로 이야기판의
분위기는 호의적이었다.

제공 자료 목록
08_08_MPN_20100211_HID_PBS_0001 유산시키러 갔다가 만난 돼지귀신
08_08_MPN_20100211_HID_PBS_0002 꿈에 나타나 다시 살려준 할아버지

박삼규, 남, 1936년생

주 소 지 : 충청남도 서천군 화양면 기복리 한곡 마을회관

제보일시 : 2010.2.4
조 사 자 : 황인덕, 김기옥, 서은경, 육은섭

말하는 속도가 느린 편이다. 어릴 때 어
른들에게서 들은 것이라고 하면서 몇 편의
이야기를 들려주었다.

제공 자료 목록
08_08_FOT_20100204_HID_PSK_0001 근본만 찾
다가 가난한 집에 시집보낸 친정아버지
08_08_FOT_20100204_HID_PSK_0002 양택을 음택으로 본 지관
08_08_MPN_20100204_HID_PSK_0001 가난한 시집살이

신광호, 남, 1933년생

주 소 지 : 충청남도 서천군 화양면 보현리 45번지
제보일시 : 2010.2.4
조 사 자 : 황인덕, 김기옥, 서은경, 육은섭

마을회관에서 이야기를 잘 하는 사람이라
고 소개를 받았다. 이웃에 사는 이상현 어
르신의 댁으로 놀러가셨다고 하여 그곳으로
가서 만났다. 처음에는, 자신은 아는 것이
별로 없다고 하면서 조심스럽게 이야기를
꺼내었다. 지역과 관련한 전설이나 유래 그
리고 역사적인 인물에 대해 많은 것을 기억
하고 있다.
고령 신씨로, 이곳에서 태어나서 지금까지 살아왔다. 현재 70세 이상의
남자 고령자는 3~4명 정도이고, 고령자들의 대부분이 여자들이라고 한
다. 문촌 마을의 땅은 거의 고씨 집안의 땅으로, 농사지을 때에만 사람들

이 들어왔다가 나가버리는 실정이라고 한다. 폐촌이 다 되어가는 현실을
안타까워하였다.

평소에 풍수에도 관심이 있어 명당에 관련한 전설도 많이 알고 있다.
그와 친분이 있는 이돈직, 나주은 어르신에 대한 정보를 얻을 수 있었다.

제공 자료 목록

08_08_FOT_20100204_HID_SKH_0001 위기를 넘긴 현명한 권씨 조상
08_08_FOT_20100204_HID_SKH_0002 무학대사 덕분에 명당 차지한 한산이씨
08_08_FOT_20100204_HID_SKH_0003 명당을 차지한 한산이씨 호장공
08_08_FOT_20100204_HID_SKH_0004 토정 덕분에 신랑을 살린 노파
08_08_FOT_20100204_HID_SKH_0005 소금장수가 묻힐 명당
08_08_FOT_20100204_HID_SKH_0006 무학대사와 옥녀직금 명당
08_08_FOT_20100204_HID_SKH_0007 소정방과 오성산
08_08_FOT_20100204_HID_SKH_0008 고마리 유래

양예환, 여, 1939년생

주 소 지 : 충청남도 서천군 화양면 옥포1구 새마을회관
제보일시 : 2010.2.4
조 사 자 : 황인덕, 김기옥, 서은경, 육은섭

화양면 옥포리에서 41년째 살고 있다. 평
소에 마을회관에서 이야기를 잘 하는 사람
으로 인식되고 있다. 조사자들이 회관에 들
어서서 이야기를 청하자, 양예환 화자의 이
름이 먼저 거론되었다. 그가 나타나지 않자,
청자들 중 한 명이 나가서 양 화자를 데리
고 들어왔다.

이야기를 해야 한다는 의무감이어서인지,
자리에 앉자마자 떠오르는 대로 줄거리 위주로 급하게 이야기를 전개해

나갔다. 서사적 전개나 표현이 섬세하지는 않으나, 이야기를 많이 들려주려는 의욕은 보였다. 줄거리 위주로 전개하다 보니, 이야기의 길이가 대체로 짧다.

제공 자료 목록
08_08_FOT_20100204_HID_YYH_0001 구렁덩덩 신선비
08_08_FOT_20100204_HID_YYH_0002 소금장수 쫓아오는 뼈다귀
08_08_FOT_20100204_HID_YYH_0003 호랑이보다 더 무서운 곶감
08_08_FOT_20100204_HID_YYH_0004 익모초 먹고 아이 낳은 과부
08_08_FOT_20100204_HID_YYH_0005 방귀 뀌는 며느리
08_08_FOT_20100204_HID_YYH_0006 내 복에 사는 딸
08_08_MPN_20100204_HID_YYH_0001 당산제 중단하자 겪은 마을 재앙
08_08_MPN_20100204_HID_YYH_0002 송씨네로 넘어간 양씨네 구렁이
08_08_MPN_20100204_HID_YYH_0003 경 읽는 소리나는 도깨비 터
08_08_MPN_20100204_HID_YYH_0004 사시에 죽으면 나타나는 뱀
08_08_MPN_20100204_HID_YYH_0005 애완견 죽자 자살하려고 한 남자

이수길, 남, 1936년생

주 소 지 : 충청남도 서천군 화양면 기복리 한곡 마을회관
제보일시 : 2010.2.4
조 사 자 : 황인덕, 김기옥, 서은경, 육은섭

조사자들이 방안으로 들어서서 방문 목적을 말하자, 처음부터 끝까지 집중을 하면서 이야기를 하나라도 더해 주려는 성의를 보였다. 한 편의 자료에서 나타나는 표현이나 서사적 줄거리가 섬세한 편은 아니었으나, 자료 제공의 기여도는 있다. 마을과 관련한 전설이나 인물에 대한 이이기가 주를 이루

었다. 다른 사람의 이야기가 끊어지는 중간에 자신이 알고 있는 내용을
보충해 주려는 열의를 보였다.

제공 자료 목록

08_08_FOT_20100204_HID_LSG_0001 고약한 사판사 집안과 중
08_08_FOT_20100204_HID_LSG_0002 황새가 알을 품은 형국의 한곡리
08_08_FOT_20100204_HID_LSG_0003 초분터 귀신
08_08_FOT_20100204_HID_LSG_0004 집터가 센 집에서 사지가 뒤틀린 사람
08_08_FOT_20100204_HID_LSG_0005 다시 돋우어 놓은 대하리 고개
08_08_MPN_20100204_HID_LSG_0001 바뀐 시신을 되찾은 딸
08_08_MPN_20100204_HID_LSG_0002 장애인 아내를 얻어야 할 팔자

장분순, 여, 1933년생

주 소 지 : 충청남도 서천군 화양면 금당 하리 마을회관
제보일시 : 2010.2.11
조 사 자 : 황인덕, 김기옥, 서은경, 육은섭

얼굴에는 깊은 주름이 없는데 반해 백발
이 인상적이다. 목소리가 우렁차고 기운이
있다. 이야기를 많이 하지는 않았으나, 이야
기를 이끌어가는 데에 속도감도 있고, 표현
력도 있는 편이다. 자신의 종교에 대한 자부
심이 있고, 자신의 신앙심이 남달리 깊은 것
에 대한 자긍심도 강하다. 해당 화자에게 집
중하여 조사하면 더 많은 이야기를 들려줄
제보자이다.

제공 자료 목록

08_08_MPN_20100211_HID_JBS_0001 뱀의 상호를 타고난 아이

정옥순, 여, 1941년생

주 소 지 : 충청남도 서천군 화양면 금당 하리 마을회관
제보일시 : 2010.2.11
조 사 자 : 황인덕, 김기옥, 서은경, 육은섭

비 오는 날, 조사자들이 마을 경로당을 찾던 중 길에서 만나 경로당에 함께 들어섰다. 조사자들에 대한 태도가 호의적이었다. 경로당에 먼저 나와 있던 사람들에게 조사자들을 소개하는 역할도 하였다. 이야기판에서 중간 중간 다른 화자들의 이야기를 이끌어내기도 하였다. 이야기판이 마무리되고 난 이후에는 마을의 특정 장소를 일러주기 위해 조사자들과 잠시 동행을 하기도 하였다. 뛰어난 화자는 아니었으나, 이야기판의 유연화와 활성화를 위해 일정 부분 기여하였다.

제공 자료 목록
08_08_MPN_20100211_HID_JOS_0001 구렁이 나타나고 망한 집안

최병설, 남, 1932년생

주 소 지 : 충청남도 서천군 화양면 기복리 한곡 마을
　　　　　회관
제보일시 : 2010.2.4
조 사 자 : 황인덕, 김기옥, 서은경, 육은섭

시간이 조금 흐른 뒤 이야기판에 합류하였다. 산소와 관련한 짧은 이야기 2편을 들려주었다.

제공 자료 목록

08_08_FOT_20100204_HID_CBS_0001 땅속에 묻힌 고씨네 흰 비석
08_08_MPN_20100204_HID_CBS_0001 명당에서 빠져나간 서기

황옥선, 여, 1939년생

주 소 지 : 충청남도 서천군 화양면 금당 하리 마을회관
제보일시 : 2010.2.11
조 사 자 : 황인덕, 김기옥, 서은경, 육은섭

조용하고 차분하게 이야기를 이끌어 가는
화자이다. 이야기의 길이는 대체로 짧은 편
이나, 독특한 소재라는 점에서 주목된다. 구
연한 것보다 많은 이야기를 보유하고 있으
리라 여겨진다.

제공 자료 목록

08_08_FOT_20100211_HID_HOS_0001 앉아서 먹을 팔자를 예견한 점쟁이
08_08_FOT_20100211_HID_HOS_0002 발바닥 귀신
08_08_MPN_20100211_HID_HOS_0001 집 주인이 죽자 사라진 뱀
08_08_MPN_20100211_HID_HOS_0002 호랑이 쫓으려고 산불을 낸 할아버지

고마리 삼인(三仁)들의 유래

자료코드 : 08_08_FOT_20100209_HID_NJE_0001
조사장소 : 충청남도 서천군 화양면 고마리 화산로 225번길 60
조사일시 : 2010.2.9
조 사 자 : 황인덕, 김기옥, 서은경, 육은섭
제 보 자 : 나주운, 남, 78세
구연상황 : 자택을 방문하였다. 마을의 유래에 대한 이야기가 먼저 나왔다. 집 근처에 펼
       쳐져 있는 들에 대해 조사자가 묻자, 아래의 내용을 구연하였다.
줄 거 리 : 고마리에는 삼인들이 있다. 세 사람의 어진 사람이 와서 살았다고 붙여진 이
       름이다. 세 사람이 같이 낚시질을 한 장소도 있다.

이 들이 삼인들, 석 삼자, 어질 인자. 게 세 분의 그 어진 분이 와서 살
았다 이거여.

그래서 이 동쪽 지금 양어장 있는디께 거가 방죽이 하나 있었다고 그
래요.

그래서 세 분이 그 방죽이서 낚시질 허구 그랬다고 해요. 그래서 이 들
이름이 삼인뜰이여.

(조사자 : 삼인들이요?)

예, 어질 인자, 어질 인자여. 훌륭한 어진 분이 세 분이 와서 살았다 인
자 그런 뜻이유. 동편 양어장 지금 저 양만장 있쥬? 저 비닐하우스로 이
케 세워놓고 씌여놓고 헌디 그 이층집 있는 앞이.

거가 거기서 거가 방죽이 있었다고 그래요. 근디 거기에서 낚시질을 했
다고 그래요. 게 저기, 그 거기 보면 삼인들이라고 나와 있어요.

대대로 네러 온 이야기요. 그래서 내가 여기 이사온 제가 한 사십사 년
인가 됐는디. 그때 와 보인게 저 입구에다가 삼인농약사라고 썼드라구요.

그래고서 농약을 팔드라구요. 그래서 이게 무슨 뜻이냐 그랬더니 그때 내가 그 소리 들었거든요.

천방산과 신장군

자료코드 : 08_08_FOT_20100209_HID_NJE_0002
조사장소 : 충청남도 서천군 화양면 고마리 화산로 225번길 60
조사일시 : 2010.2.9
조 사 자 : 황인덕, 김기옥, 서은경, 육은섭
제 보 자 : 나주운, 남, 78세
구연상황 : 천방산과 신장군에 대한 이야기를 앞에서 잠시 하고 난 뒤, 좀 더 자세한 이
　　　　　 야기를 다시 구연하였다.
줄 거 리 : 아버지는 한학 공부를 많이 하신 분이다. 차력 공부를 하다가 바위에서 떨어
　　　　　 져서 한동안 고생을 했다. 천방산 약수로 영사를 만들어 먹으면 낫는다는 소
　　　　　 리를 듣고, 그곳으로 이사를 갔다. 어머니의 말에 의하면, 당시에 힘이 센 신
　　　　　 장군이 그곳에 살았다고 한다. 그는 힘이 센 천방사 중들이 몰래 먹는 물을
　　　　　 훔쳐 먹다가 결국 쫓겨나고 말았다. 신장군은 문산면 신농리로 쫓겨가서 살았
　　　　　 다. 말배미와 석전봉에도 그와 관련한 이야기가 있다.

　그게 인자 나하고 연관이 되기는, 아버님께서 그 전이 한학에 아주 유
식하셨어요.
　그래서 에 그 약관에 사서삼경을 다 통달하셨거든요. 그러고서 인자 더
공부헐 께 없어서 그러셨는지 어쩐지는 몰라도,
　공주 계룡산 갑사에 가셔서 차력 공부를 허셨어요. 차력, 차력, 차력이
라는 게 그 신의 힘을 빌리는 것이 차력 아녀요?
　게 이쪽 바위에서 저쪽 바위로 뛰다가서 추락을 허셔갔구서 거의 그
사경에 도달했는디,
　다른 데는 다 치료를 했어도 낫으셨는데 겨드랑 밑이 종기만큼은 아무
리 세상없는 약을 해도 안 낫어요.

게 인자 결국에는 명의란 명의는 다 불러다 해도 안 되고 그래서. 근데 그 어떤 그 참 명의가 와서,

"천방산 굴 속에 있는 약수로 영사를 만들어서 넣으면 낫는다."

인제 그 소리를 듣고서 신산에 저희가 잘 살았어요. 기산면 신산리에 있었는데. 그 기산면 신산리

그 가산을 전부 정리해 가지고서 용사리로 가셨죠 천방산 밑으로.

그래서 인자 가시자마자 굴 앞이다 움막을 짓구서 그 의원하고 할아버님하고 거기 움막에서 살며 계시면서,

인제 눈, 누나가 그때 일곱 살 땐데 그 굴이 들어가서 약수를 떠내왔어요. 게 그 약수를 떠내다와서 영사를 만들어 치료해가주고 완전 낫으셨거든요?

그런게 그 굴이나 그 근방 절터 이런 데에 대해서 할머니가 관심이 많으셨어요.

(조사자 : 그러셨겠네요.)

예. 근디 그 바로 굴 건너에는 그 동굴 건너에는 절터가 아랫절터 윗절터가 있는데 윗절터는 규모가 좀 더 크고요,

아랫절터는 좀 규모가 적은데, 에, 그게 조선조 때 것이라고 그래유.

나는 그게 백운사로 생각했거든요?

근데 이 절터가 큰 돌이 아주 굉장히 큰 돌을 쌓는데 또 깎아지른 것처럼 성벽 쌓듯이 이렇게 쌓아요.

근게 보통 석축 잘 허는 사람이 싼 게 아니유.

근데 인자 할머니가 참 제대로 들으셨는지 내 그건 모르겠는데, 그 신장군이라고 그때 있었다고 그래요.

신장군이 머 싸움을 잘해서 신장군이 아니고 힘이 세어 셔서 힘이 쎄기뗄레 신장군이요.

그분이 이 저 나무를 헐 때는 나무를 다 허구서 보닝께 낫이 없드라 이

거여.

그래서 낫을 채욱채욱 찾아보니게 젤 첫자리가 낫이 있다는 거지유. 그런게 낫자루 가지고 손으로 다 쥐어뜯어서 한 짐을 했다는 게에요.

게, 그 신장군이 에 그 절에 있었다고 그래요. 그 절에 가 있었는데 그 중들이 아주 힘이 세요. 그래서 이 참 신장군은 그때 그 절에서 물이나 져다주고 이런 역할을 했는디,

거기에 또 신장군하고 같은 또래 그 어린애가 역시 참 부엌에서 이렇게 밥 허고 이렇게 있었어요.

근디 이 물을 져다 먹는 디는 다른 샘에서 갖다 먹는데, 에 이 사람들은 이상하게 밤만 되면은 나가요. 이 중들이 주욱 나간다 이거유.

그러닌게 첨에는 예사로 생각했는데 인제 힘이 원판 세고 그러닌게 이 신장군이 그 뒤를 밟았어요.

그 건너를 가더니 바위를 들고서 들어 젖혀놓구서 거기서 전부 물을 떠서 먹드라 이거요. 은복주께루 은복주께를 거기 놔두고서,

늘 그놈으로 그렇게 물을 떠서 먹드라 이거유. 그러고서는 여전히 이렇게 바위를 놓구서는 또 나오는 거유.

그러니게 에 이 신장군이 생각헐 때 이 물이 아마 장군순가 비다. 그래가주고 그 중들 간 뒤에 그런 돌을 움직여본게 끼떡도 안 해요.

게 그 여자 그 뭐 상좌중이라고 헐까 여자 중허구 꾀를 냈어요. 밀집대를 연결해가주고서 그 놈으로 빨아먹기 시작을 했어요.

그래 둘이 며, 몇 달을 빨아먹으닌게 돌이 움직여지더란 거죠. 그래서 나중에는 인자 둘이 들어서 이렇게 놓구서 물을 먹을 수 있고 그 정도까지 됐어요.

근디 이 절에 있는 중들은 힘이 너무 세구 그러닌게 아주 자만심이 생겨서 그 불공을 허러 오는 사람들 주로 여자들이 많이 다니잖아유?

그런게 여자들을 겁탈을 허구 또 길 가는 사람들 붙잡아 놓고 그게 시

비를 허구 중들이 아주 못된 짓을 했더라구요.

근디 그 때 이 신장군은 거기서 그 그 중들한테 물먹는 걸 들켜가주고서 거기서 추방을 당했어요.

게 추방을 당한 디가 어디냐면은 문산면 신농리 재뜰이라는 데로 추방을 당했어요.

근게 재뜰이라는 추방을 당해서 정착한 데가 재뜰이에유. 게 그 부인 참 저 여자하고 같이 그리 와서 인제 부부관계를 맺어가주고,

거기서 살면서 그 재뜰을 개간을 했거든요?

그래서 말배미라고 그러는데, 그 재뜰을 전부 개간허는디 아침 먹는 동안 신장군이 아침 먹는 동안에,

그 부인이 한 사백 평짜리 논을 만들었다는 거에요. 그래서 말배미요. 그런데 인제 마누라배미가 변해서 말배미가 된 거유.

(조사자 : 마누라배미가 변해서요?)

에, 근데 그 후로, 에, 그 절은 하늘에서 천벌을 받아가주고 못된 짓만 허닌게 벼락을 때려서 절터를 다 없이고,

그 장군수도 다 벼락을 쳐서 다 흔적없이 없여버리고.

중들은 다 흩어지고 그러고서 신장군은 인자 거기서 끝났는데, 내가 각색한 것은 시초면 신기리 뒷산이 석전봉이에요.

그래서 돌항아리 거기 나와요. 그 인제 그놈을 연결을 시켰거든요? 저기 신장군이 거기서 그 재뜰 뒷산에서 활을 쏘면은 석전봉,

그 산이 가 떨어졌다 그래서 석전봉이다 인제 그렇게 했거든요? 그래서 사진도 찍고 말배미 사진도 찍고.

그렇게 해서 서천신문에 낸 일이 있거든요.

천방사와 소정방

자료코드 : 08_08_FOT_20100209_HID_NJE_0003
조사장소 : 충청남도 서천군 화양면 고마리 화산로 225번길 60
조사일시 : 2010.2.9
조 사 자 : 황인덕, 김기욱, 서은경, 육은섭
제 보 자 : 나주운, 남, 78세
구연상황 : 앞의 이야기와 같은 상황에서 이어서 구연하였다.
줄 거 리 : 소정방이 금강을 거슬러 올라오는데, 안개가 심해서 앞이 보이지 않았다. 이
　　　　　때 지나가는 중이 있어 물으니, 천방산에 천 간의 절을 짓고, 천일 동안 기도
　　　　　를 하면 된다고 하였다. 소정방이 꾀를 내어, 수천 명을 동원해서 하룻저녁에
　　　　　절을 짓고 천 명이 각 방에 들어가서 절을 하게 하였다.

이 천방사라는 천방사라는 건 들어보셨잖아요?

(조사자 : 예, 예. 들어봤어요.)

천방사 그, 그 전설이 있쥬.

(조사자 : 그 얘기 좀 해 주세요. 언뜻 어디서 본 것도 같은데.)

아니, 그 전설이 많이 그 있는데, 이 금강을 거실려서 오르는데, 안개가
얼마나 진하게 끼었던지 앞이 안보이더라 이거유. 그 갈 수가 없어요.

그리고 풍랑이 일어서 갈 수가 없어요. 그런게 어 참 소정방이 어쩔 줄
을 모르고 그렇게 있는데, 지나가는 중이, 중 보고서 물어봤다는 게여요.

"어떻게 하면은 여기를 나갈 수가 있느냐?"

그런게,

"천방산에 가서 절을 천 간을 짓고 천일 기도를 허면은 이게 다 가란질
것이다."

그러닝게 소정방이가 그거 참 맹장이기똘래, 꾀를 내가주고 천 간의 절
을 수천 명을 동원해가주고서 하룻저녁에 지었다 이거요.

그리고서 천일 기도를 천일을 허다보면은 세월이 어떻게 되겠이요? 그
러니께 천 명을 그 천 명에게 시켜서 일일이 그 방에 가서 기도를 허게

시켰다 이거유.

그러니께 천일기도를 하룻저녁에 한 거유. 그러고서 부여로 올라갔다고 허는데.

그 중이 남의 나라 장수를 위해서 일러줬었을까 싶지도 않구, 그게 그 허무맹랑한 그런 소리 같아유.

최무선과 나세가 활약한 진포대전

자료코드 : 08_08_FOT_20100209_HID_NJE_0004
조사장소 : 충청남도 서천군 화양면 고마리 화산로 225번길 60
조사일시 : 2010.2.9
조 사 자 : 황인덕, 김기옥, 서은경, 육은섭
제 보 자 : 나주운, 남, 78세
구연상황 : 지역 전설에 대한 이야기를 묻자, 아래의 내용을 구연하였다.
줄 거 리 : 진포대전에서 최무선과 나세가 활약을 하였다. 그런데 진포가 어느 지역을 이르는 것인지에 대해 사람들의 의견이 분분하다.

전부터 내려오는 얘기죠. 그러구 아마 그건 책에도 많이 나올 꺼예요. 애매모호한 그런 말이 많이 있어요.

가령 진포대전 같은 거요, 여기 진포 이 앞이서 최무선 장군허구 나세 장군이,

여기 그 왜놈들을 참 저 당나라 군사들을, 아니 벌써 왜놈이쥬? 왜적, 왜구. 왜구를 물리쳤다고 그러는데 진포가 과연 어디냐 말이유?

근디 어떤 책을 보면은, 진포는 군산 앞바다에서 저 위에 강경까지 진포다.

강경이 아니구, 어 여기 강경 밑이 거까지는 다 진포다. 그런 얘기를 사람도 있고 어떤 사람은 여기 장항이 진포다.

또 군산에서는 군수가, 군산이 진포다. 그런게 그런 것이 잘 알 수가 없어요.

산후지지를 차지하지 못하고 죽은 풍수

자료코드 : 08_08_FOT_20100209_HID_NJE_0005
조사장소 : 충청남도 서천군 화양면 고마리 화산로 225번길 60
조사일시 : 2010.2.9
조 사 자 : 황인덕, 김기옥, 서은경, 육은섭
제 보 자 : 나주운, 남, 78세
구연상황 : 앞의 이야기와 같은 상황에서 이어서 구연하였다.
줄 거 리 : 풍수에 능한 나탁주라는 사람이 자신의 선조 묏자리가 마음에 들지 않아 이장을 하려 하였으나, 집안 사람들의 반대로 할 수가 없었다. 하는 수 없이 자신의 신후지지라도 후손들에게 일러주려고 하였으나, 그때마다 시기를 놓쳐서 결국 그곳을 제대로 알려주지도 못하고 죽었다. 그의 예언대로 후손들이 잘 살지 못했다.

건디 이제 그분이 자기는 그때 속이루 자기 마음적으로 볼 때 내 집 산소는 아주 무식했거든?

(조사자 : 예.)

이거 얼마 안 가서 망하게 생겼어요. 그러닌게 그 형제간 사춘들, 사춘간 보구서 이 묘 파서 윙기야지(옮겨야지), 우리 집 안 되닝개 파서 윙기자, 그러니,

"저 미친 놈, 에, 니가 뭐 안다고 그런 소리 허냐구?"

막 에 참 혼만 내구서 그 성사를 못 혔어요. 게 이 양반이 보닝개 얼마 안 가서 집이 망하게 생겼거든요?

그러니 몰래 혼자 밤이 이걸 파다가서 그 사춘형제간들한테 들켰어요. 그래가주고 직싸하게 매만 맞구서 못 했어요. 게서 이건 내 집이라도

우선 보전해야겠다 해가주고서,

"나 죽으면은 암데다 묻어달라."

근디 오디를 지목했냐면은 오성산 바로 이 건너요, 오성산을 지목을 했어요.

"내가 거기다 나 들어갈 디를 거기다 마련해놨으니 나하고 한 번 가보자."

아들들이 있어요. 근디 화양나루에서 배를 타고서 쪼끔만 가면은 배가 아픈 거에유.

그래 막 죽을 정도여 배가 아파서. 그렇게 거기를 못 가구서는 다시 오고, 게 인자 낫은 뒤에 한번 또 가자,

또 배 타고서 얼마 가면은 또 배가 그냥 아픈 거예요. 그래서 그걸 자기 돌아가시더락 신후지지를 못 일러줬어요. 아들에게.

그래 인자 돌아가셨어. 게 그 아들이 돌아가실 때 그렇게, 그 양반이 돌아가실 때 아들에게,

"암디로 올라가면은 바위가 몇 있구 그 우에 몇 발짝쯤 올라가면 거가 저 고염나무를 내가 심어놨으니, 고엽나무 그게 못자리다. 그렇게 거기다 써다구."

근디 나중에 돌아가신 후에 가보닌게 바위도 맨 바위천지고, 본게 산에 바위가 하나 둘이겄어유?

그게 나무도 맨 고염나무여. 거가 우따 쓸 자리가 없어요. 그래서 거기다 못 썼어요. 근디 과연 그 집이 얼마 안 가서 그냥 다 절딴나 버렸어요. 아주.

근본만 찾다가 가난한 집에 시집보낸 친정아버지

자료코드 : 08_08_FOT_20100204_HID_PSK_0001
조사장소 : 충청남도 서천군 화양면 기복리 한곡 마을회관
조사일시 : 2010.2.4
조 사 자 : 황인덕, 김기옥, 서은경, 육은섭
제 보 자 : 박삼규, 남, 79세
구연상황 : 앞의 이야기와 같은 상황에서 이어서 구연하였다.
줄 거 리 : 양반집에서 딸을 너무 가난한 집으로 시집을 보냈다. 친정아버지가 딸을 보러
　　　　 갔다. 딸은 내어놓을 것이 없어서, '근본이라도 썰어 드시라'고 하면서 칼과
　　　　 도마를 내놓았다. 양반만 찾다가 너무 없는 집으로 시집보내면 안 된다.

그 옛날에 양반 딸을, 양반이라 없는 집이다 여웠던개비대?

그래 나중에 친정아버지가 양반허구 가, 가본께 뭐 혀줄 것이 있으야
지?

나무두 없구 봉개. 부엌에. 암튼 이거 마르면 혀드린다구, 달기개비 풀
이라구.

그게 생전 말르간디유? 먹을 것두 없는디, 달기개비 불허구 그게 말르
겄슈?

생전 가도 안 말르지. 근게 너무 양반 찾으믄 안댜. 시대가 어느 정도
맞추야지.

한번 또 그 딸이 양반이라 없는 집께다 여웠던개비대?

근게 뭐 줄 것이 있나? 시아, 저 친정아버지 왔어두. 칼, 칼도매허구 칼
허구 내줬던개비대? 근본이나 썰어잡수라구.

근본이 뭐 있슈? 근본. 원체 딸이 속상허믄 그러겄슈?

"근본이나 썰어 잡수라구."

줄 것 없은게. 칼도매만 내놓드래, 칼허구. 그거나 썰어 잡수라구. 그게
헐 말이 있간디? 그 사람도.

그랬다구 어른들 보믄 밤낮 그런 얘기 해쌌지.

양택을 음택으로 본 지관

자료코드 : 08_08_FOT_20100204_HID_PSK_0002
조사장소 : 충청남도 서천군 화양면 기복리 한곡 마을회관
조사일시 : 2010.2.4
조 사 자 : 황인덕, 김기옥, 서은경, 육은섭
제 보 자 : 박삼규, 남, 79세
구연상황 : 앞의 이야기와 같은 상황에서 이어서 구연하였다.
줄 거 리 : 어떤 사람이 한 터를 보고는, '아침에 모였다가 저녁에 흩어지는 자리'라고
        하였다. 자신도 그것이 무슨 의미인지를 모르고 있다가, 그곳에 학교가 지어
        지는 것을 보고는 자신이 양택을 음택으로 잘못 본 것이라고 하였다.

짓기 전에, 아침에 미였다(모였다), 미였다 저녁에 흩으러진다, 게 저
묘 자리 봤거든요? 저 양반 저 조부장이.

근디 알 수가 있으야지? 이게 아침이 몄다 저녁 때 흩으러진다? 여 학
교 진제사,

아이고, 그렇지 이게 집터로 봤어야 하는디, 묘 자리로 봤던개비대? 저
양반 조부장이, 예.

집터로 겼으면 좋은디, 그게 핵교가, 학교로 아침이 갔다 저녁 때 흩어
질 거 아뉴?

학교 진 데가 그렇지. 집터로 봤어야 하는디, 학교라기는 들으봤으야
하는디, 묘 자리만 봤던가비데?

그게 아침이 뫘다 저녁 때 흩으러진다, 아이구 알 수가 있으야지?

그래 나중이 학교 진제사,

"아이고, 그렇지 내가 잘 못 봤다구."

그러드래요. 그랬다고 으른들 그래쌌드라구. 저녁에 흩으러진다 이거
알아먹을 수가 있으야지 그래, 학교 진제사,

"아이구, 그렇지 이게 묘자리루 보믄 안 되는디."

(청중 : 학생들이 아침이는 모이구, 저녁 때는 헡어러진게.)

위기를 넘긴 현명한 권씨 조상

자료코드 : 08_08_FOT_20100204_HID_SKH_0001

조사장소 : 충청남도 서천군 화양면 보현리 45번지

조사일시 : 2010.2.04

조 사 자 : 황인덕, 김기옥, 서은경, 육은섭

제 보 자 : 신광호, 남, 82세

구연상황 : 경로당에서 신광호라는 사람이 많은 이야기를 해 줄 것이라는 소개를 받았다. 경로당에서 한 사람이 따라 나서며, 신광호 화자의 집을 일러주었다. 그런데 가는 길에 이웃집으로 놀러갔다는 소리를 듣고, 그곳으로 찾아갔다. 조사자를 제외하고는 1명의 청자가 있었다.

줄 거 리 : 우리 집 옆에는 좋은 집터가 있다. 권씨 조상 중의 누가 처음으로 그 집으로 이사를 왔다. 사랑방에서 잠을 자는데, 갑자기 뱀 한 마리가 떨어져서는 주인의 몸을 감았다. 주인은 아이를 불러 미나리꽝에 가서 개구리를 잡아 오라고 시켰다. 방에 개구리를 들여놓자, 뱀이 주인의 몸을 풀었다. 이후 4~5대가 이곳에서 살았다.

이 우리 집 옆이 가면요, 집터가 아주 좋아요. 아주 좋은 집터요.

근게 그 전이는 이렇게 집을 입구루 지었나보대, 마당이 가운데 있구. 이렇게 입구루 짓구 잉?

근디 그 바깥 사랑이 인자 권씨네가 망해서 인자 이리, 이사왔을 거 아녀? 그

바깥 사랑이 있는디 여름에 하절이지 그런게 인자 누워서 잠을 자는디, "털푸덕!" 소리가 나드라는겨 사랑방.

털푸덕 소리 나는디 본께 구렝이 큰 놈이 여기서, 옛날엔 저런 식이여, 집이 저 ○○이루다 저런 식이여, 사랑방 그냥.

거기서 구랭, 구렝이 한 마리가 떨어지드랴. 그려가지구 그 쥔네를 감드라네? 다리를.

그런게,

"여봐라! 여봐라!"

인자 그두 좋은 데려갔던 모양이지? 그런게 안방에서 인자 참 대답을 허닌게, 이 앞에 미나리 방죽, 그게 미나리깡이여,

그게 강, 그런 얘기가 있지? 미나리깡.

(조사자 : 예, 예.)

그게 인자 거기에 거먹 개구리 두 마리만 잡아다 방에다 갇혀라. 가장 지혜가 참 좋은 얘기쥬?

이 비, 뱀인게 그, 그걸 보고서 욕심낼 거 아녀? 개구리를 보고서.

그런게 풀러 놓드라는 거여. 그런게 툭툭 털구 나오면서,

"내가 여기서 머무를 디가 아니다."

그러드라는 거여. 응? 그러드라는 거여. 근게 그게 지혜가 참 빨리 생각했어두 응,

자기 몸을 감은 뱀을 개구리를 던져줌으로써 이게 풀어났다 이거여. 그게 참 지혜가 있는 얘기지요.

그래서는, 그러고서는 아 여기두 이거 내가 머물, 머무를 디가 아니다, 그러드니 그냥 그 여기서도 아마 4,5대가 살았던가벼, 권씨네가.

이조 그러니께 중기 무렵이 되지 않나 이런 얘기, 생각두 나대.

무학대사 덕분에 명당 차지한 한산이씨

자료코드 : 08_08_FOT_20100204_HID_SKH_0002
조사장소 : 충청남도 서천군 화양면 보현리 45번지
조사일시 : 2010.2.4
조 사 자 : 황인덕, 김기옥, 서은경, 육은섭
제 보 자 : 신광호, 남, 82세
구연상황 : 조사자가 목은 전설에 대해 물으니, 아래의 내용을 구연하였다.
줄 거 리 : 이성계가, 목은에게 사약을 내리고 무학대사도 그곳으로 내려 보냈다. 이성계의 지시에 의해 무학대사는 목은의 아들을 데리고 묘 자리를 찾으러 다녔다.

목은의 아들이 마음에 들어 하지 않자 결국 좋은 자리 세 군데를 다 일러주고 말았다. 무학대사가 속은 것이다. 결국 세 군데를 한산이씨가 차지하였다.

(조사자 : 목은 선생님 묘 잡을 때 전설이 있나요?)

(이성계가) 불렀잖았어? 응, 불렀는디. 싫어했잖앴어? 그래서 좀 포은이랑 그려서 그이 방원이가 죽였잖아?

근디 사약을 내렸다는 거여. 목은한테. 게 말은 침 뱉었다드만.

"그 자리가 그렇게 좋으냐?"

이성계보고 그랬다는 거여. 그 목은 선생. 이색, 이색이 그 사람이. 참, 이 사람이라 그러면 안 되고, 이 양반이.

그른게, 그러냐고 허면서 보내믄서 바로 사약 내려보냈디야. 어 목은헌티.

근디 이 목은이 목은 생가는 원래 외가, 저 외가에서 태어났시요. 강원도. 그랬지유?

에, 그랬시유. 근디 세 살 땐가 여기 왔디야. 그랬는디 한산이씨 아녀? 한산이씨.

그런디 그 사약을 내려보내구서 무학이를 바로 내려보냈다는 거여. 응, 이성계가.

그래서 묘 자리나 좋은 디 쓸 만한 디 잡아줘라, 이 무학대사를 내려보냈디야. 근디 무학이가 처음이 그 자리를 잡았다는 거여. 그게 연밤이유. 거기 보구.

(조사자 : 연밤이요?)

예, 연밤. 밤이 열은 밤. 이런 디서 흔히 우스갯소리 할라믄 야, 연밤 심바람 갔다오란게, 갔다와서는,

"밤 다 떨어졌대유." 그러드란 말두 있어.[웃음]

밤이 열었잖여? 그러게 거기 이자 심바람 거기 사는 사람 알아서 거기

심바람을 보낸게, 무슨 내용도 몰르구 덮어 놓구 가가지구서는,

갔다 와서는 헌다 소리가 밤 다 떨어졌드라고 허드라네.[웃음]

그런 얘기두 있어. 응, 거가 저기 영모여. 영모. 지산면 영모. 그른디,

바로 사약을 보내구서는 무학대사를 보냈는디, 무학대사가 아, 이색 그 자제분을 가지구 인제 거그를 잡는디,

맘에 안 든다구를 했디야. 응, 무학대사가,

"여기다 모셔라, 아버지를."

그런께,

"아유, 맘에 안 드네요." 그러드, 그랬다는 거여.

그른게,

"그러믄 내가 또 한 가지를 잡아주마." 무학대사가.

종천 가믄 부내라는 디가 있어요. 거기가 이, 산 그 채가 저기 종, 종 형국이루 이렇게 채가 이렇게 때리는 형국이루 해서,

거기가 아주 부내복종이라구 허는 디유 그게. 부내복종.

거기 가선 하나, 하날 잡아줬다는 거여. 그른게,

"아이, 거기두 마음에 안 든다."

목은 아들이 그랬다는 거여. 그런게 또 여기 빗고개라고 있는 디가 있어요. 한산 넘어가는 거기 돼지골이라구 그러지 거기 보고.

한산 소재지 넘어가는 골이 여기 저, 재가 있슈, 재. 그 옆이 가서는 또 잡아준게, 거기두 맘에 안 든다고 허드라네?

아 그기 뭐이가, 속은 거여. 시 자리 다 잡았지.

"아, 이눔한테 돌리는구나 내가."

(조사자 : 그렇죠.)

그래서 나 올라간다. 그 시 자리 다 썼어. 한산이씨네가. 다 썼어.

근디 이 빗고개라고 허는 디는 그 산 형체나 뭘로 봐서 무슨 좌향을 놓게 했는디, 쪼꼼 빗 났어. 좌향을. 그래서 빗고개. 그랬어.

그리구 돼지골은, 돼지골은 뭐이냐 하믄은 돼지가 이렇게 누워서 새끼 젖 먹으는 형첸디, 산이 이렇게, 이렇게 산맥이 이렇게 있는디 다닥다닥 하게 이렇게 이렇게 나왔어.

산이 뻗쳤어. 그게 돼지 젖이여, 그래서 거기 보고 돼지골. 이렇게 얘기 해. 그렇게 돼 있어.

(청중 : 또 한 가지가 어디여?)

한 가운디는 그이가 쓴 디. 목은 영감 쓴 디. 그르구 종천, 부내복종.

한 가운디다가 빗고개. 그 돼지골 고개 또 한 데가 있어. 거기두 이렇게 재실 써놓구, 지어놓구 그랬지.

명당을 차지한 한산이씨 호장공

자료코드 : 08_08_FOT_20100204_HID_SKH_0003
조사장소 : 충청남도 서천군 화양면 보현리 45번지
조사일시 : 2010.2.4
조 사 자 : 황인덕, 김기옥, 서은경, 육은섭
제 보 자 : 신광호, 남, 82세
구연상황 : 앞의 이야기와 같은 상황에서 이어서 구연하였다.
줄 거 리 : 옛날에 동헌의 마루청이 자꾸 썩어가는 것을 본 원님이, 지기를 알아보기 위해 계란을 가져오라고 하였다. 며칠이 지나도 부화가 되지 않자, 꺼내어 보니 곯아 있었다. 이 자리를 욕심낸 아랫사람이 결국 그곳에 호장공의 묘를 썼다.

그러구 호장군 묘소가 여 한산 면사무소 바로 옆에 있어요. 응, 그 한 산 시조여. 호장군이여, 지게 호 자여.

거기가 거기가 원래 그 집터 자리가 게 옛날 고을 원 인제 원님 시댄 게, 근디 마루청이 있을 거 아녀? 마루청.

근디 마룻장이 이렇게 옛날 마루창은 막 통나무 뽀개 가지고 이렇게 해잖유? 지금 판자루 이렇게, 지금은 다 그러지만.

근디 그게 마룻장이 자꾸 가 썩어쌌드라네? 일 년에 한 번씩 갈드랴. 게 땅 훈기가 올라와서 그런 거여.

그러닝게 이 집사람 보구서 이게 참 훈기가 온도가 있다는 얘기 아녀? "계란을 두어 개 갖다가 거기다 한번 묻어봐라. 닭이 깨나 안 깨나."

그렇개 이 사람이 미리 알구선 곯은 알, 무정란, 알을 갖다 넜던 모냥이여. 그 닭이 깰 때 됐는디 아무 소식이 없은게, 원님이,

"그걸 캐봐라."

그른게 곯은 알이 그게 그냥 있지 깰 태여 그게? 그린게 아휴! 근디 이 사람이 욕심을 낸 거여.

그래서 한산이씨네 거기를, 묘소를 호장군 묘, 시조 거기다 모셨어요.

토정 덕분에 신랑을 살린 노파

자료코드 : 08_08_FOT_20100204_HID_SKH_0004
조사장소 : 충청남도 서천군 화양면 보현리 45번지
조사일시 : 2010.2.4
조 사 자 : 황인덕, 김기옥, 서은경, 육은섭
제 보 자 : 신광호, 남, 82세
구연상황 : 토정에 대한 전설을 아는 것이 있느냐고 묻자, 아래의 내용을 구연하였다.
줄 거 리 : 한 노파가 토정에게 관상을 보려고 찾아갔다. 느닷없이 '호랑이를 잡으라'는 말만 듣고는 쫓겨 나왔다. 마침 신행길을 가던 신랑의 안장에 호피가 깔려있음을 보고서 그것에 매달려 결국 노파는 그의 목숨을 구하게 되었다. 그래서 그 노파는 신랑집의 대우를 잘 받고 살았다. 제주목사를 할 때에도 토정이 능력을 발휘한 적이 있다.

연안이씨가 있었어. 제주 목사 갔다오신 양반. 연안이씨. 근디 저 종천에 몇 분 좀 산다 구 허대.

요 앞에 저 옆에 산이 그 연안이씨네 종산이었어요. 그 뒤 송마산이라

구 허는 산두 그게 연안이씨네. 종산이었구.

그러구서는, 참, 더러 이렇게 관상 같은 거 보구 혔든가부대? 응 그랬디야. 그랬는디 한 노파 한 분이 와서 관상을 봐달라구 헌게,

"어? 볼 거 없어, 가! 당신은 호랭이 잡어야 혀!"

그러드랴. 토정이.

"어이, 호랭이 잡어야 혀, 가! 가!"

그러드랴. 그 노인네가 그러구 아무, 그냥 쫓겨 갔디야. 그 호랭일 잡었어유? 그랬는디 마침 혼인질이 가드라네?

신랑이 앞에서 말 타고, 신부는 가마를 타고서. 그런디, 호피를 깔구 말을 탔드라는 거여. 그래 그 사람두 보통 여자가 아니여.

그렇게 말 꼬리를 잡고 말 둥굴었다는 거여. 막. 그른게 이게 신랑이 가겄어? 말 꼬리 잡고 둥굴은게.

그래 신부는 가구. 쫌 늦었다는디, 나룻배 타구서 건너게 생겼는디, 강 중간에서 풍파 만나가지구 신부는 죽었댜.

근디 신랑은 그 배를 안 타서 살았다는 거여. 그려 가지구 신랑네 집이서 그, 그 여자에 특별한 대우를 받았다는 얘기가 있대.

그게 참말루 막 그런, 일이 있나… 근디 잘 알았대요, 그 양반이. 그른게 칠월 백중에 물 많이 들잖유? 하현헌다구 해가지구.

그 목사 가서는 저지대 사는 사람들은 좀 고지대로 피허라 헌게,

"미친 놈이 와서, 저 미친 소리 한다."

그랬다는 거여. 근디 그게 맞었다는 거유, 그게. 그래 글때사,

"아, 저분이 아는 분이구나."

헌걸 알았다는 거여. 근디 그 양반이 참 잘, 알기는 잘 알았다구 허대.

(조사자 : 아, 제주 갔을 때 그렇게 했다구요?)

예, 그랬대요. 밥해 먹던 솥 냄비 있지, 냄비 솥. 그랬다구 하드만 그거 참말로 그랬는가는 몰라, 그런디, 한산이씨유.

(조사자 : 그분도요?)

예, 그분도 한산 이 씨유.

소금장수가 묻힐 명당

자료코드 : 08_08_FOT_20100204_HID_SKH_0005
조사장소 : 충청남도 서천군 화양면 보현리 45번지
조사일시 : 2010.2.4
조 사 자 : 황인덕, 김기옥, 서은경, 육은섭
제 보 자 : 신광호, 남, 82세
구연상황 : 토정과 무학대사에 대한 이야기와 함께 풍수에 대한 이야기가 이어졌다. 아래
의 내용은 토정이 명당을 찾아다닐 때의 이야기로, 그곳은 소금장수가 묻힐
장소라는 설까지도 있는 장소이다.
줄 거 리 : 명당을 잡을 때 여러 방향에서 그 위치를 보고 잡는 법이다. 그런데 멀리서
봐서 좋아 보여 표시를 해놓고 다시 와 보면, 표시가 여러 개로 되어 있어 구
분을 할 수 없는 경우가 있다. 모든 물건에는 주인이 따로 있는 법이다.

무학대사가, 거기다가, 인자 그, 그 사람들은 그 묘지를 잡을라믄은 딱
그 자리 가서는 딱 잡는게 아니드만?

저-짝 산이 가서 여기를 보구, 저- 뒷산이 가서 여기를 보고, 그래 가
지구 인자 저짝이서 보믄, 봐서 고 자리다 하면 딱 온디야.

와서 인자 표해 놓구. 그랬다는 거여. 그 지랭이풀이, 이렇게 돋는 풀이
를 이렇게 묶어놨다는 거여.

근디 저짝 산에 갔다와 보믄 그게 수십 개가 있더라는 거여. 근방에.
그른게 산신이 그게, 물각유주라 혀잖여?

임자가 모든 게 있슈. 그래서 갈피를 못 잡어가지구, 근게 뭐 염씨 땅
이니 어쩌구 허드라고. 소금 염 자.

소금장사가 지나가다 객사해서 자연적으로 묻히는 땅이라구, 그게, 그

게 쥔이라구 허드라구. 근게 몰르겄어.

소금장사가 그전이는 지구 댕기면서 소금 팔았잖여? 그려서 그냥 그냥 길가에서 죽으믄 그냥 그 뵈기 싫은게 워따 그냥 개골창이나 워따 갖다 넣는 수도 있거든?

그렇게 해서 소금장사가, 그게 염씨 땅이라 그런디야. 임자, 염씨 땅이라 그런디야.

(조사자 : 그 좋은 땅이요.)

잉. 근게 그 임자가 따루 있어. 다─ 그리유.

무학대사와 옥녀직금 명당

자료코드 : 08_08_FOT_20100204_HID_SKH_0006
조사장소 : 충청남도 서천군 화양면 보현리 45번지
조사일시 : 2010.2.4
조 사 자 : 황인덕, 김기옥, 서은경, 육은섭
제 보 자 : 신광호, 남, 82세
구연상황 : 앞의 이야기와 같은 상황에서 이어서 구연하였다.
줄 거 리 : 무학대사가 묘 자리 하나를 잡아 주었다. 그곳에 앉아 보니 백강물이 보여 자신이 실수를 한 것이라고 생각하였다. 그런데 길에서 공놀이를 하던 아이들의 소리를 듣고는 깨달은 것이 있어 그 자리가 좋은 자리인 것을 알게 되었다. 그곳이 풍양조씨의 '옥녀직금' 명당 자리이다.

이 조씨네들도 그러잖유? 풍양조씨네들두. 원래 조씨네 땅이 아니었슈. 그 직녀봉, 저기 가서 봐두 꼭 고자린디,

거기 가서 앉아서 보믄 백강 물이 비치드라는 거여. 그려서는 아, 이 실수다. 도저히 이게 묘 쓸 데가 못 된다고 허는디,

동자 몇이 공을 치래. 이 야구가요, 우리 나라서 원래 생겼다는 거여. 그전이 나무 허러 댕기믄서, 이 나무꾼들이유,

나뭇지게 받쳐놓구서는 묘소처럼 도도록허게 쌓아놓구서, 흙을 쌓아놓구서,

나무, 소나무 가지 다닥, 다닥헌디, 동그라게 깎아놓구, 그 우다 놓고는 작대기 있잖여?

지게 질라믄 작대기로, 딱! 친다대. 그거 얻어맞으믄 막 이빨도 빠지구 그랬디야.

(청중 : 그렇지, 그러지.)

그 공, 공 치는 저, 여기두 여 가믄은 펀펀헌 산, 펀펀한 데가 있시유. 그, 공마당이라 그류, 저두, 공판재라구, 공판재.

근디 거기서 그렇게 나무허러 댕이는 사람들끼리 머서 공을 찼다는 거여, 이 야구여, 야구.

그랬는디,

무학이가 내려오는디, 아 쬐깐한 애들이 말이여, 이 판, 이르케 도도록헌 데 공을 놓구 때려야 하는디 땅을 때려쌌드랴, 하나가. 그런게,

"야, 이 미련헌 놈아, 왜 공을 때려야지, 엉뚱한디를 때리냐! 이놈아, 무학이 같은 놈이다!"

무학이가 들었어, 그 소리를.

"응, 너 이놈아 무학이 같은 놈이여, 왜, 왜 공을 안 때리고 엉뚱한 데를 때려쌰. 이놈아!"

베 짜는데 북물 없이 짜는 베틀 어디가 있느냐? 게 맞는 얘기지. 북물, 베 짜는 옛날, 저기 베 짜는디 보믄요,

꾸리를 물이다가 담갔다가 꺼내 가지구 북통에다 넣어서 짜유. 그른게 물이 있어야잖겄어? 북물.

근디 그눔이 그 소리를 허더라는 거여. 근게 무학이가,

"아차, 그 말이 맞다."

그게 사람이 아니었시유. 게 사람이 아니었슈. 참 이치가 닿는 얘기쥬?

공을 때리구 또 엉뚱한 데를 때려 쌌던 놈이 야구를 이렇게 때리는디, 시방 야굴할라믄 던져주잖유? 투수가. 근디 이 여기다 이 공을 도도록 한 데다 놓구서는 작대기루 때리는디 엉뚱한 데를 때려싸. 그런게,

"야, 이 무학이 같은 놈아, 왜 공은 안 때리구 엉뚱한 디 때려 이놈아!"

베 짜는디 북물 없이 어떻게 베를 짜느냐, 그게 그기 산신이유, 그게. 산신.

그래서 그게, 그게 조씨네가 거 그닥 썼다는 거야. 원래는 조씨네가 아니었다는 거야.

(조사자 : 고 묘 위치가 주소가 어떻게 돼요?)

거가유, 부연디, 부여. 양화 어디게 돼유. 그른디 거가 여기서는 대개 거, 거기 보고, 그냥 풍양조씨유.

풍양조씨, 풍양조씨믄 양반 아뉴? 양반이쥬.

(조사자 : 그래 옥녀직금 명당이라구요?)

그렇지요, 거기요. 예, 거기요.

소정방과 오성산

자료코드 : 08_08_FOT_20100204_HID_SKH_0007
조사장소 : 충청남도 서천군 화양면 보현리 45번지
조사일시 : 2010.2.4
조 사 자 : 황인덕, 김기옥, 서은경, 육은섭
제 보 자 : 신광호, 남, 82세
구연상황 : 지역 전설에 대한 이야기가 오가고 난 뒤 조사자가 해당 전설에 대해 물으니, 아래의 내용을 구연하였다.
줄 거 리 : 백제가 패망할 즈음, 백제군이 소정방에게 쫓기고 있었다. 그때 다섯 사람이 한가롭게 바둑을 두고 있다가 소정방이 이끄는 군에 의해 죽임을 당하였다. 그 다섯 명의 무덤이 있어서 그곳을 오성산이라고 부른다.

(조사자 : 오성산 전설이 뭐가 있어요?)

예, 고기 조기 백제가 패망할 때, 소정방이헌티, 쫓기는디, 거기서 한가하게 다섯 분이 바둑을 뒀댜.

그러다가 그 소정방 패한티 죽었시유, 그래서 그 묘소가 조옥 있시유.

그래서 오성이여, 오승, 산.

고마리 유래

자료코드 : 08_08_FOT_20100204_HID_SKH_0008
조사장소 : 충청남도 서천군 화양면 보현리 45번지
조사일시 : 2010.2.4
조 사 자 : 황인덕, 김기옥, 서은경, 육은섭
제 보 자 : 신광호, 남, 82세
구연상황 : 앞의 이야기와 같은 상황에서 이어서 구연하였다.
줄 거 리 : 백제 장수 한 사람이 말을 타고 도망을 가다가 급한 마음에 말을 너무 두드
리는 바람에 말이 죽어버렸다. 그래서 두드릴 고(叩), 말 마(馬)를 써서 고마리
라는 지명이 생겼다. 이외에도 지명에는 각각의 유래가 있다.

그루구 요기서 저 서천군 갈라믄, 고마라구 있슈, 고마리. 그게 저 거기여, 두드릴 고 자여. 두드릴 고 자.

이렇게 입구 허구서 이렇게 허구서 이렇게, 이렇게 허구서 찍 그시지. 잉, 두드릴 고자. 말 마 자.

그른게 백제 장수 한 분이, 내가 이름까지는 기억 못 허겄슈. 말을 타고 도망하다가 뻘이 진게, 뻘이, 들,

그러니 얼마나 빨리 가자구 말을 차지를 그렇게 막 혔을 거여? 그려서 두드릴 고 자, 말 마.

그 죽었다 그래요, 말이 맞아서. 그래 거기 가믄 마 무덤이 있다는 거요. 그래 고마라고 허는 디가 이슈.

근디 본믄 이 지역 이름도 다, 그 두문이여 막을 두 자여, 나무 목 변에다 흙 토헌 자. 두문.

이 그전이는 여기는 다 이렇게 강물이 드나드는게 인자 거기다 인자 물맥이루 혀놓구서는 인자,

물문, 물 빠지믄 인자 이렇게 이렇게 그래서 두문리, 응, 두문리, 고마, 그게 다 그게 망천이 그물 망 자. 그게 다 그게 전설이 있드라고.

근디 아까도 내가 얘기했구만 와초 얘기했구먼, 지새골이라 그러는디, 그게 와촌디, 나는 가끔 이런 생각을 혀.

무릎 꿇을 와 자가 있잖유? 신하 신 변에다 사람 인 자 한자. 그럼 와초, 근디 이 이 산이 이게, 소가 무릎 꿇일, 무릎 꿇은 형이여.

응, 이 산이, 저 저 산 형태가. 그래서 난 그려, 그 무릎 꿇어서 물을, 백강 물을 먹느냐, 풀을 뜯으냐 허는 얘기여.

그른디 와초여, 근디 기와 와 자 거든? 풀 초 자허구. 그른게 여, 여 옆 동네는 쑥 들어가 있어.

우, 울이 있어가지구. 바닷물, 울이 있어가지구. 그래서 완포. 그르구 그 안동네는 그게 한곡인디, 한새울이라 그러거든?

한새울이믄 큰, 우리네 한자, 큰 걸 얘기허는 거 아녀? 새울.

응, 그러믄 그 윗동네 가서 저기에 저, 용댕이. 근데 원래는 용등이여. 그 산이 이렇게 용등처럼 내려와서, 용등이라 그려.

그러구서 인자, 거기 가서 한저울이라구 있어. 그르믄 한절여 거가. 큰 절이 있었다는 얘기여.

잉, 그런데 시방 대사리라구두 허구 잉, 거기 대등리라구두 그러거든? 옛날 보믄은 이게 다, 여기두 아까 얘기했지?

그 문촌이라구 여기, 여기 당이 있기 때문에 그렸구. 이 옆 동네도 이게 안뱅이라 그러는디, 기러기 안 자, 봉우리 봉 자 해서,

산이 아마 그려서 안동이지 않나, 이런 이런 생각도 혀보대? 그러구 그

옆동네 가믄은 잣골이라고 있슈. 잣골.

그러믄 좌측 좌가 있쥬? 좌측 좌. 그 골, 동네가 골이 그렇게 졌어. 그래서 척골이나 잣골이나 같은 얘기고.

그러, 그런 뭐이가 있드만, 보믄은, 다 이렇게 보믄은.

구렁덩덩 신선비

자료코드 : 08_08_FOT_20100204_HID_YYH_0001
조사장소 : 충청남도 서천군 화양면 옥포1구 새마을회관
조사일시 : 2010.2.4
조 사 자 : 황인덕, 김기옥, 서은경, 육은섭
제 보 자 : 양예환, 여, 76세
구연상황 : 청자 중의 한 사람이 조용히 밖으로 나가더니, 일을 하고 있던 양예화 화자를
          데리고 들어왔다. 양예화 화자는 자리에 앉으면서 급하게 이야기를 시작하였
          다.
줄 거 리 : 한 여자가 구렁덩덩 신선비에게 시집을 갔다. 하루는 신선비가 허물을 벗어서
          여자에게 주면서, 그것을 버리지 말라고 하였다. 이 사실을 누가 알고는 허물
          을 불태워버리자, 신선비는 돌아오지 못하고 구렁이가 되었다.

구렁덩덩 서선비한테 시집을 갔는데, 어떻게 해서는 가야한다 헌게,

(조사자 : 어릴 때요.)

예. 그렇게 시집을 안 간다 헌게 그리 시집을 그여 보내줬는디, 가서 얼마간 살았는디 구렁덩덩 서선비가 허물을 홀딱 벗어서,

그놈을 각시 치마끈이 채주구 자기가 과거 보러 가는디, 과거 보러 올 때까지, 갔다 올 때까지,

이걸 버리지 말라 했는디 그걸, 누가 옆이서 알아갖구서 떠서 저기다 갖다 불살라서 도루 그 사람이 못 찾아오구 구렁이 됐단 말,

어려서 쪼끔 들은 것 같네.

(청중 : 그것도 말이 되는 거네.)

그랬는디 그걸, 그 아니, 그걸 누가 그 눈치 알아가지구 그걸 뺏아챘는 가벼.

그랬다구 그런 소리는 어려서 쪼끔 들었어. 그거 확실허게는 몰라.

인자 어려서 소리라. 쪼끔 대목대목이면 그런 소리는 구랭이한테 시집 갔다구 헌게,

그 생각두 나네요, 그냥 몰르는디.

소금장수 쫓아오는 뼈다귀

자료코드 : 08_08_FOT_20100204_HID_YYH_0002
조사장소 : 충청남도 서천군 화양면 옥포1구 새마을회관
조사일시 : 2010.2.4
조 사 자 : 황인덕, 김기옥, 서은경, 육은섭
제 보 자 : 양예환, 여, 76세
구연상황 : 앞의 이야기와 같은 상황에서 이어서 구연하였다.
줄 거 리 : 한 소금장수가 소금을 팔러 다니다가 공동묘지 옆을 지나가게 되었다. 뼈다귀 하나를 발견하고는 자신의 다리에 대어 보기도 하다가 던져버리고 돌아섰다. 그랬더니 그 뼈다귀가 소금장수를 쫓아 다녔다.

[소금] 팔러 댕였는디, 소금장사가. 계속 소금 팔러 댕이다 본게 어떤 공동묘지 모팅이 지나가느랑게,

막 뼉다구 하나가 이만-치 진 놈이 이렇게 누워있드랴.

그런게 지나가다,

'저놈의 뼉다구가 내 뼉다구보담 저 질구나.'

그러구선, 그놈을 갖다가 이렇게 다리다 대 본게 자기보담 질드랴.

"어이, 그놈의 뼉다구 질기두 허다."

그러구 이렇게 던지구서는 소금 팔러 간게,

"달랑달랑달랑달랑"

지게 목발 밑에, "달랑달랑달랑" 쫓아와.

"질거니 짤릅거니 질거니 짤릅거니, 네 상관이냐, 질거니 짤릅거니 내 상관이냐? 달랑달랑달랑."

지게 목발 차가머 쫓아오드래요, 그 뼉다구가.[웃음]

소금장사 얘기헌게 그 생각 나네. 그 전에 아버지랑 허는 옛날 얘기 들었어.

질르구 짤릅구 네 상관이냐구 그 지게 목발 달랑달랑달랑,

이 지구 가는 지게 목발 처가머 그 뼉다구가 계속 쫓아댕기드랴.[웃음]

호랑이보다 더 무서운 곶감

자료코드 : 08_08_FOT_20100204_HID_YYH_0003
조사장소 : 충청남도 서천군 화양면 옥포1구 새마을회관
조사일시 : 2010.2.4
조 사 자 : 황인덕, 김기옥, 서은경, 육은섭
제 보 자 : 양예환, 여, 76세
구연상황 : 이야기가 잠시 중단되자, 오래 전 어릴 때 들은 이야기는 없는지 조사자가 물으니, 아래의 내용을 구연하였다.
줄 거 리 : 호랑이가 먹이를 구하기 위해 민가에 내려왔다. 한 집에서 아이의 울음 소리가 계속 들렸다. 그런데 부모가 곶감을 준다는 소리를 듣자 아이가 울음을 그쳤다. 호랑이는 '나보다 더 무서운 것이 있구나.'라고 생각하고 그냥 돌아갔다.

하도 울은게 호랭이가 잡아먹을라고 가서 기냥 문 앞이가 섰는디,

그런게 그거 온 중 알고서, 그냥 어린애가 울어쌓게 즈이 부모가,

"아가, 아가, 울지 마라. 곶감 줄게. 울지 마라, 울지 마라."

해, 뚝! 그친게, 호랭이가,

"힉! 나보덤 더 무서운 게 있구나."

호랭이보덤 더 미서운 것이 있구나 하고서 안 잡아먹고 갔다는 그런 얘기두 있어.

아닌게 아니라. 문 앞이가 개 잡아먹으러 완게 어떻게 어린애가 울어싸 닝개 부모들은 거 몰른게 울은게,

울지 말라구, 울지 말라구 달래두 계속 울은게,

"곶감 줄게, 울지 마라. 곶감 줄게, 울지 마라."

그런게 뚝 그치드래. 그런게, 힉, 나보덤 더 미서운 것이, 그런게 옛날에 호랭이보담 더 무선 담비 있다구잖여?

나보덤 더 미서운 것이 있구나 허고 안 잡아먹고 가드래요.

익모초 먹고 아이 낳은 과부

자료코드 : 08_08_FOT_20100204_HID_YYH_0004
조사장소 : 충청남도 서천군 화양면 옥포1구 새마을회관
조사일시 : 2010.2.4
조 사 자 : 황인덕, 김기옥, 서은경, 육은섭
제 보 자 : 양예환, 여, 76세
구연상황 : 앞의 이야기와 같은 상황에서 이어서 구연하였다.
줄 거 리 : 과부가 아이를 낳았다. 이 일로 주변이 시끄러워지자, 여자는 사람들을 모아 놓고 물을 가득 담은 큰 대야에 아이를 빠뜨렸다. 그랬더니 한참 후 아이는 어디론가 사라지고 익모초물만 남아 있었다. 익모초 물을 먹고 아이를 낳았다는 것이다.

과부가 아기를 낳아놓더랴. 아기를 막 이러는 막 떡두깨비 같은 아들을 난게, 동네사람들이 어떻게 쑥덕거리고 막 그냥 집안에서도 난리가 나고 헌게,

마당 가운데다, 옛날에는 뭐 이런 고무다라이나 장수래다, 물을 한 장

수래 떠다 봐보라거드랴.

그래서 장술에다 물을 한 장술에 떠다 놓구서 기다리고 있은게, 애기를 갖다 거다 톰방 빠치드랴.

그런게 나중에 한참 있은게 새파라니 육모초물 되드래. 그래, 육모초가 그만치 좋다는 얘기여.

육모초를 먹어서 그 애기가 생겨서 낳다는 거여.

(청중 : 옛날에 육모초 많이 먹고 애기 낳다고 많이 혔어.)

잉, 그른게 그, 새파란 육모초 물이 한 장술에 되드래, 어린애 읊어지구.

(조사자 : 육모초요?)

(조사자 : 익모초, 익모초.)

(청중 : 익모초라구도 하지. 육모초라구도 하구, 익모초라구도 하구. 그러는데 여기서는 육모초라구 주로 많이 해요. 여기에서는. 지방마다 사투리가 있어. 그런, 그런 소리는 있었어.)

그런게 쑥덕거리지 말고 물을 한 장수래 떠나 마당 가운데 놔봐라.

그래 마당 가운데 논게 아기를 갖다 톰방 거다 넣드래요. 넣은게 그냥 아기가 꾸무럭꾸무럭 한참 허구 난게,

새파란 물만 되고 암 것두 없드래. 그게 육모초 먹고서 그 아기가 생겨서 난 거여. 그 소리는 들었슈.

방귀 뀌는 며느리

자료코드 : 08_08_FOT_20100204_HID_YYH_0005
조사장소 : 충청남도 서천군 화양면 옥포1구 새마을회관
조사일시 : 2010.2.4
조 사 자 : 황인덕, 김기옥, 서은경, 육은섭

제 보 자 : 양예환, 여, 76세
구연상황 : 앞의 이야기와 같은 상황에서 이어서 구연하였다.
줄 거 리 : 시집온 며느리 얼굴이 노란 것을 보고 이유를 물으니, 방귀를 뀌지 못해서 그
렇다고 하였다. 그래서 방귀 뀌는 것을 허락해 주었다. 며느리가 심하게 방귀
뀌는 것을 보고, 쫓아내려고 하였다. 가마를 타고 가는 길에 며느리 방귀 덕
에 배를 얻어먹을 수 있게 된 시아버지는, 다시 며느리를 데리고 집으로 돌아
왔다.

며느리가 방구 뀌어싼게, 아이 처음에는 시집오더니 얼굴이 색깔이 노
란혀드랴. 며느리가.

"너 왜 그렇게 방구, 인자 얼굴 색깔이 왜 그러니?"

그런게,

"허든 짓 못 혀서 그런다구."

더랴. 허던 짓이 뭔 짓이간디 그러느냐구 그런게, 지가 허던 짓을 헐라
그런다구. 그래 무언 짓이냐구.

그런게, 내가 허던 짓 허믄 기상날 틴게 보라구. 그래 허던 짓좀 혀
봐라.

그런게 막 방구를 뿡뿡뿡뿡 뀐게 막 시어머니는 부엌이루 갔다 바깥이
루 갔다 허구, 시아버니는 상기둥이나 붙잡구 올라갔다 내려갔다,

올라갔다 내려갔다 허구 막 난리가 나더랴.

아휴, 그른게 저 며느리를 못 데리구 살것다고 내 보내자구. 그래 갖구
인제 가마 태서 보냈댜.

가마 타서 가는디, 쪼께 가다 쉬어서 본게, 강 한가운데가 배가 주렁주
렁 열려 가지구서는 거가 서 있드랴.

그런게,

"어이, 목두 말르구 저 배나 좀 하나 먹었으믄 좋겄다."

그런게,

"아버님, 걱정말으시라구. 워터게 내가 따 드릴 티니 잡수라."

허대. 거다 대구 방구 뀐게 막 배가 퉁! 떨어져가지고, 물루 떠내려서 그 사람들 있는 디로 오드라네.

그래서 배, 배 먹은게 목이 시원허더랴. 그래서,

"아 야, 긋도 쎠먹을 디가 있다, 도로 가자."

그러고 집이루 왔디야. 그라고 집이,

(청중 : 도루 뗄구 왔구만.)

잉. 집이루 와서 사는디, 아이 양, 방구를 뀔라믄 저기 방구 뀔라믄, 시어머닐랑 뭐 어디 부엌짝 앞이 가 있구,

시아버니는 어디 가 있구 허라구 그러드랴. 그러 방구를 한번 뀌믄 막, 시어메가 부엌짝 앞이 들랑날랑 들랑날랑,

굴뚝까정은, 그러믄 막 불을 지른, 막 안에서 불이 그렇게 잘 들이더랴.[웃음]

그려갖구 그 방구두 쎠먹었다고는 어려서 허대, 그렇게.

내 복에 사는 딸

자료코드 : 08_08_FOT_20100204_HID_YYH_0006
조사장소 : 충청남도 서천군 화양면 옥포1구 새마을회관
조사일시 : 2010.2.4
조 사 자 : 황인덕, 김기옥, 서은경, 육은섭
제 보 자 : 양예환, 여, 76세
구연상황 : 생각나는 이야기가 없다고 해서 조사자가 이런저런 화소들을 언급하자, 아래의 내용을 구연하였다.
줄 거 리 : 세 딸이 있었다. 하루는 부모가 누구 덕으로 사는지를 딸들에게 물어 보았다. 두 딸은 부모 덕으로 산다고 말하였으나, 둘째딸은 자신의 복으로 산다고 하였다. 딸들이 다 시집을 갔는데, 둘째딸만 잘 살았다.

잉, 그런게 하나는,

"아버지 복으루 살쥬."

또 하나는,

"누구 복이루 사니?" 헌게,

"나는 엄마 복이루 살쥬."

또 하나는 가운데 딸은,

"넌 누구 복이루 사니?"

"내 복이루 살지요." 그러드랴.

그려서 어떻게 그렇게 사느냐고 그런게, 다 여웠댜, 다 여운게,

가운데 딸이 시집을 갔는디, 시집이 집을 짓드랴.

[누가 먹을 것을 들고 들어오자, 주변이 시끄럽고 어수선해짐]

그렇게 목수들더러 대문이다가서나,

"내 복으로 내 복으로 내복으로-!"

그렇게 소리나게 지어달라고 허댤. 대문을 희안하게 달아달라구더랴. 그리서 그르케 달아줬디야. 그랬더니 막 그 딸만 어떻게 잘 살구, 공명허구 옛날이 부자되구 잘 살았다구.

어려서 그러대. 지금 딸 형제해 준게 그 생각나.

고약한 사판사 집안과 중

자료코드 : 08_08_FOT_20100204_HID_LSG_0001
조사장소 : 충청남도 서천군 화양면 고마리 화산로 225번길 60
조사일시 : 2010.2.4
조 사 자 : 황인덕, 김기옥, 서은경, 육은섭
제 보 자 : 이수길, 남, 79세
구연상황 : 마을에 관한 내력과 전설에 대해 물으니, 아래의 내용을 구연하였다.
줄 거 리 : 사판사가 난 집이 있는데, 마을 사람들에게 횡포가 심하였다. 자신의 집 앞에
서는 기어가라고 할 정도였다. 이에 한 중이 일러주는 대로 완포의 뒷산을 돈

우고 나니, 그 집이 망해버렸다.

저 중이 인저, 하두 못 살게 굴으니까, 이 사람을 인자 사판사를 고만 못 허게 맨들을라구 중이 뭐시냐?

이 앞이 산을, 이 날맹이를 강물 안 보이게 돋아라, 그래 가지구선 강물 안 보이게 돋아가지구서는,

그 사판사들이 다 저거 됐다구, 망했다구.

그 인자 원판 사람을 못 견디게 그루 지나갈라믄 다 겨 댕겨야 허구막, 이렇게 헌게, 그게 안 좋잖유?

그런게 인자 그 짓을 못 허게 헐랴구, 말하자믄 인자 그 앞을 산을 돋으라(돋우라)구 해가지구 역사해서 돋았대유.

그랬더니 그 망했다고 그러드라고요. 완포 뒷산이유.

(청중 : 완포 뒷산. 바로 저짝으로. 거르개라고, 거르개.)

여기서 바로 이렇게 넘어가믄 그, 그 동네가 완포유.

근디 인자 그 교회 있는 디서 이렇게 쭉 내려가다 보믄, 산이 이렇게 날맹이가 있어요. 근데 인자 사판사네 집은 그 안 구석에 있었구.

그러니까 인자,

"그 강물이 이렇게 안 보이게끔 거기를 돋아라. 그러면은 인자 괜찮을 것이다."

해갖구 돋아 가지구서는 그가 망했다구 그러드라구요. 사판사들이.

황새가 알을 품은 형국의 한곡리

자료코드 : 08_08_FOT_20100204_HID_LSG_0002
조사장소 : 충청남도 서천군 화양면 고마리 화산로 225번길 60
조사일시 : 2010.2.4
조 사 자 : 황인덕, 김기옥, 서은경, 육은섭

제 보 자 : 이수길, 남, 79세
구연상황 : 앞의 이야기와 같은 상황에서 이어서 구연하였다.
줄 거 리 : 이 동네의 터는 황새가 알을 품고 있는 형국이다. 그런데 맞은편에 있는 순경
　　　　산이 구렁이가 머리를 내밀고 있는 형국이라, 알을 부화하지 못하고 있다. 한
　　　　때 마을에 소나무를 심어 보완을 하기도 하였으나, 지금은 그 소나무도 다 베
　　　　어 버려 마을에서 성사되는 일이 없다.

그 한새울이라는 것이 그 뭐냐믄, 명칭이 황새라고 있잖유? 여 날라댕
기는 황새.

황새가 이렇게서 알을 품구 있는 성국이라구 혔어요. 이 부락이.

그런데 저 짝 이렇게 넘어다 보면은 꼭대기서 보면은, 저 짝 편이 산봉
우리 하나가 이렇게 막 순경산이라고 있어요.

근디 으른들이 얘기허기를 이 부락은 황새가 알을 품구 있는 성국인데,

그 너머에 구렁이가 이렇게 대갈, 머리를 내밀구서 이렇게 쳐다보구 있
어서 알을 부화를 못 헌다구 그랬어요.

그래가지구서는 이 짝 편이가 그 전이는 우리 어려서는 소나무가 막
이만씩헌 놈이 쩍쩍 들어섰었시유, 여가.

그려서 이 소나무를 다 벼서(베어서) 우리 부락이 그 이 성사가 안 된
다는 거요. 이뤄지들 못 한다는 거여.

가, 저, 뭣여. 알을 못 까서. 그렇다는 말씀도 허시드라고요. 으른들이.

(조사자 : 그 형상이 그렇게 되어 있어요?)

우리 부락에서 이렇게 보믄 그 산이 이렇게 꼭대기가 저 삐쪽허게 내
밀어갖고, 그런게 여기서 그 구렁이가 고개를 내밀면서 이렇게 쳐다보
고 있어서 부화를 못 헌다는 거요.

그렇다는 어른들 말씀 얘기가 있드라구. 그 새가 황새. 황새가 알을 품
구 있는 성국이라.

부락 명칭이 이렇게 저거돼서. 구성된 것이.

그래가지구선 저 신경산이라는 산이 구렁이 머리루 환산혀 가지구,

우리 부락을 이렇게 넘어다보기 땜이 부화를 못 헌다는 그런 소리 있 잖여.

초분터 귀신

자료코드 : 08_08_FOT_20100204_HID_LSG_0003
조사장소 : 충청남도 서천군 화양면 고마리 화산로 225번길 60
조사일시 : 2010.2.4
조 사 자 : 황인덕, 김기옥, 서은경, 육은섭
제 보 자 : 이수길, 남, 79세
구연상황 : 마을에 관한 이야기가 나오기 시작하자, 연이어 아래의 내용을 구연하였다.
줄 거 리 : 옛날에 초분터가 있었다. 그 근처를 지나가려고 하면, 이상한 소리가 들리곤
        하였다. 어떤 사람은 제사 음식을 들고 그 앞을 지나다가 이상한 것이 따라오
        는 것을 보고, 음식을 조금씩 떼어 주었다. 계속 따라오자, 바구니까지 다 털
        어서 음식을 주어버리자 사라져 버렸다.

옛날에, 옛날에는 그게 저것이 초분터라는 묘가 많이 있었대유. 근데 그 아래가 인자 쪼그만한 이렇게 물 나오는 디가 있어유. 근디 거기 이렇 게 으른들이 지나갈라면은 불을 쓰구서, 막 거기서 빨래하는 소리가 '시 시' 난다는 거이유.

그루구 그런 얘기를 혔샀드라구유. 근디 거기가 뭐시냐, 또 어떤 분은 인자 또 화춘이라는 부락에서 제사를 지내고 오는데,

자꾸 뒤에서 '낭낭낭낭낭' 허면서 따라오드래유. 그래서 인자 집이, 제 사 지냈은게 제사 음식을 조매 싸쳤을 거 아뉴?

그 놈을 가지구 인저 오는디, '낭낭낭낭낭' 혀싸믄서 자꾸 저것헌게, 옛다 먹어라하고 한 돔백이 던져주구,

그러구 쪼메 있은믄 또 와서 '낭낭낭낭' 또 던져주구. 인자 집이 건진

이 우리, 우리 부락에서 사신 양반인디,

우리 부락 건짐 오니깐 인자 던져줄 것이 있어야지유? 다 던져줬으니.

그래 인자 어따 다 먹어라 허고서는 바구니 탁탁 털어준게 그냥 없어지드라구. [웃음]

아, 소리 한번 들었네. 그렇다고 하는 얘기도 허드라고요, 으른들이.[웃음]

집터가 센 집에서 사지가 뒤틀린 사람

자료코드 : 08_08_FOT_20100204_HID_LSG_0004
조사장소 : 충청남도 서천군 화양면 고마리 화산로 225번길 60
조사일시 : 2010.2.4
조 사 자 : 황인덕, 김기옥, 서은경, 육은섭
제 보 자 : 이수길, 남, 79세
구연상황 : 동네에 대한 이런저런 이야기를 하는 중에 아래의 이야기가 나왔다.
줄 거 리 : 철기라는 사람이 사는 집의 사랑방에 누워 있으면, 절구질하는 소리가 들렸다. 어떤 사람이 그 소리를 흉내 내자, 바로 몸이 뒤틀어져 버렸다. 그렇게 집터가 센 곳이 있다.

또 옛날 여 아버지 으른들이 얘기허시는데, 이짝 안이 종의네 집자리 있잖여? 철기형네 집자리.

거기서 인자 사랑방, 옛날에는 인자 사랑방을 많이 쓰구 있었잖애요?

근데, 아, 거기 가서 인제 사랑방에서 누울라믄 절구질 허는 거, 절구질 허는 소리가 겁나게 잘, 재밌게 난대요.

그래 인자, 사람들이 사랑방에서 가만히 들으면서 창당창당 막 한참 저것 허는 놈을, 상만이네 아버지라고 허든가 누가 숭(흉내)을 냈다나?

(청중 : 숭 냈다구 그러드라구.)

그래 갖구서는 막 대번에 몸땡이 뒤틀어져 가지구.[웃음]

저거 돼갖구서는 욕봤다는 그런 얘기를 허드라구요 또.

(청중 : 귀신이 있었구만.)

(청중 : 오래된 일은 아니지 그건.)

그러고 그 형님네 집터가 쪼끄만한 굴이 있었어. 배산 밑이가. 옹달샘처럼. 거가 굴이,

(조사자 : 굴이 어디 있었어요? 그 집에 있었어요?)

집 다 헐었지. 헐었는데, 거기가 이렇게 불이 그냥 항시, 우쩔 때 보믄 불이 켜 있고,

느닷없이 막 밭에 다 깨뜨려서 부시는 소리 나믄 나가보믄 멀쩡허다는 거요.

암 것도 없고.

그렇다고 그 집터가 그렇게 셨다고(셌다고) 그런 얘기를 또 혀주더라고, 으른들이.

다시 돋우어 놓은 대하리 고개

자료코드 : 08_08_FOT_20100204_HID_LSG_0005
조사장소 : 충청남도 서천군 화양면 고마리 화산로 225번길 60
조사일시 : 2010.2.4
조 사 자 : 황인덕, 김기옥, 서은경, 육은섭
제 보 자 : 이수길, 남, 79세
구연상황 : 앞의 이야기와 같은 상황에서 이어서 구연하였다.
줄 거 리 : 대하리를 이전에는 용댕이라고 불렀다. 부락의 모양이 용처럼 길게 생겼다. 대하리에서 한산장으로 넘어가는 길에 있는 고개가 약간 높아서, 그곳을 평지로 만드는 공사를 하였다. 그런데 마을의 젊은이들이 죽어나가는 일이 생기자, 다시 약간 돋우어 놓았다. 이후 그런 일이 생기지 않았다.

부락이 가면은 이 뒤 부락이 이게 용댕이라는 부락이유. 용댕이.

지금은 현재 대하리라고 허는디, 옛날 말로는 용댕이라고 허드만. 근데 그 용처럼 말여 꾸불꾸불혀갖구 이렇게 질게 돼있슈, 부락이.

그런데 그 여기서 이렇게 한산장이 우리가 한산장에 갈라면 그 고개 넘어가는 디가 있어요. (청중 : 높두 안 혀야.)

근디 얕으막허게 이렇게 해서 이렇게 넘어가는 성황댕이라는 디가, 바로 옆이가 성황댕이 있구요. 요롷게 넘어간다구. 항시.

그런디 그거를 너무 높다고 그 부락에서 평지를 맨들자, 도로를 맨들라면.

이 이게 고바위졌으니까 이 평지 만들자. 혀갖고 평지를 맨들었어요. 맨드는디,

그해 젊은 사람들이 계속 죽는거라. 그러니까 이거 안 되겠다. 다시 역사해 가지구서는 거기를 약간 돈아놨시유 또. 그래갖구 괜찮애유.

(청중 : 포장했어, 포장.)

(조사자 : 그래 가지구 괜찮아요?)

예, 그런 애기가 있드라구유.

(조사자 : 그거는 언제쯤 그렇게……)

요즘이유. 얼마 안 됐쥬.

(청중 : 저 새마을사업 뭐 그거 갖다할 때. 그때, 그때 그랬으니까.)

(청중 : 그건 오래 안 됐잖아.)

(청중 : 한 30년 되아가네.)

(청중 : 30년 되었겠네, 새마을운동 할 때가.)

오래됐으믄 죽었어요. 예, 그거 됐으믄. 초상이 계속 난게, 인자 거기를 안 되겠다고 돋우야 한다고 그래갖구, 약간 돈아서 지금 도로났어요.

그전이 인자 지금은 그전이는 인저 참, 한산 시장이 댕길라면은 꼭 거기 걸쳐서 이렇게 산중턱이로 해서 고개 넘어가야 혔거든요.

그런데 지금이야 인자 착 도로가 잘 나있어서 인자 저거허는데, 지금은

그 도로, 길이 인자 없어지다시피 했어요.

(청중 : 없어요, 안 댕긴게.)

땅속에 묻힌 고씨네 흰 비석

자료코드 : 08_08_FOT_20100204_HID_CBS_0001
조사장소 : 충청남도 서천군 화양면 기복리 한곡 마을회관
조사일시 : 2010.2.4
조 사 자 : 황인덕, 김기옥, 서은경, 육은섭
제 보 자 : 최병설, 남, 83세
구연상황 : 앞의 이야기와 같은 상황에서 이어서 구연하였다.
줄 거 리 : 왕재라는 곳 옆에 비석이 많아 비석거리라는 곳이 있다. 고씨 집안에서 그곳
에 흰 비석을 세웠다. 그런데 맞은 편 화촌리에서 보면, 이것이 흰 옷 입은
미친 여자가 우는 것으로 보인다고 하였다. 그래서 마을에서 비석을 묻어버렸
다. 이후 검은 비석을 세울 때, 그 근처를 파보니, 이전에 묻었던 흰 비석이
나왔다.

뒷 왕재라는 산 옆이, 옆이가 비석거리라는 거시기, 모이가 비석이 많
이 있다 해서 비석거리유.

그런 얘기, 근디, 제가 이 고씨네를 종중 것을 시제차례 지내줬거든요?
지금은 이제 않지만. 그 사람들이 거기다 하얀 비석을 시웠시유. 자기 선
조산에다.

근디 그 앞이 앞동네서 쳐다볼 때 막 처녀들이 미쳐가지구 그냥 정신
이 돌아가지구, 그 비석에서 막 춤춘대요.

하얀 옷 입은 여자가. 여기서. 그러믄 화촌, 그 처녀들이 막 저 유부녀
랑 처녀들이 미쳐가지구,

그냥 해가지구 동네서 왔다락 일어나가지구 비석을 다 묻어버렸시유.

근디 여기서 비석을 다시 이자 세우는디요, 입석을 허는디, 여 하얀 비

석이 아니지유, 하얀 비석은 속이가 들었드라구요. 땅속이가.

그래서 인자 그런 전설두 있는디요, 그짓말인가 참말인가는 모르겄구.

지금은 뭐, 뭐 미친 여자는 읎구, 아무 관계가 없슈. 과학이 발달돼서 그러나?

(청중 : 거, 맞은 바락, 저 화촌이라는 디유.)

볼 때, 이 하얀 옷 입구 처녀들이 웃는 걸루 뵈진대요. 화촌 여자들이 쳐다볼 때. 그래가지구 미친 여자들이 생기구.

(청중 : 거기서 인자 막 춤추구 그랬다는 것 같아유. 그 묘 앞이서.)

그런디 그 묘, 저 또 다시 입석허는디, 인자 거시기 색이지유, 흑색. 그래 입석허는디 그 근방 팡 하얀 비석이 나오드라고.

이냥 동네서 인자 막, 다 일어나가지고 와서 그 쓰러트려가지구 묻었능개벼. 다시.

(조사자 : 예, 근데 증거물이 있었다는 얘기죠?)

아이, 저, 이쪽이서 인자 꺼먹 비석, 입석헐, 저 입석헐 때, 그 근방인제 모이 인제 또 봉분 잘 허고 허닌게 파니까 속이서 나오드라, 하얀 비석이 나오드랑게요.

앉아서 먹을 팔자를 예견한 점쟁이

자료코드 : 08_08_FOT_20100211_HID_HOS_0001
조사장소 : 충청남도 서천군 화양면 금당 하리 마을회관
조사일시 : 2010.2.11
조 사 자 : 황인덕, 김기옥, 서은경, 육은섭
제 보 자 : 황옥선, 여, 76세
구연상황 : 먼저 마을 사람들에 대한 이런저런 이야기가 오갔다. 이어 다른 점쟁이에 대한 이야기가 오가고 난 뒤, 다음의 내용을 구연하였다. 청자들이 이야기 중간에 개입하는 것으로 보아 이미 다들 알고 있는 내용으로 보인다.

줄 거 리 : 어떤 사람이 점을 보러 갔는데, 앉아서 먹을 팔자라고 하였다. 그래서 그것이 좋은 말인 줄 알고 살았다. 이후 오토바이를 타고 가다가 교통사고가 나서 하반신을 못 쓰게 되었다. 그래서 결국 앉아서 밥을 먹는 팔자가 되었다.

점허러 갔는디유, 구신 불른(부른) 점 허러 갔는디, 점쟁이가 앉아서 먹을 팔자라고 그러드래요.

(청중 : 늦게는 앉어 먹을 팔자라고.)

(청중 : 근게 사고 나갖고 얼마 못 허고 살아. 먹고 살고 그냥.)

(청중 : 그 내우간이 서천 가다가...)

서천 갈까? 기산이루 누구 생일인디, 밥 먹으러 가다가, 오토바이 탔는디, 그냥 차가 이렇게 해갖고 그냥 그, 다시 각시 말이 그냥 허대,

가 봤더이, 오토바이서 착 내려졌는디, 여기 허리가 암 것도 없드래요. 떨어졌는디.

근게 허리가 똑 뿌러졌지. 뿌러져 갖고 여기가 암 것도 없드랴.

(청중 : 그렇지.)

그려서 병원이 가서 고치다 고치다가 인자, 집이 와서 앉아서 휠차(휠체어)타고 밥 해먹고 다 혀.

그서 복이 많애서 앉아 먹고 사는 중 알었대요. 그랬더니, 그런, 멀쩡했는디.

그렇게 허구 살어. 그런 사람두 있어.

발바닥 귀신

자료코드 : 08_08_FOT_20100211_HID_HOS_0002

조사장소 : 충청남도 서천군 화양면 금당 하리 마을회관

조사일시 : 2010.2.11

조 사 자 : 황인덕, 김기옥, 서은경, 육은섭

제 보 자 : 황옥선, 여, 76세
구연상황 : 마을의 한 다리 근처에서 돼지 귀신을 본 적이 있다는 사람들의 이야기가 나
오고 난 뒤, 아래의 이야기를 구연하였다. 귀신의 종류가 많다고 하였다.
줄 거 리 : 평소에도 힘이 센 사람이 있었는데, 성황당 근처를 가다가 발이 땅에 붙어 떨
어지지 않는 일이 있었다. 발이 땅에서 떨어지지 않자 근처의 소나무를 붙잡
고 밤새도록 씨름한 적이 있다. 발바닥 귀신이 붙어서 그런 것이다.

발바닥 귀신은, 그 전이 우리 아버지 얘기 허시는디, 천하장사를 혔
었다.

근데, 워디, 서낭댕이라나 어디께 가다가 발에 붙었는디, 세상 안 떨어
지드래요.

그래 요만한 솔나무가 있었는디, 밤새도록 그거 떨라구 해도 안 떨어져
서 날 번-히 샌게 발이 떨어지더라고.

그래서 봤더니, 솔나무가 건진 다 뽑아졌드래요.

(청중 : 월매나 몸부림 했으믄.) 응. 밤새도록 붙댕겨서.

그, 그전이 우리 아버지가 허신 얘기로. (조사자 : 그거를 발바닥 귀신이
라고...)

잉. 발바닥 붙어 갖구 안 떨어져서. [일동 웃음]

그래 처음 들어봤지? (조사자 : 예. 처음 들어봤어요.) 별 귀신 다 있었
어.

피난 가다가 겪은 일

자료코드 : 08_08_MPN_20100211_HID_KYS_0001
조사장소 : 충청남도 서천군 화양면 금당 하리 마을회관
조사일시 : 2010.2.11
조 사 자 : 황인덕, 김기옥, 서은경, 육은섭
제 보 자 : 구영순, 여, 84세
구연상황 : 다른 화자가 6·25 전쟁 때 겪은 이야기를 하자, 이어서 구연하였다.
줄 거 리 : 전쟁이 나자 배조리라는 곳으로 피난을 갔다. 그곳에 있을 수가 없게 되자 다시 사돈집으로 피난을 갔는데, 초상이 난 상태이어서 밥을 얻어먹지를 못 하였다. 다시 집으로 돌아오는 길에, 총을 들고서 풀로 위장을 한 사람들을 만나는 바람에 혼이 난 적이 있다.

열아홉 먹어서 인공 때 들어왔거든요, 이북에서 살았는디, (조사자 : 이 동네 사시다가.)

에, 그래서라 막, 인민군 내려온다고 피난 가라서 저- 배조리란 디로 피난을 갔어.

피난을 가서, 사흘을 있는디, 아휴-, 거기가 그냥 막 총소리가 더 들려서 더 못 있겠드라고. 그래서 사둔네 집이를 갔는데 또 그 집이 또 초상을 내났네.

초상 나서 초상난 일이 있어서 밥도 못 먹고, 그래서는 온다구 인자, 동상 하나 데리꾸서리 오는디,

아이, 기산 온게 막, 차가 막 스더니(서더니), 풀을 다 엮은 것을 막 둘르구 뚜벅뚜벅 내려오는디,

총 갖고 이러는디, 막 몸뗑이 막 오그라지고 막 금방 죽겠더라고.

(청중 : 죽겠네.)

아이구, 그것을 보고 삭신이 오그라 들어갖구 내가 주저앉았어. 그랬더니, 우리 동상이,

"언니, 언니, 왜 그래요, 왜 그래요?" 해서,

"아이구, 저것 좀 봐라, 저것 좀 봐라."

총 들고 온게 미서 갖고(무서워 가지고). 그 풀을, 풀 엮은 것을 둘른 사람들이.

그래서나 막, 내가 막 오들오들오들 떨어서 눈물이 뚝뚝 떨어지구, 어떻게 헐 줄을 모르겄어.

이틀이나 초상집이서 밥을 안 먹었어. 초상집이서 밥을 못 먹은게, 안 먹었는디, 그냥 해서 못 있었어서 인자 왔어. 보따리를 갖고 오는디.

아이, 그 지경을 당하는데, 기산 와서. 그래 갖구 막 픽석 주저앉는디, 쬐깐치 차에서 본게, 근게 그냥, 또 그냥 올라가더니. 차 타고 내빼데.

그래서 진저리가 나갖구 집이 와서, 나 피난 가는데 피난 가서 오다 죽을 뻔 봤다구 험서 막 대성통곡을 하고 내가 울었어.[청중들 웃다]

그런 적도 있었어. 피곤하지 초상 나서 밥 못 먹겄지 해서는 그냥, 사흘 있다 오는디,

오다가 그 지경두 당헌 역사가 있어. 그래갖구서리, 나 인자 죽어두 피난 안 간다구 허구서리,

냥, 인공 때 그냥 오고서리, 6·25 돌아와, 거시기 8월 열 엿샛날 돌어온게 막, 또 대한민국 돌아가갖구 그 사람들이 다 가갖구서리 그러구 그랬었어, 그때.

아이, 나 그때 생각하믄 지금두…

(조사자 : 그때가 열아홉 살?)

잉. 샥시 때, 피난 가갖고.

죽었다가 다시 살아난 여자

자료코드 : 08_08_MPN_20100211_HID_KYS_0002
조사장소 : 충청남도 서천군 화양면 금당 하리 마을회관
조사일시 : 2010.2.11
조 사 자 : 황인덕, 김기옥, 서은경, 육은섭
제 보 자 : 구영순, 여, 84세
구연상황 : 다른 사람들이 귀신 이야기를 몇 편 이야기하자 이어서 구연하였다.
줄 거 리 : 박 선생이라는 사람의 여동생이 죽었다가 사흘 만에 다시 깨어났다. 이후 여자는 자신이 가지고 있던 물건들을 다른 사람들에게 나누어 주면서 살았다. 한번은 모 심으러 가는 사람들을 따라 배를 타고 나갔다가 배가 뒤집히는 바람에 그 여자는 죽고 말았다. 이전에 살면서 자신은 오래 못 산다는 말을 하였다고 한다.

○○○ 사람인디, 시악시였시요. 박선생이라구 그 사람 동생이, 저시기 죽어서 막 여그 돼갖구,

사흘을 헤맨다구 막 다녔었시유. 입신 들어가 갖구. 그려갖구, 깨나서 깨어났시유.

(조사자 : 사흘만에요?)

예, 살아나갖구 그 사람이, 지 농기기를 다- 없는 사람 주구,

(청중 : 여잔디?)

시악신디 그랬당게. 박선생 동상이 그랬어. 꺼먹 밤콩 있었잖여? 박선생.

(청중 : 꺼먹 밤콩(박선생이라는 사람을 이르는 말인 듯하다).)

잉, 꺼먹 밤콩 동생이랬어. 그런디, 사흘 만에 살아나갖구,

지 농기기 막, 자부동 같은 거 뜨개로 다 뜨구 그런 것도 교회다 다 바치구,

읎는 사람 옷두 다- 나눠주구 그랬시유. 그루구서리 저 오라는 날 간다구 다 베풀었어.

(조사자 : 예에.)

그르드이 멀쩡했는디 그렇게 허드라구유. 그리두 참 이상허다 그랬어. 그르더이, 그 시약시는 살아서,

그렇게 시약시 되았두 스물 싯인가, 닛인가 먹어 죽었어두, 모 같은 거 한 번 안 심었시유. 부자루 살은게.

그랬는디, 개굿내루 모 심으러 간다구 그런게, 아이, 모 심으러 간다고 막 따라나서서 갔어유. 갔는디,

그 똑딱배가 납작 엎어져서, 엎어져 갖구,

(청중 : 죽었어?)

에. 어린내 업은 사람들두 어린내 엡혀서 개 건넌게, 간 사람들도 어린내도 살고 그 사람도 살았는데,

그 샥시는 여녕, 사흘을 혀두 안 나와서 못 찾았어. 그르더이, 붙어갖구, 배밑 구녕에 가 붙어갖구 그르더니 죽었드라구. 그르더이,

(조사자 : 그 날이 그러니까 죽는다고 한 날이에요?)

그, 자기, 죽는다는 그 날짜는 얘기 않구, 자기가 그렇게 옷 같은 거 다 없이 그러거든 그냥 죽었시유.

그래 갖구서리 막, 집안이 난리 만났지. 올케가 나하구 같이 시집가구, 나하구 같은 재질이구 혀서 친했거든.

그른디, 시누 그런다구 막 방석 같은 것도 교회다 다ー 바치구, 읊는 사람 옷도 다 나누구, 허구서 그냥 죽었어.

(청중 : 근디 살아났어?)

살기는, 죽었지. 자기가 죽는다구 헌, 언제 얼매 못 산다구 다ー 그냥 베풀구서 그냥 죽었당게.

뱀을 낳은 여자

자료코드 : 08_08_MPN_20100211_HID_KOS_0001
조사장소 : 충청남도 서천군 화양면 금당 하리 마을회관
조사일시 : 2010.2.11
조 사 자 : 황인덕, 김기옥, 서은경, 육은섭
제 보 자 : 김옥순, 여, 84세
구연상황 : 신포에 사는 어떤 사람이 뱀 상호를 지닌 아이를 낳은 일이 있다는 다른 화
　　　　　자의 이야기를 듣고, 이어서 구연하였다.
줄 거 리 : 화양면에 사는 어떤 사람이 배가 불러오면서 입덧도 하는 바람에 아이를 임
　　　　　신한 줄 알았다. 그런데 한참 후 병원에 가서 뱀을 쏟아 놓았다고 한다. 그
　　　　　사람은 지금 한 80세 정도 되었다.

다고 사람은요, 아기가 있는디, 아기, 단산 허고 있으랴 생각도 안 혔는
디 아기가 있드래요. 월경도 허도 않고서는 그랬는디, 아기가 있는디,

아기 있어서 달 차가지구서는 아기처럼 그냥, 막- 참, 그냥 멀, 거시기
저, 입덧 허고 그냥 해서 영낙없이 아긴 줄 알았대요.

그서, 아긴 중 알구서 인자 그냥 거시기 했는디, 배가 불러서는 거스거
구 났더니,

참, 병원이 가서는 본게, 배암, 배암 새끼를 그냥 거시기해 가지구서 났
는디,

새끼만 그냥 와그르르 허니 다 쏟아가지고.

(청중 : 어이구 징그러.)

(청중 : 그전이 그런 얘기 있었어.)

(청중 : 말은 있었지.)

다고 사람이 그랬시유. 얼매 안 돼유.

(청중 : 얼매 안 돼야?)

(조사자 : 가고 사람이요?)

예, 다고. 여기 다고. 화양면.

(조사자 : 얼마 안 됐어요, 그 얘기가?)

노인, 노인네 됐시요, 그 양반이 인자.

스승을 위한 위사답(爲師畓)

자료코드 : 08_08_MPN_20100209_HID_NJE_0001
조사장소 : 충청남도 서천군 화양면 고마리 화산로 225번길 60
조사일시 : 2010.2.9
조 사 자 : 황인덕, 김기옥, 서은경, 육은섭
제 보 자 : 나주운, 남, 78세
구연상황 : 화자는 고마리 마을지를 자비로 만들었다고 한다. 책자를 펼쳐 보이며, 마을
에 대한 전반적인 이야기를 하고 난 뒤, 아래의 내용을 구연하였다.
줄 거 리 : 나주운 화자의 할아버지가 젊었을 때에는 경제적으로 어려운 생활을 하였다.
학비 낼 돈이 없어 공부도 힘들게 하였다. 이후 채소 농사를 지어 돈을 모았
으며, 가난한 학생들을 모아 공부를 가르쳤다. 수업료도 받지 않는 스승을 위
해 제자들이 위사계를 만들었으며, 이후 위사답도 마련하였다. 스승이 돌아가
시고 난 이후, 제자들이 비석도 세웠다.

할아버지가 아주 어렵게 살으셨어요. 그 전에는. 게 일곱 살 때 아버지
가 돌아가시구. 게 응 그 참 뭐야 농사나 짓구 이렇게 살으셨는데,

그때 채소농사 짓는 사람이 드물었어요. 왜냐면 거름 때문에 그 비료가
없잖유? 그때는.

그렁개 채소가 비료를 많이 먹잖유? 근디 할아버지께서는 그걸 알으시
구서 채소가 비싸다는 걸 알구서 채소 농사를 많이 지셨던가 봐유.

그래서 중국 사람들이 와서 길산에 와서 배로 그렇게 채소를 사갔어요.

그래서 인자 점차 가세가 늘어, 늘어나구 그렇게 되닝개 인자 논을 많
이 샀어유.

게 인제 이 어른이 이것 가지고서는 안 되겠다 싶어서, 그래두 사람이

예의있이 살려면 배워야 된다. 그래가주고,

스무 살 넘은디사 서당에를 가셨어요. 근데 서당에 가실래야 학비가 없어서, 에 그런게 그 스무 살까지는 어렵게 살으셨던가봐유.

그 서당에 갈 학비가 없으셔가주고서 그 청강생이지, 지금으로는.

방, 겨울이, 겨울이만 허지 여름에는 또 일하셔야 하니게.

겨울이면 문밖에서 학비 낸 사람들은 방안에서 공부를 허구, 문밖에서 그 학생들 일러주는 소리를 듣고서 배우셨어요.

그래 배우다가서 모르는 대목이 있으면은 문 열고 가서 훈장님헌티 이것 좀 일러주시라고, 첨에는 잘 일러주셨다는 게유.

나중에 귀찮으닝개 자꾸 들어와서 물어봐쌌구 귀찮은게, 문 열고 들어가면은 책 갖다 댑대 집어던지면은 담 넘어가 떨어졌대유.

그럼 또 그거 주서갔구 오셔서, 또 역시 공부를 허시고. 그래서 아주 사서삼경을 그런게 낮에는 일을 허면서두,

쉬는 시간에는 꼭 책을 외구 일을 허시면서도 외구, 그래 사서삼경을으 그 독학하다시피해서 띠셨어요.

그러고서는 어 한 사십 넘어서 국사 선생이라고, 그 양반한티 찾아가서 인저 국사 선생이라면 저 한산면 구동리에 뭐? 그 양반이

박용시라는 양반인데, 그 양반한테 찾아가서 인자 공부를 더 하셨더만요?

그래서 한산향교 장위도 되시고. 근데 그, 에 인제 한산향교 장위를 허시면서 제자를 갈치기 시작하셨어요.

내가 어렵사리 공부를 했기 때문에 제자들은 내 학비도 안 받고 맘 놓고 공부헐 수 있게 헌다 해가주고서,

사랑방에 가서 서당을 차리고서 제자들 그 없는 집 자제들만 모아서 가르쳤어요.

게 그게 한 나중에는 인자, 인자 배우다가 나가고 또 새로 들어오고 해

가주고, 한 백 명 제자가 한 백 명 됐어요.

게 제자들이 몇 년을 그렇게 무료로 배워본게 인제 미안할 거 아녀요? 그런게,

"우리 선생님 위해서 계 하나 하자."

해가주고 계를 허기 시작했어요.

그게 위사계요. 위할 위자 스승 사자. 위사겐데, 그 위사계를 해가주고 그때 그 이십 전 십오 전 이렇게 모아서나 계를 허다가서,

나중에 문산면 수와, 저 금봉리라는디 나와서, 금봉리가 논을 사기는, 거가 뒤에 선산이 있어요.

그러닌게 거기다 논을 샀는디 삼백 평을 제자들이 샀지요. 그래서 위사 답을 거기다가 사놓고.

그러고서 아버님이 참 이렇게 그 차력 공부하시다가 떨어지셔가지구서, 문산이루,

참 저기 고치기 치료하기 위해서 천방산 밑으로 오시느라고 문산으로 가셨거든요?

거기서 참 살으시다가서 할아버지도 돌아가시고 아버님도 돌아가시고 그랬는데.

그 제자들이 우리 선생님을 위해서 비 하나 안 셀 수 없다 해가주고, 그 제자들이 그 비를 세고.

가시덤불을 땔나무로 이용하는 노인

자료코드 : 08_08_MPN_20100209_HID_NJE_0002
조사장소 : 충청남도 서천군 화양면 고마리 화산로 225번길 60
조사일시 : 2010.2.9
조 사 자 : 황인덕, 김기옥, 서은경, 육은섭

제 보 자 : 나주운, 남, 78세
구연상황 : 앞의 이야기와 같은 상황에서 이어서 구연하였다. 집안 어른에 대한 이야기가
         이어졌다.
줄 거 리 : 할아버지는, 다른 사람들이 남겨 놓은 가시덤불을 뭉쳐서 돌로 눌러 놓았다
         가, 한 달 정도가 지나면 가서 그것을 가져와서 땔감으로 썼다.

털털허시기가 얼매나 털털허신지, 넘다 나무를 헌게 남다 다 해가구서,
가시덤풀은 냉기잖아요?

가시덤풀은 안 벼 가. 근게 이 양반은 이 집안일 다 하시구서 다 저녁
때 가셔서 가시덤불 밑둥이만 잘르는 거에요.

그런게 가까운 디에 가시덤불이 많으닝개 그놈 짤라서 작대기로 궁굴
리면은 똥그렇게 될 꺼 아니에요?

거기다 가서 돌, 돌을 집어 던져놔요. 그러면은 그놈이 납작하게 되겠
지유? 그넘을 한 달쯤 놔두면은 다 말르고 납작하게 되겠지유?

그러면 그때사 인자 가셔서 돌 다 치우고서, 그놈을 지게로 끼워서 일
으키면은 저기 나무가 한 다발이 되겠지유?

그렇게 해놓는 한 세 개, 네 개 짊어지고 오시면은, 아 그저 금세 나무
한 짐을 허는 거여요.[일동 웃음]

게 인제 우리 집에는 아궁지가, 그 사랑방에 아궁이가 사람 아마 두서
넛은 들어갈 만한 아궁이가 있었어요.

그 석유, 솥도 이거만 허지유. 거기다가 그놈 하나 넣구서, 불을 때면은
금세 소죽이 익어요. 그런게 할어버님은 일 허실 일 다 허시구서, 그저 저
녁 때 가서 그놈 한 짐이나 두 짐만 져오면 되는 거에요.

그렇게 근면하셨다고 그래요.

고사리 꺾으러 갔다가 만난 호랑이

자료코드 : 08_08_MPN_20100211_HID_NSA_0001
조사장소 : 충청남도 서천군 화양면 고마리 화산로 225번길 60
조사일시 : 2010.2.11
조 사 자 : 황인덕, 김기옥, 서은경, 육은섭
제 보 자 : 노순애, 여, 81세
구연상황 : 다른 화자들이 구렁이나 도깨비불을 본 이야기들을 하기 시작하자, 자신의 경
험이 떠오른 듯 아래의 이야기를 들려주었다.
줄 거 리 : 몇 명의 젊은 새댁들이 기산면에 있는 산으로 고사리를 꺾으러 갔다. 한참 고
사리를 꺾다보니, 다른 두 사람이 도망을 가는 것이었다. 알고 보니, 근처에
호랑이가 새끼들과 있는 것을 보았기 때문이었다. 기산면 사람에게 물으니,
그 산에 호랑이가 산다고 하였다.

각시들끼리 고사리를 꺾으러 갔는디, 이자 꺾으러 갈 때, 칼두 가지구
가구 쬐깐 놈 캘라구. 그랬는디, 아 냥 이 사람들허구 몇 서넛이 갔는디,

워쩌다 봤더니 덤풀 밑이루, 그 막 이렇게가 된 디가 막 고사리가 우뚝
우뚝 섰대 이렇게.

거서 엎어져서 꺾는디, 아 둘이는 막- 내빼대요, 그냥. 막 한없이 내
려가.

그서 워쩌다 봤더니 그서 "왜 그러냐?" 했더니, 그때사 손가락을, 손가
락이루 오라구.

"왜 그러냐?" 했더니, 난 그기 덤풀 호랭이 곁이서 꺾는디,

그 사람은 보고서 내뺀 거여. 그래서 그랬어 내가. 그 사람이 본게 개
가 두러눕드래요. 처음에는, 개루 봤대요. 그 사람이.

개가 죽었나 하구서나, 이렇게 손 이렇게 할라 그랬더니 새끼들이 곁이
서 움직거리구 막 젖을 먹드래요.

그래서 내뺐어. 내뺐는데 나는 그것두 몰르구 막 사람들 따라가니라구,
칼이여 바구리여 고사리 몇 개 끊은 거여 다 내뻴고서나 막 뛴겨. 나두

같이.

없두, 암 것두 없대요. 그렇게 해갖구서는 내려와서나 참, 저그 기산리라는 사람더러 물어봤어.

거기 나왔걸래. 그랬더니 거가 산다 허대요. 그서 그 뒤론 다시는 못 갔시유. 무서서.

(조사자 : 그게 어느 산이에요?)

저-그, 저 기산면 산이여.

(조사자 : 기산면 무슨 산이요?)

공동산이라구 있어요. 공동산.

(청중 : 거기 사악 공동묘지여, 사악 공동묘지라구.)

(조사자 : 공동산이라고 있어요?)

(청중 : 별동네 앞 산.)

유산시키러 갔다가 만난 돼지귀신

자료코드 : 08_08_MPN_20100211_HID_PBS_0001
조사장소 : 충청남도 서천군 화양면 금당 하리 마을회관
조사일시 : 2010.2.11
조 사 자 : 황인덕, 김기옥, 서은경, 육은섭
제 보 자 : 박복순, 여, 74세
구연상황 : 동네에서 일어난 일에 대한 다양한 이야기가 오가고 난 뒤, 아래의 이야기를 구연하였다. 비가 오는 날이어서인지, 화자와 10여 명의 청자들 사이의 친밀감이 상대적으로 높은 상태에서 이야기가 진행되었다. 청자들 간에 화자가 본 것이 돼지 귀신이라고 하였다.
줄 거 리 : 아이를 유산시키려고 밤에 길을 나섰다. 만나려고 한 사람이 다른 곳으로 일을 하러 나가고 집에 없었다. 집으로 돌아오는 길에 마을의 다리 근처에서 돼지를 몇 번이나 보았다. 너무 무서워서 정신없이 집으로 돌아왔다.

여기 다 알 테지만, 애기를 제가 생리가 안 나와가지고 인자 생, 생리 나올 시간이 넘었더라고. 기한이.

그래 가지고 그냥 어린애 있으믄 잘 띠는 사람이 있어요. 그래 거기를 갔더니,

아이, 수동이로 언내 띠러 갔다고 나는 가랴 집이를. 미서서 죽겄는디. 그래서 기다렸다,

(청중 : 밤이?)

(청중 : 밤이지.)

기다렸다 인자, 가게 되겄으면 간다 혔더니. 쫌매 있응게 열, 열두시 다 돼가네?

(청중 : 얼라?)

비는, 궂은 비는 축축이 오고. 그서 어떻게, 한 마디가 없어. 가라고는 하는데, 각시는, 가라고 하더라고 나 보고.

그서 미서서 못 간게, 그럼 바래다 달라 그랬더니, 한식이 각시가 안 바래다줘.

(청중 : 안 바래다주지. 인사도 안 하는데.)

그서, 죽기를 가사 삼고 그냥 왔어. 집이를. 아이 왔는디, 갈 때도 돼지 새끼가 그,

(청중 : 그 다리 밑이?)

잉. 거 다리 못 미쳐 가서 그랬어. 그랬는디 호연네 거 밭이서 쑥 나오대? 논두렁이

그래 강아지나 고양이나 된 줄 알았어. 그냥 한태네 집 가서 한참 앉았더니. 앉아두 그냥, 가라구두 안 가구.

그랬더니 열두 시 넘은게 안 올, 안 올 것 같다구 가라구 허대.

아 그래서 비는 와쌌고, 우산이나 줬음 좋겄더랗게, 유산[우산]도 안 주구.

참 독 독혀! 아이 그래서 인자 그냥 왔지. 왔는데. 아 그것이 톡 또 삐져 나오대.

(청중 : 또?)

잉. 고 자리서. 처음에 갈 때는 아이 멋도 모르고 갔어잉. 그랬더니 집이 거 보면서 오니랑게 그 돼지가 여기서 이렇게 다 헌 놈이 그 놈이,

여, 영구 씨네 논도 있잖여? 샛둑배미. 거그서 쏙 삐지고 나오대?

아이구, 나 인자는 죽었다구서는 막 두 주먹을 쥐고 신발짝 거꿀로 쥐고,

(청중 : 돼지를 잡으러 가야지.) [웃음]

돼지가 그짓말 안 하구,(문맥상 무슨 뜻인지 정확히 알 수가 없다.) 이렇게 이제 저만치 가 섰대?

섰다 있다 잡을, 물을 만허믄 도망가. 졸졸 되러가데? 그냥저냥, 그냥저냥 해서 방앗간 여기 저 있었잖여? 여기 샘 있는 데께.

(청중 : 잉, 여기 방앗간.)

잉. 아이, 거께 온게 방아 찧는 소리 "탕! 탕! 탕! 탕!" 찐게, 아, 뒤돌아보니 안 따라오나.

(청중 : 얼라.)

(청중 : 돼지 귀신이여.)

그래서, 그래 가지고 집이를 갔어 인자. 집이를 막 맨발 벗구 그냥 걸어,

(청중 : 비 맞구.)

(청중 : 그때는 어디께서 살았어?)

나 그, 저기 오두막집 자리여.

(청중 : 저 병호네 집께?)

잉. 그래서 "탕 탕" 소리 나닝께 그냥 없어가지구 그냥 홀연해지구 막, 신발이구 뭐이구 어디가 있는지두 몰랐어.

다 내삘구 그냥 도망왔어.

꿈에 나타나 다시 살려준 할아버지

자료코드 : 08_08_MPN_20100211_HID_PBS_0002
조사장소 : 충청남도 서천군 화양면 금당 하리 마을회관
조사일시 : 2010.2.11
조 사 자 : 황인덕, 김기옥, 서은경, 육은섭
제 보 자 : 박복순, 여, 74세
구연상황 : 앞서 한 편의 이야기 구연을 마치고, 이런 얘기를 해도 되는지 모르겠다고 망
설이다가 아래의 내용을 구연하였다. 죽은 고모와 할아버지 그리고 자신의 꿈
과 죽음에 대한 것이라 꺼내기가 불편한 듯하였다. 청자들의 적극적인 추임새
가 있어서 이야기가 계속 진행되었다.
줄 거 리 : 예전에 몸이 많이 아픈 적이 있었다. 하루는 꿈을 꾸었는데 죽은 시누이가 나
타나서 자신을 위해 음식을 준비한다고 부산을 떠는 것이었다. 이때 할아버지
가 나타나서 흰 강아지 한 마리를 주면서, 뒤도 돌아보지 말고 가라고 하였
다. 다리를 건너는데, 강아지가 물에 빠져 버렸다. 자신도 덩달아 빠지고 나
서, 깨어보니 꿈이었다.

아파서 누웠는디. 누워서 살았지 인자 병원에 갔다 오면 인제 누워서
사는디.

그런게 저녁에 자는디. 우리 시누가 죽었어요. 우리 시부 막내 시누가
죽어가지구 있는디. 죽을 때까정 눈이 맞아 가지구 왔다갔다 했는디.

인자 부모가 못 허게 헌게 인제 성질이 났었지. 근디 그 고모가 죽구
난게 식구들이 인자 울음바다 되구, 그랬지...

[만감이 교차하는 듯, 잠시 이야기하기를 머뭇거리자, 청중들 중의 한
명이 "이야기를 내놓았으니까 해야지"라면서 구연을 유도하였다.]

아이, 저녁에 자는디, 어떤 할아버지가 막 그냥 오나서, 너는 아직 올
때가 못 됐다고 못 됐다고 그러드라고.

너는 올 때가, 올 때가 못 됐는게 가라고 그러대?

근디, 가라고 허는디 이렇게 한 칸, 여기는 여자들, 여기는 남자, 여기
는 막 쪼옥- 있는디, 언네 젖통 다, 빨가 벗겨서 이렇게서 젖부리를 물구

있는 늠,

즈 어메두 먹구 즈이 새끼두 먹구 그런, 칸칸이다 이렇게 놓구서는 그냥 내리더라고.

노인 양반은 노인 양반 내려놓고, 젊은 사람 젊은 사람 앞에 놓고,

젖 멕이는 사람은 젖 멕이는 데 이렇게 허구 한 칸 하구서 났는디. 인저 그 시누는 인제 막,

○○○○ (정확하게 알아 들을 수가 없다. 올케라는 의미인 듯하다) 왔다구 밥을 막 한다구 둘이가 그전이는 개흙 맥질 했잖여?

개흙 파다 맥질허구 부둣막이루,

(청중 : 흙, 흙 파다 내삐렸다 그 소리여. 개흙 파다, 논 흙 파다.)

그렇게 했는디, 양중이는 그 양반이, 할아버지여. 그런디 그전이는 살포, 진- 살포가 있지. 살포가 있는디 체다본게,

그냥 한 칸썩 다 그런 사람들 못, 따로따로 놔뒀드라고.

뭐 사람 그 눈만 비게[보이게] 창구녕만 내놓고 문이 없어. 문이 없는디.

할, 할아버지가 막 수염까장 이렇게 나가지구 흰 수염 나가지구, 네가 이케 워다가 인제 원하냐고,

막 빨리 가라고 허드라고. 그래 너 갈라믄 갈라믄 강아지 새끼를 주드라고.

요놈을 내가 떠들여줄 턴게 이놈 갖고 뒤두, 뒤두 돌아다보지 말고 빨리 가라는 거여. 여기서.

그랬더니 건중 있는데 가믄 요만한 쪽다리가 있다고 그러더라고.

할아버, 할아버지 말이. 쪽다리가 있응게 그놈 타구 건너가야 너 살지 그거 못 건너가믄 못 살은게 뒤두 뒤두 쳐다보지 말구 앞만 보구 가라 허더라구.

근디, 물은 막 새-파라니해서루 "철렁! 철렁!" 노 젓고 그러는디, 그놈

을 꼭 안, 강아지를 꼭 붙잡고 가라고 했는디,

이, 널빤대가 흥청흥청혀서, 요만-햐. 그짓말 안 하고 요만한 것을, 그것을 타고 가라구혀. 금방네 빠지지 워디 가게 생겼어.

넓은 거 타고 배를 뭐 밀어서 갔더니, 강아지가 빠진게 나할채 물이를 통방 빠져버리대?

(청중 : [웃으며] 꿈이?)

잉 꿈이. 강아지부터 빠진게. 강아지 잡느라구 이렇게 모, 나할채 빠져, 빠져가지구 톰방 빠지고 본게 꿈이대.

(청중 : 그래 살았구만.)

그러니, 그놈이 인저 할아버지가 살렸지.

(청중 : 갈대포 떼갖구 살은 거여.)

살대포로 그 막 가시 울타리를 넣구서는 막- 처들. 처들드라구.

나, 그렇게 시누 꿈만 비믄 그냥 안 좋아.

가난한 시집살이

자료코드 : 08_08_MPN_20100204_HID_PSK_0001

조사장소 : 충청남도 서천군 화양면 기복리 한곡 마을회관

조사일시 : 2010.2.4

조 사 자 : 황인덕, 김기옥, 서은경, 육은섭

제 보 자 : 박삼규, 남, 79세

구연상황 : 이야기판에서 잠시 이야기가 끊어지기에, 옛날에 너무 가난해서 고생한 이야기는 없느냐고 조사자가 묻자 아래의 내용을 구연하였다.

줄 거 리 : 상만이 동생이라는 사람이 시집을 갔다. 시집 식구들이 끼니 때마다 배추를 한 포기씩 뽑아서 해 먹는 것이었다. 알고 보니, 담을 그릇이 없어서 그렇게 한 것이었다.

그래 상만이 동생, 여동생이 그리 시집갔던개비대?

아 갔는데 이눔의 집구석이 시한에 눈밭이 배추 한 포기 뽑아다 생채 해먹고 해먹고 허드랴.

그서 나중이 가만히 알아본게 그릇 담을 것이 읎어가지구. [청중 웃음]

그렇다고, 가본게 아 한 포기 끄니 때마다 그 처다, 어터게 간장 먹는 거 그게 얼매나 그거 맛있겠슈? 맛이, 맛이 없지.

그게 왜 그러나 해봤더니, 그릇, 담을 그릇이 없드랴. 아무 것두. 그렇다구 그러드라구.

그, 그건 오래된 일이 아니지유, 그런, 그런 일은.

한 구십 객이, 있은, 그런, 했은게, 우리 어렸을 때 그 사람들이 시집 갔은게.

당산제 중단하자 겪은 마을 재앙

자료코드 : 08_08_MPN_20100204_HID_YYH_0001

조사장소 : 충청남도 서천군 화양면 옥포1구 새마을회관

조사일시 : 2010.2.4

조 사 자 : 황인덕, 김기옥, 서은경, 육은섭

제 보 자 : 양예환, 여, 76세

구연상황 : 마을에 대한 전설이나 인물에 대해 조사자가 묻자, 아래의 내용을 구연하였다. 청자 모두가 공유하고 있는 내용이어서인지 사실의 정확성을 위해 서로들 말을 거들었다.

줄 거 리 : 마을에서 오래 전부터 당산제를 지내오다가, 양조장 집에서 며느리를 얻고 난 뒤 한동안 제를 지내지 않았다. 마을 사람들이 죽는 일이 자꾸 생기자, 다시 제를 지내기 시작하였다. 또 한동안 지내다가 지금은 지내지 않고 있다.

(당산제를) 지냈는디, 지내다가서 인제 양조장에 인자 메느리, 젊은 메느리 은구 그른게 안 지냈는디,

그냥 자꾸 이 동네가 여기 물가에서 애들두 죽어쌓구, 이자 그른게 그

걸 지내야 한다 해갖구 우덜이 중간이, 거시기 ○○ 딸이 몇 살 먹었어?

(청중 : 은혜가? 스물여덟.)

그른게, 스물아홉 해 됐네. 그 안에 지내구 두 번째 지내다 걔 이월 초하룻날 날 잡은데 낳았어.

그래서 그때 안 지내구 인자, 또 새루, 그때부텀 새루 날 잡아서 그런디, 지금 이십구 년 전에 우리가 지내다가서 지금 안 지낸 제도,

(청중 : 그러구 또 지냈잖어?)

그른게 그러구서는 계속 지내다가 지금 안 지낸 제도 지금, 몇 년 됐나.

(청중 : 한 오륙 년 돼.)

지금, 지금 육 년채 나나, 칠 년채 나나.

(청중 : 6년인가 7년 됐어.)

왜 그르냐믄 교회가, 합쳐갖고 5년 됐어.

6년채 나네, 6년째 해나는가 보네.

(청중 : 합쳐갖고 5년, 조목사 온 지가 5년 돼갖고 또 조목사가 우에루 교회식구 올라간 지가 만 3년인게, 8년이여. 근게 5, 6년, 7년 되갔어.)

그, 저 여그 목사오나 죽을 때도 우리네 지냈거든?

(청중 : 그려, 그때 지냈어. 저, 목사 돌아가실 때도 지냈어.)

당산재를 지내기 시작을 했는디, 이월 초하룻날 날을 잡아갖구 지냈는디,

올해 한 번 지냈는디, 그듬 해 지닐라고 헌게 식전이 동네서 아기를 낳다서,

그날 못 지내구서 인제 그 뒤로는 날 받어서 지내구 지내구 했지. 아길, 동네 아기 낳으면 못 지내잖여?

(청중 : 아기 낳든가 뭐 죽고 허믄 안 지냈잖아.)

응. 못 지냐.

그래서 그 뒤, 그, 그 뒤에로부텀은 날을 받어서 지내구 지내구 그렸시유.

송씨네로 넘어간 양씨네 구렁이

자료코드 : 08_08_MPN_20100204_HID_YYH_0002
조사장소 : 충청남도 서천군 화양면 옥포1구 새마을회관
조사일시 : 2010.2.4
조 사 자 : 황인덕, 김기옥, 서은경, 육은섭
제 보 자 : 양예환, 여, 76세
구연상황 : 마을 사람에 의해 급하게 이야기판에 합류하였다가 조금씩 분위기가 안정되
            어 갔다.
줄 거 리 : 한 동네에 송씨와 양씨가 나란히 살고 있었다. 하루는 큰 구렁이 한 마리가
            담장 위에 있는 것을 마을 사람들이 보았다. 양씨 집 사람이 나와서 그 구렁
            이는 자신의 집에서 나온 것이라고 하면서 몰아가려고 해도 꼼짝도 하지 않
            았다. 이후로 양씨네는 점점 망하고, 송씨네는 점점 부자가 되었다.

송씨네허구 양씨네허구, 이렇게 한 동네 살았어. 근디 우리 양씨네는
양갑석이라 허고, 그 집이는, 에고, 그 사람 이름두 잊어버렸네.

송 뭣인디. 그렇게 이렇게 집을 이렇게 대서 사는디 요롷게 담 하나 사
이여. 근디 그 양씨네 양갑석이네가 참 잘 살았어, 옛날이.

그 집이 아들, 아버지가 막 검사, 판사 나오고 참 잘 살았어, 겁도 안
나게 살아,

옛날에 기와집은 뭐 아래위 상하채면 참 무서, 어려서, 나 어려서만
해두.

안채두 기와집, 아래채두 기와집인디, 그렇게 기와집이 으리으리하게
좋구, 막 그 집이 돈두 많구 잘 살았는디,

아, 어느 땐가 한 번은 동네사람이 본게, 그 기와 담장에서 이렇게 기
와담장인디, 이 기와담장. 우덜 어려서 일이여, 어려서.

담장에가 척 허니 구렝이가 막 귀가 쫑긋헌 놈이 이렇게 담 지럭지대
로 있드랴.

그런게 사람들이,

"아휴, 저 부잣집이 힉, 저 귀 달린 구렝이좀 보라구, 귀 달린 구렝이좀 보라구."

막 사람들이 다 동산에 구경허고도 하나 안 가고 그대로 있드랴.

그래더니, 어떻게 인자 사람들이 쳐다보고 그냥 막, 그 양갑석이네 그 아버지네, 양갑석 밑이 아버지가 양진사라구,

그 진사 양반이, 그냥 막, 이거는 우리 구렝인게 우리집이루 가야 한다구 막 이렇게 즈 집이루 해두,

깨딱 않구 그냥 그렇게 그저 죽은딕끼, 살긴 살어왔는디 눈을 껌뻑껌뻑 허고 있드래요. 그래서 인자 그러다 밤이 되야서 인자 다 들어가 잤댜.

자고나 본게 없어졌드랴. 그래 자고나 본게 없어졌는디, 우덜 어려서 그렸어, 그거, 우리 동네가 여길라믄 저기 저, 어디만치, 유근만치 그렇게 떨어졌는디,

자고나 없어져, 참- 동네사람이 이상하다, 이상하다 했더니,

아, 그 옆이 그 송씨네가 도록도록 부자가 되는 거야, 해마다 논을 사. 그냥 논을 사 막, 그래갖고,

워떻게 부자 됐나, 그 집이는 부자 되고, 이 양진사네는 팔아먹는 거야. 양진사는 인자 우리 집안 일간디. 내가 양간게. 자꾸 논을 팔아먹어.

그 집이 팔으먼 그 집이 사. 그래 가지구서는 엄청 그 송씨네가 부자되았어. 그게 이름이 누군데, 송 뭣인디, 그 이름두 잊어버렸네.

그래 갖구선 인자, 그 안이부텀 그이가 다리가 하나가 이만혀. 다리가 이만혀 갖구서 절룩절룩 지팽이 짚구 그러구 댕여. 우덜 어려서 보믄.

그랬는디 항상 그러구 대닌게 사람들이,

"아이구, 저 신석골 송씨네 다리 부자, 송씨네 다리 부자."

그랬거든. 논산 거시, 구변서. 지원리라고 신석골인디, 다리 부자 다리 부자 그렸어. 아, 근디 그냥 부자가 되는 거여.

그런게 이자 막, 그 집이는 다 망했어. 우리 양진사넨. 다 팔아먹었어.

다 팔아먹고 인자 지와집도 다 폐쇄되갖고 막 이르케 다 무너지구,

그 집이는 두룩두룩 부자가 되야. 그른게, 그른게 넘들이 저 송, 송 아무개는 인자, 다리 불알자라구 허지 말라구, 다리 부자라구서 이렇게 부자됐다구.

수둥다리네라구라구 그래갖구, 신석골 수둥다리네, 수둥다리네 어려서 그러는 건 봤어.[웃음]

(청중 : 수둥다리루 변신 됐구먼.)

인제 동네사람들이 다리 부자란게 부자가 됐다는 거여. 그래갖구서 다리부자가 아니라 수둥다리네여.

그래갖구 그 집 참, 영감은 나 어려서 죽었구만. 그래서 수둥다리, 수둥다리네, 수둥다리네, 그랬어.

경 읽는 소리나는 도깨비 터

자료코드 : 08_08_MPN_20100204_HID_YYH_0003
조사장소 : 충청남도 서천군 화양면 옥포1구 새마을회관
조사일시 : 2010.2.4
조 사 자 : 황인덕, 김기옥, 서은경, 육은섭
제 보 자 : 양예환, 여, 76세
구연상황 : 도깨비 터에 대한 전설이 있느냐고 조사자가 묻자, 아래의 내용을 구연하였다. 앞의 이야기와 같은 상황에서 이어서 구연하였다.
줄 거 리 : 당숙이 사는 집터에서는 밤이 되면, '둥둥둥둥' 하고 경 읽는 소리가 나곤하였다. 당숙이 작대기를 들고 밖을 한 바퀴 돌고 나면 조용해졌다가는 다시 그 소리가 들리곤 하였다. 그 집에서 지금도 잘 살고 있다.

그러는디,

(조사자 : 당숙 되시는 분이요?)

우리 당숙이, 그른디, 우리 우리 옆집이었는디, 밤이믄 경 읽는 소리가

난댜,

둥둥둥둥, 둥둥둥둥둥둥. 경 읽는 소리가 났는디, 이 당숙이 그것만 듣는디, 그 양반 귀에만 들리는디,

막 밤이 정 읽는 소리 나믄, 나가서 이, 그 양반 오기가,

"이 어떤 놈의 새끼들이 넘의 집에 와 장난을 하냐고?"

막 작대기 긋고 후면을 막 돈디야. 그러구 돌어오믄 안 난다네? 그래서는 또 잘라구허면 또 덩구덩덩덩, 덩구덩덩덩 덩덩덩덩 경 읽는 소리가 난대.

그른다구두 그 당시 거그서 살았어, 큰 당숙이. 거기서 아들 사형제 낳고, 부자로 잘 살았어, 지금까지 그 터에다 지금.

그 손자, 손자 몇, 몇 아래 손자, 증손자 정도 되겠구만. 거기다 집 짓구 그 짝어서 잘 살대유.

큰 왕대밭 밑인디 그렇게 밤이믄 그냥 정 읽는 소리가 나. 근데 아무도 안 들려, 혼자만. 그 양반 혼자만.

그 소리나는 집 있었슈.

사시에 죽으면 나타나는 뱀

자료코드 : 08_08_MPN_20100204_HID_YYH_0004
조사장소 : 충청남도 서천군 화양면 옥포1구 새마을회관
조사일시 : 2010.2.4
조 사 자 : 황인덕, 김기옥, 서은경, 육은섭
제 보 자 : 양예환, 여, 76세
구연상황 : 앞의 이야기와 같은 상황에서 이어서 구연하였다.
줄 거 리 : 사시에 뱀을 잡아 죽이면, 이후에 그 시간이 되면 뱀이 나타나곤 한다.

날마다 그 시간에 나와.

(청중 : 뱜이?)

응. 사시라나? 몇 시에 뱀 죽이믄 나온대요, 그 시간이. 거시기, 나 어렸을 때 우리 저 이 너머 밭이라구 밭이 갈라믄 사농고개가 있는디,

젊은 사람들이 그 앞이 농사짓는 사람이 있었어. 근디, 그 논 부지는 구랭이가 있다 합니다. 농두렁이 밤낮 구녕 뚫는 구랭이가 있다대?

근디 막 회색 구링이대. 토막이 이만혀. 근디, 그 늠을 잡어다가서 그, 산 언덕에다 막 삽이 척척 쳐서 내삐렸어.

그런디, 아유, 날-마두 나와, 날마두. 그래 갖구 막 우리 동네 젊은 사람들헌테 한동안 욕봤, 욕봤네.

막, 그 잡어다가서 죽이믄 또 나오구, 또 나오구, 하여튼 한참 마을서,

(청중 : 떼로 나온다는데.)

그러구다 ○○ 뽑으러 이놈으 밭에 가라 그러믄 무서서, 거기 배암 무서서 못 가구 그랬네.

뱜은 그 시간에 잡으믄 그런다대?

(청중 : 오늘 저녁에 잘 꿈 꿨다. 비암 꿈 꿨다.)

밭이 안 가. 이놈으 배암 있어서 못 가. 꼭 그 시간이믄 오는 거여.

그래서 막 삽이루 짤라서 죽여서 냄새가 펑펑 나고, 거다 묻으라구 우리 아버지는, 그것 좀 거다 묻지 그런다구 뭐라 해쌌구 그랬더니,

그려서, 근디 그건 그런디야. 나온디야, 그 시간이. 자꾸 나온디야, 그 시간이 뱀 잡으면.

애완견 죽자 자살하려고 한 남자

자료코드 : 08_08_MPN_20100204_HID_YYH_0005
조사장소 : 충청남도 서천군 화양면 옥포1구 새마을회관
조사일시 : 2010.2.4

조 사 자 : 황인덕, 김기옥, 서은경, 육은섭
제 보 자 : 양예환, 여, 76세
구연상황 : 앞의 이야기와 같은 상황에서 이어서 구연하였다.
줄 거 리 : 어떤 남자가 개를 키웠다. 개가 죽자, 우울증에 걸려 개무덤 옆에서 죽으려고
          독약을 먹었다. 그런데 사람들에게 발견되어 살아났다.

그 사람은 마흔세 살인가 먹었는디, 애완용 개를 키웠는데, 죽었는디, 남자드만.

그것이 아주 한이 되어서 우울증 걸려갖구 그 무덤 옆이가 독극물 먹고서 자살헐라고 헌게 누가 와 사람이 봐갖구 발각됐대?

그 얼매나 막 거기다 아주 그 애완용이다, 정신이 거시기해 갖고 그런 수두 있대?

그 산이 그, 무덤 옆이가 독극물 먹구서 자살할라구 했는디, 사람이 봐가지구 그랬드라구.[웃음]

얼마나 개한테, 우울증이, 그 개 죽구 우울증 걸려갖구.

바뀐 시신을 되찾은 딸

자료코드 : 08_08_MPN_20100204_HID_LSG_0001
조사장소 : 충청남도 서천군 화양면 기복리 한곡 마을회관
조사일시 : 2010.2.4
조 사 자 : 황인덕, 김기옥, 서은경, 육은섭
제 보 자 : 이수길, 남, 79세
구연상황 : 앞의 이야기와 같은 상황에서 이어서 구연하였다.
줄 거 리 : 한 3년 전 서천에 있는 한 장례식장에서 있었던 일이다. 장례를 치르려고 할
          때, 딸이 자신의 어머니 시신이 아니라고 하는 바람에 바뀌었던 시신을 되찾
          을 수 있었다.

와초 동네에서 사는 분들이 저그헌 건데, 자기 어머니가 돌아가시구 혀

가지구서는, 뭣이냐, 묘가 시체가 바꿔져 가지구 찾은 적은 있어유.

(청중 : 얼마 안 돼. 그건.)

(조사자 : 또 어떻게 그런 일이 다 있어요?)

(청중 : 이게 딸들이) [이와 관련하여 청중들의 잡담이 잠시 이어지고]

이거 훌륭한 딸이라 했당게. 그 남자들도 모르는디 딱 생여 인자 헐라고 갖고 올라고 본게, 그른게, 딸이 처다보고 우리 어매 아니라고 그랬대. 관 처다보고. 그래서 이제 훌륭한 딸이라구 그랬당게. 저, 저녁때 바꿔 캐갔고 그놈 오구, 그걸 장례식장에서 다 혀준 거이지. 그래 훌륭한 딸이라 했당게. 그게 바꿔준 게쥬.

(조사자 : 장례식장에서요?)

(청중 : 예, 서천.)

(조사자 : 최근에 그런 일이 있었구면요.)

얼마 안 되쥬. 한 3년 됐나? 근게 딸이 유심히 봤던가뷰. 시체 길이가 짤릅구 어터게 이상하니까,

그걸루 아마 잡구서 그런 거 아니라구 그랬다구.

(청중 : 화장했음 몰랐지.)

장애인 아내를 얻어야 할 팔자

자료코드 : 08_08_MPN_20100204_HID_LSG_0002
조사장소 : 충청남도 서천군 화양면 기복리 한곡 마을회관
조사일시 : 2010.2.4
조 사 자 : 황인덕, 김기옥, 서은경, 육은섭
제 보 자 : 이수길, 남, 79세
구연상황 : 앞의 이야기와 같은 상황에서 이어서 구연하였다.
줄 거 리 : 어떤 사람이 귀먹은 아내와 사는 것을 보고, 주변에서는 의아해 하였다. 그런데 하루는 그 남자가 말하기를, 자신의 상이 장애인 배우자를 만나야 잘 사는

팔자라고 하였다.

자기 부인이 귀먹었던가 했어. 그 이런 분이 왜 이런, 이런 양반을 은어서 저거 됐나 했더니,

자기가 자기 얘기를 혀주더라고. 내가 내 상을 보니까, 그런 장애자를 은어야 잘 살게끔 돼있다고 내 상, 팔자가.

그래서 그냥 그분허고 결혼을 했다는 거여요. 그래서 그 사람 그때 성쇠 미구서[무슨 의미인지인지 알 수가 없다.]

(청중 : 죽었잖야?)

(청중 : 오래 살구, 먹을 만치 살았시요.)

오래 됐으니까 첨, 죽었지.

뱀의 상호를 타고난 아이

자료코드 : 08_08_MPN_20100211_HID_JBS_0001
조사장소 : 충청남도 서천군 화양면 금당 하리 마을회관
조사일시 : 2010.2.11
조 사 자 : 황인덕, 김기옥, 서은경, 육은섭
제 보 자 : 장분순, 여, 82세
구연상황 : 앞의 이야기와 같은 상황에서 이어서 구연하였다.
줄 거 리 : 땅꾼 일을 하던 노씨라는 사람이 있었다. 평소에 뱀을 잡아서는 자루나 항아리에 넣어 여기저기 두고 살았다. 새어머니가 아이를 낳았는데 뱀의 상호를 지니고 있었다. 사람들이 그 아이를 보고 징그럽다고 젖을 주지 말라고 하였으나, 아이의 어머니는 젖을 주어 길렀다.

비암 잡는 사람이 있어.

(청중 : 땅군.)

(조사자 : 뱀 잡는 사람이 있어요?)

예, 옛날이 나 애 때, 비암, 비암 잡는 사람, 땅군이라 그래 그것 보고.

근디 그 집은 저기 그, 노 가여. 노 서방네여. 근디, 뱀을 그냥 잡아서 그냥, 항아리다도 놓고 그냥, 자루이다도 넣구서는,

옛날이는 자루를 이렇게서나 배암 밑구녕을 꼭 묶어서 저런 데 달아매 놓구서 산다고 허대? 그냥, 방이다가.

그냥 배암이 무슨 저이 뭐, 뭐처럼 살았던가봐. 아 그렸는디, 그냥 그 집은 예상 그런디야. 그 사람들이 시방 서울로 이사 갔어.

아 그렸는디. 그 시어머니가 인제 아이를 낳는디, 저, 그집 메느리가 인자 우리 동네서 시집을 갔어.

아 그렸는디, 같이는 안 살구 인저 따루 사는디 시어머니가 친 시어머니는 아니었든가봐. 근데 어린애를 낳는디,

저기 대갈빼기는 뱀이고 몸뗑이는 사람이라 허는디 그거 시방 크나 어찌나 나 몰르겄네.

(청중 : 아이구, 그거 죽었시야겄네.)

그래두 젖 주지 말라게두 주더랴.

(청중 : 아이 징그러, 어이구.)

그래두 젖 주지 말라구 혀두 젖 주구 있더랴. 그서 사람들이 막 젖 주지 말라겠다는디, 젖 주더랴.

(청중 : 젖은 먹던게비네? 배암이.)

몰라. 하여튼.

(청중 : 사람으로 태어났은게 뭐 먹지.)

신포 사람이여.

(조사자 : 신포 사람이에요?)

예. 신포서, 신포서 그랬시유.

그랬다고 사람들 많이, 그때 언네(어린애) 보구 와서

"어이구 징그러!"

하는 사람들도 있구, 그냥.

(조사자 : 그랬어요?)

나는 가보든 안 했지만 사람들이 그러구 허드라고.

"어이구, 징그러!"

그런 사람도 있구. 그래쌌드라구. 그른게 그런 거 아무데서나 뱜을 걸어논게 인자, 삼신이 그냥 비암 삼신이었나 어쨌나, 그렇게, 아래는 사람이구, 머슴애구, 웃, 대갈백이는 저, 뱜 상호드랴.

상호가 뱜 상호드랴.

(조사자 : 아ㅡ, 뱀 상호라구요.)

(청중 : 사람은 사람일 테지, 뭐.)

구렁이 나타나고 망한 집안

자료코드 : 08_08_MPN_20100211_HID_JOS_0001
조사장소 : 충청남도 서천군 화양면 금당 하리 마을회관
조사일시 : 2010.2.11
조 사 자 : 황인덕, 김기옥, 서은경, 육은섭
제 보 자 : 정옥순, 여, 74세
구연상황 : 도깨비불을 본 이야기와 구렁이 업에 대한 다른 사람의 이야기가 이어지고 난 이후 다음의 내용을 구연하였다.
줄 거 리 : 오래 전에 아랫집 지붕 위로 구렁이가 몰려다니는 것을 보았다. 이후 그 집 식구들이 연이어 죽는 일이 생겼고 할머니와 손녀만이 살아남았다.

이 뱜(뱀)이 지붕 위를 뱅뱅 도는 집이 있어. 우리 아랫집도 돌았는디, 큰ㅡ 놈이, 구경만 허고 냅다 뒀더니, 뒀어. 뒀데니.

아, 그 집이 아들 죽었지, 손자 죽었지, 손녀딸 하나 살았어. 증조할매까지 다 죽고.

(청중 : 그게 그전이는 그런 거 나오믄 집이 좋지 않았어.)

아이, 막, 폭ㅡ삭 그 집이 망했어. 아들 죽었지, 아부지 죽었지, 다 죽은

거여. 메느리 죽었지.

손자, 손녀딸 하나 허구, 진, 진, 할머니가 뭐여, 진주 증조 할매. 둘 살었어. 둘 살어서, 넘의 셋방살이 가 살다 살다 죽었어. 손녀딸은 시집 가고.

(청중 : 그런 게 망한 거지.)

에, 막 그집 지붕 갓이로 히! 구랭이가 막 싸매가며 댕겼어. 우리 아랫집이여, 그게.

(청중 : 아이, 징그러.)

아이고, 그러데이 아주 망하더먼. 사람이 하나 없어. 다 죽었어. 아들 죽었지, 손자 죽었지, 손자 메느리 죽었지, 다 죽었어. 손녀딸 하구, 하나 허구 진주 할매하구 둘 살었어.

명당에서 빠져나간 서기

자료코드 : 08_08_MPN_20100204_HID_CBS_0001
조사장소 : 충청남도 서천군 화양면 금당 하리 마을회관
조사일시 : 2010.2.4
조 사 자 : 황인덕, 김기옥, 서은경, 육은섭
제 보 자 : 최병설, 남, 83세
구연상황 : 조상 제사나 명당에 대한 이야기가 오가고 난 뒤, 아래의 내용을 구연하였다.
줄 거 리 : 큰어머니 묘를 이장하려고 하는데, 김이 한꺼번에 새어 나가는 것으로 보았다. 이후 어머니는 이장하지 마라는 이야기를 항상 하였다.

인저 우리 큰엄니가 있는디, 묘를 파서 인제 이장을 헐라구 인자, 삽질을 허는데,

참, 이 선생님 말짱쿠 막 짐(김)이 확 나가더래유.

그래, 그래서. 엄니가,

"느들 생전이라두 절대 모이는 이장허지 마라고. 딴 디다. 한 번 놓아, 놔 둔 자리다가 그냥 놔두구. 그, 그냥 지내."

항상 유언을 했시유.

집 주인이 죽자 사라진 뱀

자료코드 : 08_08_MPN_20100211_HID_HOS_0001
조사장소 : 충청남도 서천군 화양면 금당 하리 마을회관
조사일시 : 2010.2.11
조 사 자 : 황인덕, 김기옥, 서은경, 육은섭
제 보 자 : 황옥선, 여, 76세
구연상황 : 다른 사람이 도깨불에 대한 이야기를 하자, 이어서 구연하였다.
줄 거 리 : 이웃의 어떤 집에서 뱀이 부엌의 천장에 붙어 있는 것을 보았다. 그 집 식구들은 그것을 보고도 평소와 다름없이 생활하였다. 그 집 주인이 죽자 이후 뱀도 사라졌다.

옛날이 시악시 때, 엄마가, 인자 그것부터 얘기해 줘야겠네. 고마뫼라는 동네가 있시유. 거서 여기루 시집 왔는디,

누구네 집이가 그 집 아부지가 아픈디, 배암이 노-란 놈이라나? 하얀 놈이라나? 거가 붙었드랴.

근디 그 집 식구들은 그냥 밥 해 먹고 예사 허드래요.

(청중 : 그 집 식구는 안 뱌.(안 보여).)

몰라. 그치만 엄마가 그 마실 갔는디, 백운네 어매가 그것 좀 한 번 봤으면 좋겄드랴.

(청중 : 그거 뭣을 하드라구.) [웃음]

어머. 그냥 숙대숙대 헌게. 그래서 나, 엄마 델러 가는 체하곤 봤드이, 어느 막, 베름박에 가 붙었드래요. 부엌 천장에 가.

(청중 : 어마, 어마. 숭악해라.)

옛날이는 야 막, 불 때고 헌게 냥, 새카맣잖여? 거가 붙었드래요.

그러더니, 그 집 아버지가 시상[세상] 뜬게 그것도 없어졌드라구 하대.

호랑이 쫓으려고 산불을 낸 할아버지

자료코드 : 08_08_MPN_20100211_HID_HOS_0002
조사장소 : 충청남도 서천군 화양면 금당 하리 마을회관
조사일시 : 2010.2.11
조 사 자 : 황인덕, 김기옥, 서은경, 육은섭
제 보 자 : 황옥선, 여, 76세
구연상황 : 고사리 꺾으러 갔다가 호랑이를 보고 놀란 이야기가 나오자, 이어서 구연하
　　　　　였다.
줄 거 리 : 하루는 외할아버지가 술에 취해서 산에 누워 있었다. 정신을 차려 보니, 호랑
　　　　　이가 꼬리에 물을 묻혀 자신의 얼굴을 적시고 있는 것이었다. 또다시 호랑이
　　　　　가 물가로 가는 것으로 보고는, 산에 불을 질러 호랑이가 다가오지 못하게 하
　　　　　였다. 이후 산 주인에게 이 사실을 이야기하자, 자신의 산이 사람을 살렸다고
　　　　　하면서 좋아하였다고 한다.

옛날에, 우리 외할아버지가 나 쬐깐해서여, 인자 술을 잡수구서 너무
많이 잡쉈던가 보통 산이서 누셨었디야. 누셨는디,

이렇게 정신을 쪼매 차려봤더니 호랭이가 큰- 호랑이가 막 물을 축축
하게 축이더라구 허대?

(조사자 : 물을 축인다고요?)

얼굴이다. 꼬랑댕이...

(청중 : 정신나라구. 난 그런게 아마 호랑이두 술 췬(술 취한) 사람은 안
잡아먹네비지?)

그서 눈을 가만히 떠보신개 또랑이루 물을 또 찍으러 가드래요. 촉촉허
게 축여놓고.

근게 한, 뭐지, 지장에 거기서 살았으니께 천방산이나 되았을 것 겉애. (청중 : 보통 살을, 살 사람이라 돌봐준 것이지.)

그래 갖구 축이러 간 새, 그 산이다 불을 났대유, 우리 할아버지가. 그래야 살것드래요. 그래서 인제, 사람은 인자 불 끄지는 대로 이렇게 있구, 그니 산 임자가 얼매나 난리나겠시유?

(조사자 : 그렇죠.)

막 산 임자가 불 났다구...

(청중 : 그래도 생각 잘 했네.)

아. 난리 나, 난리 나서 인자 그 얘기를 허셨디야. 그냥 내가 목심(목숨) 살을라구 호랭이가 그냥 물을 축이러 간 새 불을 났다구.

그 산 임자가, 자기네 산이 사람 하나 살렸다고 그냥 좋아하셨드라고. 그런 일도 있었다구 그러대, 옛날에. 그래 살으셨시유.

(청중 : 근게, 죽었나 살았나 볼라구 그랬지.)

방귀 노래

자료코드 : 08_08_FOS_20100204_HID_KSO_0001
조사장소 : 충청남도 서천군 화양면 보현리 문촌 마을회관
조사일시 : 2010.2.4
조 사 자 : 황인덕, 김기옥, 서은경, 육은섭
제 보 자 : 강순옥, 여, 76세
구연상황 : 다른 화자들의 이야기가 몇 편 오가고 난 뒤 조사자가 노래도 청하자, 아래의
노래를 불렀다.

　　　시아버지 방구는 호령방구요

　　　시어머니 방구는 걱정방구

　　　시동생의 방구는 귀염방구요

　　　시누이의 방구는 앙칼방구

　　　서방님의 방구는 사랑방구

　　　며느리 방구는 도독방구

　　　얼씨구나 절씨구 지화자좋다.

남쪽 나라 시아버지는

자료코드 : 08_08_FOS_20100204_HID_KSO_0002
조사장소 : 충청남도 서천군 화양면 보현리 문촌 마을회관
조사일시 : 2010.2.4
조 사 자 : 황인덕, 김기옥, 서은경, 육은섭
제 보 자 : 강순옥, 여, 76세
구연상황 : 앞의 노래와 같은 상황에서 이어서 불렀다.

남쪽나라 시아버지는 막걸리대장
사랑하는 나의남편 오엽[오입]대장
막걸리대장 오엽대장 다모여서
집안꼴 잘 된다.

혔디야.[웃음]

임진강 얼은 땅에

자료코드 : 08_08_FOS_20100204_HID_KSO_0003
조사장소 : 충청남도 서천군 화양면 보현리 문촌 마을회관
조사일시 : 2010.2.4
조 사 자 : 황인덕, 김기옥, 서은경, 육은섭
제 보 자 : 강순옥, 여, 76세
구연상황 : 앞의 노래와 같은 상황에서 이어서 불렀다.

임진강 얼은 땅에
팽이치는 아애야
새빨간 손을곱아
세여보든 그세월
굳세게 빛나노라
사나이 결심.

■엮은이 소개

황인덕 충남대학교 국어국문과를 졸업하고 동 대학원에서 문학박사 학위를 받았다.
현재 충남대학교 국어국문학과 교수로 재직 중이다. 대표 논문으로는 「양촌
천 '을무늬' 유래담의 지역배경적 고찰」이 있다.

김기옥 부산대학교 국어국문학과를 졸업하고 충남대학교 대학원에서 문학박사 학위
를 받았다. 현재 홍익대학교 강사로 재직 중이다. 대표 논문으로는 「보은설
화의 서술양상과 현실인식」이 있다.

서은경 한국방송통신대학교 일본학과를 졸업하고 충남대학교 대학원에서 일문학석
사 학위를, 이어 동 대학원에서 국문학석사 학위를 받은 후 박사과정을 수
료하였다. 대표 논문으로는 「한·일 트릭스터담의 비교연구」가 있다.

육은섭 충남대학교 대학원에서 석사학위를 받았다.

증편 한국구비문학대계 4-8
충청남도 서천군

초판 인쇄 2015년 12월 1일
초판 발행 2015년 12월 8일

엮 은 이 황인덕 김기옥 서은경 육은섭
엮 은 곳 한국학중앙연구원 어문생활사연구소
출판기획 김인회

펴 낸 이 이대현
펴 낸 곳 도서출판 역락
편   집 권분옥
디 자 인 이홍주

주   소 서울시 서초구 동광로46길 6-6(반포4동 577-25) 문창빌딩 2층
등   록 1999년 4월 19일 제303-2002-000014호
전   화 02-3409-2058, 2060
팩   스 02-3409-2059
이 메 일 youkrack@hanmail.net

값 32,000원

ISBN 979-11-5686-261-1 94810
     978-89-5556-084-8(세트)